KB072468

한국산문선 8

책과 자연

서유구 외

한국 산문선 8

책과 자연

서유구 외

안대회 · 이현일 편역

민음사

책을 펴내며

조선 초에 정도전은 "해달별은 하늘의 글이고, 산천초목은 땅의 글이며, 시서예악은 사람의 글이다."라고 말했다. 해와 달과 별이 있어 하늘은 빛나고, 산천과 초목이 있어 대지는 화려한 것처럼, 시서와 예악의 인문(人文)이 있기에 사람은 천지 사이에서 빛나는 존재로 살아간다. 글은 사람에게 해와 달과 별이요 산천과 초목이다.

인문은 문화이자 문명이다. 글이 있어 문화가 빛나고, 글이 있어 문명이 이루어진다. 우리는 글로 인재를 뽑고, 글하는 선비가 나라를 이끈 문화의 나라, 문명의 터전이었다. 시대마다 그 시대의 인문이 글 속에서 찬연히 빛났다. 글로 자신의 위의를 지켰고, 세계에서 문명국의 대접을 받았다.

글로 빛나던 선인들의 인문 전통은 명맥이 끊긴 지 오래다. 자랑스럽게 읽던 명문은 한문의 쓰임새가 사라지면서 소통이 끊긴 죽은 글로 변했다. 오래도록 한문 산문은 동아시아 공통의 문장으로 행세했다. 말을 전혀 못해도 필담으로 얼마든지 깊은 대화가 오갈 수 있었다. 국경과 언어 장벽을 넘어선 소통이 이 한문을 끈으로 이루어졌다. 이제 그 전통이 단절되었다 하여 해와 달과 별처럼 빛나고, 산천과 초목인 양 인문 세계를 꾸미던 명문의 전통을 없던 일로 밀쳐 둘 수 있을까?

한문으로 쓰인 문장은 오늘날 독자에게는 암호문처럼 어렵다. 그러나 그 안에 담긴 인문 정신의 가치는 현대라도 보석처럼 빛난다. 그 같은 보석을 길 막힌 가시덤불 속에 그냥 묻어 둘 수만은 없다. 이에 막힌 길을 새로 내고 역할을 나눠, '글의 나라' 인문 왕국이 성취해 낸 우리 옛글의 찬연한 무늬를 세상에 알리려 한다.

삼국 시대로부터 20세기에 이르는 장구한 시간을 씨줄로 걸고, 각 시대를 빛냈던 문장가의 아름다운 글을 날줄로 엮었다. 각 시대의 명문장을 선택하여 쉬운 우리말로 옮기고 풀이 글을 덧붙였다. 이렇게 만나는 옛글은 더 이상 낡은 글이 아니다. 오히려 까맣게 잊고 있던 자신과 느닷없이 대면하는 느낌이 들 만큼 새롭다.

상우천고(尙友千古)라고 했다. 천고를 벗으로 삼는다는 말이다. 한 시대를 살면서 마음 나눌 벗 한 사람이 없어, 답답한 끝에 뱉은 말이다. 조선 후기 장혼은 "백 근 나가는 묵직한 물건은 보통 사람이 감당하기 어렵겠지만, 다섯 수레의 책은 돌돌 말면 가슴속에 넣고 심장 안에 쌓아 둘 수 있으며, 이를 잘 쓰면 대자연의 이치를 깨달아 우주를 가득 채우리라."라고 했다. 글에서 멀어진 독자들과 다섯 수레에 실린 성찬을 조금씩 덜어 먹으며 상우천고의 위안과 통찰을 함께 누리고 싶다.

책 엮는 일을 2010년부터 시작해 꼬박 여덟 해 이상 시간이 걸렸다. 여섯 명의 옮긴이가 세 팀으로 나뉘어 신라에서 조선 말기까지 모두 아홉 권으로 담아냈다. 먼저 방대한 우리 고전 중에서 사유의 깊이와 너비가 드러나 지성사에서 논의되고 현대인에게 생각거리를 제공하는 글을 선정했다. 각종 문체를 망라하되 형식성이 강하거나 가독성이 떨어지는 글은 배제했으며 내용의 다양성을 확보하고자 했다. 부드러우면서도 분명하게 읽히도록 우리말로 옮기고, 작품의 이해를 돕는 간결한 해설을 붙였다. 더불어 권두의 해제로 각 시대 문장의 흐름을 조감해 볼 수 있도록 했다.

조선 초 서거정의 『동문선』 이후 전 시대를 망라한 이만한 규모의 산문 선집은 처음 기획되는 일이다. 글마다 한 시대의 풍경과 사유가 담기는 것을 작업의 과정 내내 느꼈다. 작업을 마치면서 빠뜨린 구슬의 탄식이 없을 수 없다. 그래도 일천 년을 훌쩍 넘긴 한문 산문의 역사를 이렇게 한 필의 비단으로 엮어 주욱 펼쳐 놓고 보니 감회가 없지 않다. 대방의 질정을 청한다.

2017년 11월

안대회, 이종묵, 정민, 이현일, 이홍식, 장유승 함께 씀

소품문의 성행과 박학의 문장
순조 연간

8권은 23명의 문장가가 쓴 70편의 산문을 엮었다. 권상신(權常愼, 1759~1825년)에서부터 유희(柳僖, 1773~1837년)까지 대략 정조 말엽부터 순조 연간에 활약한 문장가의 작품이다. 주요 작가로는 권상신, 서영보(徐榮輔), 이옥(李鈺), 정약용(丁若鏞), 서유구(徐有榘), 유본학(柳本學), 이학규(李學逵), 서기수(徐淇修)를 꼽을 수 있는데 대부분 정조 시기에 교육을 받아 창작을 시작하고 순조 시기에 왕성하게 창작하였다. 7권에 실린 문장가들과는 한 세대 정도 뒤의 후배 문인으로 선배들과 직접 관련을 맺어 영향을 받고 창작 경향을 공유하고 있다.

앞 시기와 바짝 접근해 있는 시기상 특징에서 예상할 수 있듯이 이때의 산문은 직전 세대의 산문 경향과 차이가 그다지 크지 않다. 전 시기에 대두한 소품문 창작이 지속되어 그 영향을 많이 받은 문장가가 정조 말엽과 순조 초년까지 왕성한 작품 활동을 전개하였다. 자유롭고 활기에 넘치는 정조 시기 문단 분위기에서 창작의 길로 들어선 문장가들은 소품문 창작에서 한층 성숙한 세계를 이룩하였다. 전 시기의 대표적 문장가인 박지원이나 이덕무 등으로부터 영향을 깊이 받고 자신만의 산문 세계를 구축해 갔다. 조선 후기 문단에서 가장 실험적인 문장가이자 빼어난 소품문 작가로 평가받는 이옥을 대표적인 작가로 꼽을 수 있다.

작가층이 넓게 분포하여 다양한 신분과 처지의 문인이 창작에 가담하는 현상도 이전과 마찬가지로 확대되고 있다. 조정에서 고관을 지낸 이들이 주축을 이루는 현상은 여전하지만, 장혼(張混), 조수삼(趙秀三), 박윤묵(朴允默)과 같은 중인층과 이옥, 성해응(成海應), 유본학과 같은 서파(庶派) 지식인, 그리고 관리로 봉직하기는 했으나 재야 지식인으로 활동한 정약용이나 서유구 같은 인물도 주요 작가로 꼽을 수 있다.

이 시기 문단에서 먼저 주목할 현상은 소품문의 유행이다. 권상신, 이옥, 남공철, 심노숭(沈魯崇), 김조순(金祖淳), 김려(金鑢) 등이 주요 작가로, 정조 치세에 발생한 문체반정에서 소품문을 창작했다는 이유로 정조에게 견책을 받았던 이들이다. 이들은 결속이 단단한 동인 활동을 하지는 않으나 친분을 이용하여 창작 활동을 공유했다. 거의 모두 상업이 발달하고 문화가 번성한 한양의 도시 분위기에서 성장하고 생활한 이들은 도회적 감수성을 소품문 창작에 반영했다.

특히 권상신의 「봄나들이 규약(南皐春約)」과 「정릉 유기(貞陵遊錄)」, 이옥의 「북한산 유기(重興遊記)」, 김려의 「「북한산 유기」 뒤에 쓰다(題重興游記卷後)」는 1790년대 중반 한양 주변의 교외 명승과 명산을 유람하고서 창작한 경쾌하고 서정적이며 동시에 실험적인 유기 산문이다. 참신한 감각과 유쾌한 정서가 도회민의 감수성을 반영한다.

전기 문학에서도 관심을 두는 인물과 감성을 공유하여 도회지 공간에서 활기차게 살아가는 독특한 인물을 선택하고 기발한 삽화와 경쾌하고 아름다운 문체로 기이한 인생을 묘사하였다. 이 책에 뽑은 이옥의 「소리꾼 송귀뚜라미(歌者宋蟋蟀傳)」, 남공철의 「광기의 화가 최북(崔七七傳)」, 김조순의 「이생전(李生傳)」이 특별히 내세울 만한 중요한 작품이다. 남다른 감성은 이옥의 「밤, 그 일곱 가지 모습(夜七)」이나 심노숭의 「내 인생 내가 정리한다(自著紀年序)」에서 찾아볼 수 있는데, 도회지 주민의 인정과 세태를 드러내고, 자신을 솔직하게 드러내는 자기 서사의 의의를 적극적으로 표현하였다. 이런 산문에서는 분명히 색다른 풍경과 경험, 묘사와 표현이 있어 정통의 산문과 크게 달라진 문장임을 확인할 수 있다. 이들에 와서 문체가 크게 변화했음을 확연히 느끼게 된다.

문장은 대체로 작가의 학문적 태도와 밀접한 관련을 맺고 있는데 이 시기에 특히 그런 상관관계가 중요하게 대두되었다. 학자이면서 문장가로서 높은 위치를 차지한 작가를 주목할 필요가 생겼다. 성해응, 정약용, 서유구는 조선 후기를 대표하는 학자로서 독창적인 사상을 전개하고 남들의 추종을 허락하지 않는 방대한 저술을 남겼다. 각각 학문의 대상과 방법은 달랐으나 모두 정조로부터 직접 학문적 영향을 받아 연구에 종사한 공통점이 있다.

그중에서 먼저 성해응은 조선 후기를 대표하는 고증학자로 사실을 치밀하게 고증하는 학문에 종사했는데 그가 쓴 「안향 선생 집터에서 나온 고려청자(安文成瓷尊記)」는 개경에서 출토된 고려청자의 시기와 출처와 의미를 고증하여 고증학자로서 본색을 잘 드러냈다. 이 글은 한국 전통 예술 가운데 높은 평가를 받고 있는 고려청자를 온전하게 다룬 거의 첫 번째 산문이다. 이 글뿐 아니라 그는 유사한 특징을 지닌 많은 글을 지었다. 그와 나이가 같은 신작 역시 고증학자로 명성을 누렸는데 「자서전(自敍傳)」이나 「태교의 논리(胎教新記序)」에는 고증학자의 독특한 삶과 참신한 학술의 가치를 밝히는 견해가 잘 표현되어 있다. 유희의 「『언문지』 서문(諺文志序)」 역시 같은 성격의 학술적 담론을 담은 글로 의미가 깊다.

학자 가운데 특히 눈여겨보아야 할 인물은 정약용과 서유구이다. 그들은 『여유당전서』와 『임원경제지』라는 방대한 저술을 지은 경세가(經世

家)로서 학문적 수준으로서도 최상의 위치를 차지하지만 문장가로서도 그에 걸맞은 위치를 차지한다. 두 사람 모두 소품문에 바짝 기울거나 고문에 안주하지 않고 의연하게 자신의 문장 세계를 구축하였다. 정약용의 경우에는 젊은 시기에는 소품문 취향에 젖어서 감성적인 문장을 잘 지었고, 장년기 이후에는 논지가 정연한 논설문을 잘 지었다. 8권에 수록한 몇 편의 글에서 잘 알 수 있듯이 그 문장의 장점은 문제를 파악하고 사실을 분석하며, 논리를 세워 나가는 논설문에서 잘 드러난다. 서유구의 경우에는 고문을 배웠으나 청나라 초엽의 문장가 위희(魏禧)를 좋아하였고, 독특한 색채의 문장을 써서 주장이 강한 논설문과 서정이 넘치는 문장 모두에 재능을 보였다. 두 사람을 글솜씨의 좋고 나쁨으로 평가할 것은 아니나 한 시대의 뛰어난 경세문자(經世文字)를 지은 문장가로서 높은 위상을 지닌다.

그 밖에 독특한 빛깔을 가진 문장가로 이학규가 있다. 특정 계열에 넣어서 볼 수 없이 그만의 개성적인 산문 세계를 가지고 있다. 서간 문체가 특히 인정을 받고 있고, 버림받은 인생의 고통과 비애를 묘사한 많은 문장은 독자의 감동을 자아내는데 이 책에 실린 「박꽃이 피어난 집(匏花屋記)」과 「윤이 엄마 제문(哭允母文)」은 처절하고 우울한 정서가 넘쳐나는 기이한 문장이다.

문장가로서 크게 두드러지지는 않으나 서기수의 「백두산 등반기(遊白頭山記)」는 조선 후기에 수많은 명문을 낳은 유기 문학에서 그 가치를 인정할 만한 명문이다. 등산객의 발길이 드물게 이른 백두산의 원시적 풍경을 상투적이거나 지루한 서술 없이 생동감 넘치도록 묘사하여 장편임에도 긴장감을 잃지 않는다. 이 작품을 포함하여 유기 산문 가운데 다수의 명작이 이 시기에 출현하였다.

8권은 대략 40년을 넘지 않는 짧은 기간의 작가에게서 작품을 뽑았다. 그 기간에는 역량 있는 작가가 다수 배출되어 수록한 산문에 주제가 새롭고 문체가 신선한 작품이 많다. 사회와 정치, 자연과 문화 분야에서 도전적인 주제를 참신한 문체와 신선한 시각으로 분석하고 묘사하여 그 시대의 담론과 정서, 사유를 민감하게 보여 준다.

차례

일러두기

1 각 작품이 실린 문집이나 선집, 역사서 등에서 좋은 판본을 선별하여 저본으로 삼았으며, 원문을 해치지 않는 범위에서 풀어 번역했다.
2 주석과 원문은 본문 뒤에 모아 실었다. 원문에는 필요한 경우 교감주를 달았다.
3 저자의 원주는 〔 〕로 표시했다. 원문에서 □는 결락된 부분이다.

권상신 權常愼

1759~1825년

자는 경호(絅好), 호는 서어(西漁) 또는 일홍당(日紅堂)이다. 본관은 안동(安東)으로 정조·순조 연간의 명사이다. 과거에 세 번을 내리 장원으로 급제하여 삼장장원(三場壯元)으로 불렸고, 벼슬은 병조 판서에 이르렀다. 남공철(南公轍), 심상규(沈象奎), 김희순(金羲淳), 김조순(金祖淳), 심노숭(沈魯崇), 김이양(金履陽) 등 노론 출신 명사들과 교유했다.

시문을 잘 지은 문인으로 개성 있는 문학 세계를 가지고 있다. 젊은 시절에는 「봄나들이 규약(南皐春約)」, 「정릉 유기(貞陵遊錄)」과 같은 산뜻하고 경쾌한 유기소품(遊記小品)을 지어 재능을 발휘했다. 문집에 『서어유고(西漁遺稿)』가 있다.

나귀와 소 驢牛說

나귀는 소보다 힘이 약한 동물이라, 무거운 짐을 싣고는 멀리 가지 못하고 더구나 성질이 경박하고 괴팍하다. 힘이 약해서 물건을 잘 싣지 못하므로 오로지 탈것으로만 쓴다. 하지만 귀한 집 자제들은 경쟁하듯이 나귀를 좋아하여 그 값이 항상 큰 소보다 비싸다. 민간의 비천한 백성들은 돈이 있어도 감히 나귀를 사서 타지 못하니 나귀의 등은 참 귀하기도 하다.

농사는 소의 힘을 빌려서 짓는다. 소의 힘을 빌리지 못해 농사를 짓지 못하면 사람은 곡식을 먹지 못해 죽게 되니 소는 귀히 여겨야 할 짐승이다. 그러나 곡식을 많이 쌓아 둔 부자는 툭하면 소를 잡아 제 몸을 살찌운다. 그 아들과 손자는 또 곡식을 돈으로 바꿔서 나귀를 사 타고 다니고 또 사람이 먹을 곡식을 나귀에게 먹이기도 하니 참 괴이하다.

사람들이 소를 천시하고 나귀를 중시하는 것은 그 외모 탓일까? 나귀는 비단이 아니면 안장으로 깔지 않고, 오색실이 아니면 고삐로 쓰지 않는다. 붉은 끈을 흔들면서 부드러운 고삐를 드리운 채 의관을 번듯하게 갖추어 입은 이가 나귀를 타므로 모두들 "나귀가 참 아름답다."라고 말한다. 소는 뻣뻣한 나무로 코뚜레를 뚫고, 거친 새끼줄로 목줄을 단다. 무거운 쟁기를 메고 거친 들판을 가는 소를 웃통을 벗은 사람이 끌고

가므로 모두들 "소가 참 바보 같다."라고 한다.

아! 나귀가 아름답고 소가 바보 같은 모습은 사람이 만든 것이다. 그런데 그렇게 만들어 놓고서 또 누군 아름답고 누군 바보 같다고 하니 어쩌면 그리도 생각이 짧은가? 소는 그 힘을 써먹고 그 고기를 먹는 반면 나귀는 화려하게 꾸미고 그 외모를 사랑하니, 너무도 옳지 못하다.

중국 사람은 소를 귀하게 여기고 나귀를 천하게 여긴다고 하니 그들은 귀하게 여길 것과 천하게 여길 것을 잘 알고 있다고 하겠다.

해설

글쓴이가 스물세 살 되던 1781년에 쓴 글이다. 나귀와 소를 대조해서 소를 천시하고 나귀를 중시하는 풍속을 비판했다. 조선 시대에는 탈것으로 나귀를 중시했기에 그 값이 소보다 비쌌다. 농사에 꼭 필요하고 육류로도 귀하게 쓰이는 소보다 나귀를 귀하게 취급하는 것이 과연 옳은가? 글쓴이는 어떤 점에서 보더라도 그럴 만한 이유가 없다고 말한다. 실제 쓰임에서는 나귀가 소를 당해 낼 수 없다. 오로지 존귀한 사람들이 나귀 타는 것을 즐기기 때문에 나귀가 대접받는다. 아이러니한 현실을 드러냄으로써 실용을 멀리하고 헛된 멋을 추구하는 세태를 풍자하고 있다. 글은 쓴 목적은 여기에 있으나 문화적 산품의 가격이 높이 평가받는 당시 사회의 현실을 폭로하는 측면도 있다.

봄나들이 규약 南皐春約

갑진년(1784년) 삼월 경술일 김숙도(金叔道, 김상임(金相任)), 임언도(任彦道, 임이주(任履周))와 함께 심사집(沈士執, 심윤지(沈允之))의 집에서 모임을 가졌다. 모임을 함께하면서 왕래하지 않은 사람은 유백취(兪伯翠, 유만주(兪晩柱)), 김계용(金季容, 김상휴(金相休)), 이시중(李時中, 이도중(李度中)), 이사인(李士仁)이다. 심사집은 집이 남산에 있고 또 정원이 높은 언덕에 있어서 남고(南皐)라 불렀다. 과거 공부를 한다는 핑계를 대고 벗들이 모였으나 실제 목적은 유람의 계획을 짜는 데 있었으니 이것이 「봄나들이 규약」이 만들어진 이유이다. 그리하여 각자 거문고와 책, 투호와 같은 유람 도구를 모아서 다음과 같이 약속하였다.

제1조 꽃구경

하나. 밥을 먹기 전에 어디에서 꽃을 구경할지 상의하여 정한다. 의견이 갈리면 세 사람의 말을 따르고, 두 사람의 말은 무시한다. 의견을 내지 않다가 선뜻 따라나서지 않으려는 자는 아래 세목과 같이 벌을 받는다.

둘. 부슬비나 짙은 안개, 사나운 바람도 가리지 않는다. 일 년 중 봄놀이에서 비가 오고 안개가 끼고 바람 부는 날을 빼면 놀기에 좋은 날이 대단히 적기 때문이다. 빗속에서 노는 것을 꽃 씻는 일이라 하고, 안개가 자욱할 때 노는 것을 꽃을 촉촉이 적시는 일이라 하며, 바람 불 때 노는 것을 꽃을 보호하는 일이라 이름 붙인다. 옷과 신발이 젖을까 아까워하며 신병을 핑계 대고 미루면서 미적미적 가려 하지 않는 자는 아래와 같이 벌을 받는다.

셋. 길을 갈 때에는 소매를 나란히 하거나 걸음걸이를 나란히 한다. 때로는 둘이면 둘, 셋이면 셋씩 동무하여 들쑥날쑥 걸어간다. 그렇더라도 반드시 서로 돌아보면서 한 무리를 이루도록 해야 한다. 만약 성큼성큼 걸어 앞서 가면서 뒤에 오는 이와 보조를 맞추지 않거나 느릿느릿 걸어 뒤처졌으면서도 앞에 가는 이를 부르지 않아 일행을 흐트러뜨리는 사람은 아래와 같이 벌을 받는다.

넷. 꽃을 구경하는 사람 가운데 꽃 꺾기를 즐기는 이가 있는데, 정말 형편없는 짓이다. 봄의 신이 꽃을 키우는 일은 마치 농부가 곡식을 키우는 것과 같다. 꽃송이 하나하나가 모두 조물주가 힘들게 고생한 산물로 생명의 의지가 무성한 생물이다. 함께 노니는 우리가 꽃을 감히 꺾어서야 되겠는가? 꽃을 꺾는 이는 아래와 같이 벌을 받는다.

다섯. 술잔을 돌릴 때 작은 잔을 나이순으로 돌린다. 술이 술잔에 들어 있으면 사양하지 않는 것이 예법이다. 술을 잘 마시지 못하는 이가 술잔을 받을 차례가 되면 술잔을 들어 꽃 아래 붓고 머리를 조아리고 꽃을 향하여 이렇게 사죄한다. "엎드려 바라건대 꽃의 신이시여, 제 주량을 잘 살펴 주소서. 정말 주량이 작아서 그러하오니 이 술을 땅에 붓습니다." 함께 노니는 벗들은 그를 불쌍히 여겨서 괴로움에서 벗어나도록 용서해 준다. 술잔에 든 술의 양을 재면서 제멋대로 술잔을 기울이거나 잡고 있는 이는 아래와 같이 벌을 받는다.

여섯. 운(韻)을 내어 시를 지을 때, 하나의 운으로 함께 짓기도 하고

운을 나누어 각자 짓기도 한다. 잘 짓고 못 지은 것을 따지지 않고 오로지 유람을 기록하고 감정을 펼쳐 내도록 한다. 남들은 다 시를 지었는데 저 혼자 끙끙대며 구상하고 교묘한 시어를 찾아내려 하는 이는 아래와 같이 벌을 받는다.

제2조 거문고와 책과 투호

하나. 밥을 먹은 뒤에 꽃놀이를 하지 않을 때에는 반드시 거문고 연주나 독서, 투호 놀이를 하며 논다. 세 가지 외에 잡스러운 놀이 도구를 꺼내는 이는 아래와 같이 벌을 받는다.

둘. 거문고를 탈 때에는 거문고의 흥취를 즐길 뿐 전문가처럼 이해하려 들지 않는다. 줄이 없는 거문고를 귀하게 여기기도 하니 튕기기만 하고 악곡에 따라 연주하지 않는다고 하여 무슨 문제가 있으랴? 함께 노니는 사람 중에 거문고를 탈 줄 모르는 사람은 줄만 튕겨 소리를 내서 즐거운 마음을 표현하기만 해도 좋다. 거문고를 탈 때 악기를 공경하지도 않고 아끼지도 않아 손상을 입히는 자는 아래와 같이 벌을 받는다.

셋. 거문고 몸체에 먼지가 가득 낀 것을 현학(玄鶴)의 병이라 한다. 아침에 한 번 거문고를 닦고 저녁에 한 번 거문고를 닦되, 마땅히 어린아이를 무릎에 앉혀 놓고 어루만지듯이 해야 한다. 거친 마음으로 소매를 스쳐 줄이 늘어나고 괘가 비뚤어지도록 만드는 자는 아래와 같이 벌을 받는다.

넷. 투호는 오직 악원(樂園)의 격식을 채택하되 때로는 『의례(儀禮)』의 격식을 따르기도 한다. 법대로 하지 않으면 아래와 같이 벌을 받는다.

다섯. 투호 놀이는 활 쏘는 법과 똑같다. 활쏘기는 덕을 관찰하는 놀이로 마음을 똑바로 가지는 것을 귀하게 여긴다. 마음이 바른데도 과녁에 적중하지 않는 것은 재주와 힘이 떨어진 탓일 뿐 덕에는 아무런 손상을 입히지 않으니 적중하지 못한들 무슨 흠이 되겠는가? 투호를 하는 자는 몸을 반듯하게 하여 꼼짝하지 않고 서서 단지의 아가리에 정신을 집중하면 화살 한 개 한 개가 거의 모두 들어간다. 승부에 힘을 쏟게 되면 대개는 몸을 굽히고 팔을 길게 뻗어서 공들여 화살을 넣고자 한다. 그런 자는 아래와 같이 벌을 받는다.

여섯. 독서할 때 경서는 『시전(詩傳)』을, 역사책은 사마천의 『사기』를, 제자서(諸子書)는 『장자』를, 문집은 한유(韓愈)와 구양수(歐陽脩) 그리고 소식(蘇軾)의 문집을, 시집은 왕유(王維)와 맹호연(孟浩然)의 시를, 사(辭)는 굴원(屈原)의 작품을, 부(賦)는 사마상여(司馬相如)의 「장문부(長門賦)」 등을, 전기(傳奇)는 송강(宋江)이나 최앵앵(崔鶯鶯)을 묘사한 작품을 읽는다. 그밖의 다른 책은 얻어지는 대로 읽는다. 꽂힌 찌를 빼 두고 자리에 밀쳐놓거나, 책을 포개어 베개로 쓰거나, 장정을 훼손하고 책갑을 더럽힌 사람은 아래와 같이 벌을 받는다.

일곱. 남들은 책을 깊이 파지 않는데, 책을 깊이 파는 것을 글을 씹어 먹는다고 한다. 도연명(陶淵明)은 거칠어서 글을 너무 깊이 파고들지 않았고, 두보(杜甫)는 "독서할 때 어려운 글자는 그냥 지나친다."라고 시에서 읊었다. 모두 한때 우연히 한 말일 뿐 후세 사람에게 분명하게 밝히려고 한 말은 아니다. 왕안석(王安石)은 기이한 글자를 많이 알았는데 배울 만한 점이지 비웃을 일은 아니다. 글자의 뜻을 모르고 구절의 뜻을 어떻게 알며, 구절의 뜻을 모르고 문단의 뜻을 어떻게 알며, 문단의 뜻을 모르고 글 전체의 뜻을 어떻게 알겠는가? 함께 노니는 우리들은 난해한 곳을 만나면 반드시 돌려 보며 풀이해 달라고 부탁하여 완전히 이해하도록 노력한다. 만약 제멋대로 읽고 마구잡이로 들춰 보며 의미를 전혀 터득하지 못한 자는 아래와 같이 벌을 받는다.

여덟. 경서든 역사책이든 각기 한 권씩 뽑아서 읽다가 좋은 대목을 보게 되면 반드시 돌려서 보여 주고 함께 읽는다. 그렇게 옛사람의 신정(神情)을 터득하여 자신의 문사(文思)를 시원스럽게 펼친다. 저 혼자 몰래 감상하면서 채옹(蔡邕)처럼 『논형(論衡)』을 베개 밑에 숨겨 놓고 보는 이는 아래와 같이 벌을 받는다.

아홉. 아침부터 낮 동안 책을 보고 읽으며 마음에 단단하게 기억해 두었다가 이른 밤이 되면 반드시 함께 모여 외고 토론하여 옛사람의 이름난 행적을 품평하고 그 귀결을 따져 본다. 천고의 성인과 범인, 지혜로운 사람과 어리석은 사람의 요령을 또렷하게 직접 보듯이 하고 기억력이 밝게 트이도록 한다. 읽은 것과 본 것에 정신을 전혀 집중하지 않아 토론하는 자리에 이르러서는 진흙으로 만든 소상처럼 입을 다물고 있는 자는 아래와 같이 벌을 받는다.

열. 책을 읽는 소리는 달빛 아래가 가장 어울린다. 동자가 나무 사이에 달이 떠오른다고 알려 오면, 서로 이끌고 마루를 내려가 뜰을 산보하면서 평소에 익힌 글을 각자 외운다. 읽는 소리는 반드시 느리고, 읊조리는 소리는 반드시 낭랑하여 마치 맑은 개울물이 구불구불 흐르듯 유장하고 청아하여야 한다. 시골 서당 학동처럼 입을 나불대고 혀를 날름거려서 그저 읽은 횟수만 채우려 욕심내는 짓을 따라해서는 안 된다. 이를 범한 자는 아래와 같이 벌을 받는다.

제3조 표 만들기

하나. 표는 반드시 밥 먹기에 앞서 신속하게 만들어 놓아야 한다. 신경을 써서 잘 만들려고 애쓰다가 밥그릇에 숟가락이 올라갈 때까지 끝내지 못한 자는 아래와 같이 벌을 받는다.

징벌 내용

법률에는 징벌과 속죄가 있다. 지금 이 봄놀이는 다만 마음껏 기뻐하고 다 함께 즐기는 것이 목적이다. 규약은 간편한 것이 좋은데 어째서 뒤따라 벌을 주려고 하는가? 여러 사람을 하나로 모아 함께 움직이기 위해서다. 따라서 징벌을 가하여 규약을 엄격히 지키게 하되 속죄를 허락하여 너그러움을 보인다. 규약의 조항은 셋이고 그 세목은 열일곱 가지이다. 그 세목을 총괄하고 항목마다 징벌을 나열한다. 징벌에는 차등을 두는데 차등은 다섯 가지이다. 속죄는 술잔으로 하고 술잔은 다섯 잔을 상한으로 두되 징벌에 따라 차등을 둔다.

제1조 꽃구경에는 세목이 여섯 가지이다.

하나. 따라나서기를 좋아하지 않는 경우. 『서경』에 "세 사람이 갈 때에는 두 사람의 방향을 좇는다."라 하였고, 『육도(六韜)』에 "혼자 생각을 고집하여 무리를 어기지 말라."라 하였으니 이것이 정답이다. 그 징벌은 상등이고 속죄는 술 다섯 잔이다.

둘. 핑계를 대고 미적거리며 가지 않는 경우. 『군지(軍志)』에 "때에 맞춰 중대사에 나아가되 안개나 비를 꺼리지 말라."라 하였고, 『주역』에 "때가 왔구나! 놓쳐서는 안 된다."라 하였으니 이것이 정답이다. 그 징벌은 상등 다음이고 속죄는 술 넉 잔이다.

셋. 대오를 이탈하는 경우. 『서경』에 "서로 관계를 끊거나 멀어지지 않도록 하라. 너희들은 계획과 의견을 나누어 서로 어울리도록 하라."라 하였으니 이것이 정답이다. 그 징벌은 중등이고 속죄는 술 석 잔이다.

넷. 꽃을 꺾는 일. 이런 행위는 봄의 도적이라 한다. 이유를 불문하고 징벌을 상등으로 매기고 속죄는 술 다섯 잔이다.

다섯. 제멋대로 술잔을 멈추는 일. 『시경』에서 "술에 취하지 않으면 돌아가지 않는다."라 하였으니 이것이 정답이다. 그 징벌은 하등이나 속죄는 곱절이 되어 술 두 잔이다.

여섯. 끙끙대며 구상하고 교묘한 시어를 찾아내려 하는 일. 『논어』에 "글은 뜻을 전달하면 될 뿐이다."라 하였으니 이것이 정답이다. 그 징벌은 하등이고 속죄는 술 한 잔이다.

제2조 거문고와 책과 투호에는 세목이 열 가지이다.

하나. 잡스러운 놀이 도구를 꺼내는 일. 주자(朱子) 말씀에 "기이하고 사특한 것을 잡스럽게 내어놓아 덕성을 해친다."라 하였으니 이것이 정답이다. 그 징벌은 중등이고 속죄는 술 석 잔이다.

둘. 거문고를 손상하는 일. 이 행위를 거문고 좀벌레라 한다. 이유를 불문하고 벌을 상등으로 매기고 속죄는 술 다섯 잔이다.

셋. 거문고를 잘 닦지 않는 일. 『논어』에 "일을 공경히 행하라."라 하였으니 이것이 정답이다. 그 징벌은 중등이나 속죄는 줄여서 술 두 잔이다.

넷. 격식과 법을 좇지 않는 경우. 『시경』에 "잘못하지 말고 잊지 말고, 옛 법을 따르라."라 했으니 이것이 정답이다. 그 징벌은 상등이나 속죄는 줄여서 술 넉 잔이다.

다섯. 교묘하게 화살을 투호에 넣는 일. 『시경』에 "간악한 백성들은 오로지 앞다퉈 그 일에만 힘쓰네."라 하였으니 힘쓰는 것은 속임수로 이것이 정답이다. 그 징벌은 상등이고 속죄는 술 다섯 잔이다.

여섯. 책을 더럽히는 일. 이 행위를 책을 좀먹는 벌레라 한다. 이유를 불문하고 그 징벌은 상등이고 속죄는 술 다섯 잔이다.

일곱. 멋대로 어지럽게 글을 읽는 일. 『대학』에서 "자세히 캐묻고, 신중하게 생각하고, 명확하게 변론하라."라 하였고, 또 『논어』에서 "의문이 생기면 질문할 것을 생각하라."라 했으니 이것이 정답이다. 그 징벌은 하등이나 속죄는 곱절로 술 두 잔이다.

여덟. 혼자 책을 보는 일. 『논어』에 "나는 너희에게 속이는 것이 없다."라 했으니 이것이 정답이다. 그 징벌은 상등이나 줄여서 속죄는 술 넉 잔이다.

아홉. 정신을 전혀 집중하지 않는 일. 『서경』에 "견문이 많은 사람을 구한다.", "옛 가르침을 배워야 얻음이 있다."라 했으니 이것이 정답이다. 그 징벌은 중등이고 속죄는 술 석 잔이다.

열. 입을 나불대고 혀를 날름거리는 일. 『논어』에 "글을 외우는 소리가 요란하다."라 했고, 『시경』에 "간언하는 말을 취한 듯이 건성으로 듣네."라 했으니 이것이 정답이다. 그 징벌은 하등이나 속죄는 곱절로 하여 술 두 잔이다.

제3조 표 만들기의 벌칙

항목은 하나다. 밥 먹기 전에 완료하지 못하는 일. 『논어』에 "일을 민첩하게 한다."라 하였으니 이것이 정답이다. 그 징벌은 하등이고 속죄는 술 한 잔이다.

율령을 만들었으니 거행할 것이며, 자세히 살펴보고 승인하도록 한다. 함께 노니는 벗들이여! 분명하게 듣고서 어기지 말라!

해설

1784년 윤3월 9일 권상신은 유만주 등 친한 벗들과 함께 모여 꽃놀이 계획을 짜고 그 내용을 바탕으로 「봄나들이 규약」을 만들었다. 문체는 유기(遊記)인데 일반적인 유기와는 크게 다른 참신한 글이다. 제1조, 제2조, 제3조에 부칙으로 징벌 내용을 적어서 마치 계 모임 조직 문서와 같은 형식을 갖추었다. 보통의 문장과 다르게 일부러 공문서 양식으로 써서 새롭게 보이려고 했다. 공문서처럼 번호를 매기며 개조식으로 열거하고 문체도 문서 양식을 차용하여 유기의 일종이기는 하나 완연한 희문(戱文)이다. 어떤 글보다 더 세련되고 멋지게, 새로운 방법으로 풍경을 즐기기 위한 젊은 문인의 실험적 시도가 약동한다.

문체는 공문서와 같지만 묘사나 내용은 다른 어떤 유기 산문보다 서정적이고 해학이 살아 있다. 묘사된 내용에서도 봄철의 화사함과 젊음, 멋스러움이 넘친다. 감성적이고 문예적인 산문인 유기에서 무미건조한 공문서의 형식을 차용한 이와 같은 문장이 18세기 중후반 이후 일군의 문장가에 의해 시도되었다. 그 참신한 실험은 뒤에 나오는 이옥(李鈺)의 「북한산 유기(重興遊記)」와 상당히 비슷하다.

정릉 유기 貞陵遊錄

놀러 가기 전날에 사집과 숙도, 백취, 언도와 의견을 나누었다.

"버들은 흥인문(興仁門)이 가장 아름다운데 우리가 벌써 다 보았고, 살구꽃은 유란동(幽蘭洞)이 가장 아름다운데 우리가 벌써 다 보았으며, 복사꽃은 북사동(北寺洞)이 가장 아름다운데 우리가 벌써 다 보았네. 진달래꽃은 어디가 가장 아름다운지 아직 정하지 못했으니, 어떻게 하면 좋겠나?"

그러자 어떤 이는 다백운루(多白雲樓)가 좋다고 했고, 어떤 이는 석양루(夕陽樓)가 좋다고 했으며, 또 어떤 이는 영미정(永美亭)이, 어떤 이는 정릉이 좋다고 했다. 한참 의견을 나눈 다음 정릉(貞陵)이 좋겠다고 입을 모았다.

정릉에 놀러 가기로 잡은 날은 윤삼월 초하루였다. 가기로 한 사람들 가운데 제사가 있어 가묘(家廟)에 꽃을 바쳐야 하는 이들이 많았다. 언도는 계산동(桂山洞)에 집이 있어 이른 새벽에 가서 꽃을 바치고 동소문(東小門)에서 기다리기로 약속했다. 백취가 꽃을 바치고 늦게야 사집의 집에 도착했다. 사집의 집에서는 시간이 일러서 아직 꽃을 바치지 않았다. 모두들 사집이 꽃을 바치기를 기다렸다가 제사가 끝나면 가는 것이 좋겠다고 했다.

내게는 꽃구경이 하루가 급하고 촌각을 다투는 일이라, 팽팽히 당긴 활시위가 화살을 쏘아야만 풀릴 양 마음이 조급했다. 그래서 숙도와 사집을 그대로 남겨 두고 신흥사(新興寺)에서 나중에 만나기로 하고 백취를 잡아끌고 관현(館峴)을 지나 동소문에 이르렀다. 언도는 벌써 와서 기다리고 있었다. 그늘이 드리운 소나무 아래 초가집에 함께 모였다. 꽃이 핀 산언덕이 아름다워 눈길을 두기에 알맞았다. 곧바로 술을 따라 꽃을 마주보고 마셨다. 여기가 술을 마시기 딱 좋은 자리라는 것을 일찌감치 점찍어 두고 있었다.

소매를 나란히 하여 동소문을 나섰다. 길을 조금 가니 버드나무 두 그루가 길 왼편에 죽어 있는데 바람을 받아 한층 을씨년스럽게 보였다. 나는 손을 뻗어 버들가지 하나를 꺾었다. 양끝의 길이는 석 자가 더 되어 물건을 묶을 만큼 부드러웠다. 가벼운 버들개지가 잎사귀 사이에 붙어 있어 누에가 뽕잎에 붙어 있는 것 같았다. 예뻐서 어루만지며 손에서 놓지를 못했다. 먼지를 쓸면 빗자루처럼 보이고, 오가는 말이나 소에게 휘두르면 채찍같이 보이며, 허리춤에 꽂으면 파란 실로 짠 허리띠처럼 보이고, 손아귀에 잡고 내키는 대로 위아래로 흔들자 총채 꼬리 모양으로 보였다. 나 혼자 장난치고 즐기니 절로 나오는 웃음을 막지를 못하겠다.

길을 가다가 중을 한 사람 만났는데 사찰의 불구(佛具)를 조성하려고 탁발하는 중이었다. 송락을 쓰고 목탁을 두드리며 염불을 외우고 보시하라 청했다. 지나가는 행인들이 던져 준 동전이 종이 위에 가득했다. 나는 버들잎 하나를 뜯어 던져 주었다. '부처에게 바치는 시주 물건으로는 아끼는 물건이 제일인데, 지금 이 버들잎은 내가 아끼는 것이니 시주 가운데 내가 제일이겠군!' 그렇게 말하고 언도와 함께 한바탕 웃었다.

신흥사로 들어가 밥을 먹었다. 한참 지나 숙도와 사집이 와서 밥을 먹었다. 밥을 먹고 곧바로 일어나 절을 나섰다. 승려한테 좋은 자리가 어디에 있는지를 물었다. 절을 돌아가면 계곡물이 너럭바위 위로 흐르고, 꽃들이 여기저기 피어나 햇살에 끝없이 반짝인다고 입을 모았다. 승려 영환(暎幻)더러 앞장서 길을 인도하라고 했다. 진달래꽃이 눈에 훤하게 들어와 너럭바위에 이르도록 끊어지지 않았다. 왕융(王戎)으로 하여금 주판을 들고 밤낮으로 세어 보게 한다 해도 꽃이 몇 그루인지 다 셀 수 없을 것이다.

너럭바위는 두 절 사이에 끼어 있으나 봉국사와 조금 더 가깝다. 졸졸 흐르는 물소리가 들음직하고, 꽃이 촘촘하게 피어 한층 아름답다. 영환을 시켜 상류에 앉아 꽃잎을 띄우게 했다. 꽃잎 조각이 물에 붙어 미련이라도 있는 듯 빙빙 돌면서 아래로 내려가지 않다가 문득 시원스럽게 아래쪽 소용돌이까지 내려갔다. 또 꽃잎이 모여 내려가지 않아서 솔가지로 물을 휘저었더니 그제야 내려갔다. 기막히다고 외치며 몹시 즐거워했다.

문득 썩은 나뭇잎과 더러운 모래를 한 움큼 쥐고 오는 이가 있기에 뭐하려 하느냐고 물었더니, 물길을 막았다가 터트려서 급류 소리가 나게 할 셈이라고 답했다. 내가 "누가 너더러 이따위 운치 없는 짓을 하라고 시키더냐?"라고 꾸짖고 물밑에 막힌 모래를 뚫어 잘못을 벌충하게 했다. 그러자 꽃이 매우 빠르게 흘러갔다.

언도가 가지고 온 진달래국수는 맛이 썩 좋았다. 나는 술을 마신 뒤라 목이 몹시 말랐다. 생각해 보니 병에 든 국수는 나누어 먹기에는 부족하고 혼자 먹기에는 넉넉했다. 벗들이 나 혼자 먹도록 내버려 둘 리가 만무하여 몰래 하인에게 눈을 끔벅하여 솔숲 깊숙한 곳에 병을 숨겨 두게 했다. 나는 천천히 일어나 꽃 주위를 한두 번 돌면서 한가롭게 노니는 시늉을 하여 벗들이 아예 의심하지 못하도록 막았다. 다시 천천히 솔숲으로 들어가 서슴없이 병마개를 따고 옻칠을 한 오동나무 사발에 가득 따라 통쾌하게 먹었다. 꽃잎이 비장에 가까워지자마자 향기가 목구멍에서 솟아 나왔다. 그 좋다는 양선차(陽羨茶)와 중령천(中泠泉)을 마신다 해도 이보다 낫진 않으리라.

벗들은 내가 보이지 않자 다행이라 여기고 병을 비우려고 급하게 병을 찾았다. 내가 솔숲에 들어간 의도가 병에 있었음을 전혀 눈치채지 못했다. 병을 찾지 못하고 있을 때 내가 미소를 지으면서 솔숲에서 나왔다. 비로소 속은 줄 알고 번갈아 가면서 원망하고 꾸짖었다. 내가 자비심을 베풀어 병을 내어 오라 했다. 언도가 날쌔게 뛰어나와 남은 것이나마 먹게 된 것을 다행으로 여겼다.

술이 다 떨어지고 제호 한 그릇만 남았다. 술 대신 제호 잔을 물에 띄워서 나이순으로 마시기로 했다. 제호를 조금 따라 물에 타서 오동나무 술잔을 채우고 물에 띄워 내려 보냈다. 마시기로 한 사람은 아래에서 잔을 받도록 했다. 어쩌다 막혀서 잔이 내려가지 않으면 여럿이서 물을 휘저어 물살을 일으키고 잔이 뒤집어지지 않고 내려가도록 했다. 그것이 가장 기이했다. 다만 숙도가 마실 차례가 되었을 때 잔이 갑자기 역류하여 위로 올라가 한참을 지나도 내려가지 않았다. 여럿이서 바위에 걸터앉아 물을 휘저어 잘 내려가도록 했다. 술잔이 내려가다가 다시 옆으로 가서 모래 바닥에 붙어 버렸다. 곱절의 힘을 들이고서야 내려갔으나 이번에는 바위에 부딪혀 뒤집히고 말았다. 모두들 크게 웃었다. 잔을 두 순배 정도 띄우자 제호가 바닥났다.

봉국사(奉國寺)로 들어가 밥을 먹었다. 봉국사는 약사불을 모시고 있어 민간에서는 약사사(藥師寺)라 부른다. 절을 나와 백여 걸음 가서 정릉을 우러러보고 그다음에는 비각을 열고서 새겨진 글을 삼가 읽었다. 땅

거미가 질 무렵 돌아갈 길을 찾아 손가장(孫家莊)으로 들어갔다. 재간정(在澗亭)에 올랐더니 바위가 희고 물이 맑아 눈과 귀가 모두 통쾌했다. 그러나 오직 아름다운 꽃이 때로는 성글게 때로는 빽빽하게 물에 어리는 풍경이 없어서 유감이었다. 날이 차츰 저물어서 다 함께 성큼성큼 걸어서 동소문으로 들어왔다.

해설

봄철에 친한 벗들과 함께 한양 성곽을 벗어나 성북동 일대를 나들이한 즐거움을 묘사한 글이다. 문체는 유기(遊記)로 소품문의 경쾌하고 발랄한 감각을 잘 살려 냈다. 앞의 글 「봄나들이 규약」이 형식적 실험에 중점을 둔 유기라면 이 글은 감성적 실험에 중점을 둔 유기이다. 놀이하는 과정을 서술하기보다는 인상적인 장면 장면에 집중하여 세밀하게 묘사하였다. 제사 때문에 지체되어 조바심을 내는 장면, 버드나무 가지를 꺾어 장난을 치는 장면, 탁발승에게 시주로 버들잎을 따서 던지는 장면, 상류에서 꽃잎을 물에 띄워 즐기는 장면, 진달래국수 병을 숨기고 혼자서 후루룩 먹는 장면, 제호를 물에 띄워 마시는 장면 등 한 장면 한 장면이 익살스럽고, 짓궂은 장난을 즐기는 젊은이들의 심리와 행동을 잘 보여 준다. 생동하고 재미나며, 경쾌하고 신선한 느낌을 만끽하게 하는 아름다운 유기이다.

대은암의 꽃놀이 隱巖雅集圖贊

한 해 동안 놀기에 적당하지 않은 날이 없고, 한 세상에서 함께 놀기에 적당하지 않은 사람이 없다. 그러나 노는 날은 반드시 좋은 때를 골라야 하고, 함께 놀 사람은 반드시 마음에 맞는 이를 찾아야 한다. 좋은 날에 좋은 사람을 찾았다면, 또 반드시 즐기기에 적당한 장소를 골라서 즐겨야 한다.

좋은 때를 고르자면 늦봄의 화창한 삼짇날보다 더 어울리는 날이 없고, 마음에 맞는 사람을 찾자면 진솔한 시인 묵객보다 더 어울리는 사람이 없으며, 즐기기에 적합한 곳을 가리자면 호젓하고 툭 트인 울창한 숲과 맑은 냇물보다 더 어울리는 장소가 없다. 이 세 가지를 갖춘 뒤에야 그 놀이가 세상에 널리 알려질 수 있다. 이것이 왕희지의 「난정계첩(蘭亭稧帖)」이 오늘날까지 오래도록 일컬어지는 까닭이다.

그렇건마는 어째서 근래에는 그 놀이를 이어받은 이가 없어 적막한 것일까? 좋은 날과 좋은 장소를 만나기 어려워서가 아니라 좋은 사람을 만나기 어려워서 그렇다. 설령 좋은 사람을 만났더라도 성세(盛世)나 낙세(樂世)를 만나기 어려워서 그렇다. 따라서 진(晉)나라 이래로 천여 년이 흐르는 동안 한유의 「태학(太學)에서 거문고를 듣고」와 백거이(白居易)의 「낙수(洛水)가에서 모임을 갖다」가 앞뒤로 나란히 아름다운 작품이라 불리기는 하지만, 왕희지의 「난정계첩」처럼 후세에 전해져 사람들의 이목을 사로잡지 못하니 참으로 아쉽다.

지금 임금님께서 즉위하신 지 십이 년째 되는 무신년(1788년)에 조야(朝野)는 평안하고 큰 사건이 없었다. 연달아 풍년이 들어서 농사꾼들은 논밭에서 놀고 장사꾼들은 거리에서 노래를 흥얼거렸다. 그리하여 나는 여러 벗들에게 말했다.

"올해 봄은 이인좌(李麟佐)의 난을 평정한 지난번 무신년이 아닐세. 서울 사람들은 무기 들고 싸우는 일을 보지 못하고 모두들 상서로운 바람과 햇볕을 받으며 북을 치고 춤을 추며 노니느라 꽃이 핀 저택과 버들이 늘어진 시냇가에서는 풍악이 울려 퍼지네. 성군의 은택이 흘러넘치는 것을 그 풍경에서 확인할 수 있지. 그러니 좋은 날을 고르고 훌륭한 벗을 불러서 봄이 온 산골짝에서 잔치하고 놀면서 성군의 은택을 찬미하기에는 지금이 좋은 때일세!"

마침내 삼짇날 경산(京山) 어른을 모시고 대은암(大隱巖)에 모였다. 갓을 쓴 사람 열네 명이 술병과 술잔을 여기저기 벌여 놓았고, 지은 시가 계속 쌓였다. 술이 얼근하게 오르자 경산 어른은 전주(篆籒)를 쓰고, 유회문(柳晦文)은 거문고를 타고, 단원(檀園)은 새와 꽃과 대나무를 그렸다. 풍광을 멋지게 실컷 구경하고, 산수간에 노는 즐거움을 한껏 누리다 보니 아침이 벌써 저녁이 되어 달빛을 받으며 흩어졌다. 다들 흔쾌하여 이런 모임은 쉽게 얻지 못한다고 말하였다.

그리하여 내가 벼루를 받들고 앞으로 나아가 말했다.

"난정의 글씨와 태학의 거문고, 낙수가의 시는 오늘 놀이에서 전부 성취했는데 그림까지 그린다면 이는 옛날에는 없던 일입니다. 만약 놀이를 그림으로 그려 후세에 전하지 않는다면 뉘라서 과거의 누구보다 이 날의 놀이가 더 빼어나고, 우리들이 다행히 태평한 세상을 만나 태평성세의 기상을 잘 묘사하였음을 알아내겠습니까?”

마침내 단원에게 「대은암아집도(大隱巖雅集圖)」를 그리라 명하고 그림이 다 그려지자 다음과 같은 찬(贊)을 지었다.

저 뽀얀 안개 속에 뾰족하게 솟은 산은 북악산 기슭이로다!

바위틈에서 솟아 깊은 골을 구불구불 흐르는 샘물은 만리뢰(萬里瀨)의 물굽이로다!

그중에 난간이 있어 나무에 기대 세운 누각은 대은암의 집이로다!

술잔 돌리고 악기 연주하며 종이와 붓이 날아다니니 좋은 날을 가렸도다!

봄옷이 지어지자 여럿이서 즐기노니 옛 철인(哲人)을 계승함이로다!

그림으로 그려 사람들 눈에 길이 빛나게 하니 앞으로 이 화폭에 느낌이 있으리라!

해설

이 글의 문체는 찬으로 그림에 붙인 글이다. 글을 쓴 무신년은 정조 12년으로 영조 때에 이인좌가 반란을 일으킨 지 60주년이 된다. 대은암은 현재 청와대 일대의 명승이고, 아집(雅集)은 문인들의 고상한 모임을 말한다. 경산 어른은 이한진(李漢鎭, 1732년~?), 유회문은 유환경(柳煥絅)이며, 단원은 저명한 화가 김홍도(金弘道)이다.

글쓴이는 좋은 날 명승지에서 뜻이 맞는 사람과 노니는 놀이의 의의를 먼저 설명하였다. 거기에서 머물지 않고, 그 즐거움을 글씨나 음악, 그리고 문학으로 표현하여 후세에 남기는 것이야말로 사대부의 멋이라 하였다. 동진(東晋)의 왕희지가 쓴 「난정집서」가 그 상징적 예이다. 권상신은 여기에 그림까지 그리는 멋을 첨가하였다. 그래서 김홍도에게 부탁하여 자신들의 놀이를 그림으로 그리고 찬을 써서 태평성대의 멋진 놀이를 의미 깊은 역사로 만들고자 하였다. 이 그림과 글에는 당시 조선 문인, 화가들의 자부심이 오롯이 드러난다. 다만 아쉽게도 그림은 지금 찾을 수 없고, 글만은 전해져서 그날의 풍류를 전해 준다.

서영보 徐榮輔

1759~1816년

자는 경세(慶世), 호는 죽석(竹石), 본관은 달성(達城)이다. 할아버지는 영의정 서지수(徐志修)이며, 아버지는 대제학 서유신(徐有臣)이다.

1789년(정조 13년) 문과에 장원 급제하여 벼슬길에 나아가 대사간, 대사성, 황해도·경기도·평안도 관찰사를 거쳐 이조 판서와 대제학에 이르렀다. 아들 서기순(徐箕淳)도 나중에 대제학에 올라 삼대가 연이어 대제학을 역임하는 보기 드문 영예를 누렸다. 내직과 외직을 고루 수행하며 실무에 정통하여 재정(財政)과 군정, 국방 등 다방면에 조예가 깊었다. 그의 문장은 실무 관료로서 관심과 식견을 드러내고 있다.

이광려(李匡呂)로부터 학문을 배웠고, 신위(申緯) 등과 교유하였다. 국정에 관련한 문장을 잘 지었으나 개인의 소회를 밝힌 서문과 기문에도 잘 쓴 문장이 많다. 저술로는 문집 『죽석관유집(竹石館遺集)』과 『죽석총함(竹石叢函)』 등이 전한다.

물결무늬를 그리는 집 文漪堂記

신위(申緯) 선생이 저택에 '물결무늬(文漪)'란 이름을 붙이고 내게 다음과 같은 편지를 보냈다.

> 제 성품이 물을 좋아하는데, 도성 안이라 즐겨 볼만한 샘이나 못이 없어 늘 아쉬웠습니다. 물을 관찰하는 법을 알고 있어도 써 볼 데가 없는 것이죠. 그런데 천하 지도를 보다가 깨우친 것이 있습니다. 넘실거리는 큰 바다 사이로 아홉 개 대륙 일만 개 나라가 펴져 있는데 큰 나라는 범선이 늘어선 듯하고, 작은 나라는 갈매기와 해오라기가 출몰하는 듯하였습니다. 아홉 개 대륙 일만 개 나라에 펴져서 사는 인간들은 모두 물 가운데 사는 셈이더군요. 이것이 제 집 이름을 지은 까닭이니, 그대는 저를 위해 기문을 지어 주시기 바랍니다.

나는 편지를 읽고서 웃으며 이렇게 말하였다.

"세상에는 실물이 없어도 이름을 붙이는 사람이 있는데 지금 자네가 집에 붙인 이름이 바로 실물이 없는 경우이지. 그렇기는 해도 자네 또한 설명을 잘했네. 지금 바다 위 섬에 집을 짓고 사는 이가 있다면, 사람들은 반드시 물에 산다고 하지 산에 산다고 하지 않을 걸세. 섬사람 중에도 담장을 둘러 집을 짓고, 문을 닫고 앉아 있을 이가 있네만, 그가 날마다 파도를 보지 않는다고 하여 물에 살지 않는다고 할 수는 없을 걸세. 이런 것쯤이야 모두들 아는 일이니 자네의 설명을 유독 의심하겠는가?

대지는 하나의 섬이요, 중생은 섬사람이라. 비록 배를 집으로 삼아 날마다 물 위에 사는 사람이라 해도, 형세상 눈길을 다른 데로 옮기지 않을 수 없네. 잠시라도 시선을 옮겨 아주 짧은 시간일망정 물에 마음을 두지 않을 때가 반드시 있네.

반걸음도 천 리 길과 한가지일세. 지금 자네는 이 집에 살면서 한결같이 물결무늬가 일렁이는 것을 보려 하는군. 아침에는 성안에 머무르고 저녁에는 강호(江湖)에 간다 해도 물에 늘 눈길을 줄 수는 없나니 그 점에서 자네와 저들은 다를 바가 없네. 어떤 이는 잠깐 시선을 돌려 보고, 어떤 이는 아침 저녁 사이에 달리 보지만 잠깐 시선을 돌리는 것을 아침 저녁 사이와 견주면 차이가 크네.

그러나 오랜 시간이라는 관점으로 말하면, 고개를 숙였다 드는 사이도 이미 지난 자취이고, 오랜 시간이 아니라는 관점으로 말하면, 천 년 백 년도 하루아침일세. 무릇 고개를 숙였다 드는 순간은 오랜 시간이고 천 년 백 년이 오랜 시간이 아니라 한다면, 잠깐 시선을 돌리는 것으로 아침 저녁 사이를 비웃는 것이라, 그래도 될지 나는 모르겠네. 누가 실물이 아니라 하겠는가?"

그러자 누군가 이렇게 말했다.

"자네 말이 그럴듯하기는 하군. 하지만 나는 남들이 물고기와 자라에게 예(禮)를 차렸다고 신위 선생을 책망할까 두렵군."

그 말에 나는 "정말 그렇다면, 자네는 구양수의 화방재(畫舫齋)를 불러 타고 강을 건널 수 있는가?"라 말하고, 서로 더불어 크게 웃었다.

해설

명대(明代) 문인인 원굉도(袁宏道)에게도 같은 제목의 글이 있다. 그가 북경에서 벼슬하면서 주변에 물이 없음에도 자신의 서재를 '문의당(文漪堂)'이라 하고, 글(文)과 물(水)이 변화무쌍하다는 점에서 상통함을 역설하였다. 그의 글은 일종의 문장론이었다.

서영보와 신위 역시 이 글을 잘 알았을 테지만 이 글은 관점이 전혀 다르다. 신위가 거처에 이 이름을 붙인 배경에는 예수회 선교사들을 통해서 중국에 도입되어 인쇄된 지도에서 얻은 지식이 있다. 여러 대륙과 많은 나라들이 마치 섬처럼 바다 위에 떠 있는 지도의 모습에 착안한 것이다. 서영보는 신위의 엉뚱한 발상을 정당화하기 위해 길고 짧은 시간의 차이를 무한대의 시간에 견주어 무화시키는 방법을 택하였다. 영락없이 소식(蘇軾)이 「적벽부(赤壁賦)」에서 인생무상을 서글퍼하는 친구를 설득할 때 쓰던 논리인데, 소식의 어조가 진지한 데 비해 서영보의 어조는 보다 경쾌하다.

자하동 유기 遊紫霞洞記

관악산(冠岳山)과 검지산(黔芝山)의 사이에 위치하여 물과 바위가 아름다운 곳이 신림(新林)이고, 신림에서 가장 깊숙하고 아주 기이한 곳이 자하동(紫霞洞)이다. 두 산으로부터 흘러온 물길이 합해져 호리병 주둥아리처럼 신림 골짜기를 빠져나가 강감찬 태사(太師)를 모신 서원 앞부터 꺾여서 남쪽으로 흐른다. 물줄기를 따라 차츰 동쪽으로 몇 리를 가면 숲 너머 아련히 보이는 작은 봉우리가 국사봉(國士峯)이다. 그 아래로 울창하게 우거진 숲에는 인가가 어른거리고, 오래된 아름드리 홰나무 세 그루가 서 있다. 그 아래는 이로당(二老堂) 옛터가 있는데 여기가 바로 신씨의 자하별업(紫霞別業)이다.

냇물을 따라 차츰 위로 올라가면 갑자기 두 바위가 계곡물을 끼고 문처럼 마주 서 있는 곳이 나타난다. 여기부터 바위는 한층 커지고 계곡의 바닥도 모두 바위로 양쪽 기슭에 닿아 있다. 물가에 늘어선 바위들은 용마루처럼 옆으로 서 있기도 하고 평상처럼 평평하게 깔려 있기도 하나 빛깔이 모두 반질반질하여 바둑을 두어도 좋겠고, 시를 써도 좋겠다. 꼭대기는 조금 평탄하고 널찍해 작은 정자가 세워져 있다. 계곡물 동북쪽 굽이진 곳에 가서 서남쪽으로 물을 굽어보았다. 계곡물은 연주대(戀主臺)에서 처음 흘러나와 정자 동쪽에 이르러 넘쳐흘러 돌아 나가고, 아래로 흘러내려 짧은 폭포를 이룬다. 그 옆에 '제일계산(第一溪山)' 네 글자가 새겨져 있다.

정자의 발치를 감싸고 두르다가 돌아 나가는 물은 층층이 울리고 부딪치다 다시 꺾여서 정자의 서쪽에 이르면 고여서 작은 못을 이룬다. 맑아서 머리카락 한 올 한 올도 비춰 보인다. 달빛이 물에 뜨면 처마와 지붕이 거꾸로 일렁여서 마치 쏟아지는 수은이 멈추지 않은 것과 같다. 산줄기는 국사봉(國士峯)부터 구불구불 물을 따라 뻗어 나와 병풍처럼 둘러치다가 정자 서쪽 백여 걸음을 지나서 멈춘다.

아름다운 나무와 덩굴이 칭칭 얽혀 있으며, 그 위를 헤치고 가면 나오는 몇백 무(畝)가 됨직한 평평하고 넓은 땅을 정원으로 만들었다. 나무는 철쭉이 많고, 과실수는 밤나무가 많다. 한 줄기 물이 여계담(女笄潭)으로부터 내려와 정원 서쪽 벽에 이르렀다가 감돌아 나가 자하계(紫霞溪)와 합류한다.

서쪽 봉우리에는 이진인(李眞人)이 단약을 다리던 단(壇)이 있고, 여계담 또한 명승지로 일컬어지나 모두 직접 가보지는 못했다. 나는 예전에 자하동 주인과 관악산 절정을 오르자고 약속했으나 실행에 옮기지 못했다. 그래서 기록한 내용이 이 정도로 그친다.

해설

관악산에는 동서남북 네 군데에 자하동이 있다. 이 글에 나오는 곳은 북쪽 자하동이다. 북쪽 자하동은 글에서 자세하게 묘사한 것처럼 오늘날 신림동에서 서울대학교 안으로 이어지는 계곡이다. 이곳에 신여석(申

汝晳)·신여철(申汝哲) 형제가 노년에 이로당을 짓고 은거한 이래로 대대로 평산 신씨의 별장이 되었다. 글의 말미에 나오는 자하동 주인은 신여석의 후손인 신위이다. 그의 호 자하가 자하동에서 나왔음은 물론이다. 이 글은 신위의 부탁을 받고 지어 준 기문이다.

글쓴이는 별장과 별장 주변의 관악산 풍광을 세밀하게 묘사하여 산과 물길, 계곡과 정원이 어우러진 아름다운 자하동 풍광을 눈에 선하게 떠오르도록 하였다. 지금은 흔적조차 찾기 힘든 풍광을 글을 통해서나마 엿볼 수 있다.

통제사가 해야 할 일 送人序

국가에서는 임진왜란 이후로 서울과 지방에 각각 중요한 군사 기구 두 개를 배치하였는데 서울에는 훈련도감(訓鍊都監), 지방에는 통제사영(統制使營)을 두었다. 이여송(李如松)이 평양에서 소서행장(小西行長)을 격파한 승리는 사실상 척계광(戚繼光)의 『기효신서(紀效新書)』를 채택한 효과이다. 척계광은 절강(浙江)의 명장으로, 여러 차례 왜구를 격파하여 공을 세웠다. 선조 대왕께서 천금을 주고 그 책을 구입하고, 서울의 한량들을 모집해 뇌목(檑木)과 포석(砲石), 화차(火車) 같은 무기를 주어 진격하고 후퇴하며 치고 찌르는 무술을 가르쳤다. 이것이 훈련도감이 설치된 경위이다. 이충무공이 남해에 주둔할 때 호남과 영남을 침범한 왜선이 수백 척이었으나, 여러 차례 싸워 모조리 섬멸하였다. 항상 수군으로 바닷길을 막았기 때문에 왜적이 팔도에 가득 찼어도 모두 부산으로 상륙한 것이라 바닷길에는 늘 걱정이 없었다. 이것이 통제사영이 처음 설치된 경위이다. 두 기구는 모두 왜적을 방비하기 위한 설비였다.

그런데 훈련도감은 실제로는 서울에 주둔한 친위 부대이니 왜적을 제압하는 용도로만 쓰고 다른 적을 만날 경우 훈련받은 것이 없다고 하여 가만히 있기만 할 수 있을까? 북쪽 오랑캐가 침략했을 때 성상께서 서울을 떠나시고, 위급하고 낭패한 형세가 임진왜란 때와 차이가 없고 치욕은 또 그보다 더 심했다. 그때 훈련도감의 병사들이 적의 예봉을 상대하기 위해 칼 한 번 휘두르고 활 한 번 쏘았다는 말을 들은 적이 없다. 승패를 가르는 전술에서 터럭만큼도 영향을 끼치지 못했으니 왜적을 막는 법이 북쪽 오랑캐를 막는 데에는 불리한 탓이 아닐까?

내가 척계광의 전기를 보았더니 "공이 절강에 있을 때에는 『기효신서』를 남겼고, 계주(薊州)에 있을 때에는 『연병실기(練兵實紀)』를 남겼다. 북쪽 오랑캐가 공과 담륜(譚綸) 두 사람을 두려워해 담척(譚戚)이라 병칭하였다."라고 하였다.

그렇다면 『기효신서』의 병법은 공이 직접 쓰던 방법이긴 하지만 북쪽 오랑캐를 막는 데는 이롭지 않아서 그 때문에 또 『연병실기』를 지은 것이 아닐까? 후세 사람들이 적군과 아군의 장단점과 적이 이룬 형세의 같고 다름을 헤아리지 않고서 한결같이 그 병법만 따른다면, 이는 용의 먹이로 호랑이를 잡으려 하고 호랑이를 잡는 함정으로 용을 낚으려는 것과 같다. 어찌 잘못된 일이 아니겠는가!

임진왜란 뒤에는 예전 일을 반성하여 훗날에 대비하고, 닥쳐올 환난을 걱정해 예방하는 조치를 시행하여 그래도 말할 거리가 있다. 그러나 병자호란 뒤에는 그와 같은 조치를 어떻게 했는지 알려진 것이 없다. 이 오랑캐가 잘하는 것을 모르니 들에 나가 싸울 것인지 성을 지킬 것인지, 속전속결할 것인지 지구전을 벌일 것인지 우리는 모른다. 대포로 포격할 것인지 철기(鐵騎)로 짓밟을 것인지, 장궁(長弓)으로 쏠 것인지 단병(短兵)으로 백병전을 벌일 것인지 우리는 모른다. 몇 가지 전투법을 미리 정해 놓지 않으면 갑작스레 적을 만났을 때 허둥대고 겁을 내다가 졸지에 패배하게 되는 것을 나는 잘 안다.

남북의 두 오랑캐가 모두 늘 우리를 엿보고 있지마는 현재의 걱정거리는 북쪽에 있지 남쪽에 있지 않다. 어째서인가? 만력 연간에 섬나라 오랑캐가 강성해져 사방으로 침략하니 복건성과 절강성이 늘 해를 입어 괴로움을 겪었다. 우리나라가 침략을 당한 것도 그 일환일 뿐이다. 근래에는 일본이 날이 갈수록 피폐해져 왕래하던 통신사도 오래도록 요청하지 않는다. 저들이 곤경에 처해 자신도 건사하지 못하는데 어떻게 감히 남에게 해를 끼치는 일을 도모하겠는가?

청나라 사람이 천하를 차지한 지 오래되었다. "호족(胡族)은 백 년 가는 운수가 없다."라는 말이 있다. 저들이 하루아침에 중국에서 버티지 못해 무리를 거느리고 자기들 본거지인 만주(滿洲)로 돌아가면, 평상시 우리를 환대하며 관계를 돈독하게 했다가 채권을 들이대며 빚을 갚으라고 요구할 것이다. 그때가 되면 요구를 따르자니 욕심을 채워 줄 재물이 부족하고, 요구를 거절하자니 저들의 분노를 막아 낼 군사력이 부족할 것이다. 아! 무엇을 믿고 대비하지 않는가!

임금님께서 즉위하신 지 구 년째 되는 해에 홍충도(洪忠道) 절도사(節度使) 김 공(金公)을 발탁해 통제사(統制使)로 삼으셨다. 김 공은 충성스럽고 강직하며 청렴하고 소박하여 나랏일에 정성을 다하고 가는 곳마다 반드시 갑옷과 무기를 수선하고 성곽과 해자를 정비하였다. 통제사라는 직책은 실로 영남·호서·호남 세 도의 수군을 총지휘하는 자리이니 해방(海防)의 으뜸이다. 주둔지의 관사는 장려하고, 또 어염(魚鹽)에서 나오는 이익, 귤과 유자를 묶어 놓은 꾸러미, 품질 좋은 대나무 화살이 산출되어 부유함이 온 나라 안에서 최상이다. 해상에서 훈련할 때마다 큰 전함이 백 리나 서로 이어져 깃발은 해를 가리고 북과 피리 소리가 귀신이 울부짖는 것과 같아 사람을 두렵게 만든다. 휘하의 관리는 절도사 이하로는 종종걸음을 치며 명령을 들으니 그 임무가 막중하다 하겠다.

현재에는 성상의 교화가 동쪽으로 퍼져서 바다에는 거센 물결이 일지 않는다. 따라서 통제사 자리에 오른 장수들은 흔히 기생과 음악을 즐기고 재물로 자신의 배를 채워 그 부유함과 즐거움을 누리면서 국가의 걱정거리는 망각하고 있다. 김 공처럼 현명한 분은 속된 자들의 구차한 견해와는 정녕코 달라서 하루아침의 편안함에 젖어서 백세의 우환을 소홀히 여기지 않을 것이다. 틀림없이 장차 거북선을 타고 대양을 굽어보며, 충무공의 유적을 찾아서 개연히 본받기를 생각할 것이다.

그러나 어찌 그런 일만 하고 말겠는가! 전임해 관서의 장수로 부임하거나 승진해 상장군(上將軍)이 될지도 모른다. 그렇게 되면 왜적을 제압하고 북쪽 오랑캐를 제압하는 방법의 같고 다름과 장단점 및 누가 먼 뒷날의 걱정거리가 되고 누가 가까운 우환거리가 될 것인지 그 여부를 공은 깊이 있게 숙고할 것이다.

공은 또한 일찍이 척계광이 장수로서 행한 일을 사모했을 테니 틀림없이 남쪽에 주둔해서는 『기효신서』와 같은 칭송할 만한 업적을 세울 것이다. 그뒤에 또 전임해 관서로 부임하고 나아가 상장군이 된다면 『연병실기』와 같은 시책을 펼칠 것임을 확신한다.

공이 임지로 부임함에 나는 곧 실시한 행적을 듣게 될 텐데 공이 충무공과도 어깨를 나란히 하고 척계광과도 어깨를 나란히 할 만한 장수가 될 것인지 잘 알게 될 텐데 그러면 공의 위세가 천 리 밖에서 용맹을 떨쳐 마치 맹수가 산에 있는 것처럼 될 것인지 또한 예상할 수 있다.

공의 막하에 있는 아무개가 떠나려 할 때 나에게 배웅하는 말을 청했다. 아무개의 사람됨도 삼가고 신의가 있기에 막부에서 보좌하는 데 아무 어려움이 없을 것이다. 내가 공에게 기대하는 내용만을 써서 바치게 하니 공께서는 서생의 말이라고 소홀히 여기지 않으시기를 바란다.

해설

이 글의 문체는 송서(送序)이고, 1785년 작품으로 27세 청년의 국가를 위한 충정이 담겨 있다. 외적을 방비하는 문제를 다룬 논리가 주축을 이루고 뒷부분에 글을 쓰게 된 배경을 설명하고 있다. 이 글은 본디 삼도수군통제사의 막객으로 부임하는 사람을 보내며 써 준 것인데 실제 내용은 통제사에게 당부하는 것이다. 여기서 등장하는 통제사는 김영수(金永綬, 1716~1786년)로 그는 1785년에 삼도수군통제사에 임명되었으나 부임한 지 반년 만에 병사하였다.

당면한 외적의 위협은 일본보다 청나라라고 진단한 글쓴이의 예측은 보기 좋게 빗나갔다. 임진왜란 때 소진한 원기를 회복하지 못해 침략하지 못하리라는 예측은 통신사를 요청하지 않는 일본의 상황을 오판하여 국력의 약화로 진단한 결과이다. 물론 정확한 판단이 아니었다.

당면한 실질적 위협 세력인 청나라의 미래를 예측한 것도 정확하지 않다. 그 예측은 당시에 조정 관료들이 널리 공유한 진단이었다. 병자호란 이후 제대로 된 방어 태세를 갖추지 못한 현실을 지적한 점이나 통제사가 일본과의 평화 시대에 안주해 개인의 부와 안락을 취하는 데 매몰되어 있는 실정을 밝힌 것은 저자의 혜안과 충언이다. 또한 통제사로 부임하는 장군에게 척계광의 사례를 들어 일본의 침략에도 대비하고 평안도를 통한 청나라의 침략에도 대비하라는 제안은 타당하다. 국제 정세와 역사를 분석하고 외적의 침입에 대비한 책략을 제시한 흥미로운 글이다.

장혼 張混

1759~1828년

자는 원일(元一), 호는 이이엄(而已广)·공공자(空空子), 본관은 결성(結城)이다. 유명한 가객(歌客) 장우벽(張友璧, 1735~1809년)의 아들이다. 정조 연간에 교서관(校書館)의 사준(司準)이 되어 수많은 어정서(御定書)를 교정하는 일을 맡아보았다.

인왕산 옥류동(玉流洞) 골짜기에 '이이엄'이라는 집을 짓고 살면서 천수경(千壽慶) 등과 함께 여항인(閭巷人)의 시사(詩社)인 송석원 시사(松石園詩社)를 주도했고, 1797년에는 천수경과 더불어 여항인의 시선집인 『풍요속선(風謠續選)』을 간행했다.

초학자를 위한 교재인 『아희원람(兒戲原覽)』, 『몽유편(蒙喩篇)』, 『근취편(近取篇)』 등을 편찬했고, 『시종(詩宗)』, 『당률집영(唐律集英)』과 같은 시선집을 엮기도 했다. 정조 순조 연간의 대표적인 여항 시인으로 우수한 작품을 많이 남겼고, 도시 공간에서 살아가는 시민의 미의식과 생활 감각을 대변하는 「평생의 소원(平生志)」 같은 서정적인 산문을 창작했다. 문집으로 『이이엄집(而已广集)』 14권 8책이 전한다.

고슴도치와 까마귀 寓言

문 앞을 지나던 어떤 과객이 다음과 같은 이야기를 들려주었다.

"저번에 밭도랑을 지나려니 자그만 짐승이 앞을 지나거늘 형체는 쥐와 같은데 털이 갈라져 가시 같더군요. 농부더러 '저것이 무슨 짐승이냐?' 물었더니, 대답이 돌아오기를 '이름을 고슴도치라 하는 것으로 터럭은 침처럼 뾰족하고 오이 밭에 기대어 풀을 먹고 삽니다. 털에 손을 대기만 해도 생채기가 나서 아무도 가까이하지 않지요.'라 하더군요. 속담에는 고슴도치가 새끼를 기를 적에 그 어미가 새끼 등을 혀로 핥으면서 '곱고 곱구나, 우리 새끼처럼 부드럽고 고운 털이 없다.'라고 한다더군요. 희한한 일이지요. 새끼를 끔찍이 아끼는 것을 보면 짐승이 분명합니다."

그 이야기를 듣고 주인은 빙그레 웃었다. 그러자 과객이 또 말했다.

"조금 전에 보니, 느릅나무에 늙은 까마귀가 저녁 해를 바라보며 날개를 드리운 채 앉아 있더군요. 그 새끼가 먹을 것을 가져다 바치자 까마귀가 받아서 오물거리며 좋은지 희희낙락합디다. 심합지요, 새가 제 편한 대로 사는 것이."

주인이 그 이야기를 듣고 또 빙그레 웃었다. 과객이 말했다.

"두 이야기가 마음에 차지 않나 보군요? 왜 두 번씩이나 비웃나요?"

그래서 주인이 말했다.

"아닙니다. 손님이 한 말을 비웃는 것이 아니라 짐승들의 성품이 나와 너무 똑같아서 비웃은 겁니다. 나는 아들 둘과 손자 셋이 있는데 착하고 모자라고를 생각지도 않고 감싸고 품어서 기르면서도 오히려 아이들 뜻에 차지 않을까 걱정이니 제 새끼를 아끼는 고슴도치와 흡사합니다. 게다가 늙고 궁하게 된 뒤로는 근력이 없어 제 한 몸 건사도 못하고, 기운이 빠져 우두커니 선 채로 머리나 긁적이고 어슬렁거리며, 아녀자들에게 세 끼 밥이나 달라 하고 어린아이들에게 먹을거리나 구걸하는 처지입니다. 그 신세가 먹여 주기를 기다리는 까마귀와 다를 게 뭐가 있나요? 아! 짐승이든 새든 사람이든 종류는 달라도 성품은 비슷하기에 웃었을 뿐입니다."

과객도 빙그레 웃고 자리를 떴다. 그 장면을 보았던 아무개가 내게 사연을 위처럼 말해 주었다.

해설

원제는 '우언(寓言)'으로 동물의 이야기에 글쓴이가 진정으로 말하고픈 생각을 담은 문체이다. 자신이 직접 경험한 일인양 글이 전개되다가 마지막 대목에서야 제삼자가 말해 준 사연임을 밝혔다. 첫 번째 이야기는 "고슴도치도 제 새끼는 함함하다고 한다."라는 속담에서 나온 사연으로 새끼를 맹목적으로 아끼는 본능을 은유한다. 두 번째 이야기는 늙은 어미에게 봉양을 잘한다는 반포보은(反哺報恩) 전설에서 나온 사연으로 자식에게 노년을 의지하는 무기력한 처지를 은유한다.

두 가지 에피소드는 작품 속 화자가 과객의 말을 '비웃는(哂)' 행동을 통해 새롭게 전개된다. 비웃음은 겉으로는 고슴도치나 까마귀의 행동을 향하지만 실제로는 자신을 행하고 있다. 동물이나 자기나 처지가 다를 바 없다는 자조(自嘲)의 비웃음이다. 화자의 말을 듣고서 과객도 웃고 떠났다는 마지막 대목은 대부분의 인간이 똑같은 처지라는 결론을 암시한다. 젊어서는 맹목적으로 자식을 사랑하다가 늙어서는 자식에게 힘없이 기대 사는 인간의 운명에 대한 자조가 그려진 우화다.

심내영 沈來永

1759~1826년

자는 덕주(德冑)이고, 본관은 청송(靑松)이다. 1783년에 치러진 증광시(增廣試)에 진사 3등으로 합격했고, 1796년에는 성균관 유생들을 대표하여 김인후를 문묘에 배향할 것을 요청하는 상소문을 올렸다. 금화 현감 등 여러 지방의 벼슬을 거쳐서 종친부(宗親府) 전부(典簿)에 이르렀다.

시고(詩稿)가 있다고는 하나 알려진 것은 없다. 여기에 수록한 글을 제외하고 달리 전하는 시문이 없다.

되찾은 그림 蜀棧圖卷記

아! 나의 선친 애오려(愛吾廬) 선생께서는 성품이 본디 담박하시고 산수화를 사랑하셨다. 무자년(1768년) 가을 숙부와 함께 현재(玄齋) 어른을 찾아뵙고, 촉(蜀) 지방의 산천을 그려 달라고 부탁하셨는데 그림이 미처 완성되기 전에 숙부께서 갑자기 세상을 떠나셨다. 선친께서는 몹시 애통해하시고 영구 앞에 그림과 애사(哀辭)를 올리고 곡을 하셨다. 그림은 마침내 우리 집안의 진귀한 보물이 되었다. 집안 어른이신 상서(尙書) 공께서는 늘 짝이 없는 보배라 일컬으셨다.

그런데 무술년(1778년) 집안 어른 한 분께서 사흘을 말미로 그림을 빌려 갔다가 잃어버려 끝내 돌려받지 못하여 선친께서는 늘 한스러워하셨다. 산수의 빼어남은 반드시 촉으로 가는 길을 일컫고, 그림의 오묘함은 현재 공보다 나은 이가 없다. 그런 분이 붓을 입에 물고 정신을 집중해 수십 일을 넘겨서 채색을 하고 산수를 화폭에 옮긴 그림이었다. 열두 가지 준법(皴法)을 다 갖추고 필력이 깊고도 맑았으니 혹시라도 조화옹(造化翁)이 빼앗아 가지나 않았을까?

무오년(1798년) 상서 공께서 문득 편지를 보내 나를 부르시더니 어떤 화폭을 앞에 놓고 "자네는 이 그림을 알아보겠는가?"라고 물으셨다. 나는 "그림 두루마리 앞의 촉도(蜀道) 두 글자는 선친의 필적이고, 제 집안에 소장하고 있는 화훼화(花卉畵) 두루마리의 장황(裝潢)이 이것과 똑같습니다."라 대답하였다. 그 그림을 가져와서 비교해 보니 꼭 같았다. 이어서 이 그림이 어디에서 왔는지 여쭈어 보고, 값을 치르고 가져가고 싶다는 뜻을 말씀드렸더니 상서 공께서 웃으며 말씀하셨다.

"구태여 그럴 것까지 있겠는가? 이 그림은 그사이 세도가 집에 들어갔었더군. 근자에 상인의 수중에 떨어졌다가 어떤 재상이 사들였다네. 마침 내가 빌려 왔는데 과연 자네 집안의 그림이라 일부러 자네를 불러서 돌려주는 것일세."

아! 내가 열 살 때 이 그림이 완성되었고, 스무 살 때 갑자기 이 그림을 잃어버렸다가 마흔 살 때 다시 이 그림을 되찾았다. 옛날에도 풍성(豐城)의 검이나 합포(合浦)의 구슬과 같은 사연이 있다. 그러나 이 그림처럼 무자년에 얻고 무술년에 잃고서 또 무오년에 되찾은 일은 일찍이 없었다. 그 얼마나 기이한가! 이에 앞뒤로 잃고 얻은 해를 밝혀서 이 지극한 보배가 사라졌다가 나타난 인연이 절로 때가 있음을 기록한다.

무오년 칠석날 적는다.

해설

현재(玄齋) 심사정(沈師正)이 말년에 그린 「촉잔도권(蜀棧圖卷)」은 세로가 58센티미터, 가로가 818센티미터에 달하는 대작으로, 특별 제작한 진열장이 없으면 처음부터 끝까지 다 펼쳐 놓을 수도 없다. 일제 강점기에 간송(澗松) 전형필(全鎣弼, 1906~1962년) 선생의 노력으로 수집되어 지금은 간송미술관에 소장되어 있다.

제목에 나오는 '촉잔(蜀棧)'은 중국 사천성(四川省)에 있는 잔도(棧道)로 경치가 빼어나서, 당나라 때부터 유명한 화가들이 그림으로 그렸다. 그림 끝부분에 남송(南宋)의 저명화가 이당(李唐)의 「촉잔」을 방작(倣作)했다고 화가 스스로 밝힌 기록이 있는데, 이당의 작품은 남아 있지 않아 두 그림을 비교해 볼 수 없다.

이 글은 우리 회화사를 대표할 만한 이 걸작이 그려진 배경과 중간에 잃어버렸다가 다시 되찾게 된 경위를 자세히 전하는 흥미로운 사연을 담고 있다. 글쓴이의 선친 애오려는 심유진(沈有鎭, 1723~1787년)이고, 함께 현재를 찾아가 그림을 부탁했으나 완성을 못 보고 세상을 떠난 숙부는 양성 현감(陽城縣監)을 지낸 심이진(沈以鎭, 1723~1768년)이며, 그림을 찾아준 상서 공은 심환지(沈煥之, 1730~1802년)이다. 심환지는 노론 벽파(僻派)의 영수로 시를 잘 썼고, 그림을 애호한 수장가이자 감상가였다. 이 글은 회화사의 걸작에 애틋하고 기묘한 사연이 중첩된 사실을 보여준다. 그림과 얽힌 세 가지 사건이 모두 무(戊) 자가 들어간 해에 벌어졌다는 우연 때문이다.

한편 「촉잔도권」 뒤쪽에는 간송이 그림을 소장하게 된 경위를 위창(葦滄) 오세창(吳世昌, 1864~1953년)이 쓴 발문이 붙어 있다. 발문에는 간송이 발문을 받으러 온 해가 무자년(1948년)이라 밝혀서 기묘한 우연 하나를 더 첨가하였다.

남공철
南公轍

1760~1840년

자는 원평(元平), 호는 금릉(金陵)·사영(思潁)이며, 본관은 의령(宜寧), 시호는 문헌(文獻)이다. 저명한 문장가이자 정조의 사부였던 남유용(南有容)의 아들이다. 1784년 음직으로 세자익위사(世子翊衛司) 세마(洗馬)가 되어 벼슬길에 올랐다. 1792년 문과에 급제하고 규장각 초계문신에 뽑혔으며, 대제학을 역임하고 영의정에 이르렀다.

관료로서 고위직을 두루 역임하였으나 문장가로도 명성이 높았다. 문장의 법을 잘 지킨 전아한 산문가로 명성이 있던 부친의 영향으로 관각(館閣) 문장을 쓰면서도 경쾌한 소품문을 잘 지었다. 특히 젊은 시절 소품문을 탐독하고 창작하여 1792년 정조에게 바친 글에서 '고동서화(古董書畵)'라는 단어를 쓴 것이 문체반정(文體反正)의 도화선이 되었다. 반성문을 제출하여 무마되었으나 젊었을 때 빠져들었던 소품문의 미학은 그의 산문 곳곳에 스며들어 있다.

『금릉집(金陵集)』(1815년), 『영옹속고(潁翁續藁)』(1822년), 『영옹재속고(潁翁再續藁)』(1830년) 등의 문집을 살아생전에 간행하였고, 이를 기초로 빠진 작품과 연보를 덧붙여 『귀은당집(歸隱堂集)』(1834년)을 간행하였다. 생전에 자신의 시문집을 정리하고 활자로 출판까지 한 일은 조선의 문인으로는 매우 드문 일이다.

광기의 화가 최북 　 崔七七傳

최북(崔北) 칠칠(七七)은 조상의 내력과 본관에 관해 세상에 알려진 사실이 없다. 그는 이름 북(北)을 파자(破字)하여 만든 칠칠이라는 자로 세상에서 행세했다. 그림을 잘 그린 그는 한 눈이 멀었는데 항상 반쪽짜리 안경을 쓰고서 화첩을 임모(臨摹)했다. 술을 즐겼고 집 밖으로 나가 떠돌아다니기를 좋아했다.

그가 금강산의 구룡연(九龍淵)에 들어가서는 너무 기쁜 나머지 술을 실컷 마시고 잔뜩 취해서 울다가 웃다가 하더니 이윽고 또 큰소리로 "천하의 명인 최북이는 마땅히 천하의 명산에서 죽어야 한다."라고 외치고 몸을 훌쩍 날려 구룡연 벼랑 끝으로 다가섰다. 마침 그를 구해 낸 자가 있어 추락은 모면했다. 사람들이 최북을 떠메고서 산 아래 너럭바위에 데려다 눕혔다. 숨을 헐떡헐떡하며 누워 있던 최북이 벌떡 일어나 휘익 휘파람을 길게 불자 그 소리가 숲을 뒤흔들어 가지 위에서 잠자던 새들이 모두 푸드덕푸드덕 날아올랐다.

칠칠은 술을 마시되 항상 하루에 대여섯 되씩 마셨다. 저자의 많은 술집 아이들이 술동이를 들고 오기만 하면 칠칠은 바로 집 안의 서책과 돈을 몽땅 털어 술을 샀다. 살림이 갈수록 군색해지자 마침내 평양과 동래를 떠돌아다니며 그림을 팔았다. 두 고을에서 비단을 가지고 찾아오는 자들이 꼬리를 물고 이어졌다.

그 가운데 산수화를 그려 달라고 청한 사람이 있었는데 칠칠은 산만을 그리고 물을 그리지 않았다. 그 사람이 이상히 여겨 따지자 칠칠은 붓을 던지고 일어나 "에이! 종이 밖은 다 물이 아니냐!"라고 했다. 그림이 마음에 들게 잘 그려졌는데 돈을 조금 내면 칠칠은 당장 성을 내고 욕을 하며 화폭을 찢어 버리고 남겨 두지 않았다. 간혹 그림이 마음에 들지 않게 그려졌는데 값을 많이 치르는 사람이 있으면 껄껄껄 웃고는 그 사람을 주먹으로 때리며 돈을 도로 주어 문밖으로 내쫓고는 다시 손가락질하고 비웃으며 "저 애송이는 그림 값도 몰라."라고 했다. 그리하여 스스로 호를 호생자(毫生子, 붓으로 먹고사는 사람)라고 하였다.

칠칠은 천성이 오만하여 남의 비위를 맞추지 않았다. 하루는 서평군(西平君)과 더불어 백 금을 걸고 내기 바둑을 두었는데 칠칠이 승기를 잡는 순간 서평군이 한 수만 물리자고 청했다. 칠칠은 갑자기 바둑돌을 흩어 버리고는 팔짱을 끼고 앉아 "바둑이란 근본이 오락인데 무르기만 한다면 한 해 내내 두어도 한 판도 마칠 수 없소이다."라고 했다. 그 뒤로 다시는 서평군과 바둑을 두지 않았다.

칠칠이 어떤 귀인의 집을 찾아간 일이 있었다. 문지기가 칠칠의 성명을 부르기가 계면쩍어 안으로 들어가 "최 직장(崔直長)이 왔습니다."라고 고했다. 그 소리를 들은 칠칠이 버럭 화를 내며 "어째서 최 정승이라 부르지 않고 최 직장이라 부르느냐?"라고 따져 묻자 문지기는 "언제 정승이 되셨소이까?" 반문했다. 칠칠은 "그렇다면 내가 직장이 된 적은 있느냐? 남의 직함을 빌려 나를 귀하게 부를 양이면 어째서 정승이란 직함을 놔두고 직장이라 부른단 말이냐?" 하고는 주인을 보지도 않고 돌아가 버렸다.

칠칠의 그림은 날이 갈수록 세상에 알려져 세상에서는 그를 최산수(崔山水)라고 불렀다. 사실 그는 화훼나 영모(翎毛), 괴석, 고목, 광초(狂草)를 특히 잘 그렸다. 그의 희작(戱作)은 평범한 필묵을 구사하는 화가의 세계를 훌쩍 초월했다. 나는 처음 이단전(李亶佃)의 소개로 칠칠을 만났다. 일찍이 칠칠을 산방(山房)에서 만나 촛불 심지를 사르면서 묵죽 여러 폭을 그린 일이 있는데 그때 칠칠이 내게 이런 말을 했다.

"우리 조선이 수군 몇만 명을 두는 이유는 앞으로 닥칠 왜적의 침략을 대비하자는 것이지요. 그런데 왜적은 수전에 익숙한 반면 우리는 수전에 익숙하지 않습니다. 왜적이 침입할 때 우리가 응전하지 않으면 저들은 제풀에 물에 빠져 죽을 것입니다. 무엇 때문에 삼남(三南)의 백성들을 괴롭혀 소요를 일으키도록 하는지요?"

그러고는 다시 술을 가져와 대화를 나누었는데 그 사이에 창에는 먼동이 텄다.

세상에는 칠칠을 술주정뱅이로 보기도 하고, 환쟁이로 보기도 하며 심지어는 미치광이로 손가락질까지 한다. 그러나 그의 말에는 때때로 이치를 환히 꿰뚫어 쓸 만한 것도 있으니 위에 소개한 말이 그중 하나이다. 이단전이 말하기를 "칠칠은 『서상기(西廂記)』나 『수호전(水滸傳)』 같은 책을 읽기 좋아한다. 그가 지은 시도 기이하고 예스러워 읊어봄 직한데 숨겨 놓고 내놓지 않는다."라고 했다. 칠칠은 서울의 어떤 여관에서 죽었는데 나이가 얼마인지는 기억나지 않는다.

해설

영조 연간의 저명한 화가 최북(崔北, 1712~1786년)의 오기와 낭만적인 삶을 묘사한 유명한 글이다. 남공철의 친구인 권상신의 『서어유고』에도 똑같은 글이 수록되어 있는데 남공철의 작품이 잘못 들어간 것으로 보인다. 그 책에는 1788년 작으로 표시되어 있는데, 이를 인정한다면 남공철이 28세 때 지은 글이 된다.

최북의 초명은 식(埴)이고 자는 성기(聖器)·유용(有用), 호는 성재(星齋)·기암(箕庵)·거기재(居其齋)·삼기재(三奇齋)·호생관(毫生館)이다. 산수화에 뛰어났으며 특히 메추라기를 잘 그렸다. 남공철은 여항 시인인 이단전의 소개로 최북을 만나 친분을 쌓았다. 그는 대여섯 가지의 일화를 배치하여 범상한 인간의 삶에서 훌쩍 벗어난 광기 어린 예술가의 유별난 삶을 묘사했다. 술주정뱅이와 환쟁이와 미치광이 사이를 오가며 벌인 일탈의 행위는 말할 나위 없고 자기 파괴적 행동까지도 마다하지 않는 병적인 탐미주의자로 형상화하였다. 삽화 하나하나가 대단히 인상적이라 최북의 광기 어린 모습이 눈앞에 생생하게 떠오르는 명작이다.

둔촌 별서의 승경　遁村諸勝記

광주부(廣州府) 치소(治所)에서 서쪽으로 삼십 리 떨어진 곳이 금릉(金陵)이다. 드넓은 전답과 푸른 들판 사이에 있고, 먼 산이 병풍처럼 둘러싸고 있다. 토질이 벼나 보리를 재배하기에 알맞으며, 여기서 나는 석재는 다듬어 기와로 쓸 만하다. 그중에 주점(酒店)이 하나 있고, 주점 곁 오솔길을 따라가면 산이 더욱 좁아지면서 점차 졸졸 흐르는 샘물 소리가 들려온다. 사람이 문에 들어갈 때처럼 허리를 구부리고 들어가면 그곳이 둔촌(遁村)이다.

작은 언덕이 올망졸망 있어서 솥 닮은 것, 바둑판 닮은 것, 말갈기 닮은 것, 나란한 죽순 닮은 것이 늘어서 한 구역을 이루었다. 동네를 들어서면 비로소 깨끗하고 툭 트인 곳임을 깨닫게 된다. 숲이 울창하여 세상에서는 고려 때 학사 이집(李集)의 옛 집터라 한다. 그 뒤로 권씨(權氏)가 살았고, 또 두 번 주인이 바뀌었다가 지금은 내 소유가 되었다. 금릉과 둔촌은 모두 청계산(淸溪山)으로부터 구불구불 내려와서 한 언덕을 사이에 두고 한 마을이 되었으며, 세시(歲時) 때마다 주민들이 서로 왕래하며 계(禊)를 한다.

신유년(1801년), 내가 여기에 있는 정자를 사서 우사영(又思潁)이라 이름 붙였으니 육일거사(六一居士) 구양수를 사모한 이름으로 그 기문(記

文)이 정자의 남쪽 벽에 붙어 있다. 그로부터 삼 년 뒤에 모친상을 당해 감여가(堪輿家, 풍수가)의 말을 따라 정자 뒤쪽 도덕봉(道德峯) 아래에 모셨다. 그 섬돌 앞쪽에 또 한 자리를 마련하여 나 죽은 뒤의 묫자리로 삼고서 도자기에 묘지명(墓誌銘)을 써서 묻었다. 금릉 여러 곳에 제전(祭田)을 마련하여 봄가을로 제사 지내는 경비를 마련하도록 하였다.

정자는 기둥이 여섯인데 정자 곁에 지붕을 올린 가옥이 또 몇 칸이다. 정자 앞뒤로 울타리를 만들고, 채소 심는 채마밭을 만들었으며, 개간하여 밭을 만드니 차조며 메벼를 심기에 알맞았다. 그리고 매화 국화 오동 대나무 따위를 섞어 심어 꽃송이와 나뭇잎 사이를 지팡이를 끌고 서성이며, 밤이 되어 석상(石床)에 앉아 동남쪽 산이 터진 곳을 바라보면 달빛이 푸른 하늘에 일렁여 마치 파도가 멀리서 쏟아지는 형상이었다.

동쪽에는 불현(佛峴)이 있는데 옛날에는 사찰이 있었다고 하나 지금은 폐사지이다. 또 연산(硏山)과 발봉(鉢峯), 그리고 거북이와 유사하게 생긴 귀암(龜巖)이 있다. 그 아래에 산장(山莊)을 가로로 지었는데 난간은 새기거나 꾸미지 않았고 주렴과 휘장만 드리웠다. 겨울에는 따뜻하고 여름에는 트여서 그 안에 앉아 있으면 가슴이 열리고 정신이 집중된다. 사방 산에서 솔바람 소리가 차를 끓이고 생황을 연주하듯 들려온다.

또 서쪽은 선암(仙巖)인데 뒤쪽은 높고 험하여 사람의 발길이 닿지 않고, 중간 지대에는 인삼과 석용(石茸)이 난다. 내려다보면 맑고 깊은 샘 하나가 있는데 물풀이 감싸서 가려 놓았다. 조금 아래로 내려와 일산을 펼친 것처럼 솟은 것이 일산봉(日傘峯)이다. 바닥이 움푹 패여 긴 골짜기를 이루었는데 냇물이 그 사이에서 흘러나온다. 청계동(淸溪洞)이라 부르기도 하는데 수원(水源)이 청계산을 거쳐 오기 때문에 그렇게 일컫는다.

냇물은 십 리를 가도록 끊어지지 않고 아홉 굽이를 이룬다. 냇가에 초가집 한 채가 있었는데 본래 마을 사람 진생(秦生)이 살던 곳을, 내가 또 오십 금을 주고 샀다. 글을 배우러 오는 학동이 있으면 이곳에 묵게 한다. 거센 비가 갓 개면 시냇물이 불어나 콸콸 흐른다. 바라보면 진주가 쏟아지고 눈보라가 몰아치는 것 같다가 바위를 만나서는 다시 격렬해져서 한 자나 되는 잉어처럼 펄떡 뛰어 꺾여서 흘러간다.

작은 다리를 건너 남쪽으로 가면 옥경산(玉磬山)이 있다. 돌멩이들이 모두 하얗고 생김새가 특경(特磬)과 같다. 밤나무 숲과 단풍나무 숲이 둘러싸고 그늘을 드리우는데 햇빛이 그 사이를 뚫고 비춘다. 폭포는 산허리의 움푹 패인 곳으로부터 흘러나와 두 개 층을 이루어 못으로 떨어지는데, 첫 번째 층은 절벽을 따라 구불구불 돌며 색은 짙푸르러 술을 담그는 데 알맞고, 한 되의 무게가 한 근만큼 무겁다. 두 번째 층은 뾰족솟아 위는 넓고 아래는 평평하다. 햇빛이 높은 나무를 비추어 바로 못에 비추면, 불그스름한 푸른빛이 끊어진 무지개 같다가 다시 흩어져 구름과 노을이 되니 그 모습이 매우 아름답다. 내가 석공(石工)에게 부탁하여 '옥경동(玉磬洞)', '조기(釣磯)' 등 몇 글자를 그 위에 새기려 했으나 아직 실행하지는 못하였다.

춘산욕우정(春山欲雨亭)은 청룡암(靑龍巖) 조금 위쪽에 있는데, 사방이 모두 산이고, 한창 봄에는 초목이 짙푸르러 심주(沈周)나 황공망(黃公望)의 그림 분위기를 자아내기에 그대로 편액으로 걸었다. 군자지(君子池)는 그 발치에 있으며, 연꽃 사이로 피라미와 작은 게들이 거품을 보글거리고 물속에서 노니니, 사람으로 하여금 강호(江湖)의 느낌을 갖게 한다.

금릉과 둔촌은 산수가 아름답기로 광주 고을에서 명성이 나있고, 풍속도 순박하여 좋아할 만하다. 사족(士族)들은 모두 시서(詩書)에 힘쓰고 권세나 이익을 밝히지 않으며, 조정과 언론의 득실이나 지방관의 잘잘못을 말하지 않는다. 백성들은 특히 세상 물정에 어두우며, 초가집에 흙으로 만든 온돌에 거처하면서, 남자와 여자, 소와 개가 뒤섞여 구별 없이 산다. 농사짓고 길쌈하는 틈틈이 큰 토란, 오이, 땔감과 푸성귀를 비축해 두기를 좋아하며, 놀고먹는 짓과 머슴살이하는 것을 부끄럽게 여긴다. 마을 안팎의 인가는 모두 백여 집 정도이다.

해설

이 글은 전원에 별장을 마련하고 그 일대의 아름다운 자연 풍경과 마을 인심, 분묘의 장만 같은 사실을 서술한 기문이다. 단순한 기문이 아니라 자신이 별서(別墅)를 만든 동기와 그곳에 만들 건물과 전답, 조경 시설 그리고 각 시설의 공간적 의미를 찬찬히 설명한 글이다. 글쓴이의 별서를 보는 시각을 잘 드러내고 있다.

금릉과 둔촌에 별서를 마련하여 은퇴할 준비를 시작한 신유년에 남공철은 한창 때인 마흔두 살이었다. 이곳은 오늘날 성남시 수정구 금토동으로 지금도 금토동 능안골 청계산 자락에는 위아래에 2기의 묘가 남아 있다. 이 글에서 묘사한 것과 똑같이 위에 자리한 묘는 그의 어머니 묘이고, 한 층 아래에 쓴 묘는 남공철 본인의 묘이다.

둔촌의 우사영정과 옥경산의 춘산욕우정을 중심으로 지세와 경치를 정갈한 문장으로 깔끔하게 서술했다. 글쓴이가 사모하던 송나라의 문장가 구양수는 장년기부터 영주(潁州)를 좋아하여 늙으면 은퇴하기를 꿈꾸면서 이곳을 그리워하는 「사영시(思潁詩)」를 여러 편 지은 바 있으나, 정작 그곳에서 은퇴 생활을 즐긴 것은 세상을 떠나기 전 1년 남짓한 기간이었다. 글쓴이가 정자에 '우사영정'이란 이름을 붙인 것은 구양수를 사모하는 마음에 더하여 은퇴하지 못하고 계속 벼슬살이하면서 은퇴할 공간을 그리워하는 처지가 유사했기 때문이다.

글쓴이는 이곳을 몹시 사랑하여 여러 편의 글을 남겼는데, 그중에서 이 글이 가장 자세하다. 이밖에 「우사영정기(又思穎亭記)」, 「옥경산장기(玉磬山莊記)」 등이 『금릉집』 권12에 실려 있다. 청계산 자락의 낙토(樂土)로 묘사한 이곳은 지금은 군부대가 주둔하고 경작지로 변모하여 글에서 묘사한 옛 정취를 찾기 힘들다.

성해응 成海應

1760~1839년

자는 용여(龍汝), 호는 연경재(研經齋) · 난실(蘭室)이며, 본관은 창녕(昌寧)이다. 청성(靑城) 성대중(成大中)의 아들이다. 1783년 진사시에 합격했고, 1788년 이후 규장각 검서관으로 활약하면서 조정의 편찬 사업에 종사했다. 한학(漢學, 고증학)과 송학(宋學, 성리학)을 절충할 것을 주장하여 경학과 관련한 많은 저술을 남겼다. 『송유민전(宋遺民傳)』, 『황명유민전(皇明遺民傳)』과 같은 중국 왕조의 유민에 대한 전기집을 편찬했으며, 서화에도 관심이 많아 서화 작품에 대한 제발(題跋)만을 모은 『서화잡지(書畵雜誌)』를 저술하였다.

그는 각 분야에 걸친 다양한 글을 많이 남겼는데 사실을 고증하는 성격의 글이 다수를 차지한다. 방대한 분량의 문집 『연경재전집(研經齋全集)』이 전한다.

안향 선생 집터에서 나온 고려청자 安文成瓷尊記

송도 사람이 문성공(文成公) 안향(安珦)의 옛 집터에서 밭을 갈다 청자로 만든 준(尊) 하나를 얻었다. 키는 한 자 정도이고, 빛깔은 살짝 푸르면서 검고, 용량은 한 말 정도였다. 지금은 자하(紫霞) 신위(申緯) 선생의 서재로 들어왔는데, 중국 사람이 일컫는 고려의 비색(秘色) 자기이다. 『주례(周禮)』에는 준이 다섯 종류가 있으나 지금 그 정확한 형태와 용량을 모른다. 섭숭의(聶崇義)의 『삼례도(三禮圖)』를 살펴보았더니 태준(太尊)과 산준(山尊), 호준(壺尊) 등만을 언급하고 모두 다섯 말이 들어간다고 하였다. 하지만 옛날과 지금은 도량형이 달라서 용량이 똑같지 않다. 옛날에는 자기의 무게와 크기에 정해진 한도가 있고 예법에 맞아떨어졌다. 따라서 제사를 지낼 때 꼭 그 자기를 사용했다.

문성공께서는 고려 시대에 올바른 도를 지키고 이단을 배척하여, 그 공로로 공자의 사당에 배향되셨다. 현재 성균관의 노비들은 모두 문성공께서 나라에 바치신 노비의 후예이다. 동방은 신라 이후로 불교가 성행하여 인륜이 거의 없어질 지경이었다. 우리 왕조에서 배척하기는 했으나 지금껏 사대부가 중의 장삼을 입거나 부녀자가 주발에 밥을 먹는 풍속은 모두 불교의 유풍이다.

우리나라의 여러 현인들이 힘을 다해 배척하여 이단이 감히 힘을 쓰지 못하도록 했음에도 이처럼 풍속을 고치기가 어렵다. 그러니 문성공의 시대야 말해 무엇하랴! 온 세상이 이단에 빠져들어 팔뚝의 살갗을 태우고 머리를 깎았으니 그 권력이 임금과 맞먹을 수준까지 이르렀다. 오직 문성공께서 우뚝하게 서서 올바른 학문을 드러내셨고, 또 백 년 뒤에 포은 정몽주 선생을 얻어 문물이 비로소 갖추어졌다. 그 덕분에 유학의 연원이 드디어 동방에서 번창하게 되었으니 이는 덕을 세운 것일 뿐만 아니라 공까지 세운 것이다.

상상해 보면, 문성공께서 예식을 거행하실 때 이 자기가 종경(鍾磬)과 변두(籩豆) 사이에 끼여 좋은 술을 가득 담은 채로 서로 인사하며 나아가고 물러나 자기가 참으로 훌륭하게 쓰였을 것이다. 지금 학자들 가운데 이 자기를 써서 예를 익히고 문성공의 기풍이 영원히 사라지지 않도록 할 자가 몇이나 될까? 흙 속에서 나온 자기는 틀림없이 기대하는 바가 있으리니 자하는 힘쓸지어다!

해설

고려청자는 오랫동안 잊혔다가 20세기 이후에나 골동품으로 인정받은 것으로 알려져 있지만, 18세기 후반에서 19세기 전반에 활동한 경화세족 문사들 중에는 적극적으로 감상하고 소장한 이들이 꽤 있었다. 그들은 『격고요론(格古要論)』 같은 고동 관련 저작을 읽고 고려청자에 대한 정보를 입수했고, 개성과 그 주변에서 출토되는 청자들을 수집했다.

새로운 자기가 출토되면 지금은 두 가지 반응을 보일 것이다. 미학적으로 얼마나 아름다운가? 아니면 값이 얼마나 나갈까? 전문적인 미술사

학자라면 어느 가마에서 구웠고, 양식적 특징의 연원은 어디인가를 고민할 것이다.

반면 근엄한 학자인 성해응은 사뭇 진지하게 안향이 성리학을 진흥할 때의 모습을 상상하면서 청자의 주인에게 더욱 학문에 정진할 것을 당부하고 있다. 청자의 주인은 자하 신위이다. 그의 집에는 고려청자와 백제 기와는 물론 중국에서 유래한 진귀한 골동품이 가득했다.

이 청자는 나중에 장서가로 유명한 두실(斗室) 심상규(沈象奎)가 빌려가 8년 동안이나 돌려주지 않았다. 전전긍긍하던 신위는 촉강자석(蜀江子石) 23개를 주고 간청하여 겨우 돌려받고, 이를 기념하여 시를 짓기도 했다. 신위는 청자를 아끼는 애호가의 출발을 알린다.

백동수 이야기 書白永叔事

영숙(永叔) 백동수(白東脩)는 본관이 수원(水原)이다. 증조부는 절도사를 지낸 백시구(白時耉)인데 경종(景宗) 때 영조를 옹립한 대신들과 함께 화를 당해 돌아가셨고, 나중에 충장(忠莊)이란 시호를 받으셨다. 영숙은 태어나면서부터 무예가 출중했고, 또 명가의 후손이라서 일찍이 무과에 합격하여 선전관(宣傳官)이 되었다. 그러나 늘 선전관으로 봉직하는 것을 즐기지 않고, 협객들과 어울려 놀기만을 좋아했다. 언젠가 협객의 무리를 이끌고 북한산의 절에 있는 누각에 올랐다. 막 술을 따르고 악공에게 노래를 시켰을 때 무뢰배들이 나타나 그들을 내쫓았다. 영숙이 즉시 눈을 부릅뜨고 소매를 떨치고 일어서자, 수염과 머리카락이 모두 곤두섰다. 무뢰배들은 겁을 집어먹고 달아났다.

나는 그의 이름을 듣기는 들었으나 한 번도 만나 본 적이 없었다. 무신년(1788년) 봄에 청장관(靑莊館) 이덕무(李德懋) 공께서 악대를 불러 아버지 칠순 잔치를 열었을 때 나는 그 자리에 축하하러 갔다. 좌중에는 잠이 든 사람이 있었는데 갑자기 벌떡 일어나 취한 눈을 비비면서 그림을 잘 그리는 화가 김홍도를 붙잡고 신선 그림을 그려 달라고 부탁하고는 그림 그리는 법을 상당히 상세하게 갖추어 말하였다. 그 사람이 바로 영숙이었다. 나는 또 그의 재주를 기이하게 봤다.

그 무렵 선친께서 교서관(校書館)에 근무하셨는데, 술을 가지고 찾아오는 당대의 명사들이 많았다. 영숙도 때때로 찾아와서 조용히 역사의 치란(治亂)과 흥폐(興廢)의 원류를 이야기했다. 중국의 산천과 관방(關防)의 형세로 화제가 번지면 메아리처럼 응답하여 막힘없이 줄줄 이야기했다. 그는 또 이렇게 말한 적이 있다.

"나는 예법을 갖춘 선비를 만나면 예법으로 상대하고, 문장이나 서화를 잘하는 선비를 만나면 문장이나 서화로 상대하며, 점술이나 의약, 기예나 술수에 능한 선비를 만나더라도 그들을 상대할 수단을 다 가지고 있지. 나는 단정한 것을 좋아하는 자네를 상대하려고 일부러 낯빛을 점잖게 하여 상대할 뿐이야."

나는 또 두루 갖추지 않은 것이 없는 그의 재주에 감탄했다. 그는 또 이렇게 말했다.

"내 일찍이 세상을 둘러보았으나 마음에 차는 일이 없었네. 춘천 산속에 들어가 직접 황무지를 개간하여 차조와 기장을 많이 심고, 닭과 돼지를 많이 키웠네. 세시(歲時)에는 술을 빚어 이웃 마을의 노인장들을 초대하여 모시고 즐겁게 술을 마시며, 영원히 숨어 살면서 세상에 나오지 않으려 했지. 얼마 뒤 쓸쓸함을 견디지 못하여 나는 또 온 식구를 거느리고 서울로 와서 셋집을 얻어 살았네. 마음에 맞는 사람을 찾아 즐겁게 이야기하는 것으로 낙을 삼으니, 또한 통쾌한 일일세."

나는 또 절제하여 아무것이나 하지 않는 그의 의지에 감탄했다.

정조 임금 기유년(1789년)에 장용영(壯勇營)을 설치했다. 임금께서 영숙의 재주를 아셔서 초관(哨官)에 제수하시고 『무예도보통지(武藝圖譜通志)』를 편찬하는 임무를 맡기셨다. 편찬이 끝나자 비인(庇仁) 현감에 제수하셨는데, 부친상을 당해 이내 돌아왔다. 한참 뒤에 박천(博川) 군수가 되었다가 얼마 뒤에 그만두었다.

영숙은 집안이 본래 넉넉했으나 궁핍한 사람을 즐겨 도와주어 가세가 쪼그라들었다. 그래도 영숙은 남을 돕는 일을 그만두지 않았다. 일찍이 초가삼간 집에 굶주려 누워 있다가 돈 몇 꿰미를 얻었다. 빚을 갚고 그 나머지는 밥을 지어 먹으려 했으나 마침 이웃에 사는 이름난 관리가 죽어서 염할 돈조차 없다는 소식을 듣고서 바로 다 내주었다. 지방 고을 수령을 지낼 때도 빚을 갚느라 늘 녹봉이 부족했다.

영숙이 늙고 병들었을 때는 아내와 첩도 다 세상을 떠났고 젊어서 어울리던 사람들도 거의 남아 있지 않았다. 나는 그가 궁핍하고도 무료하게 사는 것을 슬퍼하여 한번 찾아가 본 적이 있다. 그는 손발이 마비되어 일어서지도 못했으나 평소처럼 반갑게 웃으면서 말했다.

"내가 병은 들었지만 아직도 아침저녁 밥을 한 사발씩 먹는다오. 내 운명이야 정해진 바가 있으리니 내 다시 무엇을 걱정하겠소?"

나는 또 기이한 기상이 여전히 남은 것을 안타깝게 여겼다.

지금 영숙이 세상을 영영 떠났다는 소식을 들었다. 옛날의 헌걸차고 범상치 않은 인물은 차라리 자취를 거두어 현실에서 부침할지언정 뜻을 굽혀 권력자에게 아부하여 공명을 얻으려 하지 않았다. 뜻있는 선비들도 그런 사람을 찾았고, 찾게 되면 대단히 즐거워하여 그들에게 깊이 빠져도 마다하지 않았다. 대개 시대를 걱정하고 풍속을 개탄하는 마음에서 나온 일이다.

나는 예전부터 구양수가 지은 「석비연시서(釋秘演詩序)」를 읽고서 감탄하다가 드디어 영숙의 일생을 기록한다. 안타깝구나! 다시는 기남자(奇男子)를 보지 못하겠구나!

해설

이 글의 문체는 서사(書事)로 견문한 사건을 기록한 글이다. 야뇌(野餒) 백동수(1743~1816년)란 독특한 인물의 삶을 글쓴이의 관점에서 기록하였다. 백동수는 이덕무의 처남이라서 백탑파를 비롯한 저명한 문인들과 교유가 깊었고, 그들의 문집에는 그를 주인공으로 지은 글이 많이 실려 있다. 이덕무는 그의 당호를 풀이하여 「야뇌당기(野餒堂記)」를 지어 주었고, 박지원의 「기린협으로 들어가는 백영숙에게 주는 글(贈白永叔入麒麟峽序)」은 이 글에도 나오는 것처럼 강원도로 은거하러 들어갈 때 지어 준 글이며, 박제가 역시 이때 지어 준 명문이 있다. 성해응의 부친 성대중 역시 백동수의 또 다른 호인 '인재(靭齋)'의 뜻을 풀이하여 「비인 현감으로 부임하는 백영숙에게 주다(靭說贈白永叔之官庇仁)」라는 글을 지어 주었다. 그만큼 한 시대의 명사로서 독특한 인물이다.

이 글은 백동수의 인상적인 행적 몇 가지를 서술하고 난 뒤 "나는 또 그의 이러저러한 점에 감탄했다."라고 쓰는 방식으로 전개된다. 크게 네 가지 일화를 소개하고 자신의 소감을 적었는데, 단조로운 듯하지만 백동수의 사람됨에 대한 그의 평가가 점차로 고양되는 것이 잘 드러난다. 마지막에는 "다시는 기남자를 볼 수가 없겠구나!"라는 감탄으로 백동수를 자기가 접한 유일한 기남자, 곧 재주가 남달리 출중한 남자로 평가하고 그의 불우한 죽음을 애도했다.

끝 대목에 나오는 구양수의 글은 석만경(石曼卿)과 그를 통해서 알게 된 비연(秘演)이라는 스님의 사람됨과 불우함을 안타까워한 글인데, 전편에 불우한 사람에 동정하고 연민하는 정서가 깔려 있다.

신작 申綽

1760~1828년

자는 재중(在中), 호는 석천(石泉), 본관은 평산(平山)이다. 강화학파의 저명한 학자이자 문장가로 유명한 신대우(申大羽, 1735~1809년)의 아들이다. 그 역시 강화학파의 전통을 이어받은 경학가(經學家)이다.

어려서부터 명예나 세속적 성공에는 욕심을 두지 않고 오로지 경학(經學)에 몰두했다. 당시 조선 학계에서 고증학의 방법론을 적용하여 저서를 남긴 학자들 중에서 단연 돋보이는 성과를 남긴 학자이다. 1809년 부친의 권유로 문과에 응시하여 합격했으나 합격 소식을 미처 전하기도 전에 부친이 갑자기 세상을 떠났다. 그는 임종을 보지 못한 것이 과거 탓이라 하여 한평생 벼슬하지 않고 학문에만 종사하였다.

대표작인 『시차고(詩次故)』는 1786년에 착수하여 1811년에 31권 12책으로 완성한 『시경』 연구서로서 춘추 시대부터 당나라까지 『시경』에 대한 훈고(訓詁)를 편집한 책이다. 도가 사상에도 조예가 깊어 『노자지략(老子旨略)』을 남겼다. 그의 문장은 일반 문인과는 색채를 달리하여 고증적이거나 사실을 따지는 성향이 짙다. 서문이나 편지글, 묘지 비문 등을 다수 지었는데 비문의 성격을 논한 「논비(論碑)」 등이 유명하다. 문집으로 『석천유고(石泉遺稿)』가 전한다.

자서전 自敍傳

신작은 자가 재중(在中)으로 본관은 해서(海西) 평산(平山)이다. 그 아버지 신대우(申大羽)는 유림의 명망가로서 식견과 처신을 세상에서 높게 평가하여 원자궁(元子宮) 관리로 뽑혔다. 벼슬은 호조 참판에 이르렀다.

신작은 어려서는 곧고 깨끗한 지조를 가슴에 품었고, 장성해서는 세상을 멀리하는 뜻을 가졌다. 기이하고 예스러운 것을 좋아하였고, 서림(書林)을 사랑하고 경전을 섭렵하여 구경하고 읽은 저작이 많았다. 일찍부터 모시(毛詩, 『시경』)의 학문을 연구하여 많은 학자의 학설을 종합하여 『시차고(詩次故)』 스물두 권, 『외잡(外雜)』 한 권, 『이문(異文)』 한 권을 저술하였는데 간행하지 못하고 집에 보관해 두고 있다.

애초에 신작은 형 신진(申縉), 아우 신현(申絢)과 더불어 가정에서 화목하게 지냈다. 형은 집안의 법도를 잡고, 아우는 벼슬하여 그 녹봉으로 부모님을 봉양하였다. 그런데 신작은 명예와 이익을 얻는 재주도 없고 성품도 담박하여 그저 서적이나 문방 도구, 집기를 맡아 아버지 슬하에서 자식이 할 일을 도맡았다. 신발을 옮기고 허리띠를 바치며, 이불을 개고 방과 마루를 두루 청소하였다. 아울러 마음에 들도록 글씨를 써 드리고 수준에 맞게 서화를 감상하는 일을 어려서부터 백발이 되도록 잠시도 떨어져서는 큰일 날 것처럼 하였다.

지금 임금님 9년에 아버지를 따라 성천도호부(成川都護府)에 갔다. 이 고을은 신현이 아버지를 봉양하고자 간청하여 얻은 외직으로, 서울로부터 칠백 리나 떨어져 있다. 그해 11월 나라에서 증광 경과(增廣慶科)를 실시할 때 아버지가 신작에게 시험 보기를 권하시며 "내 생각에 이번에 응시하면 네가 반드시 합격할 것이다. 그러나 너는 인간사에 어두우니 뒤에는 네가 하고 싶은 대로 하여라."라고 말씀하셨다.

신작은 서울에 들어온 지 달포쯤 되었을 때 과거에 응시하여 대책(對策)에서 장원을 차지하였다. 그러나 아버지가 갑자기 위독하다는 전갈을 받고 이틀 갈 길을 하루에 달려갔지만 닿지 못하고 부음을 들었다. 이는 사람이 겪을 수 있는 가장 큰 슬픔이요 쓰라린 서러움이다.

신작이 스스로 생각해 보니 자식된 도리로서 큰 죄를 지었다. 병환이 났어도 약을 맛보아 드리지 못했고, 염을 할 때 옷을 입혀 드리는 것도 보지 못했다. 유언도 듣지 못하고 관은 벌써 닫혔다. 그 허물을 추적해 보니 참으로 과거 탓이었다.

삼년상을 마친 뒤 슬픔을 머금고 아버지의 묘소에 과거 합격의 영광을 고하면서 살아생전에 하신 말씀을 곰곰이 생각하였다. 그리고 상소를 올려 아버지 잃은 슬픔을 말하고 필부(匹夫)로 지낼 뜻을 펼칠 수 있도록 빌었다. 마침내 벼슬길을 단념하고 무덤 아래에서 살았다.

그 무렵 형은 세자익위사 부솔(副率)을 거쳐 신녕(新寧) 현감이 되고, 아우는 판서의 지위에 올라서 벼슬하면 나아가고 그만두면 물러났다. 나이가 모두 예순 안팎인데, 서로 한집에서 살면서 광주리에는 혼자 쓰는 물건이 없고 일이 생기면 번갈아 처리하며 한 몸처럼 똑같이 사랑하여 마치 몸과 손이 서로 협력하는 것과 같았다. 집 안에 서적 수천 권을 소장하였는데 희귀한 전적과 사라진 문서들이 많아서 한가로이 지내며 펼쳐 읽었다. 경서를 비교하고 사서와 문학서를 섭렵하였으며, 명리(名理)를 종합하여 읊었다. 옛 선현들의 기이한 자취를 탐구하여 세상에 흥망성쇠와 영욕이 있는 줄을 몰랐다.

이조(吏曹)에서는 여러 차례 교지를 내려 홍문관 응교(應敎)의 지위까지 이르렀다. 앞뒤로 십여 차례나 부르시는 명령이 내렸으나 모두 나아가지 않았다. "그대는 조정의 관원 명부에 이름을 올린 사람이니 완전히 은거해서야 되겠는가?"라고 말하는 이도 있었다. 신작은 이렇게 대답했다. "옛날에 벼슬살이하다 그만둔 사람들이 관원 명부에 이름이 올랐다고 구애받았던가? 또 선친께서 세상에 쓰이기에 적합하지 않음을 벌써 아시고, 벼슬을 버리고 하고 싶은 대로 하라고 말씀하셨다. 정말 미리 헤아려 보시고 편히 살길을 만들어 주신 것이다. 이를 지켜 저 세상으로 돌아가 뵙는 것이 마땅하지 아니한가?"

신작은 전원에 뜻을 둔 이후로는 한 해에 한 번도 도성 안으로 들어가지 않았다. 대지팡이에 삿갓을 쓰고 물결에 장난치고 마름을 뜯으며 맑은 시내, 우거진 숲, 낚시터에 가거나 배를 타고 때때로 돌아다녔다. 세상 먼지가 미치지 않는 곳이었다. 신작은 "나를 두고 하는 말 중에 벼슬살이와 녹봉을 마음에 두지 않았다는 말만은 옛사람에게 부끄럽지 않다."라고 말했다.

신작은 평소 말을 잘하지 못하고 말을 안 하기는 잘해서, 손님이 와도 안부만 묻고 말았다. 집 안에서도 간혹 하루 종일 아무 말도 하지 않고서 맑고 편안하게 지내며 남들과 함부로 교유하지 않았다. 때때로 도가(道家)의 책을 읽으며 혼자서 즐겼다. 신명(神明)과 딱 맞아떨어지지는 않았으나 호젓하고 정결하게 사는 사람의 동반자로 홀로 마음에 시원하게 들어맞았다.

무릇 사물은 만 가지가 넘지만 몸보다 귀중한 것이 없고, 몸은 여러 기관이 있지만 마음보다 귀중한 것이 없다. 마음을 수고롭게 하여 사물에 부림을 당하는 짓은 어진 이라면 하지 않는다. 그래서 애써서 구하지도 않고 질투하여 해코지를 하지도 않으며 담담히 스스로 편안히 지낸다. 요컨대 비방과 명예가 미치지 못하고, 명성과 행적이 모두 사라지게 하련다. 신작이 평소에 품은 생각이 이와 같을 따름이다.

임금께서 즉위하신 지 십구 년 되는 섣달 갑자일에 쓰다.

해설

1819년 경전 연구자로 저명한 신작이 자신의 일생을 돌아보고 지었다. 문체는 전기로서 타인의 전기가 아닌 자기 자신의 전기이다. 조선 후기에 자기 서사의 자전(自傳), 자서전이 유행했는데 이 글도 그중 하나다. 과거에 당당하게 급제한 이가 벼슬 한번 하지 않고 오로지 학문에 전념하는 학자로 남게 된 사연을 담담하게 서술하였다.

자신이 과거 시험에 어엿이 급제하고도 관직을 모두 마다하고 전원에 뜻을 둔 채 도회지에도 출입하지 않으며 오로지 경서만을 연구하는지 그 동기를 밝히는 서술이 글의 핵심이다. 1809년 과거 시험을 본 것이 평생 단 한 번의 외도였는데, 그마저도 부친의 권유에 따른 것이었다. 그런데 안타깝게도 과거를 보느라 부친의 임종을 지키지 못해 평생의 한을 남기고 말았다. 그 일은 결코 벼슬하지 않겠다는 의지만 더 굳게 해주었다.

글은 과도하다 할 만큼 오로지 아버지와 형제 사이에 오가는 정과 믿음을 서술하고 있다. 아버지가 남긴 한마디, "너는 인간사에 어두우니 뒤에는 네가 하고 싶은 대로 하여라."가 괴팍한 인생을 뒷받침하는 든든한 지침이 되었다. 너나없이 한집에서 지내는 형제는 세상 물정 모르고 남과 어울리지 못하는 글쓴이가 유일하게 마음을 터놓는 상대다. 괴팍한 학자의 특이한 인생이 인상적인 자서전이다.

태교의 논리　胎敎新記序

남녀가 교접하고서 태아의 맑고 탁함이 나뉘지 않다가 사람의 형체가 갖추어지면 성인과 범인이 벌써 판가름 난다. 단정하고 근엄하게 가르쳐서 아기를 밝고 훌륭한 덕을 갖춘 인물로 길러 낼 수 있지만, 요임금 순임금이 이끌었어도 아들 단주(丹朱)와 상균(商均)의 악한 인성을 바꾸지 못했다. 맑고 탁함이 나뉘기 전에는 아기가 가르침을 따르도록 할 수 있어도 성인과 범인의 자질이 벌써 나뉜 다음에는 습성을 옮기지 못한 때문이다. 태교(胎敎)가 중요한 까닭이 여기에 있다.

유씨(柳氏) 가문의 부인 이씨(李氏)는 전주 이씨 대갓집 출신으로 올해 여든셋이다. 어려서부터 책을 좋아하여 경전의 가르침을 깊이 알았고, 그 밖의 문헌에도 정통하여 높고 고매한 일에 뜻을 두었다. 세상에 인재가 드문 것은 태교가 행해지지 않은 탓이라 생각하고 경전의 가르침과 선인(先人)의 은밀한 말씀을 캐고 수집하였다. 무릇 임신부가 마음먹고 행동하며 보고 듣고 기거(起居)하며 마시고 먹는 하나하나의 사항들에 대해서 모두 경서와 예법을 참조하여 모범을 제시하였고, 옛 기록을 두루 살펴 본받을 사례를 밝게 보여 주었으며, 의학의 이치를 참작하여 깨우침을 내려 주었다. 오묘한 깊이를 얻어서 부지런히 한 권의 책을 완성하였다. 이씨의 아들 서피자(西陂子) 유경(柳儆)이 장(章)을 나누고 구두를 떼고 풀이하여 『태교신기(胎敎新記)』라 하였다. 예전 사람이 미처 짓지 못한 저술을 새로 지었으니 오호라! 원대하구나!

서피자는 나와 새로 사귄 벗이다. 남달리 총명하고 식견이 있으며, 『시경』과 『서경』, 그리고 예를 지키는 것이 진실로 평소 즐겨 말하는 주제였다. 학문에서는 특히 『춘추』에 조예가 깊고, 음양과 율려(律呂), 천문(天文)과 의학, 수학의 책은 그 근원까지 파고들었고 지엽까지 모두 캐냈다. 군자들은 부인이 가르친 덕분이라 생각하였다. 서피자가 "가곡(稼谷) 윤광안(尹光顔) 판서께서 이 책을 대단히 기이하게 여겨 서문을 쓰시려다가 채 쓰지 못하고 세상을 떠나셨네. 그대가 나를 위해 서문을 완성해 주시오."라 말하였다.

나는 삼가 받들어 반복해서 읽어 보고 이렇게 말한다.

이것은 진한(秦漢) 이래로 없었던 책이다. 더욱이 부인이 글을 지어 후세에 남긴 책이지 않은가! 옛날 조대고(曹大家)가 『여계(女誡)』를 짓자 부풍(扶風)의 마융(馬融)이 훌륭한 책이라 여겨 아내와 딸자식에게 외우도록 하였다. 그러나 『여계』는 성인을 교육하는 책이라, 성인을 교육하는 것이 어찌 태교에 힘쓰는 것과 같을 수 있으리오?

무릇 태(胎)라는 것은 하늘과 땅의 비롯됨이요, 음과 양의 시작이요, 조화(造化)의 풀무요, 만물의 시작이다. 태초에 기가 엉겨 혼돈의 구멍이 뚫리지 않았을 때에 오묘한 기운이 발휘되어 은밀히 돕는 공훈은 사람에게 달려 있다. 바야흐로 음화(陰化)가 보호하여 지키고 맥양(脈養)이 달마다 바뀌면 영원(靈原)의 호흡이 흘러 통하고 기부(奇府)의 영혈(榮血)이 쏟아져 들어간다. 그때에는 임신부가 병들면 태아도 병들고 임신부가 평안하면 태아도 평안하며, 감정과 본성, 재능과 덕망이 어머니의 움직임을 따르고, 먹고 마시고 춥고 따뜻하게 하는 것이 태아의 기혈(氣血)이 된다.

따라서 말없이 이뤄지는 가르침은 북채로 북을 치는 속도보다 빠르고, 남몰래 이끄는 교화는 모래밭에 빗물이 스미는 것보다 잘 스며든다. 잘 깎아 꾸미지 않아도 용이나 봉황의 문장이 은근히 얻어지고, 흙을 빚어 그릇을 만들 듯이 호련(瑚璉)과 같은 도량이 먼저 나타난다. 배움에는 타고난 식견이 있어서 스승의 도움 없이도 배우는 것은 이 도리를 채택한 방법이다. 그러므로 "현명한 스승이 십 년 가르친 것이 어머니 배 속에서 열 달 가르친 것보다 못하다."라고 말한다.

이 책을 보는 사람들이 만약 그 큰 가르침을 분명하게 밝혀서 처자들이 새겨듣도록 만든다면 잠자리를 갖지 않는 금기와 같은 훌륭한 가르침을 잘 따르기에 이 나라에서 잘 기른 아이가 모두 빛나는 인재가 될 것이다.

해설

이 글의 문체는 서문으로 저술을 짓게 된 동기와 그 주요한 내용과 의의를 밝히고 있다. 글은 세 단락으로 앞에서는 책의 주제인 태교의 중요성을 설명했고, 이어서 저자의 소개, 자신이 서문을 쓰게 된 동기를 서술했으며, 끝으로 태교 교육의 의의와 이 책의 장점을 소개했다. 논리가 탄탄하게 갖춰진 글이다.

『태교신기』는 태아를 임신했을 때 임신부가 지켜야 할 금기와 일상생활의 세세한 규칙, 교육 등을 서술한 책이다. 저자는 사주당(師朱堂) 이씨로 저명한 학자인 유희(柳喜)의 어머니이다. 이씨가 저술한 책에 유희가 장구(章句)를 나누고 풀이하였다.(본문에는 유희의 초명(初名)인 유경(柳儆)으로 쓰였다.) 이 책은 태교를 체계화한 첫 저서로서 태교를 하나의 학문으로 만드는 데 기여하여 학술사상 대단한 의의가 있다. 게다가 모자가 합작해서 지은 저작이라는 의의도 지니고 있다.

신작은 태교의 중요성을 역설하고, 이 책이 널리 보급되어 이 땅에 어질고 나라를 잘 이끄는 인재가 많이 배출되기를 희망하였다.

이옥 李鈺

1760~1815년

자는 기상(其相)이며 호는 문무자(文武子), 매화외사(梅花外史), 화석산인(花石山人) 등을 썼다. 본관은 전주(全州)이고, 서파(庶派)에 속하며, 당색은 소북(小北)에 가깝다. 유득공(柳得恭)이 그의 이종사촌이다. 본가는 경기도 남양의 매화동(梅花洞)에 있었으나 오래도록 한양의 서대문에 있는 집에서 거주했다. 김려(金鑢), 강이천(姜彝天)과 절친하게 지냈다.

그는 성균관 유생 시절부터 소품문 창작에 기울었다. 1792년 문체가 소품 취향이라 하여 정조로부터 문체를 고치라는 명을 받고 벌로 새로운 글을 지어 냈다. 1795년에 성균관 유생으로 응시한 문체가 이상하다 하여 충청도 정산현과 경상도 삼가현에 충군(充軍)되는 벌을 받았다. 그 이후 남양에 거주하면서 독특한 작품을 다수 창작하였다.

그는 정조가 내세운 문체반정의 주요한 표적 가운데 한 사람으로 그 때문에 관계로 진출이 막혔다. 그러나 그는 문체를 바꾸기는커녕 특유의 문체를 지키며 창작에 전념했다. 다양한 문체의 작품을 잘 써서 단행본만 해도 희곡 양식의 『동상기(東廂記)』, 여성의 일상과 애환을 묘사한 연작시 『이언(俚言)』, 담배와 같은 일상생활에서 사용되는 천근한 사실을 묘사한 『연경(烟經)』 등 다양하다. 그의 작품은 이념의 속박으로부터 벗어나 인정세태(人情世態)의 세밀한 모습과 인간의 진정(眞情)을 작품 속에 구현하고자 했다. 기존 한문 산문의 규범과 주제로부터 현격하게 이탈하여 독특한 개성을 보여 준다. 대부분의 저술이 김려가 편찬한 『담정총서(藫庭叢書)』에 수록되어 전한다.

소리꾼 송귀뚜라미　歌者宋蟋蟀傳

송귀뚜라미는 한양에 사는 소리꾼이다. 어떤 노래든지 잘 불렀으나 귀뚜라미 노래를 특히 잘 불러서 귀뚜라미란 이름으로 불렸다.

귀뚜라미는 어려서부터 노래 부르는 법을 배웠다. 이미 훌륭한 목청을 얻었는데도 우르릉 쾅쾅 쏴아쏴아 시끄럽게 내리쬫는 폭포 아래로 가서 날마다 노래를 연습하였다. 그렇게 노래를 부른지 한 해 남짓 지나자 오로지 노래 소리만 들릴 뿐 폭포 소리는 들리지 않았다. 또 북악산 꼭대기로 올라가서 까마득하고 아찔한 허공을 앞에 두고 노래를 연습하였다. 처음에는 소리가 갈라지고 흩어져서 하나로 모이지 못했으나 그렇게 노래를 부른지 또 한 해 남짓 지나자 회오리바람도 그의 노랫소리를 흩뜨리지 못했다.

이로부터 귀뚜라미가 방 안에서 노래하면 소리가 대들보를 울리고, 대청에서 노래하면 소리가 대문을 울렸다. 배를 타고 노래하면 소리가 돛대를 울리고, 시냇가나 산에서 노래하면 소리가 하늘에 뜬 구름을 울렸다. 소리가 우렁차서 북이나 징을 치는 듯하였고, 소리가 맑아서 옥이 찰랑대는 듯했으며, 소리가 간드러져서 연기가 하늘하늘 날리는 듯하고, 소리가 감돌아서 구름이 하늘에 가로 걸려 있는 듯하였다. 소리가 구를 때는 꾀꼬리가 재잘대는 것 같고, 소리가 떨쳐 일어날 때는 용이 우는 것 같았다. 그리하여 거문고에도 잘 어울리고, 생황에도 잘 어울리고, 퉁소에도 잘 어울리고, 아쟁에도 잘 어울렸다. 각 악기마다 오묘함의 극치에 이르렀다.

그제야 귀뚜라미는 옷매무새를 가다듬고 갓을 바로 쓴 채 사람들이 많이 모인 자리에서 노래를 불렀다. 노래를 듣는 이들은 다들 귀를 쫑긋하고 허공을 향할 뿐 노래를 부르는 소리꾼이 자리에 있는지를 알아채지 못하였다.

그 무렵 서평군(西平君)이란 공자(公子)가 있었다. 그는 부자에다 호협(豪俠)한 인물로 성품이 음악을 좋아했다. 귀뚜라미의 노래를 듣고는 그만 반해 버려 날마다 어울려 놀았다. 귀뚜라미가 노래할 때마다 공자는 반드시 직접 거문고를 당겨 장단을 맞춰 줬다. 공자의 거문고 솜씨도 일세에 으뜸가는 것이라 둘은 서로 어울리며 몹시 즐거워하였다. 하루는 공자가 귀뚜라미에게 "내가 거문고로 장단을 맞추지 못하게끔 자네가 노래할 수 있겠나?"라고 물었다. 그러자 귀뚜라미가 금방 소리를 길게 끌어 후정화(後庭花) 곡조로 「술 취한 중 노래」를 불렀다. 그 노래는 이런 것이었다.

장삼일랑 찢어서 고운 님 잠방이 만들고
염주알일랑 끊어서 당나귀 껑거리끈 만들자
십 년 공부 나무아미타불이라
네가 가는 곳에 나도 가리라

노래를 부르다가 셋째 마디를 막 마치고는 갑자기 '땅' 하고 중이 바라를 치는 소리를 냈다. 그러자 공자가 엉겁결에 술대를 뽑아 거문고 복판을 두드려서 장단을 맞췄다. 귀뚜라미는 또 낙시조(樂時調)로 바꾸어 「누런 수탉 노래」를 마지막 대목까지 불렀다. 그 노래는 이랬다.

바람벽에 그려 놓은 누런 수탉이
길고 긴 목을 구부정하게 뽑아서
두 날개를 탁탁 치며
'꼬끼오' 울 때까지 노세 노세

그러고는 끝소리를 질질 끌더니 크게 한 번 웃는 소리를 냈다. 공자가 한창 궁조(宮調)를 타다가 각성(角聲)을 내면서 여음(餘音)을 둥당둥당 고르다가 그만 장단을 놓쳐 버리고 저도 모르게 손에서 술대를 떨어뜨렸다. 공자가 그에게 "내가 장단을 맞추지 못하긴 했네만 자네가 처음에 바라 치는 소리를 내고 나서 또 크게 한 번 웃는 소리를 낸 것은 웬 일인가?"라고 물었다. 귀뚜라미는 "중이 염불을 마치고 나면 꼭 바라를 쳐서 끝을 알리고, 수탉이 울고 난 뒤에는 꼭 껄껄하고 웃는답니다. 그래서 흉내를 낸 것이지요."라 응수했다. 공자와 다른 사람들이 모두 크게 웃었다. 귀뚜라미는 이렇듯 익살맞은 소리도 잘했다.

공자가 음악을 좋아하다 보니 그 무렵 소리꾼으로 이름난 이세춘(李世春)·조두루마기(趙襖子)·지봉서(池鳳瑞)·박세첨(朴世瞻) 무리들이 모두들 날마다 공자의 문하에 와서 놀았다. 그래서 귀뚜라미와도 서로 친하게 지냈다.

이세춘이 모친상을 당해서 귀뚜라미가 그 무리들과 함께 조문하러 갔다. 상갓집 문에 들어가서 상주가 곡하는 소리를 듣더니 귀뚜라미가 "이것은 계면조로군. 그러면 마땅히 평우조로 받는 것이 옳겠군." 하고서 신위 앞에서 곡을 하는데 곡소리가 마치 노래 부르는 소리 같았다. 사람들이 듣고서는 웃지 않을 수 없었다.

공자는 집에 음악을 하는 종을 열댓 명쯤 두고 있었고, 첩들도 모두 노래를 잘하고 춤을 잘 추었다. 그들과 악기를 연주하면서 환락을 마음껏 즐기며 이십여 년을 살다가 죽었다. 귀뚜라미와 음악하는 무리들도 다 쇠락하여 늙어 죽었다. 그 가운데 박세첨만은 그 아내 매월(梅月)과 함께 지금까지 북산(北山) 아래에 살고 있다. 종종 술기운이 거나해지면 노래를 부르다가는 공자와 함께 놀던 옛일을 꺼내 말하고는 그때마다 탄식을 늘어놓았다.

해설

귀뚜라미라 불린 유명한 가객(歌客)의 전기이다. 문체로는 전기이다. 여기에 등장하는 음악인들은 모두 실존 인물이다. 후원자로 등장하는 서평군 역시 실제 인물로 예단의 저명한 실력자였다. 글에 등장하는 많은 가객들이 즐긴 풍류와 인간적으로 어울리는 모습은 18세기 한양의 음악계를 생생하게 그려 내고 있다. 특히 귀뚜라미가 음악을 수련하는 묘사와 그가 성취한 음악의 수준을 묘사하는 대목은 독특한 조선 후기 음악 수련의 현장을 신비롭게 보여 준다. 뿐만 아니라 대단히 인상적이고 환상적인 가객의 묘사도 탁월하여 음악과 음악인을 다룬 글 가운데 백미로 꼽힌다.

밤, 그 일곱 가지 모습 夜七

어느 날 밤 등잔 기름이 다 닳는 바람에 경금자(絅錦子)가 잠자리에 들었는데 잠을 다 자고 깨어났다. 시중드는 하인 아이를 불러 물었다.

"밤이 얼마나 깊었느냐?"

"아직 자정이 안 됐습니다."라는 아이의 대꾸가 돌아왔다. 그래서 다시 잠을 청했다. 잠이 또 들었다가 또 깨어나 아이한테 다시 물었다.

"밤이 얼마나 깊었느냐?"

"아직 닭이 울지 않았습니다."

억지로 잠을 또 청했으나 잠은 오지 않았다. 뒤척대다가 일어나서 아이한테 또 물었다.

"밤이 얼마나 깊었느냐? 방 안이 훤하구나."

"창문에 달빛이 비쳐 훤해요."

경금자가 말했다.

"허허! 겨울밤이라 지겹게도 길구나!"

그랬더니 아이가 퉁명스럽게 받아쳤다.

"밤이 뭐가 길어요? 나리한테나 길 뿐이죠."

그 말에 경금자가 발끈 성을 냈다.

"뭐라고? 네 놈에게 그럴듯한 이유가 있나 보구나. 그럴듯하지 않으면 회초리를 치겠다."

그러자 아이가 말을 꺼내기 시작했다.

"먼 길을 가다 친한 벗을 우연히 보거나 어릴 적 단짝 친구를 길에서 부딪쳐서 나리께서 그이와 함께 술을 마신다고 해 봐요. 그때 막걸리 한 동이에 청주 다섯 말을 가져오고 술병과 술 단지, 큰 술잔과 작은 술잔을 좌우에 늘어놓습니다. 또 다시 애저구이, 송아지 고기 찜, 꿩 꼬치구이, 잉어국을 차려 내오고 향기로운 나물 안주, 맛 좋은 김치, 금빛 귤과 빨간 홍시를 내옵니다. 여기에 또 생황이 대려(大呂)를 연주하고, 거문고가 유수곡(流水曲)을 타면서 방중악(房中樂)을 연주하여 군자들이 즐겁도록 흥을 돋웁니다. 그러면 '몹시도 훌륭한 손님이 오셨고, 술이 또 많기도 하구나! 술도 마시고 음식도 먹으며 이처럼 좋은 밤을 어이 그대로 보내리?'라며 노래를 부릅니다. 그리하여 흥이 무르익어 칼을 뽑아 검무도 추고, 거문고 장단에 맞춰 노래도 부릅니다. 술 석 잔을 거푸 마셔도 취하지 않아 술 열 통도 마다하지 않습니다. 이렇게 보낼 때 밤이 어찌 길겠습니까?"

아이가 또 이야기를 늘어놓았다.

"서울에서는 젊은 애들이 노름을 하며 잘 놉니다. 투전목을 던지고 골패쪽을 훑으며 길을 다투고 숫자를 따집니다. 그럴 때 노름판에는 큰 촛불이 쌍으로 켜지고, 맛좋은 술이 물처럼 넘칩니다. 패를 펼쳐 보고 판돈을 곱절로 걸다가 패를 나눠서 번갈아 쉬기도 하지요. 이기던 자가 금세 빚쟁이가 되는가 하면, 돈을 다 잃고 있던 사람이 금세 돈을 따기도 합니다. 노름을 밥 먹듯이 하여 본성으로 굳어졌고, 노름에 이기면 나라에 공훈이라도 세운 듯이 으스댑니다. 돈을 거푸 걸 뿐 물러날 줄을 모르고, 밤새도록 노름해도 눈곱 하나 없이 눈을 반짝댑니다. 돈을 잃으면 주먹을 휘두르다가 벽을 쳐서 화풀이하고, 고함치며 떠들다가 혀를 차며 탄식을 토합니다. 이렇게 보낼 때 밤이 어찌 길겠습니까?"

아이가 또 다른 이야기를 이어 갔다.

"열여섯 아름다운 여인과 열여덟 사랑스러운 낭군이 오랫동안 떨어져 있다가 새로 만나니 욕망은 넘치고 그리움은 부풀대로 부풀었지요. 그리하여 비단 옷소매를 부여잡고 신방으로 들어갑니다. 조호미(雕胡米) 쌀밥을 먹고 나서 좋은 향불을 피워 놓습니다. 이윽고 패물 달린 허리띠를 풀고 희디흰 팔을 끌어당기면, 마음은 한자리로 다가서 갈수록 가까워지고, 정은 이불을 덮으면서 점점 더 두터워집니다. 그 뒤에는 몸은 봄날처럼 나른해도 정신은 술에 취한 듯 시원해집니다. 향내 나는 땀이 살짝 남아 있는데 달콤한 꿈은 오래가지 않습니다. 첫닭이 꼬끼오 먼저 울까 봐 조마조마해하면서 비단 휘장이 여전히 어두컴컴한 것을 좋아라 한답니다. 조물주가 이 사정을 헤아려서 밝은 달을 붙잡아 두고 기울지 않도록 빌 겁니다. 이렇게 보낼 때 밤이 어찌 길겠습니까?"

아이가 또 다음 이야기를 꺼냈다.

"장사하는 비천한 백성은 길가에 집이 있어 첫닭보다 먼저 일어나고 파루 종이 울린 뒤에도 잠을 못 자고 일을 한답니다. 어린 딸은 분가루를 정리하고, 막내아들은 담배를 저울에 답니다. 어른들은 술동이를 씻고 누룩을 빚으며, 등잔불을 사르며 동전을 세느라고 바쁩니다. 그들뿐인가요? 갖가지 수공업자들이 제각각 가진 기술로 먹고살지요. 만들어 주기로 약속한 기일을 벌써 여러 번 어긴지라 낮에 이어 밤에도 불을 켜 놓고 일을 합니다. 구리를 두드리고 나무를 켜서 갓과 허리띠, 옷가지와 신발을 만들어 겹겹이 높이 쌓아 놓고도 감히 쉬지를 못합니다. 이렇게 보낼 때 밤이 어찌 길겠습니까?"

또 다음 이야기를 꺼냈다.

"높은 벼슬아치는 금빛 관을 쓰고 학사(學士)는 붉은 비단옷을 입고 이처럼 나랏일이 바쁠 때에는 아침 일찍 관아에 나갔다가 밤늦게 돌아옵니다. 그때에는 정성을 쏟고 힘을 기울이느라 부리나케 밥을 먹고 성화같이 옷을 꿰어 입는데요, 관아에서 집으로 돌아와 보니 섬돌에는 손님들 신발이 가득하단 말입니다. 겸지기는 귓속말을 해 대고, 첩들은 두리번거리며 자꾸 한숨을 내쉬고 하품만 늘어놓을 때 마음은 고달프고 몸은 파김치가 됩니다. 이윽고 관아에서 노복들이 함께 몰려와 등과 횃불이 휘황하게 빛납니다. 곧이어 새벽을 알리는 북소리가 그치고 대궐문이 열립니다. 밤은 또 아침처럼 오고, 오늘은 또 어제처럼 지나갈 것입니다. 이렇게 보낼 때 밤이 어찌 길겠습니까?"

다음 이야기는 이랬다.

"젊은 수재와 늙은 유생에게 과거 시험 치를 날이 얼마 남지 않았는데, 급제를 바라는 욕심은 한량없고 지극한 소망은 간절하기만 합니다. 썰렁한 담요를 깔고 책상에 기대앉으니 등잔불 긴 심지가 다 짧아집니다. 『시경』을 읊고 『주역』을 외우며, 문장을 이어 쓰고 글귀를 풀이하느라 마치 암탉이 알을 품듯이 온정신을 글공부에 집중합니다. 다행이 여유가 생기면 표전(表箋) 글이나 사부(詞賦)까지 지어 봅니다. '옛날에 소진(蘇秦)이 제 허벅지를 찔러 가며 글을 읽고, 사마광(司馬光)이 둥근 통나무를 베다가 일어나 공부했다 하더군. 나도 그 같은 의지를 가졌나니 어느 시대인들 그런 인물이 없겠는가?' 생각하고 그들처럼 밤낮으로 부지런히 공부하여 꼿꼿이 앉아서 한 해가 다가도록 노력해 보자며 다짐을 둡니다. 이렇게 보낼 때 밤이 어찌 길겠습니까?"

이번에는 이런 이야기를 꺼냈다.

"옛날 신선 같은 자가 있어 제집에 칩거하여 쓸쓸히 도를 닦고 있습니다. 모든 감각을 멈추고 마음을 관찰하여 허물 벗은 매미처럼 앉아 있을 때 음(陰)은 있되 양(陽)은 없고, 낮도 아니고 밤도 아닙니다. 그때에는 고요하고 희미하며, 그윽하고 넓으며, 깊고도 어둑하며, 황홀하고 즐거우며, 뒤섞이고 혼란스러운데 그 현묘한 현상을 손아귀에 잡으려 합니다. 이렇게 보낼 때 밤이 어찌 길겠습니까?"

아이가 말을 마치도록 경금자는 솔깃하게 듣다 보니 감동이 일어났다. 한참 만에 아이한테 물어보았다.

"너는 대체 뭘 하는 아이인데 이렇게까지 밤이 긴 줄을 모르지?"

그러자 아이가 이렇게 대꾸했다.

"저까짓 놈이야 천하의 비천한 아이지요. 밖으로는 세상 물정을 모르고, 안으로는 일곱 가지 감정이 있는 줄도 모릅니다. 깊이 생각하는 것도 없고, 꾸려가는 생업도 없지요. 그저 밥이 되면 먹고 날이 저물면 잘 뿐이랍니다. 두 가지 음식을 먹고도 무엇이 맛있는지를 구별하지 못하는데 밤 시간이 길고 짧은지를 기억할 수 있나요?"

아이는 말을 마치자마자 이내 다시 쿨쿨 잠을 잤다. 경금자는 탄식하며 이렇게 말했다.

“아! 성인은 하늘을 본받고, 하늘은 어린아이를 본받으며, 어린아이는 아직 깨어나지 않은 알을 본받는다고 들었다. 모르는 것이 더 뛰어나다는 말이렷다. 알면서 모르는 것과 정말 몰라서 모르는 것이 다를 게 뭐람? 나는 누구를 따를까? 저 아이를 따라야겠다.”

해설

잡문으로 희작(戲作)에 속한다. 일곱 가지 사례를 나열한 점에서는 매승(枚乘)의 「칠발(七發)」과 연관이 있다. 하지만 문체나 발상, 묘사, 표현, 정서가 조선 후기 풍속과 생활상, 심리를 사실적이면서도 인상적으로 반영하고 있다. 잠을 못 이루는 귀인과 글쓴이를 잠을 잘 자는 천인과 무식한 어린아이에 대비시켜 선명한 차이를 드러낸다. 어린아이의 입에서는 긴긴 밤 시간도 짧게 여기며 살아가는 세상 사람들의 사연이 흥미롭게 전개된다. 객지에서 친한 친구와 술을 마시는 경우, 밤새워 노름하는 노름꾼, 오랜 이별 뒤에 만난 연인, 생계에 바쁜 장사꾼과 수공업자, 조정의 벼슬아치, 곧 과거 시험을 치를 수험생, 밤새워 도를 닦는 도사이다. 인생의 처지와 그 목적지는 달라도 밤을 낮 삼아 불을 밝히는 인간 군상의 욕망하는 삶이 생생하게 드러난다. 인정세태를 잘 묘사하는 글쓴이의 솜씨를 훌륭히 발휘한 명작이다.

걱정을 잊기 위한 글쓰기

鳳城文餘小敍

내 벗 중에 걱정거리가 많아서 노상 술을 즐기는 사람이 있다. 청주도 잘 마시고 탁주도 잘 마시며, 단 술도 잘 마시고 시큼한 술도 잘 마시며, 진해도 잘 마시고 묽어도 잘 마시며, 많아도 잘 마시고 적어도 잘 마시며, 친구가 있어도 잘 마시고 친구가 없어도 잘 마시며, 안주가 있어도 잘 마시고 안주가 없어도 잘 마신다.

내가 대뜸 물었다.

"무엇 때문에 그렇게 마시나?"

돌아온 대꾸는 이랬다.

"내가 술을 마시는 것은 술이 맛나서가 아니고 취하고 싶어서도 아니고 배부르고자 해서도 아니고 기분을 내기 위해서도 아니고 잘 마신다는 이름을 얻고자 해서도 아닐세. 그저 걱정을 잊고자 마실 뿐일세."

"술이 걱정을 해결해 주기는 하는가?"

"나는 걱정스러운 몸으로 걱정스러운 처지가 되어 걱정스러운 시대를 만났네. 걱정이 마음 가운데 있어 마음이 몸에 가 있으면 몸을 걱정하고, 마음에 처지에 가 있으면 처지를 걱정하며, 마음이 처한 시대에 가 있으면 시대를 걱정하여 마음이 가는 곳을 따라 걱정도 함께 가 있다네. 그래서 그 마음을 옮겨서 다른 곳으로 가게 하면 걱정이 마음을 따라올 수가 없지.

지금 내가 술을 마시면, 술병을 잡고 흔들어 볼 때에는 마음이 술병에 가 있고, 술잔을 잡고 넘칠까 조심하면 마음이 술잔에 가 있고, 안주를 집어 목구멍으로 던지면 마음이 안주에 가 있고, 손님과 수작하며 나이를 따지면 마음이 손님에게 가 있네. 손을 뻗을 때부터 입술을 훔칠 때까지 잠깐 사이에는 어떤 걱정도 사라지지. 몸에 있는 걱정도 없어지고, 처지의 걱정도 없어지며, 시대의 걱정도 없어지니 이것이 바로 술을 마셔서 걱정을 잊는 방법이요 내가 술을 많이 마시는 까닭이라네."

나는 그의 핑계가 그럴듯해 보이면서도 그의 속내가 가슴 아팠다. 아! 내가 지은 『봉성필(鳳城筆)』도 저 벗이 마시는 술과 같은가 보구나!

봉성(鳳城)에서 돌아온 뒤 경신년 오월 하순에 화석정사(花石精舍)에서 쓴다.

해설

글쓴이는 경박한 소품문을 창작했다는 이유로 정조에게 견책을 받아 경상도 삼가현(三嘉縣)에 충군(充軍)되었다가 1800년 봄에 귀향했다. 이 드문 경험의 과정에서 나온 글 67편을 엮어 탈고하고 제목을 『봉성필』이라 하였다. 나중에 김려가 『봉성문여(鳳城文餘)』란 이름으로 바꾸어 『담정총서』에 수록했다. 이 글은 그 문집에 쓴 서문이다.

『봉성필』은 낯설고 먼 타향에서 백여 일을 넘게 보낸 불운하고 우울한 체험의 소산이다. 그런 글을 모은 문집에 어떤 감회를 써야 할까? 글쓴이는 자신과 관련한 감회는 아무것도 말하지 않는다. 대뜸 날마다 술이나 마시는 친구 이야기를 꺼냈다. 걱정을 잊기 위해 술을 마신다는 친구의 핑계 아닌 핑계는 무료한 유배지에서 걱정을 잊기 위해 글을 쓴 자신을 변명하기에 딱 어울리는 사연이었다. 술을 마셔서 걱정을 잊으려는 친구를 연민하면서 불쑥불쑥 일어나는 걱정을 잊고자 글이나 쓸 수밖에 없는 자신의 처지를 위로하였다.

북한산 유기 重興遊記

날짜 2개조

• 계축년(1793년) 가을이다. 팔월 임오일 회현방(會賢坊)에 모여서 산으로 놀러 가자는 계획을 정했다. 을유일 맹현(孟峴, 가회동 맹감사고개)에 갔으니 약속이 있어서였다. 병술일에는 산에 들어갔고, 정해일에는 산속에 머물렀으며, 무자일에는 동쪽 샛길로 내려와서 맹현에 이르렀다. 기축일에 돌아왔다.

• 가을 날씨가 오래도록 맑았다. 정해일에는 산속에 구름이 끼었고, 무자일에는 흙비가 내렸으니 산이 높아서다.

길동무 2개조

• 자하옹(紫霞翁) 민사응(閔師膺)과 귀현자(歸玄子) 김려(金鑢) 및 그 둘째 아우 목서산인(木犀山人) 김선(金鐥)이 함께 길을 나섰다. 나까지 포함하면 모두 네 명이었다. 나는 이옥(李鈺) 기상(其相)이다.

• 처음에는 진사 서유진(徐有鎭)이 함께 가기로 했으나 오지 않았다. 동자 봉채(鳳采)가 만나기로 약속했다가 이르지 않았는데 나중에 후회했다.

준비물 2개조

• 나는 "내가 전부터 남들이 하는 것을 봤더니 교외로 소풍 가는 이들이 이삼일 놀고 돌아오려고 해도 며칠 동안 신경을 쓰면서 행장을 꾸리지만 늘 빠트린 물건이 많았다."라 말하고 준비하였다. 사람을 태울 나귀나 말 한 마리, 산행 도구를 가지고 갈 동자 한 명, 철쭉 지팡이 한 자루, 호리병 하나, 표주박 하나, 반죽(斑竹)으로 만든 시통(詩筒) 하나, 시통에는 조선 시인의 시집 한 권, 채전(彩牋) 두루마리 하나, 일인용 찬합 하나, 유의(油衣) 한 벌, 이불 한 채, 담요 한 장, 담뱃대 하나(길이가 다섯 자 넘는 것), 작은 담배통 하나. 몸을 숙이고 앞서거니 뒤서거니 문을 나서면서 준비를 잘했다고 자부했으나, 오 리쯤 가서 또 생각해 보니 붓과 먹과 벼루를 빠뜨렸다.

• 우리 일행은 짧은 담뱃대 두 개, 허리에 차는 작은 칼 두 자루, 담배쌈지 세 개, 화로 세 개, 천수필(天水筆) 한 자루, 견지(繭紙) 세 폭이 있었다. 사람마다 갈아 신을 짚신 한 켤레와 손에 쥔 합죽선(合竹扇) 한 자루씩을 소지하였고, 쌈지 속에는 상평통보(常平通寶) 오십 닢이 들어 있을 뿐이었다.

규약 5개조

• 내가 사정과 술을 마셔 낯이 불콰해졌을 때 사정이 나를 돌아보며 물었다. "자네는 나들이하고 싶지 않은가? 가을 기운이 가슴에 스며들자 성시(城市)가 갑갑해 견딜 수가 없군. 북한산성에 가보고 싶은데 자네도 함께 가지 않겠나?" 또 말했다. "내 동생 대홍이가 이번 나들이를 주관하는데 자네와 함께 가고 싶어 하네." 내가 "좋지. 날짜를 말해 보게." 하니 사정이 "스무이레가 날이 좋네." 하였다. 나는 "늦네 늦어. 지난번에 정

한 날이 있지 않은가?" 하니 사정이 "좋다." 하였다.

• 다른 날 나는 성균관에서 원보를 우연히 만나 사정이 한 말을 꺼내고 또 연유를 설명했다. 원보가 말했다. "그렇구먼. 자네들끼리만 가는가? 이 늙은이가 앞장서면 안 되나? 자네들이 놀러 가는데 내가 어떻게 앞장서지 않을 수 있겠나?" 나는 "부디 함께 가시지요. 선생께서 앞장서시고 뒤에 처지지 않으시길 바랍니다."라고 말했다.

• 도성 문을 나서면서 세 개 조항의 약조를 정했다. 첫째는 시 짓는 짓의 경계. 시 속의 사람이 되어야지 사람 속에서 시를 지어서는 안 된다. 시 속의 풍경이 되어야지 풍경 속에서 시를 지어서는 안 된다.

• 둘째, 술 마시는 짓의 경계. 산골짜기와 물가에 요행히 술집이 있거든, 술이 붉은색인지 흰색인지를 묻지 말고, 술이 제대로 걸러졌는지 묻지 말고, 주모가 어떠한지 묻지 말며, 우리들이 술을 마시지 않고 지나가는 것을 용납하지 않는다. 한 잔 마시면 화평해지고, 두 잔 마시면 불쾌해지지만, 세 잔 마시면 노래를 부르게 되며, 노래를 부르지 않으면 춤을 출 것이니, 술을 석 잔까지 마시는 것을 허락하지 않는다. 석가여래가 이 금과옥조의 증인이 될 것이다.

• 셋째, 몸놀림의 경계. 지팡이를 쥐고 짚신을 단단히 조여 매고 옷을 단속한 이상 가파른 길도 괜찮고, 험한 산비탈도 괜찮고, 무너진 다리를 뛰어넘는 것도 괜찮고, 험한 골짜기도 괜찮다. 하지만 백운대(白雲臺)는 안 된다. 올라갈 수 없어서가 아니라 올라가서는 안 되기 때문이다. 이 말을 어기는 자는 산신령이 보고 계시리라.

성곽 2개조

• 도성을 나갈 때는 서북쪽 창의문(彰義門)을, 들어올 때는 동북쪽 혜

화문(惠化門)을 이용했다.

• 북한산에 들어갈 때는 서남쪽 작은 문인 문수암문(文殊暗門)을, 나올 때는 동남쪽 작은 문인 보국암문(輔國暗門)을 이용했다. 암문은 문루(門樓)를 세우지 않고 출입구만 뚫어 놓은 문이다. 지나다니며 본 것은 대남문(大南門), 대서문(大西門), 동북암문(東北暗門)과 성 한가운데 관문(關門)으로 만든 한어문(捍禦門)이다. 멀리서 보기만 한 것은 외성(外城)의 한북문(漢北門), 대동문(大東門), 동장대(東將臺)이다. 성가퀴는 도성에 비해 작고 얕으나 문루는 모두 새로 지어 반짝거렸다. 성곽과 회랑은 제도가 잘 지켜져 비상시에 충분히 난폭한 침략자를 막을 수 있다.

정사(亭榭) 4개조

• 연융대(練戎臺)에 세검정(洗劍亭)이 있고, 백운동(白雲峒) 어귀에서 조금 동쪽으로 가면 산영루(山暎樓)가 있다. 도성 동쪽의 손가장(孫家莊)에는 재간정(在澗亭)이 있다.

• 세검정에는 이번 유람을 전후해 인왕산을 따라 한 번 나왔고, 종이를 사려고 나왔고, 임금님 거둥을 맞이하려고 나왔고, 승가사(僧伽寺)에 들어가려고 나왔었다. 지금 나온 것까지 합해 모두 다섯 번이다. 세검정은 도성에서 가까워 유명세를 타고 있으나 바위는 너무 평평하고, 물살은 너무 사납고, 땅은 너무 밝고, 산세는 너무 가벼워서 단지 귀공자나 젊은이가 다녀갈 만한 명소이다.

• 산속에서 이틀을 머무르는 동안 산영루에 오른 것이 세 번이다. 낮에 올랐다가 밤에 또 올랐고, 이튿날 아침 또 지나가다 올랐다. 아침과 저녁에는 날이 맑았고, 다음 날 아침에는 날이 흐렸다. 산빛이 어둡고 밝으며, 수기(水氣)가 흐리고 갠 모습을 이번 산행에서 다 볼 수 있었다. 저물

녘 산은 아양을 떠는 것과 같았고, 단풍잎이 일제히 취한 것 같았다. 아침 산은 잠이 덜 깬 듯했고, 자욱하게 푸른빛이 뚝뚝 듣는 듯했다. 저물녘 물은 몹시 빨랐고, 모래와 돌이 걸리지 않았다. 아침 물은 기세가 살아 있어 바위 골짜기가 빗물에 적셔진 듯했다. 이것이 아침저녁으로 산과 물이 달라지는 모습인데 산영루에서 기록하기에 좋았다.

• 손가장에는 귀래정(歸來亭)이 있고, 시냇가에는 재간정이 있다. 정자 아래 바위에 '귀래동천(歸來洞天)', '농수정(籠水亭)', '손계(損溪)', '도화담(桃花潭)'이라 새겨 놓았다. 산과 들이 둘러 있고, 성곽과 가깝게 이어졌으며, 물은 찰랑찰랑 흐르고, 흰 돌은 뾰족뾰족해 정말 도성 동쪽의 으뜸가는 장소이다. 다만 붉게 새긴 시는 물살에 닳고 난간은 비바람에 부식되었다. 심지어 현판에는 거미줄이 쳐져 있고 기둥에는 제비가 친 진흙집이 붙어 있었다. 연못은 얕은 데다 낡았으며, 토란 밭은 종횡으로 널려 있다. 어그러진 것도 없고 그렇다고 만들어진 것도 없는 것은 오로지 산빛과 물소리뿐이다. 술집 주모한테 물어보았더니 잣골(栢子巷, 동숭동) 김씨의 옛 별서라고 했다.

관아 건물 1개조

• 산성 안에 행궁이 있어 석림헌(昔臨軒)이라 한다. 왕가의 족보를 보관한 곳이 있고, 산성을 관리하는 장영(將營)이 있고, 훈련도감 창고가 있고, 금위영 창고가 있고, 어영청 창고가 있는데 한곳에 다 있지는 않다. 화약고가 있고 총섭영(總攝營)이 있는데 중흥사(重興寺) 옆에 자리하고 있다. 군량과 무기를 비축해 두어 산성을 지키기 위한 방비이다. 『시경』에는 "하늘이 장맛비를 내리기 전에 저 뽕나무 뿌리의 껍질을 벗겨다가 창과 문을 얽어 놓으면, 이제 너희 아래 백성이 누가 감히 날 업신여길

까."라는 말이 있다.

사찰 5개조

• 산성 안은 모두 산이다. 따라서 절이 있는데 모두 열두 곳이다. 문수사(文殊寺)는 폐사이다. 중흥사(重興寺), 태고사(太古寺), 용암사(龍巖寺), 상운사(祥雲寺), 서암사(西巖寺), 부왕사(扶旺寺), 진국사(鎭國寺), 보국사(輔國寺)가 있는데 배열은 내가 구경한 순서대로이다. 원각사(圓覺寺), 국녕사(國寧寺), 보광사(普光寺)는 내가 미처 구경하지 못했는데, 구경했더라도 볼거리가 그리 특이하지 않았을 것이다.

• 절에는 반드시 법당이 있다. 극락전은 극락보전(極樂寶殿)이라고도 하고, 대웅전이라고도 한다. 모두 방 한 개로 이루어졌는데 부왕사만은 좌우로 나뉘어 있다. 부왕사에는 또 응향각(凝香閣)이 있다. 태고사에는 보우(普愚) 선사의 비각이 있다. 빗돌 뒷면에 시주한 이를 새겼는데 우리 태조 강헌 대왕(康獻大王)께서도 판삼사사(判三司事)라는 직함으로 참여하셨다. 그밖의 전각과 절문은 절마다 달랐는데, 사치스럽거나 검소한 차이는 절의 쇠퇴하고 번성함에 달려 있었다.

• 상운사 북쪽으로 곧장 가면 원휴봉(圓休峰)이 있는데 봉우리 아래 암자가 있다고 한다.

• 산성 서남쪽에는 지장암(地藏菴)과 옥천암(玉泉菴) 등 여러 암자가 있는데, 승가사가 본사이다. 명부전과 극락보전은 둘이면서 하나였다. 장수전(長壽殿)이 있고, 재실(齋室)이 있으며, 부도사(浮屠舍)가 있고, 승료(僧寮)가 있는데 꽤 넓었다. 문루(門樓)가 있는데 모두 새로 보수했다. 단청을 하고 벽을 칠하고 지붕을 올린 솜씨는 도성 안에서도 볼 수 없다.

• 산성의 동남쪽 아래로는 청암사(青岩寺)가 있는데, 호운암(護雲菴)이라

고도 한다. 그 문은 진암문(鎭巖門)이라 한다. 약사전이 있는데 만월보전(滿月寶殿)이란 현판이 걸려 있다. 봉국사(奉國寺)라는 절도 있으나 모두 지대가 낮고 속되어서 오래 머물 수 없었다.

불상 5개조

• 절은 부처님을 모신 사당이므로 절이 있으면 곧 부처님이 있다. 흙으로 빚기도 하고, 쇠로 주조하기도 하며, 깎거나 쪼아서 만들기도 한다. 흙으로 빚은 것은 금칠을 하고, 쇠로 주조한 것은 틀에서 떠 냈다. 깎아서 만든 것은 그림을 그렸고, 쪼아서 만든 것은 색칠을 했다. 가운데 있는 것을 여래세존(如來世尊)이라 하고, 왼쪽에 있는 것을 관음보살이라 하며, 오른쪽에 있는 것을 대세지불(大勢至佛)이라 하며, 동쪽에 앉아 서쪽을 향한 부처가 지장보살(地藏菩薩)이다. 부처를 네 분 모신 곳도 있고, 세 분 모신 곳도 있으며, 오로지 한 분만 모신 곳도 있는데, 승가사만은 다섯 부처를 모시고 있다. 그중 한 분이 장수불(長壽佛)로, 옥을 갈고 금을 상감해 화려하게 장식했다. 근년에 연경(燕京) 절에서 모셔 와 봉안하였다.

• 불실(佛室)에 들어가니 사방과 천장에 모두 그림을 그려 놓았다. 부처 그림은 아름답고, 나한(羅漢) 그림은 잡다하고, 시왕(十王) 그림은 교만하고, 귀신 그림은 불빛이 번쩍거리고, 옥녀(玉女) 그림은 예쁘장하고, 용 그림은 들썩거리고, 난봉(鸞鳳) 그림은 날 듯하며, 지옥 그림은 비참하면서 신묘하고, 윤회 그림은 어지러우면서도 분명했다. 들은 것을 바탕으로 상상하고, 상상한 것을 바탕으로 형상을 만들고, 형상을 바탕으로 혼백이 살아나 이처럼 당황하게 된다. 군자는 거기에 오염될까 염려해 보려 하지 않고, 소인들은 공경해 이마를 조아린다.

• 부왕사에는 불화가 세 폭이 걸려 있는데, 하나는 백의대사상(白衣大士像)으로 "당나라 오도자(吳道子)가 그렸다."라는 관지(款識)가 있다. 하나는 사명당(四溟堂) 유정(惟政) 대사 초상화인데, 수염을 깎지 않은 모습이다. 하나는 낙성당(樂聖堂) 민환(敏環) 스님의 초상화인데, 이 절을 창건한 스님이다.

• 진국사(鎭國寺)에는 노자(老子)가 소를 타고 관문을 나서는 그림이 한 폭 있는데, 이의(李漪)가 시주한 것이다.

• 석가를 모신 사찰은 한결같이 부처를 엄숙하게 치장한다. 장식한 감실(龕室)로 감싸고, 연대(蓮臺)로 높이고, 비단 돈대(墩臺)로 이어받고, 수놓은 띠로 꾸미고, 향동(香童)을 거느리게 하고, 유리등으로 영롱하게 하고, 종이꽃을 모아 장식하고, 정병(淨甁)을 가득 채우고, 법고(法鼓)로 높이니, 이 점은 모든 절이 대체로 같다. 오직 청암사(靑巖寺) 작은 암자는 향로 앞에 깁으로 만든 휘장과 의풍(漪風)을 공양했고, 승가사에는 금병(金屛)이 있어 동춘(洞春)을 그려 넣었는데, 매우 솜씨가 좋았다.

승려 12개조

• 도성 문을 나서자 벌써 승려를 만났고, 북한산에 이르자 차츰 더 많이 만났으며, 절에 들어서자 만난 사람은 모두 승려였다. 만난 승려가 무릇 이백여 명이지만 말을 주고받은 승려는 겨우 열 명 남짓이었다.

• 사일(獅馹)은 일찍이 호종천교 정각보혜(護宗闡敎正覺普慧) 팔로제방대주지(八路諸方大住持) 팔도승병도총섭(八道僧兵都摠攝)과 화산(花山) 용주사(龍珠寺)의 총섭(摠攝)을 지냈다. 조포사(造泡寺)로부터 지금은 북한산성 총섭으로 자리를 옮겼다. 스스로 본디 호남 사람이라고 말했다. 한참 동안 말을 주고받아 보니 상당히 명석했다. 아직도 남도 방언을 가

끔 썼다.

• 현일(玄一)은 시를 잘 짓는다는 명성이 있었다. 중흥사에서 보았는데 밤에는 태고사까지 따라왔다. 시를 짓도록 했더니 얼마 전에 상(喪)을 당했다며 사양했다.

• 절마다 길라잡이 승려를 한 명씩 보내어 전송했다. 연총(漣聰)은 태고사부터 용암사까지 안내했고, 내정(乃淨)은 용암사부터 상운사까지 안내했고, 처한(處閑)은 상운사부터 서암사까지 안내했고, 서암사의 최엽(最燁)은 부왕사까지 안내했고, 부왕사의 도항(道恒)은 진국사까지 안내했고, 진국사의 맹선(孟繕)은 보국사까지 안내했다. 보국사의 치원(致遠)은 성장(城將)이 송편을 급히 가져오라고 채근하는 바람에 멀리까지 배웅할 수 없어 암문까지 이르렀다가 나무꾼 아이에게 부탁해 사자바위까지 안내해 달라 했다. 그 아이는 김용득(金龍得)이었다.

• 태고사의 돈예(頓鷖)는 지팡이를 빌리는 건으로 말을 붙여 보았고, 상운사의 사언(師彥)은 술을 사는 건으로 말을 붙여 보았고, 부왕사의 성일(晟日)은 낮잠을 자고 있기에 지팡이로 옆구리를 찌르며 농담을 걸어 보았고, 진국사의 승장(僧將) 풍일(豊一)은 이야기를 주고받을 만하기에 대화를 나누었다. 이 밖에는 이루 다 기록할 수 없다.

• 절에서 두 밤을 묵었는데, 밤이면 범패를 부르는 이가 있었고, 『병학지남(兵學指南)』과 「대장청도도(大將淸道圖)」를 외우는 이가 있었다. 등불이 꺼진 상태라 누구 입에서 나오는지 분간할 수 없었다.

• 승려들은 베로 만든 도포나 푸른 면포로 만든 도포, 검은 베로 만든 직철(直裰) 도포를 입었다. 소매는 넓기도 하고 좁기도 했다. 승려들은 대나무를 엮어 만든 갓을 썼는데 단통모(短桶帽), 포량첨건(布梁簷巾), 패랭이(蔽陽笠) 등이 있고, 대나무 껍질을 짜서 만드는 것으로 삿갓(臺笠)이

있다. 또 입첨(笠簷)이 있는데, 사립(絲笠)과 비슷하며 위는 항아리 같고 꼭대기는 병의 아가리 같다. 승려들은 실을 땋은 허리띠를 찼다. 간혹 붉은 실을 땋은 이는 갓에 옥관자나 금관자를 붙였다. 또 아의(鴉衣)를 입고 전립(氈笠)을 쓰고, 전립 위에는 홍모(紅毦)를 나부끼며, 허리에는 청금대(靑錦岱)를 차서 엉덩이를 가리고, 쇠몽둥이를 쟁그렁거리며 빨리 걷는 이들이 있었는데, 군직을 맡은 승려이다. 승려의 염주는 나무로 만들어서 옻칠을 한 것이 많았는데 가난한 이는 율무로 만든다.

• 가사(袈裟)는 보자기가 길쭉하게 늘어진 모양으로 비늘처럼 이어 붙여 만들었다. 왼쪽 오른쪽에 '월광보살(月光菩薩)'이라는 글자를 수놓아 붙였는데, '월광보살'이라는 글자에는 자주색 녹색 푸른색의 술 세 가닥을 늘어뜨렸다. 승려가 이렇게 말했다. "바느질에는 법도가 있습니다. 길이에 치수가 있고, 제도에 의미가 다 있어서 감히 법도를 어겨서도 안 되고, 감히 더럽혀서도 안 됩니다. 여러 부처님들이 보호해 주시는 물건으로 지극한 이치가 갖추어진 보배입니다." 승가사에서는 붉은 면포로 만든 것을 딱 한 번 보았다.

• 여러 사찰에는 불경이 전혀 없고, 오직 승가사와 부왕사만 대략 갖추고 있었다. 그러나 갖추고 있다고는 해도 낙장이 있고 제본이 뜯어져 나가 읽을 수가 없었다. 있는 책도 단지 「결수문(結手文)」, 『부모은중경』, 『법화경』 등 대여섯 질뿐이었다. 불경을 이해하는 승려가 없다는 것을 알 수 있다.

• 나는 승려가 진주조개가 아니요, 뱀이나 이무기가 아님을 잘 안다. 그러나 죽어서 다비를 하면 때때로 오색 구슬을 얻고서 그것을 사리라 부른다. 사리는 과연 영험한 것인가? 듣자니 호남의 한 절에서 멍청한 시골 노인네 한 사람을 봉양하는데, 의아해서 연유를 물어보니 콧속에

서 사리 구슬 몇 움큼이 나와서 절에서 얻어먹고 산다고 하였다. 사리가 정말로 영험한 것인가? 천하에서 물건을 변화시키는 물질로 불보다 나은 것이 없다. 따라서 불의 힘으로 송진을 홍말갈(紅靺鞨)로 만들고, 변나미(汴糯米)를 다섯 빛깔 나는 구슬로 만든다. 모두 불의 조화이다. 승려를 화장해 구슬을 얻은 것쯤이야 영험하다 할 것이 있겠는가? 다만 승려들이 그 사연을 신비하게 꾸밀 뿐이다. 태고사 뒤쪽에 석부도(石浮圖)가 있었는데, '보련당대사 응향(寶蓮堂大士應香)'이라 하였다. 연총이 말했다. "응향(應香) 스님께서는 평소에 계율을 엄하게 지키고 청정하게 생활하셨습니다. 임자년 적멸하셨을 때 다비를 해 사리 세 과(顆)를 얻었습니다. 하나는 감색(紺色)이고 둘은 금색이었는데, 사흘 밤낮 동안 광채가 나서 풀과 나무가 다 횃불과 같은지라 마침내 여기에다 봉안했습니다." 청암사 앞에도 창송당대사(蒼松堂大士)의 사리탑이 있다.

• 청암사는 도성 가까이 있다. 그 절의 승려는 살찌고 허여멀거니 술과 고기를 즐기는 줄을 알겠다. 행동거지가 절로 세련되어서 아첨하는 대상이 있음을 알겠다. 또 손이 곱고 옷이 화사해 일에 힘쓰지 않는 줄을 알겠다. 약사전은 여염집과 붙어 있고, 푸른 치마를 입은 여인이 부엌에서 쌀을 일고 있었다. 여기 승려는 그저 일반 백성으로 머리를 기르지 않았을 뿐이다.

• 승가사에는 승려가 십여 명 있는데, 천열(天烈)이 길을 안내했고, 경흡(敬洽)이 불경을 이야기했다. 또 새로 머리를 깎은 이가 있었으나 아직 법명을 받지 못했다. 자못 말쑥하게 생겼는데, 뒤쪽 요사채에 숨어 사람 보기를 부끄러워하는 기색이 있었다.

산수 1개조

• 산수를 놓고 말하자면, 탕춘대는 요란하고, 상운사 염폭(簾瀑)은 시원하고, 서수구(西水口)는 엄숙하고, 칠유암(七游巖)은 환하고, 산영루는 흐릿하고, 손가장은 툭 트였다. 모두가 아름다운 경치라서 그 우열을 쉽게 가릴 수 없다.

초목 2개조

• 불전 앞에는 봉선화, 계상화(鷄箱花), 꽈리풀, 황규화(黃葵花)를 많이 심었다. 당국(唐菊)과 같은 꽃은 곳곳에 심었는데 꽃은 붉고 희고 자주 빛깔의 삼색이었다. 산 주위는 모두 소나무였다. 절 가까이로는 전나무와 자단목(紫檀木)이 많고, 계곡을 따라서는 능수버들, 상수리나무, 밤나무가 있었다. 인가를 에워싸고 있는 잡목에는 이름을 모르는 나무가 많았다.

• 산에 들어오기 전에는 모두 단풍이 너무 이르다고 말했는데, 산에 와 보니 단풍나무와 담쟁이넝쿨, 그 밖에 단풍이 예쁜 나무들이 벌써 다 붉게 물들어 있었다. 석류꽃처럼 붉고, 연지처럼 붉고, 분같이 붉고, 꼭두서니 같이 붉고, 선홍빛으로 붉고, 끝물로 붉고, 한물가서 붉어서 장소에 따라 빛깔이 다 달랐다. 지역이 다르고 나무 품종이 달라서다.

취침과 식사 1개조

• 맹현에서 잔 다음 아침을 대충 먹고서 도성을 나와 승가사에서 밥을 먹었다. 또 태고사에서 저녁밥을 먹고 잤다. 지난밤 묵은 곳에서 아침을 먹고, 부왕사에서 저녁을 먹었다. 진국사에서 자고 이튿날 아침까지 먹었다. 성균관에 돌아와 밥을 먹고, 다시 맹현에서 잤다. 모두 네 밤을 자고 일곱 끼를 먹었다.

술자리 2개조

• 맹현에서 두 번을 마셨는데 앞뒤 합쳐 모두 네 잔을 마셨다. 행궁 앞 주막에서 한 사발 반을 마셨고, 태고사에서 반 사발을 마셨고, 상운사에서 한 사발을 마셨고, 훈련도감 창고 앞 주막에서 한 사발을 마셨다. 아침에 안개가 짙게 끼어 승려를 보내 술을 받아오게 하려고 했으나 실행하지 못했다. 손가장에서 한 사발 마시고, 약사전에서 한 사발 마셨다. 혜화문 앞에서 푸른 도포를 입고 나귀 타고 가는 이를 만나 불러와서 함께 마셨는데 한 종지 양이었다. 성균관에서 두 잔을 마셨고, 계동(桂子巷)에서 한 주배(酒杯)를 마셨다. 종지에 마신 것은 청주이고, 사발에 마신 것은 막걸리이며, 잔에 마신 것은 순주(醇酒)이다. 잔을 주배(酒杯)라고 바꿔 말한 이유는 홍로주(紅露酒)이기 때문이다.

• 산행에서 술은 없어서도 안 되지만 많아서도 안 된다.

총론 1개조

• 바람은 건조하고 이슬은 깨끗하였으니 팔월은 아름다운 계절이다. 물은 흐르고 산은 고요하였으니 북한산은 아름다운 명승이다. 온화하고 유쾌하며, 순수하고 잘생긴 두세 명의 군자는 모두 아름다운 선비들이다. 이런 분들과 이런 명승지에서 노닐었으니 어떻게 유람이 아름답지 않으랴? 자동(紫峒)에 들르니 아름다웠고, 세검정에 오르니 아름다웠고, 승가사 문루에 오르니 아름다웠고, 문수사 문에 오르니 아름다웠고, 대성문(大成門) 위에서 조망하니 아름다웠고, 중흥동(重興峒) 어귀를 들어가니 아름다웠고, 용암봉(龍岩峰)에 오르니 아름다웠고, 백운대 아래 기슭을 굽어보니 아름다웠고, 상운산(祥雲山) 동구가 아름다웠고, 염폭이 매우 아름다웠고, 대서문(大西門)이 아름다웠고, 서수구도 아름다웠고,

칠유암(七游岩)은 극히 아름다웠고, 백운동과 청하동(靑霞峒)의 입구도 아름다웠고, 산영루가 매우 아름다웠고, 손가장도 아름다웠고, 정릉(貞陵) 동구도 아름다웠고, 동대문 밖 모래톱에서 말들이 떼 지어 달리는 것을 보니 아름다웠다. 사흘 만에 다시 성안으로 들어와서 푸른 주렴이 드리운 가게와 뽀얀 먼지 속 수레와 말을 보니 더욱 아름다웠다. 아침도 아름답고, 저녁도 아름다우며, 맑은 날도 아름답고, 흐린 날도 아름다웠다. 산도 아름답고, 물도 아름답고, 단풍도 아름답고, 바위도 아름다웠다. 먼 곳을 바라봐도 아름답고, 가까이 다가가 보아도 아름다웠다. 부처도 아름다웠고, 승려도 아름다웠다. 아름다운 안주가 없었어도 막걸리가 아름다웠고, 아름다운 여인이 없었어도 나무꾼 노래가 아름다웠다. 요컨대 그윽하면서 아름다운 것이 있었고, 상쾌하면서 아름다운 것이 있었고, 툭 트여 아름다운 것이 있었고, 위태로워 아름다운 것이 있었고, 담백하여 아름다운 것이 있었고, 화려하여 아름다운 것이 있었고, 조용하여 아름다운 것이 있었고, 쓸쓸하여 아름다운 것이 있었다. 어디를 가든 아름답지 않은 것이 없었고, 어울려 있어 아름답지 않은 것이 없었다. 아름다운 것이 이토록 많단 말인가! 나는 말한다. "아름답기 때문에 왔다! 이런 아름다움이 없었다면 여기에 오지 않았을 것이다!"

해설

글의 문체는 유기(遊記)이다. 1793년 8월 26일부터 29일까지 나흘 동안 북한산성 일대를 유람한 기행문이다. 유기는 일반적으로 여행의 과정과 보고 들은 경관 및 일어난 일들을 기록한다. 그런 일반적인 유기와 비교하여 이 글은 크게 다르다. 여행의 준비 과정에서부터 여행의 요모조모, 여행 뒤의 일까지 모든 내용을 항목별로 편집하여 기술하고 있다. 견문의 핵심을 요약해 알리는 보고서 형식을 취했고, 각 조목은 차기(箚記)의 형식을 취하였다. 유기에서 상투적이라 비판할 수 있는 정해진 틀을 과감하게 벗어던졌다. 이옥 특유의 새로운 문체를 실험하는 문장의 하나이다.

항목을 보면 날짜, 길동무, 여행 준비물, 규약, 성곽, 정사, 관아 건물, 사찰, 불상, 승려, 산수, 초목, 취침과 식사, 술자리 등으로 유람 전반을 포괄하는 항목으로 구성하였다. 마지막에는 총론을 붙여 유람 전반에 걸쳐 보고 겪은 일들을 아름다움(佳)이라는 한마디로 표현했다. "아름답기 때문에 왔다! 이런 아름다움이 없었다면 여기에 오지 않았을 것이다!"라고 선언하듯이 말을 끝맺어 인상적이다.

외형적으로는 문체가 매우 건조하고 간결하지만 실제로는 다른 어떤 유기보다도 감성적이고 흥미를 유발하며 문학성이 풍부하다. 조선 후기 실험적인 유기 문장을 대표하는 명작으로 꼽을 만하다.

윤행임 尹行恁

1762~1801년

자는 성보(聖甫)이고, 호는 석재(碩齋)·방시한재(方是閒齋), 본관은 남원(南原)이다. 대대로 명사를 배출한 명문가 출신으로 특히 병자호란 때 남양 부사로 근왕병(勤王兵)을 일으켰다가 순절한 윤계(尹棨, 1583~1636년), 척화파로 지목되어 심양까지 끌려가 비극적 최후를 맞이한 윤집(尹集, 1606~1637년) 형제가 5대조이다.

초명은 행임(行任)인데, 세자 시절의 순조가 그의 이름을 쓸 때 실수로 밑에 마음 심(心)을 붙여 쓰자 정조가 아예 이름을 고치도록 했다. 그가 스물한 살에 문과에 급제해 벼슬길에 올랐을 때부터 정조는 그를 여러모로 보살펴 주었을 뿐 아니라 석재라는 호를 친히 쓰고 서압(署押)까지 해서 내려 주기도 했다. 그의 부친인 윤염(尹琰, 1709~1771년)이 생전에 사도 세자를 극진히 섬겼기 때문이다. 윤행임은 정조 치세 동안 줄곧 출세가도를 달렸으나, 정조가 세상을 떠난 뒤 외척 세력의 발호를 견제하려고 애쓰다가 그들에게 미움을 받아 유배를 떠나고 얼마 후 사약을 받았다.

저작으로 문집인 『석재고(碩齋稿)』와 유배지에서 지은 필기인 『신호수필(薪湖隨筆)』 등이 전한다.

소동파 숭배자에게 與黃述翁鍾五

술옹(述翁) 자네는 동파(東坡)를 몹시 사모해 흠모의 정을 버리지 못하네. 그래서 그의 시문과 서화를 아껴 천금 가는 보배보다 더 귀히 여기네. 늘 동파가 쓰던 관을 쓰고 다니면서 동파를 직접 만나 보지 못함을 한스러워했네. 그런데 동파가 자기 생김새를 고스란히 담은 글을 지었다는 사실을 자네는 모르는가? 동파의 글에는 이런 대목이 나온다네.

> 일찍이 등불 아래에서 내 뺨의 그림자를 보고서 사람을 시켜 벽에 그리게 했더니 눈썹과 눈을 그리지 않았어도 보는 이마다 모두 크게 웃었다. 그게 나인 줄 알았기 때문이다.

눈썹도 그리지 않고 눈동자도 찍지 않고 단지 그 뺨만을 그렸을 뿐인데 남들은 동파라는 것을 알아챘네. 그렇다면 동파는 틀림없이 볼이 두툼하고 튀어나와 보통 사람과 구별되었을 걸세. 「동생 소철(蘇轍)이 지은 섣달 그믐밤 시에 화답하다」에는

> 흰머리에 얼굴 시든 쉰세 살

이라는 구절이 나오니 겨우 쉰셋에 백발이 성성했다는 것도 알 수 있네. 「과거 급제 동기와 술을 실컷 마시다」에는

내 비록 술은 마실 줄 몰라도
잔을 잡으면 기쁨이 넘치네

라 했으니 주량은 많지 않아도 자주 술을 마셨을 테지. 「보산(寶山)의 낮잠」에서

칠 척(尺)의 몸뚱이로 티끌세상 달려왔네

라고 했으니 그 키가 칠 척 아니겠나? 소철의 「동파가 활쏘기를 연습한다는 말을 듣고」에서

근력이 약해서 다섯 말쯤 들 수 있네

라고 했으니 근력이 세지 않았다는 것 또한 알 수 있지. 내가 밤에 등불을 마주하고 앉아 그림자를 보다가 우연히 동파가 생김새를 그린 일이 떠올랐고, 동파가 생김새를 그린 일을 생각하다가 자네가 동파를 사모하여 직접 만나 보고 싶어 하는 것이 생각나서 두서없이 적어 보았네. 이 정도면 얼추 동파의 진짜 생김새를 생생히 묘사한 것일 테니 자네의 그리움을 조금이나마 위로하지 않았을까?

나는 어떠냐고? 주 부자(朱夫子; 주희)의 초상화를 공경하고, 무이산(武夷山)과 고정(考亭) 사이에서 직접 모시고 잔심부름이나마 못하는 신세

가 한스러울 따름일세.

해설

소동파(소식)를 몹시 좋아했던 황종오(黃鍾五)라는 벗에게 쓴 편지다. 술옹은 그의 자로 남공철, 박윤원(朴胤源, 1734~1799년) 등과도 교유가 있었다. 소동파를 사모하고, 그의 시문과 서화를 사랑하고, 그가 쓰던 관까지 쓰고 다니며 소동파를 만나 보고 싶어 하는 소동파 마니아에게 익살맞은 편지를 보냈다. 내가 소동파를 완벽하게 재현해 보여 줄 테니 갈망하는 심정을 풀어 보라는 것이다. 그러고서 소동파의 용모를 언급한 시구를 모아서 보여 주었다. 폭소를 터트릴 만한 해학의 편지이다.

편지는 은연중 그렇게까지 소동파라면 죽고 못 사느냐는 비꼼이 스며 있으나 글쓴이도 소동파 마니아이긴 마찬가지다. 동파의 용모와 행동거지에 관한 글을 이렇게 줄줄이 인용할 정도인 것을 보면 짐작할 수 있다. 편지를 마무리하며 자신은 주자가 강학했던 무이산과 고정 사이를 오가며 수발을 들지 못한 것이 한이라며 주자 마니아임을 힘주어 말했으나 너스레일 뿐이다.

이 편지는 18세기 이후 문사들 사이에 불어닥친 소동파 숭배열이 그 배경이다. 신위나 김정희가 동파열(東坡熱)의 주동자이다. 국왕인 헌종까지도 대궐 안에 '소동파를 보배롭게 여기는 집(寶蘇堂)'이라는 편액을 걸어 놓았다.

숭정 황제의 현금　崇禎琴記

임자년(1792년) 여름 초정(楚亭) 박제가(朴齊家) 군이 나를 찾아와 이렇게 말했다.

"그대의 선조이신 충간공(忠簡公, 윤계)과 충정공(忠貞公, 윤집)께서 명나라 천자를 위해 청나라에서 돌아가셨습니다. 그래서 그대는 북쪽을 향해서는 앉지도 않고 청나라 조정에는 가지도 않는데 나라 사람이 다 함께 마음 아파 하는 일입니다. 내가 일찍이 연경에 갔을 때 중서사인 손형(孫衡)을 찾아갔다가 현금(玄琴) 하나를 얻었습니다. 명나라 황궁에 있던 물건인데 그 사람이 물건에 겁을 내고 기가 움츠러들어 간직할 마음이 없길래 내가 들고서 조선으로 가지고 왔습니다. 이 물건은 그대 집에 두는 것이 마땅합니다."

나는 눈물을 흘리며 두 번 절한 뒤에 현금을 책상 위에 올려놓았다. 빛깔은 검푸르고 줄은 일곱 개였으며, 길이는 가로로 놓아 무릎을 벗어날 정도이고 복판은 움푹 파여 비어 있었다. "숭정(崇禎) 무인년(1638년) 칙명을 받아 태감(太監) 신 장윤덕(張允德)이 감독하여 만들었다."라는 조성기(造成記)가 쓰여 있었다.

오호라! 질기지 않은 것이 물건이다. 궁궐 귀인이 제작을 감독하던 그 시절에는 저택과 정원, 시위병과 가객, 애완동물과 여인들이 얼마나 화려했을까? 그러나 현금을 만든 지 채 칠 년도 되지 않은 갑신년에 하늘이 무너지고 땅이 꺼져 남아 있는 물건은 씻은 듯이 사라졌다. 현금만이 홀로 인간 세상에 떠돈 지 이제 백이십팔 년이다. 명나라의 옛 물건이라 청나라 사람이 꺼려하여 연경과 계주(薊州) 사이에서 용납되지 못해 동해 바닷가에 몸을 맡겼다. 그래도 부서져 다른 물건이 되거나 흩어져 잿더미가 되지 않았으니 어찌 질기지 않은가?

그러나 온갖 사건이 백 번이나 바뀐 뒤에도 그 형체를 보존하여 시끄럽게 조잘대는 음악에 끼이지 않고 내 수중에 들어왔으니 그 또한 다행이다. 나는 명나라 유민이다. 두건이나 복장이 명나라 제도를 변함없이 쓰고 있다. 삼월 열아흐렛날이면 검을 어루만지며 슬피 울다가 이어서 곡을 한다. 앞으로는 이 현금을 두드리며 속에 담긴 울분을 터트려야겠다.

우리 왕궁의 북쪽에는 대보단(大報壇)이 있어 명 태조 황제와 신종(神宗) 황제, 숭정 황제를 제사한다. 매해 늦봄에 노란 장막을 쳐 황금 신위를 받들고 희생을 갖춰 제사를 드린다. 천자의 음악을 연주하고 나면 마치 무언가 보이는 듯이 가슴이 먹먹하다. 이 현금은 천자의 악대에 어울리므로 대보단 위에서 연주한다면 하늘에 계신 세 분 황제의 영령도 반드시 살아남은 중화(中華)의 음악을 알아듣고서 단 위로 내려와 흠향하실 것이다. 신은 그렇게 해 주기를 우리나라의 예법을 관장한 분들에게 은근히 기대하면서 감히 먼저 충간공과 충정공의 사당에 보관해 둔다. 뒤에 시를 덧붙인다.

역산(嶧山)에서 오동나무 자라나　　嶧山生梧木
가지와 등걸이 한결같이 곧았네　　枝幹一以直
정정하게 홀로 서 있다가　　亭亭而獨立

사람에게 베임을 당했네 乃爲人之斲
베어 내도 구부러지지 않으니 斲之而不曲
장인이 보고서 감탄을 했네 匠石且歎息
단태위(段太尉)가 주자(朱泚)를 친 홀(笏)도 되지 않고 不作太尉笏
고점리(高漸離)가 연주한 축(筑)도 되지 않았네 不作漸離筑
그 길이는 석 자인데 其長長三尺
아박(牙拍)에 맞춰 구슬픈 소리가 울리네 凄音動牙拍
풍파 겪으며 뒤집힌 일이 많으니 風雨何飜覆
되놈은 하찮은 물건이라 내다 버렸네 胡人乃輕擲
동해에 외로운 나그네 있어 東海有孤客
이 악기 보고서 눈물 줄줄 흘리네 見此涕簌簌
이것을 안고 어디로 가야하나? 抱玆何所適
비단에 열 겹으로 싸서 보관하리라 綺羅藏十襲

해설

박제가가 1790년 북경에 갔을 때 절강 총독을 지낸 손사의(孫士毅)의 아들 손형으로부터 선물을 받았다. 명나라 마지막 황제인 숭정 황제 의종(毅宗, 1628~1644년)이 황궁에서 사용하던 현금이었다. 박제가는 훗날 그 현금을 윤행임에게 선물했다. 윤행임은 병자호란 때 청나라에 굴복하기를 거부하고 심양에 끌려가 죽임을 당한 삼학사(三學士)의 한 사람인 윤집의 후손이었다. 자연스럽게 청나라를 증오하고 명나라에 의리를 지키는 후예인 윤행임이 그 유품을 지닐 적임자라고 박제가는 보았다. 윤행임은 이 현금을 숭정금이라 명명하고 얻게 된 사연과 현금을 애지중지하는 감회를 글로 썼다. 그는 황제의 유품이 나라가 망하자 여기저기 굴러다니는 비운을 개탄하고, 명나라 황제를 제사하는 대보단에서 연주할 만한 유품이라 했다. 감정이 없는 유물을 통해 역사를 기억하고, 감개한 심경을 투영한 감상적인 글이다.

심노숭 沈魯崇

1762~1837년

본관은 청송(靑松)이고, 자는 태등(泰登), 호는 효전(孝田) 또는 몽산거사(夢山居士)이다. 시파(時派)의 중요한 정치가인 심낙수(沈樂洙, 1739~1799년)의 장남이자 『병세재언록(幷世才彦錄)』의 저자 이규상(李奎象, 1727~1799년)의 조카이다. 정조 말년에 영희전 참봉을 지냈고, 정조가 사망하고 벽파 정권이 성립되자 그를 미워한 심환지 등에게 배척을 받아 경상도 기장현에서 6년간 유배 생활을 했다. 그 뒤 친구인 김조순의 배려로 의금부 도사에 임명되었고, 논산 현감과 광주 판관 등 지방관을 역임했다.

그는 정조와 순조 시기를 대표하는 문인의 한 사람이다. 젊은 시절에는 김조순, 김려, 강이천 등의 문인들과 어울려 소품문에 매료되었다. 시와 산문 모두 잘 썼고, 그만의 색채를 가진 참신한 작풍을 보였다. 산문은 서정적이고 경쾌하다. 적잖게 남긴 일기와 필기(筆記)는 일상생활의 구체적이고 세세한 사연을 가벼운 필치로 기록하여 그의 개성적인 문학의 한 면을 보여준다. 주요한 저작에 『남천일록(南遷日錄)』, 『산해필희(山海筆戲)』, 『자저기년(自著紀年)』과 『자저실기(自著實紀)』가 있고, 방대한 문집 『효전산고(孝田散稿)』를 남겼다. 야사 총서 『대동패림(大東稗林)』도 편찬했다.

연애시 창작의 조건 香樓譴詞敍

종이 품질은 천하에서 중국이 가장 부드럽고 얇아 방의 창호지로 발라 놓으면 손길이 닿자마자 바로 구멍이 난다. 그러나 날마다 천 명 백 명이 오가도 조금도 찢어지지 않아서 한번 바르면 몇 해를 견디고 먼지가 쌓여야 바꾼다.

종이가 질기고 두껍기로는 우리나라 종이 같은 것이 없다. 물에 젖고 손으로 당겨도 두꺼운 종이는 잘 찢어지지 않는다. 그러나 창호지로 바르면 해마다 두 번씩 갈아야 하는데 색조차 바래지 않은 상태이다. 순전히 손가락으로 뚫어서 구멍 난 것인데 마치 그물을 걸어 놓은 듯이 너덜너덜하다.

여기에서 성품의 차분함과 거칢을 알 수 있다. 차분한 자는 고요하고, 거친 자는 덜렁댄다. 차분하면 생각이 깊고도 멀며, 덜렁대면 그와 상반된다. 그런 까닭에 우리나라 사람들의 기예는 백 가지 천 가지 일에서 하나도 빼어난 것이 없다. 시문을 짓는 것에서도 그렇다. 쓰는 말이 마치 소가 진창길을 가듯 하므로 중국인이라면 반드시 동쪽 사람의 누추함이라 말할 것이다. 아무래도 땅이 좁아서 품성도 그렇게 되었으리라.

『시경』의 국풍(國風)은 남녀 간의 행위에서 시작하였고, 그 정감이 한 번 변해서 상복(桑濮)의 음탕한 노래가 되었다. 제(齊), 양(梁), 당(唐)의 사람들은 정사(情詞)를 좋아하되 여리고 가벼우며 들뜨고 요염하여 음란한 지경에는 이르지 말아야 한다는 의리를 위반하였다. 그래도 왕왕 시경(詩境)을 만들어 내고 이치에 들어맞았다. 시대를 내려와 설루(雪樓)를 비롯한 여러 문인으로부터 요즘 연경 시장에 나오는 신간 서적에 이르면 음란함을 벗어나지는 않으나 여전히 사람의 정에 호소한다. 정이 절실하여 말이 되고, 말이 정밀하여 글이 되며, 글이 정밀하여 시가 된다. 시가 정밀하면 그것이 정사다.

사람이면 누군들 정이 없겠는가마는 정에는 고요함과 덜렁댐이 있다. 고요함은 분명 사람을 감동시킬 수 있으나 덜렁댐은 스스로만 감동시킬 뿐이다. 이야말로 우리나라 사람이 정사를 잘 짓지 못하는 까닭이다.

나는 일찍이 이렇게 생각한 적이 있다. '우리나라 사람으로서 정사를 지으려고 한다면 오로지 참선하는 승려만이 잘 지을 수 있다. 눈이 능히 상(相)을 극복하고, 마음이 능히 경(境)을 잊은 뒤에라야 상의 진실을 볼 수 있고 경의 오묘함을 터득할 수 있다. 상을 극복하는 방법은 정녕코 덜렁대지 않고 고요함에 달려 있다. 고요함이 극에 달하면 정을 잊는다. 정을 잊는 데는 참선하는 승려보다 나은 이가 없다. 그렇게 된다면 정사를 잘 지을 수 있다.'

어느 날 내가 묘향산의 승려 충신(忠信)과 더불어 이 주제를 가지고 이야기를 나누었다. 그때 마침 내가 「향루학사(香樓謔詞)」 삼십 편을 지은 터라 충신에게 읽어 주었다. 시를 보더니 충신이 이렇게 말했다.

"이 정도를 가지고 정을 잊었다고 으스대는가요? 보통 사람을 감동시키는 것쯤이야 충분하겠지만 이십 년 동안 계율을 지킨 스님은 꿈쩍하게도 못할 것이고, 다만 스스로만 감동시킬 뿐이겠지요. 시구 가운데 '마음에 쏙 드는 대목에 혀끝이 미치면, 석가모니도 흰 눈썹 다시 펴고 웃겠지(及到舌隨心會處, 瞿曇應復展蒼眉)'라는 것이 있는데 경(境)은 움직일 수 있어도 사(詞)는 움직일 수 없습니다."

그 말에 나는 "대사(大師)가 스스로 정을 잊지 못했다고 말했으니 어떻게 남이 정을 잊은 줄을 알겠는가? 다만 아난(阿難)이 몸을 더럽힐 뻔한 사건이 근래 대사에게 일어날까 염려로군."이라 받아치고 서로 바라보며 한바탕 웃었다. 이것으로 「향루학사」의 서문을 삼는다.

신해년(1791년) 삼월 스무아흐렛날 태등은 쓴다.

해설

이 글은 연작시 「향루학사」 칠언절구 30수를 짓게 된 동기를 밝히고 있다. 문체는 시집에 붙인 서문이다. 글을 쓴 장소는 묘향산 부근에 있는 평안도 희천군(熙川郡)의 관아로 부친 심낙수가 부임하여 다스리고 있었다. 제목의 '향루'는 관아의 부속 건물 대향루(對香樓)로 묘향산을 마주 보고 있는 누각이란 의미이고, '학사'는 희롱조의 노래란 뜻이다. 희롱조의 실제 내용은 정사로서 남녀 간의 사랑을 읊은 시다. 심노숭이 지은 작품 30수는 여성 화자가 남자와 연애하는 감정을 은근하게 표현하고 있다.

이 글은 남녀 간의 애정을 주제로 한 연애시를 잘 지으려면 어떤 조건을 갖추어야 할까라는 흥미로운 문제를 다루고 있다. 글쓴이는 남녀 간 연정을 시로 쓰기가 매우 어렵다 하고, 그 이유를 감정에 거칠게 몰입하지 않고 고요하고 차분한 심경으로 연애 행위를 묘사하는 역량을 갖춰야 부처조차도 감동시킬 수 있기 때문이라고 말한다. 하지만 그것이 힘들다는 데 문제가 있다. 승려가 연정시를 가장 잘 지을 수 있다고 역설적으로 말한 이유가 여기에 있다. 이 글은 연정시에 관심이 고조되고 있는 18세기 후반 시단의 경향을 보여 주는 글이다.

내 인생 내가 정리한다 自著紀年序

선생이나 어른이 돌아가면 자손이나 뒷사람이 그의 평생을 기록하고 해에 맞춰 안배하여 책을 만들고 연보(年譜)라 부른다. 연보는 사람에게 큰 의미가 있다. 후세에 남길 만한 성대한 덕망과 큰 업적은 나라 역사에서도 쓰고 야사(野史)에서도 기록하므로 굳이 연보까지 만들 필요가 없다. 하지만 그 밖에 있는 사람들은 연보가 아니면 평생의 삶을 전할 길이 없다. 자손이나 뒷사람이 있어서 그의 평생을 기술한다 해도 사사로이 허물을 덮어서 과도하게 인정하거나 일을 행한 때로부터 멀리 떨어져 있어 실상을 잘못 쓰는 오류가 발생한다. 그렇다면 차라리 죽기 이전에 스스로 삶을 기록하느니보다 못하다.

사람들은 초상화를 그려서 죽은 뒤 사당에 높이 걸어 두고 제사 때 받들게 하기도 한다. 구구하게 화가의 솜씨를 빌려 얼굴을 모사하려고 간절히 애를 쓰지만 십분의 칠 정도로 비슷하게 모사한 것이 드물다. 그러니 초상화로 그 사람의 진실을 전하려 하는 것은 지엽 말단에 불과하다. 차라리 연보를 통해 행한 일을 싣고 뱉어 놓은 말을 기록하여 자손이나 뒷사람이 그 글을 읽고 이해한다면 그 얼굴을 직접 대면하고, 말씀을 직접 듣는 것과 같을 테니 무엇이 이보다 낫겠는가?

내가 한평생 만난 사건과 체험한 일은 우리 집안의 역사에서는 없었던 것이다. 점술가의 말로는 내 운명이 골패 놀이 패보(牌譜)의 팔불취(八不取)와 같다고 했는데 정말 내 실상을 잘도 맞추었다. 형제 간 우애가 좋다는 운명을 가졌는데 그것만은 남들이 쉽게 얻을 수 있는 것이 아니다. 이 운명으로 저 운명을 보상하면 되므로 부족할 것이 없이 넉넉하다고 보았다. 언젠가 아우 태첨(泰詹, 심노암(沈魯巖))에게 "내가 죽거들랑 아우가 행장(行狀)을 지을 때 이 말을 꼭 실어 주게!"라고 장난삼아 말하고서 둘이 한바탕 늘어지게 웃은 적이 있었다. 하지만 지금 또 (아우가 세상을 떠나) 그마저도 못하게 되었다. 하늘이 내게 베풀어 주는 은혜가 어쩌면 그리도 쩨쩨하단 말인가!

심한 지병과 깊은 근심으로 당장 죽을 수도 있겠다고 걱정되어 지나간 시절의 말과 행동을 기록하여 조카 원열(遠悅)에게 남겨 주어 보도록 하였다. 그러나 마음먹은 것을 손이 맞춰 주지 못해 붓을 대지 못하고 미적미적 꾸물거렸다. 먼저 연보를 쓰는 예를 따라 내 평생을 편집하여 기록하였다. 완성하고 나서 한번 읽어 보니 자꾸만 스스로 웃음이 터진다. 내가 행했던 일을 되짚어서 이렇게까지 나쁜 업보를 받아야 할 이유를 추적해 보았다. 이제부터 죽기 직전까지 몇 년 동안 다행히 아무런 나쁜 일을 저지르지 않을는지 나도 모르겠다.

내 자손과 뒷사람이 이 연보를 읽고서 내 운명과 그 궁상맞음을 슬퍼할 것이다. 그리고 내 평생을 미루어 상상하기에는 오히려 초상화보다 나은 점이 있을 것이다.

신미년(1811년) 3월 25일 태등이 아우의 무덤가 움막에서 쓰다.

해설

역사가 기억할 위인이야 누군가는 그의 행적을 기록하고 기억하겠지만 그처럼 명성이나 업적이 두드러지지 않은 사람은 살아온 흔적을 어떻게 남길까? 요행히 후손이나 타인이 기록하기도 하겠지만 그의 행적을 잘 알지도 못할뿐더러 잘못 기록하기 쉽다. 행적의 기록이 아닌 초상화는 어떤가? 그마저도 행적을 온전히 전하지는 못한다. 방법은 하나뿐, 본인이 자신의 행적을 숨김없이 기록하는 것이다. 심노숭이란 독특한 지식인은 한 인간이 살아간 과정을 자신이 직접 생생하게 기록하는 일에 큰 관심을 가졌다. 자신의 연보를 스스로 기록한 『자저기년(自著紀年)』, 자신의 행적을 스스로 기록한 『자저실기(自著實記)』, 그리고 『남천일록(南遷日錄)』을 비롯한 여러 일기와 다양한 기록을 남겼다. 세상이나 후세에 자신의 솔직한 모습을 써서 보여 주고 싶어 하는 자기 서사 내지 자기 현시의 욕망에 도사린 의미를 되새기게 하는 글이다.

정약용 丁若鏞

1762~1836년

자는 미용(美鏞), 호는 다산(茶山)·사암(俟庵)·여유당(與猶堂), 본관은 나주(羅州)다. 조선 후기에 실학을 집대성한 학자이다. 1789년 문과에 급제하여 벼슬길에 오른 뒤 정조의 인정을 받아 승진을 거듭하며 승지와 형조 참의, 곡산 부사 등의 직책을 역임했다. 정조는 그를 각별히 신임하여 요직을 맡기고 저작의 편찬에 참여시켰다. 1800년 정조가 갑자기 승하한 뒤에 노론 벽파가 정권을 독점하고는 신유박해(辛酉迫害)를 일으켜 반대파를 천주교와 얽어 숙청했는데, 이에 연루되어 18년 동안 전라도 강진에서 유배 생활을 했다. 강진에서 제자를 가르치고 저술하는 데 힘을 쏟아 수백 권에 이르는 방대한 저작을 남겼다. 그 바탕에는 제자들과 형성한 학문 공동체가 있었다.

그의 학문은 경학(經學)과 경세학(經世學)에 뿌리를 두고 있다. 스스로 "육경(六經)과 사서(四書)로 내 몸을 닦았고, 일표(一表)와 이서(二書)로 천하와 국가를 위했다."라고 말한 것처럼 『논어고금주(論語古今註)』나 『맹자요의(孟子要義)』와 같이 유가 경전을 독자적으로 해석하였다. 그 바탕 위에서 국가 개혁 방안을 제시한 『경세유표(經世遺表)』, 형정(刑政) 제도를 다룬 『흠흠신서(欽欽新書)』, 지방관을 위한 지침서인 『목민심서(牧民心書)』를 저술하였다.

그는 시문에서도 일가를 이루었다. 현실의 불합리와 부패상, 향촌민의 궁핍과 고난을 묘사한 시를 비롯하여 자연 풍토를 묘사하고 한적한 정취를 표현한 시는 발군의 수준으로 인정받고 있다. 산문 역시 젊은 시절에는 세련되고 발랄한 작품을 많이 썼고, 이용휴(李用休)의 영향을 깊게 받은 작품에서는 소품문의 취향도 보인다. 유배 이후의 작품에는 삶과 현실 문제에 대한 깊은 사유가 담겨 있어 문장가로서도 매우 우수한 작가라 평가된다.

그의 저술은 1936년 무렵 신조선사(新朝鮮社)에서 간행한 『여유당전서(與猶堂全書)』에 모아져 있고, 최근에도 전 저작을 수집하고 교정한 정본이 출간되었다.

통치자는 누구를 위해 존재하나? 原牧

통치자가 백성을 위해 존재하는가? 아니면 백성이 통치자를 위해 살아가는가? 백성들이 곡식과 옷감을 내어 통치자를 섬기고, 백성들이 가마와 말, 견마잡이와 가마꾼을 내어 통치자를 전송하고 맞이하며, 백성들이 고혈(膏血)과 진액을 짜내어 통치자를 살찌게 한다. 그렇다면 백성들이 통치자를 위해 살아가는 것 아닌가? 아니다. 결코 아니다. 통치자가 백성을 위해 존재하는 것이다.

까마득한 옛날에는 백성들만 있었을 뿐 어찌 통치자가 있었겠는가! 백성들이 아무 걱정 없이 모여 살던 어느 날, 어떤 사람이 이웃과 다툼이 생겨 결판을 짓지 못하다가 바른말 잘하는 노인이 있어 그를 찾아가 시비를 가렸다. 마을 사람들이 모두 그 판결을 수긍하여 그를 추대해 함께 받들고 이정(里正)이라 일컬었다. 몇 개 마을(里)에 사는 백성들이 서로 다툼이 생겨 결판을 짓지 못하다가, 준수하고 지식이 많은 노인이 있어 그를 찾아가 시비를 가렸다. 몇 개 마을의 사람들이 모두 수긍하여 그를 추대하여 함께 받들고 당정(黨正)이라 일컬었다. 몇 개 당(黨)의 사람들이 서로 다툼이 생겨 결판을 짓지 못하다가, 어질고 덕이 있는 노인이 있어 그를 찾아가 시비를 가렸다. 몇 개 당의 사람들이 모두 수긍하여 주장(州長)이라 일컬었다. 이에 몇 개 주(州)의 우두머리가 한 사람을 추대하여 우두머리로 삼고 국군(國君)이라 일컬었고, 몇 개 국(國)의 군(君)이 한 사람을 추대하여 우두머리로 삼고 방백(方伯)이라 일컬었으며, 사방의 방백이 한 사람을 추대하여 어른으로 삼고 황왕(皇王)이라 일컬었다.

황왕의 뿌리는 이정에서 비롯되었다. 그러므로 통치자는 백성을 위해 존재하는 것이다. 이때에 이정은 백성들이 바라는 대로 법을 만들어 당정에게 올리고, 당정은 백성들이 바라는 대로 법을 만들어 주장에게 올리고, 주에서는 국군에게 올리고, 국군은 황왕에게 올렸다. 따라서 그 법은 모두 백성들에게 이로웠다.

후세에는 한 사람이 스스로 황제(皇帝)가 되어 자신의 아들과 아우 및 자신을 따르고 심부름하던 사람들을 제후로 책봉해 주었다. 제후는 자신과 친한 사람을 뽑아서 주장으로 삼고, 주장은 자신과 친한 사람을 추천하여 당정과 이정으로 삼았다. 그리하여 황제는 자신의 욕망을 따라 법을 만들어 제후에게 내려보내고, 제후도 자신의 욕망에 따라 법을 만들어 주장에게 내려보내고, 주에서는 당정에게 내려보내고, 당정은 이정에게 내려보냈다. 그러므로 그 법은 모두 통치자를 높이고 백성들을 낮추며, 아랫사람을 깎아서 윗사람에게 보태 주었다. 그래서 한결같이 백성들이 통치자를 위해 살아가는 것처럼 보였다.

오늘날의 수령(守令)은 옛날의 제후이다. 그를 받드는 관사나 가마와 말, 그에게 제공하는 의복과 음식, 좌우의 총애하는 여인과 시중드는 하인들은 국군에 맞먹고, 그 권세는 사람에게 복을 내리기에 충분하며, 그 형벌과 위엄은 사람들을 두려워 떨도록 하기에 충분하다. 그리하여 거만하게 스스로를 높이고 편안하게 스스로 즐기면서 자신이 통치자가 된 까닭을 잊어버린다.

어떤 백성이 다툼이 생겨 시비를 가리려고 찾아오면 이맛살을 찌푸리고 "왜 이렇게 시끄럽게 구느냐?"며 짜증을 낸다. 굶어 죽는 이가 생겨도 "네가 못나서 죽은 것이다."라고 말한다. 곡식과 옷감을 내어 자신을 섬기지 않으면 회초리질과 몽둥이찜질을 해서 피가 철철 흐르는 것을 보고 나서야 그친다. 날마다 착취하여 돈꿰미를 세고 장부에 기록하고 협주(夾註)를 달고 지운다. 금전과 옷감을 백성들에게 부과하여 전답과 저택을 경영하고, 권세가와 재상에게 뇌물을 바쳐 뒷날의 이익을 구한다.

그러므로 "백성들이 통치자를 위해 살아간다."라고 말하지만 어찌 그런 이치가 있겠는가! 통치자가 백성들을 위해 존재하는 것이다.

해설

글의 원제목은 「원목(原牧)」으로 '원(原)'은 어떤 사물이나 현상의 근원을 논하는 산문 문체이다. '목(牧)'은 본래 가축을 치는 사람인 목자(牧者)를 가리키는데 뜻이 번져 주로 지방관을 가리키는 말이 되었다. 이 글에서는 백성을 다스리는 통치자 전반을 두루 가리킨다.

제목에 걸맞게 정약용은 사회의 통치자가 본래 어떻게 발생했고 어떤 존재였으며 어떤 존재여야 하는지를 진지하게 물었다. 그가 이상적으로 생각하는 통치자의 모습이 글에서 자연스럽게 드러난다.

그에 따르면 통치자는 폭력적인 과정을 거쳐 생겨난 것이 아니라 백성 모두의 필요에 의해 자발적인 동의를 받아 '아래로부터 위로(下而上)' 생겨났다. 본문의 이(里), 당(黨), 주(州), 국(國) 등은 차례로 더 큰 지방 행정 단위를 가리킨다. 이 행정 단위는 오늘날의 관점에서도 충분히 '민

주적'이라 부를 만한 과정을 거쳐서 생겼다. 각 단계의 통치자는 모두 백성을 이롭게 하는 일을 할 수밖에 없었다. 이때는 천하(나라)가 한 사람의 사적 소유물이 아니라 온 백성의 것이었으므로 정책은 통치자의 사리사욕을 채우려고 만들 수 없고 백성들의 요구 사항을 반영할 수밖에 없었다.

하지만 글쓴이 당대의 통치자는 본래 통치자가 해야 할 일과는 반대로 백성들을 위해서 존재하지 않고 오히려 백성들이 그 통치자를 위해 존재하였다. 질서가 전도(顚倒)되었고, 통치자가 백성을 위해 복무하도록 체제를 전복(顚覆)해야 할 단계임을 암시하고 있다. 대단히 뛰어난 분석과 정치적 혜안을 담고 있는 글이다.

카메라 오브스쿠라 漆室觀畫說

여기 강과 산 사이에 자리 잡은 방이 있다. 방 안으로 강과 산의 아름다움이 왼쪽 오른쪽으로 비쳐 들고, 방이 온갖 나무와 꽃과 바위 속에 덮여 있어 건물과 울타리가 감싸 준다. 자, 이제 맑은 날을 골라 방문을 닫고 햇빛이 들어오는 창문을 모두 막아 방 안을 칠흑같이 만들되, 오직 작은 구멍 하나를 남기고 안경 렌즈 한 매를 그 구멍에 끼운다. 그리고 눈처럼 하얀 종이판을 렌즈에서 몇 자 띄우되, 렌즈의 볼록하고 평평한 정도에 따라 거리와 각도를 다르게 하여 영상을 받는다. 그러면 강과 산의 아름다움과 둘러싼 온갖 나무와 꽃과 바위와 오밀조밀한 건물과 울타리가 모두 종이판 위에 찍힌다. 짙은 청색 옅은 녹색이 모두 실제 색과 똑같고, 성근 가지 울창한 잎이 모두 실제 모양과 똑같으며, 건물의 세부도 또렷하고 구도도 정제되어 하늘이 내린 한 폭의 그림이다. 가늘기는 터럭과 같아서 제아무리 고개지(顧愷之)나 육탐미(陸探微)라 해도 그릴 수 있는 그림이 아니다. 참으로 천하의 장관이다. 아쉬운 점은 나뭇가지가 바람에 흔들려 움직이면 묘사하기가 매우 어려워지고, 물건의 형상이 거꾸로 맺혀 보기에 어질어질하다는 점이다.

지금 초상화를 그리되 터럭 한 올의 오차도 없이 그리려면 이 방법을 제외하고는 별반 뾰족한 수가 없다. 그렇기는 하지만 마당 한가운데 진흙으로 빚은 소상처럼 꼼짝 않고 단정하게 앉아 있지 않는다면 바람에 흔들리는 나뭇가지를 그릴 때처럼 묘사하기가 어려울 것이다.

해설

글의 문체는 설(說)로 새로운 사실을 소개하는 성격의 글이다.

1776년에서 1792년 사이에 지은 글로 추정한다. 원제목인 「칠실관화설(漆室觀畫說)」은 「칠흑처럼 어두운 방(漆室)에서 그림을 보는(觀畫) 이야기(說)」라는 의미이다. 카메라 오브스쿠라(Camera Obscura)는 「어두운 방」이라는 뜻으로, 어두운 공간에 작은 구멍을 통해 들어온 빛이 영상으로 변하는 현상을 응용한 광학 기구이다. 사진기를 뜻하는 카메라(Camera)의 어원도 여기서 유래했으며, 오늘날 초등학생들의 수업 자료로도 널리 쓰이는 바늘구멍 사진기 역시 이 원리를 이용해서 만든다.

서양에서 카메라 오브스쿠라를 제작하고 이를 인물화와 풍경화에 응용하기 시작한 것은 15세기 후반에서 16세기 전반 무렵이다. 이 기구와 화법이 선교사를 거쳐 명나라 말엽부터 중국에 보급되었고, 조선에서는 서학에 관심을 가진 학자가 도입한 것으로 보인다.

글쓴이는 끝머리에서 초상화를 그리는 방법으로 제안하고 있는데, 선배 학자인 복암(茯菴) 이기양(李基讓, 1744~1802년)의 묘지명에서 이기양이 초상화를 그릴 때 칠실파려안(漆室玻瓈眼, '파려'는 유리(렌즈), '안'은 구멍을 뜻한다.)을 사용했음을 증언한 바 있다.

토지의 균등한 분배 田論 一

『서경』「홍범(洪範)」에서 "황극(皇極)은 이 다섯 가지 복을 거두어 모아 백성들에게 골고루 나누어 준다."라고 하였는데 이것이 크게 의로운 원칙이다.

여기에 어떤 사람이 있어 밭을 십 경(頃, 100이랑) 소유했고, 아들을 열 명 두었다. 아들 한 사람이 삼 경의 밭을 얻고, 두 사람이 이 경, 세 사람이 일 경의 밭을 얻고 나자 나머지 네 사람은 밭을 얻지 못했다. 그래서 그들이 울며 하소연하고 이리저리 굴러다니다가 길바닥에서 굶어 죽는다면 그 부모는 부모 노릇을 잘한 것일까?

하늘이 이 백성을 내고는 그들을 위해 먼저 전답을 장만하여 먹고살게끔 하였다. 그런 뒤에 또 그들을 위해 군주를 세우고 목민관(牧民官)을 세워 백성의 부모로 삼아서 생산물을 균등하게 마련하여 다 함께 살도록 했다. 그런데 군주와 목민관이 된 자가 여러 자식들이 치고 빼앗아 상대의 전답을 강탈하는 짓을 팔짱을 끼고서 쳐다만 볼 뿐 막지 않았다. 그래서 강한 자는 더 차지하고 약한 자는 떠밀려서 땅바닥에 고꾸라져 죽도록 방치한다면, 군주와 목민관이 된 자는 과연 군주와 목민관 노릇을 잘한 것일까?

따라서 생산물을 균등하게 마련하여 다 함께 잘살도록 한 사람이 참다운 군주와 목민관이고, 생산물을 균등하게 마련하여 다 함께 잘살도록 하지 못한 사람은 군주와 목민관 역할을 제대로 하지 못한 자이다.

지금 온 나라의 전답은 대략 팔십만 결(結)이고〔영조 기축년(1769년) 현재 팔도에서 경작하고 있는 논은 삼십사만 삼천 결이고, 밭은 사십오만 칠천팔백 결이다. 간특한 관리가 빠뜨린 전답 및 산전(山田)이나 화전은 이 속에 포함되지 않는다.〕, 인구가 대략 팔백 만이다〔영조 계유년(1753년)에 서울과 지방의 전체 인구가 칠백삼십만 이하였다. 당시 누락된 인구 및 그 사이에 불어난 인구가 칠십만을 넘지 않을 것이다.〕. 십 구(口)를 일 호(戶)로 계산한다면, 매 일 호마다 전답 일 결(結)씩 얻어야 그 재산이 균등해진다.

현재 문관과 무관의 고위직 신하들과 여항의 부자 가운데는 일 호당 수천 섬의 곡식을 수확하는 자가 매우 많다. 그들이 소유한 전답을 헤아려 보면 일백 결 이하로는 내려가지 않으므로 이는 구백구십 명의 목숨을 해쳐서 일 호를 살찌우는 셈이다. 나라 안에서 제일가는 부자로 손꼽히는 영남의 최 씨(崔氏)와 호남의 왕 씨(王氏)는 만 섬의 곡식을 수확하기도 한다. 그들 소유의 전답을 헤아려 보면 사백 결 이하로는 내려가지 않으므로 이는 삼천구백구십 명의 목숨을 해쳐서 일 호를 살찌우는 셈이다.

그런데도 조정에서 벼슬하는 관리들은 부지런히 서둘러 부자가 소유한 재물을 덜어 내어 가난한 사람에게 보태 줘서 생산물을 균등하게 만들기에 힘쓰지 않는다. 그들은 군주와 목민관의 도리로 군주를 섬기는 자가 아니다.

해설

글쓴이가 1799년에 집필한 「전론(田論)」 일곱 편 가운데 서론에 해당하는 제1편이다. 일곱 편의 논설에는 토지 제도의 개혁에 대한 구상이 잘 담겨 있다. 토지 소유의 집중과 그로 인한 농민의 몰락 및 경제적 수탈을 극복하기 위한 개혁안을 제시했다. 정약용의 독특한 토지 제도 개혁안인 여전제(閭田制)가 제시되고 있는데 여전제는 한 마을을 단위(閭)로 하여 토지를 공동으로 소유·경작하게 하고, 그 수확량을 노동량에 따라 분배하는 일종의 공동 농장 제도이다.

이 글에는 모든 사람은 토지를 균등하게 소유하고 분배받아 인간다운 삶을 영위할 권리가 있다는 주장을 담겨 있다. 경서에서 근거를 찾은 다음, 아들 열 명을 둔 부모의 토지 분배를 사례로 들고, 이어서 조선 전체의 토지를 균등하게 분배해야 하는 당위성을 설명했다. 주제가 혁신적이고 민중적이며, 논리는 조리가 있고 분명하다. 이론적 구상과 현실적 논증이 적절하고도 치밀하다. 분배에 초점을 맞춘 경제 논리의 전형을 보여 준다.

간본 『여유당전서』에는 빠져 있으나 규장각본에는 이 글 앞에 "이 글은 기미년(1799년) 연간에 지은 것으로 만년의 주장과는 다르다. 지금 그대로 수록한다."라는 편찬자의 추가 설명이 붙어 있다. 그 설명을 통해서 「전론」은 저자가 38세 때에 주장한 내용이고, 후에는 관점을 수정했다는 사실을 알 수 있다.

살인 사건의 처리　欽欽新書序

오직 하늘만이 사람을 태어나게도 하고 죽이기도 하니 사람의 목숨은 하늘에 달려 있다. 목민관이 또 그 사이에서 선량한 사람은 그대로 살려 두고 죄를 지은 사람은 붙잡아 죽이니 이는 하늘이 가진 권한을 명확히 드러내 사용한 것이다. 사람이 하늘의 권한을 대신 집행하면서 삼가고 두려워할 줄 모른 채 세밀하게 따져 보지 않고 태만하게 처리하거나, 사리에 어두워서 살려야 할 사람을 죽게 하거나, 죽여야 할 사람을 살려 준다. 그렇게 하고도 오히려 아무렇지 않게 편안히 살거나 뇌물에 매수되고 여자에 홀려서 원통함에 사무친 절규를 듣고도 구제할 줄 모른다. 이것은 심각한 죄를 짓는 짓이다!

사람의 목숨과 관련한 옥사는 군현에서 항상 일어나는 사건으로 목민관이 항상 겪는 일이다. 하지만 사건의 조사는 항상 엉성하고, 죄상의 판결은 항상 어긋난다. 옛날 우리 건릉(健陵, 정조)께서 다스리시던 시대에는 관찰사를 포함한 지방관들이 항상 이 때문에 폄직(貶職)을 당했으므로 조금 더 경계하여 신중히 처리하는 효과를 보았다. 근년에는 다시 제대로 다스려지지 않아 옥사에는 원통한 일이 많아졌다.

내가 이미 백성을 다스리는 사안을 저서로 엮었는데 인명에 관한 내용에 이르러서는 "마땅히 전문적 연구가 있어야 한다."라고 말하고 마침내 이 책을 별도로 편찬하였다. 경전의 가르침을 제일 앞에 두어 정밀한 뜻을 밝히고, 역사상 발자취를 다음에 두어 판례를 분명히 했다. 이것이 이른바 「경사지요(經史之要)」 세 권이다. 다음으로 판결하고 살펴서 반박하는 말을 실어 당대의 규칙을 살폈으니 이른바 「비상지준(批詳之雋)」 다섯 권이다. 다음으로 청나라 사람들이 법률을 적용하고 단죄한 사례를 두어 차등을 구별했으니 이른바 「의율지차(擬律之差)」 네 권이다. 다음으로 우리나라 역대 군현에서 나온 공안(公案)을 싣되 판결문이 비속한 것은 그 취지를 살려 윤색했는데 형조의 의논과 임금님의 판결은 삼가 그대로 수록했다.

그 사이사이에 내 생각을 덧붙여 뜻을 분명히 했으니 이른바 「상형지의(祥刑之議)」 열다섯 권이다. 예전에 내가 해서(海西)의 곡산 고을을 다스릴 때 왕명을 받아 옥사를 다스렸고, 형조에 참의(參議)로 근무하며 또 이 일을 담당한 적이 있다. 유배를 떠난 이후로 때때로 옥사의 실정을 듣고 또한 장난삼아 판결문을 지어 보고, 변변치 못한 글이라도 책 뒤에 붙였으니 이른바 「전발지사(剪跋之詞)」 세 권이다. 모두 합해 서른 권으로 『흠흠신서(欽欽新書)』라 이름하였다. 비록 이것저것 모아 엮어서 일관된 체재를 이루지는 못했으나 담당자에게는 참고할 만한 내용이 있을 것이다.

옛날 정(鄭)나라 자산(子産)이 솥에 형법을 새기자 군자들이 비웃었고, 이회(李悝)가 『법경(法經)』을 짓자 후세 사람들이 대수롭지 않게 여겼다. 그러나 인명에 관한 항목은 거기에도 들어 있지 않았다. 아래로 수·당 시대에 이르러서는 절도나 소송과 뒤섞여서 분간이 되지 않았다. 세상 사람들이 아는 것이라곤 오로지 한 고조 유방(劉邦)이 약속했다는 "살인자는 사형에 처한다."라는 것뿐이다. 명나라가 천하를 다스리면서 법률과 그 사례가 크게 밝혀졌다. 인명에 관한 법 조목이 환하게 갖추어져 계획적인 살인에서부터 다툼과 장난, 과실에 의한 살인에 이르기까지 낱낱이 구분되고 체계적으로 정리되었다. 그리하여 모르거나 의심스러운 것이 사라졌다.

다만 사대부들이 어려서부터 배우는 공부는 오로지 시부(詩賦)를 비롯한 잡다한 기예일 뿐이라, 하루아침에 목민관이 되면 손쓸 방법을 까마득히 모른다. 차라리 간악한 아전들에게 떠맡길지언정 감히 알려고 들지를 않는다. 그러나 그 자들은 재물을 중시하고 정의를 천시하니 어떻게 다들 사리에 맞을 수 있겠는가?

차라리 공무를 보는 틈틈이 이 책을 펼쳐서 공부하고 인증(引證)하며 참고하는 용도로 써서, 『세원록(洗冤錄)』과 『대명률(大明律)』을 보조하는 책으로 활용하는 것이 낫다. 그러면 사례를 유추하여 조사하고 판결하는 데 보탬이 되고 하늘이 내린 권한을 잘못 쓰지 않게 될 것이다.

옛날 구양수가 이릉(夷陵)을 다스릴 때 관아에 일이 없자, 오래 묵은 공안을 가져다가 위아래로 연구하여 평생토록 도움을 받았다고 한다. 더구나 그 직책에 직접 몸담고 있는 처지에 맡은 바 직무를 걱정하지 않는단 말인가! 삼가고 삼간다(欽欽)고 말한 것은 어째서인가? 삼가고 삼가는 것이 진실로 형정(刑政)을 다스리는 근본이기 때문이다.

도광(道光) 2년 임오년(1822년) 봄에 열수(洌水) 정용(丁鏞)이 서를 쓴다.

해설

이 글은 살인 사건을 다룬 형법서인 『흠흠신서』에 붙인 서문이다. 책을 짓게 된 동기와 주요 내용, 의의와 지방관들이 이 책을 배워 살인 사건의 처리에 신중할 것을 당부하는 내용으로 구성되었다. 저술의 가치를 밝히는 여러 가지 사실을 간명하게 밝힌 서문의 전형을 보여 준다.

『흠흠신서』는 『경세유표』, 『목민심서』와 함께 저자가 스스로 '일표이서(一表二書)'라 일컬은 대표적 저술이다. 첫 대목에서 사람의 목숨은 하늘이 낸 것으로 오직 하늘만이 거두어 갈 수 있는데, 살인 사건을 수사하고 재판하는 관리는 그와 같은 막중한 하늘의 일을 대신하는 존재이므로 삼가고 삼가서 처리하고 재판해야 한다고 밝혔다. '삼가고 삼간다'라는 신중한 접근법이 글 전체의 주제이다.

다음으로 살인 사건은 과학적인 수사를 통해서 증거를 찾아 진범을 밝히고 법을 집행하여 정의를 세워야 하는 전문 영역인데 글공부만 했던 조선 시대 관원들에게 검시(檢屍)부터 해야 하는 살인 사건 처리는 직무에 걸맞은 교육이 없었다. 전문성이 없이 중대한 인명 사건을 처리하는 경찰과 사법 제도의 허술함을 개탄하는 글쓴이의 우려와 탄식이 독자를 공감하게 하는 설득력을 갖춘 글이다.

직접 쓴 묘지명 自撰墓誌銘

壙中本

이것은 열수(洌水) 정용(丁鏞)의 묘이다. 본명은 약용(若鏞), 자는 미용(美庸), 호는 사암(俟菴)이다. 아버지의 휘(諱)는 재원(載遠)인데 음직(蔭職)으로 진주 목사에 이르셨다. 어머니 숙인(淑人)은 해남 윤씨(海南尹氏)인데 영조 임금 임오년(1762년, 영조 38년) 유월 열엿샛날 약용을 열수 강가 마현리(馬峴里)에서 낳으셨다.

어려서부터 총명하였고 자라서는 학문을 좋아하였다. 이십이 세(1783년, 정조 7년)에 경의(經義, 과거 시험 과목의 하나)로 진사가 되었다. 과거 문장을 오롯하게 공부하여 이십팔 세(1789년, 정조 13년)에 갑과(甲科)에 이등으로 합격하였다. 대신이 초계문신으로 추천하여 규장각에서 다달이 과제를 바치는 문신에 포함되었다. 곧 한림(翰林)에 뽑혀서 예문관 검열이 되고, 승진하여 사헌부 지평, 사간원 정언, 홍문관 수찬과 교리, 성균관 직강, 비변사 낭관(郞官)을 지냈다. 외직으로 나가서 경기도 암행어사가 되었다. 을묘년(1795년, 정조 19년) 봄에 경모궁 상호도감 낭관(景慕宮上號都監郎官)의 공로로 사간에서 발탁되어 통정대부 승정원 동부승지가 되고, 우부승지를 거쳐 좌부승지에 올랐다가 병조 참의가 되었다.

가경(嘉慶) 정사년(1797년, 정조 21년)에 곡산 도호부사(谷山都護府使)로 나가서 은혜로운 정사를 많이 베풀었다. 기미년(1799년, 정조 23년) 다시 내직으로 들어와 승지를 거쳐 형조 참의가 되어 억울한 옥사를 다스렸다. 경신년(1800년, 정조 24년) 유월 『한서선(漢書選)』을 하사받았다. 이달에 정종 대왕(正宗大王)께서 승하하시니 드디어 재앙이 일어났다.

십오 세(1776년, 영조 52년)에 풍산 홍씨(豊山洪氏)에게 장가들었는데 좌승지 홍화보(洪和輔)의 딸이다. 장가들고 나서 서울로 올라왔다. 성호 이익 선생의 학문과 행동이 순수하고 독실하다는 소식을 듣고서 이가환(李家煥)·이승훈(李承薰) 등을 통해 선생이 남긴 저서를 볼 수 있었는데 이로부터 경서에 마음을 두었다.

성균관에 들어가 이벽(李檗)을 따라 노닐면서 서교(西教)의 교리를 듣고 서적을 보았다. 정미년(1787년, 정조 11년) 이후 네다섯 해 동안 자못 마음을 기울였으나 신해년(1791년, 정조 15년) 이래 나라에서 엄히 금하여 마침내 생각을 아주 끊어 버렸다. 을묘년(1795년, 정조 19년) 여름 중국 소주(蘇州) 사람 주문모(周文謨)가 오자 나라 안이 흉흉하였다. 충청도의 금정도 찰방(金井道察訪)에 보임되어 나가서 임금의 뜻을 받들어 서교에 빠진 백성을 가르쳐 믿지 못하게 하였다.

신유년(1801년, 순조 1년) 봄에 대신(臺臣) 민명혁(閔命赫) 등이 다시 서교의 일을 꺼내 문제 삼자 이가환·이승훈 등과 함께 하옥되었다. 얼마 뒤 약전(若銓)·약종(若鍾) 두 형도 함께 체포되어 형제 중 하나는 죽고 둘은 살았다. 모든 대신들이 죄상이 없다 하여 방면하자고 의견을 모았으나 서용보(徐龍輔)만은 불가하다고 고집하였다. 약용은 장기현(長鬐縣)에 유배되고, 약전은 신지도(薪智島)에 유배되었다.

가을에 역적 황사영(黃嗣永)이 체포되자 사악한 인간 홍희운(洪羲運)·이기경(李基慶) 등이 약용을 죽이고자 온갖 모략을 써서 조정으로부터 허락을 받아 냈다. 약용과 약전이 또 체포되어 조사를 받았다. 그러나 사건과 관련된 정상이 없어서 옥사가 또 성립되지 않았다. 대왕대비께서 정상을 참작한 은혜를 입어 약용은 강진현으로, 약전은 흑산도로 유배되었다.

계해년(1803년, 순조 3년) 겨울 대왕대비께서 약용을 석방하라고 명하셨으나 정승 서용보가 저지하였다. 경오년(1810년, 순조 10년) 가을, 아들 학연(學淵)이 억울함을 호소하여 향리로 보내라는 명령이 떨어졌으나 당시 대계(臺啓)가 있다는 구실로 의금부에서 실행을 막았다. 그로부터 아홉 해가 지나 무인년(1818년, 순조 18년) 가을에야 향리로 돌아왔다. 기묘년 겨울, 조정에서 다시 약용을 등용하여 백성을 안정시키자는 논의가 있었으나 서용보가 또 저지하였다.

약용은 유배지에서 지낸 열여덟 해 동안 마음을 모두 경전에 쏟았다. 지은 저서로는 『시경』·『서경』·『주례』·『악서(樂書)』·『역경』·『춘추』 및 사서(四書)에 관한 학설을 담은 것이 있어 모두 이백삼십 권이다. 정밀하게 연구하고 심오하게 깨달아서 성인의 본지(本旨)를 많이 밝혀냈다. 시문(詩文)을 엮은 저술은 모두 칠십 권인데 조정에 있을 때의 작품이 많다. 국가의 전장(典章)을 비롯하여 목민(牧民)과 옥사 처리, 무비(武備)와 강역(疆域)의 일, 의약(醫藥)과 문자(文字)의 변별을 잡다하게 저술한 책이 거의 이백 권이다. 모두 성인의 경전에 뿌리를 두었으나 시의(時宜)에 부합하기에 힘썼다. 저서가 사라지지 않는다면 채택할 사람이 나타날 것이다.

약용은 포의(布衣)로서 임금님으로부터 인정을 받았다. 정종 대왕의 총애와 격려는 동렬(同列)에 선 이들을 훌쩍 넘어섰다. 앞뒤에 상으로 하사받은 서적과 내구마(內廐馬), 범과 표범 가죽 및 진귀한 물건들은 이루 다 적을 수 없다. 나라의 기밀을 함께 듣도록 하여 소회가 있으면 필찰(筆札)로 조목조목 진술하도록 허락하셨고, 모두 즉석에서 들어주셨다. 항상 규장각에서 서적을 교감하도록 하셔서 실무로 독촉하거나 책임을 묻지 않으셨다. 밤마다 진귀한 음식을 내려 배불리 먹도록 해 주셨다. 부릇 내부(內府)의 비장된 도서를 각감(閣監)을 거쳐 열람할 수 있도록 허락해 주셨다. 이 모두가 특별한 예우이다.

사람됨이 선(善)을 즐기고 옛것을 좋아하며 과감하게 행동하였다. 마침내 이 때문에 화를 당하였으니 운명이다. 평생에 지은 죄가 지극히 많아서 탓하고 뉘우친 것이 가슴속에 쌓여 있다.

올해 임오년(1822년, 순조 22년)을 다시 만나니 세상에서 말하는 회갑이다. 마치 다시 태어난 느낌이다. 마침내 쓸데없는 일은 깨끗하게 버리고 밤낮으로 성찰하여 하늘이 부여한 본성을 회복하려 한다. 지금부터 죽을 때까지는 본성을 어기지 않기를 바란다.

정씨(丁氏)는 본관이 압해(押海)다. 고려 말엽에는 배천(白川)에 살았고, 조선이 개국한 뒤로는 한양에 살았다. 처음 벼슬한 할아버지는 교리(校理) 자급(子伋)이다. 이로부터 계속 이어져 부제학 수강(壽崗), 병조 판서 옥형(玉亨), 좌찬성 응두(應斗), 대사헌 윤복(胤福), 관찰사 호선(好善), 교리 언벽(彦璧), 병조 참의 시윤(時潤)이 모두 옥당(玉堂)에 들어갔다. 그로부터 운수가 막혀서 마현으로 옮겨 살았는데 삼대가 모두 포의로 마쳤다. 고조의 휘는 도태(道泰), 증조의 휘는 항신(恒愼), 조부의 휘는 지해(志諧)인데 증조께서만 진사를 하셨다.

홍씨(洪氏)는 육남 삼녀를 낳았으나 삼분의 이가 요절하였고 오로지 이남 일녀만 장성하였다. 아들은 학연과 학유(學游)이고, 딸은 윤창모(尹昌謨)에게 출가하였다. 집의 북쪽 자좌(子坐)에 묫자리를 잡았으니 평소 소원하던 것을 이루었다. 명(銘)을 짓는다.

임금님 총애를 받아
기밀의 자리에 들어갔네.
임금님 심복이 되어
아침저녁으로 모셨네.

하늘의 총애를 받아
어리석은 가슴이 활짝 열렸네.
육경(六經)을 깊이 연구하여
오묘하게 풀고 정통했네.

악인이 세력을 얻자
하늘이 너를 훌륭하게 완성시켰네.
거두어서 잘 갈무리하여
곧 훨훨 저 높이 날아가련다.

해설

정약용은 직접 쓴 자신의 묘지명을 두 편 남겼다. 자찬 묘지명을 두 편이나 쓴 사람은 거의 없다. 하나는 여기에 소개한 광중본(壙中本)이고, 다른 하나는 집중본(集中本)이다. 전자는 광중, 다시 말해 무덤 안에 넣기 위한 묘지명이고, 후자는 문집에 싣기 위한 것이다. 무덤에 넣으려는 것은 분량상 제한이 있어서 자세하게 쓸 수 없다. 반면 문집에 넣기 위한 것은 얼마든지 자세하게 쓸 수 있다. 집중본은 광중본에 비해 열다섯 배 이상 되는 많은 분량으로 파란과 곡절이 있는 인생 역정을 자세하게 밝혔다.

정약용의 자찬 묘지명은 다른 사람들의 그것과 매우 다르다. 다른 사람의 자찬 묘지명은 세속적 삶과 다른 자신만의 개성적 인생을 부각시키는 것이 주조를 이룬다. 반면 정약용의 글은 자신의 인생에서 잃고 얻은 것의 변증법이다. 자신과 정조와 악인, 세 축이 그 인생을 만들어 냈다. 명민한 두뇌를 갖고 태어난 자신과 그 재능을 유난히 인정하고 발휘할 수 있도록 해 준 국왕 정조, 그리고 자신의 앞길을 끝끝내 방해한 악인이다.

그는 정조로부터 총애를 받던 시기의 인생을 아름답게 묘사하고, 정조의 사망 이후 몰아닥친 고난의 시기를 아프게 묘사하고 있다. 그는 명(銘)에서 그를 총애한 두 부류와 미워한 한 부류를 들었다. 전자는 국왕의 총애를 받은 인생의 전반부와 하늘의 총애를 받아 학문에 몰두한 후반부 인생이다. 악인의 미움을 받은 것이 아쉽기는 하나 그 때문에 학자로서 인생은 완성되었다. 그렇게 본다면 그의 인생은 총애와 미움으로 성장한 것이다.

회갑을 맞아 인생을 회고하면서 재생(再生)의 느낌을 갖고 썼다. 위대한 학자의 고난과 인내의 소회가 강렬하게 표출되는 명문이다.

몽수 이헌길　蒙叟傳

이헌길(李獻吉)은 자가 몽수(夢叟)인데 몽수(蒙叟)라고도 하였다. 종실에서 갈라져 나온 집안이니, 공정왕(恭靖王)의 별자(別子)인 덕천군(德泉君) 후생(厚生)이 그 조상이다. 후생의 후예들은 대대로 문벌이 빛났는데 이조 판서를 지낸 준(準)이 특히 유명하다. 몽수는 어려서부터 총명하여 기억력이 좋았다. 장천(長川) 이철환(李嘉煥) 선생을 따라 배워서 많은 서책을 널리 보았다. 이윽고 『두진방(痘疹方)』을 보고 홀로 마음을 쏟아 연구했다. 그러나 남이 모르도록 공부하였다.

건륭(乾隆) 을미년(1775년) 봄에 일이 있어 한양에 갔을 때, 마침 마진(痲疹, 홍역)이 크게 번져서 병에 걸려 죽은 아이들이 많았다. 몽수는 그들을 구해 주고 싶었으나 마침 상중이라 그럴 수 없어서 묵묵히 되돌아섰다. 바야흐로 교외로 나가려다가 어깨에 관을 지고 등에 삼태기와 가래를 진 사람들을 보니 순식간에 백여 명에 이르렀다. 몽수는 마음속으로 측은하게 생각하여 혼잣말로 "내가 구해 줄 방법이 있는데 예법에 구애받아 가슴에 묻고 그냥 간다면 어질지 못한 짓이다."라 하고, 마침내 인척의 집으로 돌아가서 자신의 비방을 풀었다.

이에 몽수의 처방을 얻은 사람들은 위중했던 사람은 안정이 되고, 역자(逆者)는 순(順)하게 되어 열흘 사이에 명성이 크게 났다. 울부짖으며 살려 달라는 사람이 날마다 대문에 들어차고 골목을 메웠다. 신분이 높은 사람도 겨우겨우 방에 들어가고, 비천한 사람은 요행히 섬돌 아래에 이르렀나. 하루 종일 기다린 다음에 비로소 얼굴을 보는 사람도 있었다. 그러나 몽수는 홍역에는 이순(耳順)의 경지라, 몇 마디 말만 듣고 그 증상을 헤아리고, 거기에 맞춰 처방을 하나 주고 내보냈는데 즉각 효험이 나타났다. 몽수가 때때로 문을 나와 다른 집으로 가면 무수한 사람들이 앞뒤로 옹위하여 마치 벌 떼가 움직이는 것 같았다. 이르는 곳마다 누런 먼지가 하늘을 가릴 지경이라, 사람들이 모두 멀리서 바라보고 몽수가 왔다는 것을 알았다.

하루는 악소배(惡少輩)들이 계략을 꾸며 으슥한 곳으로 끌고 가서 문을 잠그고 종적을 찾지 못하게 만들었다. 그러자 온 한양성이 웅성거리며 몽수의 소재를 찾았다. 소재를 일러 주는 사람이 있어서 사람들이 그 문을 부수고 꺼내 주었다. 성격이 거친 자들은 욕설을 퍼붓고 심지어 몽수를 구타하려고 하는 자도 있었으나 사람들의 도움으로 풀려났다. 그러나 몽수는 모두 따뜻한 말로 사과하고 급히 처방을 내려 주었다.

이윽고 몽수는 혼자만으로는 감당할 수 없어서 홍역을 치료하는 여러 방법을 입으로 불러 주어 사람들로 하여금 이를 살펴보고 치료하게 했다. 이에 시골구석의 궁핍한 사람들도 다투어 베껴 가서 육경(六經)처럼 신봉했다. 의학에 어두운 사람이라도 그 말대로만 하면 효험을 보지 못하는 경우가 없었다.

세상에 이런 일화가 전한다. 한 아낙네가 그 남편을 구해 달라고 부탁하니, 몽수는 "네 남편은 병이 매우 심하다. 다만 약이 한 가지 있기는 있으나 너는 쓸 수 없을 것이다."라 말했다. 부인이 간절히 청해도 몽수는 끝내 말해 주지 않았다. 부인은 남편을 구할 수 없다고 생각하여 독약을 사서 돌아가니, 곧 비상(砒礵)이었다. 술에 타서 부엌 살강에 두었으니, 장차 남편을 따라 죽으려 한 것이다. 문밖으로 나가서 울다가 들어와 술을 보았는데 이미 말끔히 비워져 있었다. 남편에게 물어보자 목이 말라서 마셨다는 것이다. 몽수에게 달려가서 살려 달라고 애원하니 몽수가 말했다. "희한하구나! 내가 말한 한 가지 약이 바로 네 남편이 마신 것이다. 네가 쓸 수 없을 것 같아 말해 주지 않았던 것이다. 지금 네 남편이 살아난 것은 하늘의 뜻이다." 아낙이 집에 돌아가 살펴보니 남편의 병이 나아 있었다.

몽수는 성품이 소탈하고 진솔했다. 일찍이 앞으로 십이 년 뒤에 홍역이 반드시 다시 유행할 것이라 말했는데, 세월이 지나 보니 과연 그의 말대로 되었다. 천연두에서도 잘 알아맞힌 것이 많았다.

외사씨(外史氏)는 말한다.

내가 몽수를 보았을 때 그는 광대뼈가 튀어나오고 코주부였으며, 담론하기를 좋아하고 늘 웃었다. 이전 시대 인물들 중에는 특히 윤휴(尹鑴)를 사모하여 "백호(白湖, 윤휴의 호)는 덕을 이룬 정암(靜菴) 조광조(趙光祖)이고, 정암은 덕을 이루지 못한 백호이다."라 말한 적이 있다. 대개 옛사람의 생각을 이어받은 말이지만 군자는 그렇게 생각하지 않는다.

해설

이 글의 문체는 전기이다. 전기 중에서도 기이한 행적을 다룬 기인전이다. 전기의 주인공인 이헌길은 글쓴이가 직접 만나 치료받은 적이 있다. 이헌길은 18세기 후반의 의원으로 마진, 곧 홍역 치료에 큰 공헌을 했다.

전기에도 나오듯 1775년 한양에 홍역이 크게 유행했을 때 『마진기방(痲疹奇方)』을 저술하여 보급함으로써 큰 효과를 보았다. 그의 처방인 승마갈근탕(升痲葛根湯)은 오늘날도 소아 처방에 응용되고 있다.

조선 시대에 홍역은 영유아 사망률을 높이는 무서운 질병이었다. 다만 늘 발생하는 병이 아니라 주기적으로 발생하는 탓에 이를 연구하는 의원이 드물었는데, 직업적인 의원도 아니었던 이헌길만은 홍역을 집중적으로 연구하여 많은 생명을 살렸다.

정약용의 전기는 홍역이 급속하게 번질 때 사람들 사이에 퍼지는 공포심과 질병을 가라앉히고자 애쓴 한 의원의 노력을 생생하게 전한다. 이헌길의 의원 활동을 평이하게 전개하지 않고 주요 사건을 극적으로 묘사하고 있는데, 악소배들에게 감금당하고 비상을 약으로 처방한 것이 적중한 두 가지 일화는 극적 요소를 강화하는 역할을 하고 있다.

홍역을 치료하는 책 麻科會通序

옛날 범중엄(范仲淹)이 이런 말을 남겼다.

"내가 책을 읽고 도를 배우는 것은 천하 백성의 목숨을 살리기 위해서이다. 그렇지 않았다면 황제(黃帝)의 의서를 읽어 의학의 비밀을 깊이 탐구했을 것이니 이것도 사람을 살릴 수 있기 때문이다."

옛사람이 뜻을 세운 바가 자비로우면서도 원대하기가 이렇다. 근세에 몽수 이헌길이라는 이가 있는데 뜻이 매우 높았으나 과거에 합격하지 못하여 사람을 살리고자 해도 할 길이 없었다. 그러자 홍역에 관한 책을 가져다 혼자서 깊이 탐색하여 살려 낸 아이들의 수가 만 명을 헤아렸다. 나도 그중의 하나이다.

내가 몽수 덕택에 살아난 뒤로 그 은혜를 갚고자 했으나 방법이 없었다. 그래서 몽수가 지은 책을 취하여 그 근원을 거슬러 올라가 근본을 찾아보기로 했다. 중국에서 나온 홍역에 관한 책 수십 종을 얻어서 위아래로 연구해 보니 조목이 자세하고 사례가 구체적이었다. 다만 그 책들이 모두 산만하고 잡다하여 찾아보기가 불편했다. 홍역이라는 병의 특징은 병세가 빠르고 건잡을 수 없이 진행되기에 시각을 다투어 치료해야 목숨을 구할 수 있다. 다른 병처럼 시간을 두고 치료법을 강구할 수 있는 병이 아니다.

이에 줄거리를 분류하고 같은 내용끼리 모아서 정연하고도 손쉽게 만들었다. 병든 아이를 둔 집에서 책을 펴면 처방을 얻을 수 있어 번거롭게 여기저기 찾는 수고를 덜게 했다. 모두 다섯 번 원고를 바꾸어 책이 비로소 완성되었다. 아! 몽수가 여전히 살아 있었다면 틀림없이 내 뜻을 잘 알아주었을 것이다.

아! 특정한 질병을 치료하는 전문의가 사라진 지 오래되었다. 각종 질병이 다 그렇지만 홍역이 특히 심하다. 왜 그렇게 되었는가? 의원이 의술을 직업으로 삼는 것은 이익을 위해서이다. 홍역은 수십 년 만에 한 번씩 유행하므로 이것을 전공으로 삼는다면 어디서 이익을 보겠는가? 전공으로 삼으면 기대할 이익이 없고, 또 진료에 임하면 약을 제대로 쓰지도 못하며, 또 억측하여 인명을 죽이기는 부끄러워한다. 아! 누가 꾹 참고서 그 일을 하겠는가?

홍역의 처방은 등잔걸이나 삿갓과 같아서 밤이 되고 비 올 때는 급하게 찾지만 아침이 오고 날이 개면 까마득히 잊어버린다. 이는 우리의 생각이 짧아서 그렇다. 만약 우리가 내년에 전쟁이 일어날 것을 안다면 반드시 집집마다 갑옷을 수선하고 고을마다 성벽을 완벽하게 수리할 것이다. 하지만 전쟁이 난다고 사람들을 다 죽이겠는가! 홍역이 사람을 살상하는 것이 전쟁보다 더 혹독한데도 사람들은 왜 그리 느긋하고 두려워하지 않는 것일까? 내가 이 책을 지었으니 몽수를 저버리지 않았을 뿐 아니라, 참으로 범중엄에게도 부끄럽지 않다.

다만 나는 평소 의학에 어두워 취사선택을 잘하지 못해 쓸데없는 내용까지 수록하기도 했을 것이다. 궁벽한 시골 사람이 진실로 병세를 살피지 않고 이 책을 맹신하여 독하고 강한 약 위주로 처방한다면 실패하는 일도 있을 것이니 이는 또 내가 크게 두려워하는 점이다.

해설

이 글의 문체는 서문이다. 홍역이란 특별한 병을 치료하는 의서에 붙인 서문으로 책을 짓게 된 동기를 밝히는 내용이 중심이다.

정약용은 어렸을 때 홍역으로 고생하다가 이헌길의 도움으로 살아날 수 있었다. 1798년에 청년 학자로 자라난 정약용은 자신이 고생했던 옛일을 생각하며 이헌길의 『마진기방』을 보완하기로 하고, 국내외의 여러 의서에서 홍역과 관련된 사실을 수집하고 체계적으로 정리하여 이 책을 편찬했다. 스스로 밝히고 있듯이 의학 전문가는 아니라서 잘못된 부분도 있지만 체제를 잘 갖추어 일반인이 편리하게 처방에 응용할 수 있는 책이었다.

홍역을 전문적으로 치료하는 의원이 나올 수 없는 현실에 대한 분석이나 집단적인 홍역 발생을 미연에 방지하는 예방책에 대한 설명은 정곡을 찌르고 있다. 의학과 정치를 인명을 살리는 측면에서 동일한 것으로 간주한 점 또한 설득력이 있다.

수종사 유기 游水鍾寺記

어린 시절 놀던 곳을 철들어서 다시 찾는 것도 하나의 즐거움이요, 궁핍한 시절 지내던 곳을 뜻을 성취한 뒤에 다시 찾는 것도 하나의 즐거움이요, 외로이 홀로 걷던 곳을 반가운 손님 좋은 벗과 함께 다시 찾는 것도 하나의 즐거움이다.

내가 어릴 적 처음 수종사(水鍾寺)에 놀러 가고 틈틈이 다시 다닌 것은 책을 읽기 위해서였는데, 매번 몇몇 사람과 짝을 지어 나섰다가도 쓸쓸히 홀로 돌아왔다. 건륭(乾隆) 계묘년(1783년) 봄에 경의(經義)로 진사가 된 나는 장차 초천(苕川)으로 돌아갈 때 아버님께서 "이번 길은 초라해서는 안 되니 친한 벗들을 두루 불러 같이 가려무나."라고 하시는 말씀을 들었다. 그래서 좌랑 목만중(睦萬中), 승지 오대익(吳大益), 장령 윤필병(尹弼秉), 교리 이정운(李鼎運)과 모두 함께 배를 탔고, 광주 윤(廣州尹)은 조촐한 악대를 보내어 흥을 돋워 주었다. 초천에 돌아와서 사흘이 지난 뒤 수종사에 놀러 가니 일행 중에 소년들 또한 십여 명이었다. 어른들은 탈것으로 소나 나귀를 탔으며, 소년들은 모두 걸어서 갔다.

절에 다다르니 바로 해 질 무렵이었다. 동남쪽 여러 봉우리에 저녁 햇빛이 한창 붉게 물들고, 강물을 물들인 햇빛이 창문을 얼비추었다. 일행의 여러 분들과 같이 즐겁게 놀았다. 밤이 되니 달이 밝아 대낮 같았다.

더불어 서성이며 달구경을 하다가 술을 마시고 시를 읊었다. 술이 몇 순배 돌자 내가 앞에서 말한 세 가지 즐거움을 이야기하여 일행의 흥을 돋웠다.

수종사는 신라 때 지어진 유서 깊은 절로 절의 샘물이 바위틈으로 나와서 땅에 떨어질 때 종소리를 내므로 '수종'이라 일컫는다 한다.

해설

이 글의 문체는 유기로 짧은 길이의 서정성 짙은 글이다. 양근(楊根)의 초천에는 글쓴이 집안이 대대로 살아온 집이 있었다. 20대 초반에 진사시에 합격해서 어른들을 모시고 고향 집에 가서 잔치를 한 뒤, 집 근처 수종사를 유람하고 이 글을 지었다. 유람의 연기(緣起)와 수종사의 아름다운 풍광을 간략하면서도 운치 있게 묘사했다. 무엇보다 뜻을 성취한 글쓴이의 만족감이 한껏 느껴지는데 글의 서두에 등장하는 '세 가지 즐거움'이 이 글 전체의 눈에 해당한다.

본문에 나오는 목만중, 오대익, 윤필병, 이정운은 모두 남인을 대표하는 인물들로 글쓴이의 부친 정재원(丁載遠)의 벗이었다. 그러나 이 유람 뒤 불과 스무 해가 못 되어 서학(西學)을 두고 이들의 입장이 크게 갈라졌다. 목만중과 윤필병은 공서파의 핵심에 섰고, 정약용과는 단순히 서먹한 사이를 넘어서 적대적 관계가 되고 만다.

정약용 스스로도 만년에 이 글을 볼 때마다 아름다운 시절의 추억이 담긴, 빛바랜 옛 사진을 보는 듯한 느낌이 들었을 것이다.

조선의 무기 軍器論 二

춘추 시대에는 군대를 좌우로 편제하거나 앞뒤로 편제하고, 군용(軍容)을 정제하고 군의 형세를 잘 살펴서 둥둥 북이 울리면 날개를 편 듯 진격하였다. 패배하여 달아나서 기세를 잃은 자가 있으면 "네가 패했다."라 선언했고, 진영이 어지러워 법도를 잃어도 "네가 패했다."라 선언했다. 간혹 화살 한 대 안 쏘고 승패를 결정하는 경우도 있었다. 이것이 옛사람들의 전투였다.

이 뒤로부터는 방진(方陣)과 원진(圓陣)을 쓰기도 하고, 육화진(六花陳)과 팔진도(八陣圖)를 쓰기도 하며, 귀신의 도움을 받거나 음양의 조화를 부리기도 하였다. 진을 잘 치는 사람이 상장(上將)이 되고 전투를 잘하는 사람이 차장(次將)이 되어, 산과 언덕, 물과 늪의 형세를 살펴서 진격하거나 퇴각하여 승패를 결정했다. 이것이 중세의 전투이다.

활을 쥐거나 창을 쥐고, 아니면 칼이나 몽둥이를 들고 치열하게 서로 치고받아 풀을 베고 짐승을 사냥하듯 하여 승패를 결정짓는 것은 후세의 전투이다.

세상의 등급이 나날이 떨어지고 교묘한 생각은 나날이 발전해, 근세에 다른 나라를 공격하려고 모의하는 자는 오로지 신기한 무기를 제작하니, 한 명이 무기를 발사하면 만 명이 생명을 잃어, 편안히 앉아서도 상대방의 성을 함락할 수 있다. 호준포(虎蹲礮)나 백자총(百子銃) 같은 무기는 오히려 엉성한 무기이다. 이른바 홍이포(紅夷礮)라는 무기는 사납고 잔혹하기가 이전 시대에 견줄 바가 없는데, 중국과 일본은 이미 오래전부터 사용하고 있다. 만약 불행한 일이 닥쳐 백 년 뒤에 남쪽이나 북쪽에서 비상사태가 발생한다면 반드시 이 무기를 가지고 올 것이니, 손을 모으고 땅에 엎드려 성을 갖다 바치지 않을 수 있겠는가?

지금도 여전히 활고자가 벗겨진 활을 당겨 백 걸음 밖에 과녁을 세워 두고 화살촉도 없는 화살로 힘을 다해 명중시키려고 애쓴다. 과녁을 맞추는 자는 녹봉을 얻고, 맞추지 못하는 자는 녹봉을 잃어서 과녁을 맞추는 것을 절세의 묘기로 여기니, 어찌 무덤덤하고 깜깜하다 하지 않으랴! 어쩌면 그렇게도 정직하고 우둔하며 순진하고 소박하여 그 지경에 이르렀을까? 따라서 군대의 무기를 굳이 갖출 필요가 없다고 말했으니 설령 무기가 있다고 한들 감히 어떤 군사가 나서서 싸우려 들겠는가?

해설

이 글의 문체는 사실을 따지고 변론하는 논문으로 조선의 무기 체계를 분석하여 혹독한 비판을 가했다. 섬뜩한 정도의 분석력을 지니고 시원스럽고 예리한 논리를 제시하는 정약용의 논문을 잘 보여 준다. 정약용의 글에서 가장 빼어난 영역이 바로 논문이다.

글쓴이는 전쟁의 세 가지 역사적 변천을 살펴서 후대의 전쟁은 무기의 선진화로 판가름 난다고 하였다. 매우 명료한 논리이다. 그 논리를 근거로 다가오는 전쟁에서는 대량 살상하는 현대적 무기가 승패를 결정지을 것이고, 무기 체계가 낙후하여 아직도 활을 무기로 쓰는 조선은 외적이 침입하면 전투 한번 벌이지 않고 나라를 그대로 외적에게 바칠 것이라고 경고하였다. 당시 무과 시험에서 여진히 말달리고 활 쏘는 것을 기준으로 장교를 뽑았고, 수천 년 동안 개인 무기로 사용해 온 활을 실전에도 주요 무기로 사용하였다. 세계는 무기 경쟁을 하고 있는데 조선은 상고적 무기로 아무런 준비를 하고 있지 않았다. 그 현실을 보고 글쓴이가 느낀 절망감이 후반부에 잘 나타나 있다. 여전히 설득력을 지닌 글이라 할 수 있다.

조수삼 趙秀三

1762~1849년

자는 지원(芝園), 호는 추재(秋齋)·경원(經畹)이다. 또 경유(景濰)라는 이름도 썼다. 본관은 한양(漢陽)이다. 정조와 순조 시대를 대표하는 저명한 시인 가운데 한 사람이다. 신분은 중인(中人)으로 여항인 시사로 유명한 송석원 시사의 주요한 구성원이었다. 그는 여항 시단의 중심인물로 장기간에 걸쳐 활동하였다. 1789년 이후 여섯 차례나 중국을 여행하여 청나라의 명사들과 교유했고, 중국까지 시인으로 이름이 알려졌다. 다방면에 재능을 가져 바둑과 의술에도 일가견이 있었다.

시에서는 많은 명작을 남겨 홍경래(洪景來)의 난을 묘사한 장편시 「서구도올(西寇檮杌)」, 관북 지방을 어행하며 지은 연작시 「북행백절(北行百絶)」, 중국 주변의 여러 나라를 읊은 「외이죽지사(外夷竹枝詞)」 등이 대표작으로 꼽힌다. 산문으로는 다양한 민초들의 독특한 인생을 시와 산문으로 묘사한 「추재기이(秋齋紀異)」가 유명하다. 그밖에도 흥미로운 산문을 다수 남겼다.

문집 『추재집』 8권 4책이 전한다.

소나무 분재 장수 賣盆松者說

소나무 분재를 파는 자가 있었다. 소나무는 뒤틀린 가지와 늙은 등걸이 구불구불하고 옹이가 많았다. 일산(日傘)처럼 누운 것을 받침대로 잘 받쳤고, 껍질은 붉고 비늘은 검푸르렀다. 군데군데 이끼가 끼어 있고, 높낮이가 달라서 대충 바라봐도 백여 년이 지난 나무임을 알 수 있었다.

분재를 뜨락의 여기저기에 늘어놓고 이십 금이니 삼십 금이니 하면 큰 부잣집에서 앞다투어 사가면서 돈을 아끼지 않았다. 그러나 몇 달을 넘기지 않고 가지를 땔나무로 태워 버리고 다시 돈을 움켜쥐고 가서 그 집 문을 두드렸다.

소나무는 오래 사는 나무이다. 아무리 말라비틀어졌다 하더라도 오래 견딜 수 있다. 따라서 많은 세월을 겪어 보지 않으면 누런지 붉은지 사람들이 쉽게 확인할 수 없다.

저 분재를 만드는 장사꾼은 사람들이 세상일에 골몰하다 보면 고상한 생각이 간절해지고, 재물이 풍족하면 정원의 구경거리를 사치하게 만들어 때때로 즐기고 감상하려 하는 심리를 잘 알아차리고는 그 심리를 이용해 하늘에 솟구치고 골짜기에 누워 있는 소나무의 자태를 가져다 놓고서 이익을 차지하였다. 아! 너무도 교활하구나! 땔나무로 자주 버리면서도 더욱 열심히 분재를 구하는 이들은 왜 그리 미혹되어 깨닫지 못할까?

오늘날 세상에서 인재를 기용하는 이들이 사람의 행위를 자세히 살피지 않고 모양만 보고는 노성하다고 선택하여 얼마 써 보지도 못하고 일을 그르치는 일이 많다. 나는 저 소나무 분재를 파는 장사꾼이 숨어서 비웃을까 봐 두려워 마침내 이 이야기를 지었다.

해설

화훼업자가 소나무 분재를 고가에 팔고 부귀한 이들이 터무니없는 값을 아랑곳하지 않고 잘 사 가는 현상의 이면을 파헤친 글이다. 실제로 조선 후기에는 분재가 성행해서 화훼와 분재를 사고파는 시장이 형성되어 있었고, 취미로 감상하는 문화도 있었다. 상인이 좋지 못한 분재를 만들어 팔아도 상품 가치를 모르는 이들은 사 가지고 가서 얼마 즐기지도 못하며, 땔감으로 던져 버리고는 다시 사 가면서 후회하지 않는다. 상인만 농간을 통해 부자가 된다. 글쓴이는 먼저 상인의 교활한 행태를 비판하는데, 더 큰 비판의 날은 상인에게 속는 부귀한 이들을 향한다. 저들이 분재를 제대로 고르지 못하는 것이 마치 부실한 사람을 기용하고 뛰어난 인재를 버리는 실상과 비슷하다는 것이다. 결국 이 글에서 분재는 인재와 겹치니, 분재 시장은 곧 인재 시장이다. 분재를 사고파는 시장이 당시의 현실의 한 국면이듯 인재를 사고팔되 교활한 농간이 횡행하고 위정자는 인재를 전혀 분간하지 못하는 상황 역시 현실의 중요한 국면이다. 이 짧은 작품은 우의를 담고 있다.

경원 선생의 일생　經畹先生自傳

경원(經畹) 선생은 조선의 광사(狂士)다. 성품이 책 읽는 것을 좋아하여 백발노인이 되어서도 흥얼흥얼 책 읽기를 그치지 않았고 끝내 자신조차 잊어버렸다. 남들이 질문이라도 하면 멍하니 아무 것도 답하지 못하였다. 그러나 때때로 기억력이 좋아서 만 마디 말을 줄줄 외워 육경까지 다 마쳤다. 어렸을 때부터 글짓기를 좋아하여 잠자고 밥 먹는 것도 잊을 지경이었으나 글이 그다지 아름답지는 않았다. 하지만 때로는 씩씩하고 활달한 글을 지어 옛 작가의 풍모가 있었다.

집안이 가난하여 거친 밥도 배불리 먹지 못했다. 열흘이고 한 달이고 산수에 노닐면서 처자식을 돌보지 않았다. 평소에는 술을 잘 마시지 못하였다. 그러나 일찍이 나라의 사절단을 따라서 요동 벌판을 지나 발해를 내려다보고 연대(燕臺)에 들어가 개백정이 숨어 살던 시장에서 노닐 때에는 큰 술잔으로 하룻저녁에 몇 말을 마시기도 했다.

힘이 약해서 옷 무게도 견디지 못할 정도지만 고금의 성패와 의리의 분별을 논할 때에는 머리칼이 곤두서고 눈을 부릅뜨며 용사처럼 사방을 둘러보았다. 사람 사귀기를 좋아하여, 귀하고 천하며 어질고 어리석음을 따지지 않아서 그들의 환심을 얻기는 했다. 그러나 끝내 받아들여지지는 못했다. 해학을 잘하였고, 세속의 비루한 이야기를 많이 말했으나 끝

마무리는 경전을 벗어나지 않았다. 따라서 공자의 도가 아니라고 사람들이 폄잔하지 못했다.

늙어서 병도 많고 게을러져서 문을 닫고 마당을 쓸고 하루 종일 꾸벅꾸벅 잠이나 잤다. 손님이 찾아와도 사양하고 만나지 않았다. 유독 몇몇 친구와만 어울렸는데 선생을 깊이 알아주기 때문이다.

탄식하여 말하기를 "내게 십 년의 시간이 주어져서 문장에 한번 전념해 공부한다면, 충분히 태평성대를 위해 격양가(擊壤歌)를 지을 수 있으리라."라고 하였다. 늘 소진(蘇秦)이 "대장부가 어찌 밭 몇 마지기나 도모할 것인가! 나는 마땅히 구경(九經)으로 좋은 밭을 삼으리라."라고 한 말을 한스럽게 여겼다. 그래서 스스로 경원 선생이라 일컫는다.

찬(贊)을 지어 말한다.

겉은 부드럽고 안은 단단하니
미치지 않았으나 미친 것인가?
몸은 망가졌어도 도(道)는 일으켜 세웠으니
무능한 중에도 유능한 것인가?
미치지 않았으나 남들은 몰라주고
유능해도 남들은 몰라주네.
운명 탓인가? 시대 탓인가?
"갈아도 얇아지지 않고, 물들여도 검어지지 않는다."라는
공자의 옛 말씀을 사모할 뿐이다.

해설

이 글은 사람의 인생을 서술한 전기의 일종으로 글쓴이가 스스로 자신의 전기를 쓴 자전이다. 조수삼이 만년에 스스로의 괴팍하고 평범하지 않은 삶을 희화화하여 전기를 썼다. 글쓴이는 사대부와 중인들 사이에서도 명사로서 교유가 대단히 넓었다. 게다가 시인으로 유명하여 수준 높은 시를 많이 창작하였다. 또 한편으로는 야담 작가로도 이름이 있었다. 상당히 폭넓은 활동과 업적을 남긴 인물인데 스스로 그런 경력을 간명하게 밝혔다.

이 자서전에서는 자신을 광사(狂士)로 규정하고, 의지대로 하고 싶은 일을 하면서 살아왔다고 자부하였다. 어렸을 때부터 발휘되었던 문학적 재능과 연행 사절을 따라 중국 여행을 다녀왔던 경험을 자랑스럽게 서술했다. 한편 가정을 돌보지 않고 평범한 인생 성공에 안주하지 않으며 대의를 좇으려 했으나 결국에는 아무것도 이루지 못하고 남에게 인정받지 못한 불운을 아쉬워하였다. 비록 마음껏 횡행하며 살았으나 유학의 올바른 가르침에 위배되지는 않음을 자위하고 경서를 공부하겠다는 경원이라는 호에 새로운 출발의 의미를 담았다. 평생을 시인이요 문인이라는 이름을 듣고 살았으나 주류가 횡행하는 현실 세상의 객일 뿐이라는 자조가 스민 글이다.

서유구 徐有榘

1764~1845년

자는 준평(準平), 호는 풍석(楓石) 또는 오비거사(五費居士)이며, 본관은 대구(大邱)이다. 서명응(徐命膺)의 손자이고, 서호수(徐浩修)의 아들이다.

1790년 문과에 급제하여 곧 규장각 초계문신으로 발탁된 이후 본인의 역량과 가문의 후광으로 승승장구하다가 1806년 중부 서형수(徐瀅修)의 옥사에 연루되어 벼슬에서 물러났다. 1824년 복직되기까지 몸소 농사를 짓고 학문에 힘썼다. 복직한 이후에는 형조, 호조, 병조의 판서를 역임했다.

대표적인 경화세족 가문에서 태어나 자연 과학을 비롯한 다양한 학문을 깊이 있게 연구했다. 가문의 개방적 학문 기풍과 방대한 장서의 열람, 뛰어난 학자와의 교유라는 토대 위에서 다방면에 걸친 식견과 경험을 쌓았다. 정조 치세의 규장각에서 많은 편찬 사업에 간여했고, 오랜 방폐(放廢) 기간을 밑거름으로 삼아 한 시대를 대표하는 학자로 성장했다. 특히 농학과 이용후생(利用厚生)의 학술에 정통했으며 뛰어난 문장가이기도 하다. 워낙 학자로 유명하여 문장가로는 주목받지 못했으나 한 시대를 대표하는 문장가로서 조금도 손색이 없다.

정조의 명으로 조선에서 출판한 도서의 목판을 대대적으로 조사한 보고서인 『누판고(鏤板考)』 편찬을 주도했고, 1834년 전라도 관찰사로 재직할 때는 기민(饑民)을 구제하기 위해 구황 식물인 고구마의 재배법을 설명한 『종저보(種藷譜)』를 간행하기도 했다.

대표작이자 필생의 역작으로 16지(志) 113권으로 구성된 방대한 생활 백과전서인 『임원경제지(林園經濟志)』를 꼽을 수 있다. 이 밖에 문집과 개별 저서로 『풍석고협집(楓石鼓篋集)』, 『금화지비집(金華知非集)』, 『번계시고(樊溪詩稿)』, 『금화경독기(金華耕讀記)』 등이 남아 전한다.

「세검정아집도」 뒤에 쓰다 題洗劍亭雅集圖

묵은 상자를 뒤지다가 횡권(橫卷)으로 된 그림 한 폭을 찾았다. 가로는 다섯 자이고, 세로는 가로의 삼분의 일이 못 된다.

큰 계곡물이 오른쪽에서 소용돌이쳐 왼쪽으로 휘돌아 나가고, 여기저기 울퉁불퉁한 바위가 물살을 막고 있다. 바위에 격류가 부딪쳐 물이 하얗게 튀고, 물이 고인 곳은 컴컴하며, 우레가 치고 수레가 구르는 소리에 이무기가 꿈틀거리는 기세이다. 복날에 펼쳐 보니 맑고 시원한 기운이 얼굴에 뿌려질 것만 같다.

북쪽을 바라보면 소나무 삼나무가 울창하고, 약간 남쪽에 깎아지른 절벽이 좋이 몇 길은 됨 직한데 죽순처럼 뾰족하다. 그 아래 작은 정자 한 채가 절벽을 등지고 물을 내려다보며 서 있다.

정자 밖에는 여섯 사람이 있다. 동자 둘이 샘물을 떠다가 차를 달이고, 한 사람은 무릎을 세워 머리를 묻은 채 자고, 한 사람은 오른팔에 말고삐를 쥐고 팔베개를 하고서 누웠으며, 두 사람은 너럭바위에 앉아 물을 움켜 얼굴을 씻고 있다.

정자 안에는 다섯 사람이 있다. 한 사람은 종이를 펼쳐 놓고 붓을 쥐었고, 한 사람은 남쪽 기둥을 안고 우두커니 서 있으며, 세 사람은 동쪽 들보 아래 둘러앉아 담소를 나누며 시를 논하고 있다. 이때 물소리가 더욱 거세져 지척 간에도 말소리가 안 들린다.

왼쪽 모서리에 율시(律詩) 다섯 편이 적혀 있다. 지은이는 금릉자(金陵子), 홀원자(笏園子), 우초자(雨蕉子), 한생(韓生)과 이생(李生)인데 정사 안에 있는 다섯 사람과 딱 맞는다. 그림을 그린 이는 단원(檀園)이고 제목을 써 준 사람은 대연(岱淵)인데, 이들은 정자 안의 다섯 사람에 포함되지 않는다.

화권을 오래도록 마주하자니 어느덧 세검정 안에 앉아 귓가로 콸콸 흐르는 냇물 소리가 들리는 듯하다.

신축년(1781년) 대서(大暑)에 쓰다.

해설

1781년, 이름만 들어도 무더운 대서 날에 당시 열여덟 살이던 서유구는 열심히 상자 안을 뒤져 추억이 깃든 그림을 한 폭 찾아냈다. 그리고 그림의 여백에 이 글을 썼다. 대서는 대체로 중복 무렵이니 가만히 앉아 있어도 땀이 비 오듯 흘렀을 텐데 왜 굳이 상자 속을 뒤져 그림을 찾았을까?

궁금증은 그림 속 배경인 세검정을 보면 풀린다. 계곡물에 둘러싸인 세검정 풍경은 더위에 지친 서유구의 마음을 달래 주기에 안성맞춤이었다. 정자 안의 다섯 사람은 이날 모임의 주인공들이고, 바깥의 여섯 명은 시중들기 위해 따라온 하인들이다. 실제 그림의 모습을 하나라도 놓칠세라 정밀하게 묘사하고 있다.

이 모임의 주인공이자 그림에 시를 쓴 다섯 사람은 차례로 금릉자 남공철, 홀원자 서로수(徐潞修), 우초자 박시수(朴蓍壽)인데 한생과 이생은 누구인지 알 수 없다. 그림을 그린 단원은 김홍도이고, '세검정아집도'라는 제목을 멋들어지게 써 준 대연은 이면백(李勉伯)이다.

서유구가 어린 시절 글을 배웠던 이의준(李義駿)은 이 글을 두고 "경치를 묘사한 대목은 그리기 어려운 것을 잘 그려 내었고, 잘 드러나지 않은 대목은 살짝 비추는 절묘함이 있다.(寫景處有難畫之工, 隱伏處有掩映之妙.)"라고 평했고, 이덕무는 "위희(魏禧)의 짤막한 제발(題跋)이 지닌 정신을 체득했다.(得勺庭魏凝叔之小題跋之神精.)"라고 평가했다. 서유구가 한창 문장 공부에 열심이던 10대 때의 가작이다.

농업에 힘쓰는 이유 杏圃志序

지금 천하의 사물 중에서 동서와 고금을 통틀어 하루라도 없어서는 안 되는 것을 찾는다면 무엇이 첫 번째일까? 곡식이다. 지금 천하의 할 일 중에서 동서와 고금을 통틀어 고귀하거나 비천하거나 지혜롭거나 어리석거나 하루라도 잘 몰라서는 안 되는 것을 찾는다면 무엇이 첫 번째일까? 농업이다.

나는 세상 사람들이 "마음을 쓰는 자는 남을 다스리고, 힘을 쓰는 자는 남에게 다스림을 당한다."라는 『맹자』에 나오는 글을 잘못 이해하여 마침내 하늘의 운행을 이용하고 땅의 성질을 파악하는 일을 모조리 어리석은 백성들에게 떠맡기고, 그 엉성하고 지리멸렬한 결과를 고스란히 받아들인 채 전혀 반성할 줄 모르는 것을 줄곧 괴이하게 여겼다. 맹자가 말한 '남을 다스리는 일'이 농사를 권장하고 근본에 힘쓰도록 인도하는 행위임을 전혀 모르고 있다. 그렇지 않다면, 맹자가 왕도(王道)를 논할 때 어째서 단호하게 농경지를 정비하고 나무와 가축을 키우는 일을 가장 앞세웠으며, 학교를 세워 교육하는 일을 오히려 두 번째 할 일로 밀어 놓았겠는가!

나는 밭두둑 사이에 파묻혀 사는 사람이므로 당연히 남에게 다스림을 받으며 남에게 먹을 곡식을 대는 축에 속할 뿐이다. 농촌에서 고생하며 경험을 쌓아 가는 동안 우리나라의 게으른 풍속을 깨우쳐 줄 방법이 없음을 적이 개탄해 왔다. 밭 갈고 써레질하고 김매고 북돋는 일에서부터 거름 주고 덮어 주고 갈무리하는 일에 이르기까지 스스로 시험해 보고 효과를 거둔 것을 그때마다 글로 지었고, 세월이 쌓여 몇 권의 책을 이루었다. 이에 서릉(徐陵)의 "살구꽃을 바라보며 밭 갈기를 재촉하고, 창포를 쳐다보며 농사짓기를 권장한다.(望杏敦耕, 瞻蒲勸穡.)"라는 말을 취하여 『행포지(杏蒲志)』라 이름을 붙였다.

아! 천하에는 방술(方術)을 연구하는 사람이 많다. 구류 백가(九流百家) 중에서 앞다투어 학문의 영역을 구축하고, 앞 시대를 계승하여 뒷날에 빛나기를 바라는 학자들이 얼마나 많겠는가? 나만은 유독 농가(農家)의 학술에 온 힘을 쏟아서 늙어 기운이 다 빠지도록 그치지 않고 있는데 이는 도대체 무엇 때문인가?

나는 일찍이 경예학(經藝學)을 공부한 적이 있었다. 그런데 말할 만한 것은 옛사람이 벌써 다 말해 버렸으므로, 내가 굳이 재차 말하고 또 다시 말한들 무슨 보탬이 되겠는가? 내가 일찍이 세상을 경영하는 경세학(經世學)에 종사한 적이 있었다. 그런데 처사(處士)가 궁리하고 짐작하여 내놓은 말은 흙으로 끓인 국일 뿐이요 종이로 만든 떡일 뿐이라, 아무리 잘한들 무슨 보탬이 되겠는가? 그리하여 그 학문에 실망하고 범승지(氾勝之)와 가사협(賈思勰)의 작물을 심고 가꾸는 농업 기술에 전념하게 되었다. 오늘날 앉아서 이야기하다가 일어나 시행할 만한 실용의 사업은 오로지 이것밖에 없고, 하늘과 땅이 나를 먹여 살려 준 은혜를 조금이나마 갚을 수 있는 사업도 여기에 있지 저기에 있지 않다고 주제넘게 생각해 왔다. 아! 내가 어찌 그만둘 수 있겠는가!

무릇 하루라도 늦춰서는 안 될 임무를 온 세상이 모두 천시하고 즐겨 하지 않은 나머지, 한 명이 밭 갈아 백 명이 먹고, 십 년 동안 아홉 번 가뭄이 든다. 저 도랑과 골짜기에 죽어 나뒹구는 백성들이 무슨 죄인가? 그렇다면 이 책의 저술이 또 농촌에서 직접 농사짓는 선비만을 위한 것이랴? 세상의 대인 선생(大人先生)들께서는 부디 비웃지 마시기를 당부한다.

해설

이 글의 문체는 저술의 앞에 붙인 서문으로 사대부가 농학에 심혈을 기울이는 이유를 감동적으로 밝힌 명문이다. 『행포지』는 조선 후기 최고의 농학가로 꼽히는 서유구의 농학 저작이다. 현재 사본으로 전해지는 책에는 이 서문의 끝에 "을유년 동짓날에 풍석 서유구가 쓴다.(乙酉日南至楓石徐有榘書.)"라는 기록이 더 있어서 1825년 62세 때 지은 글임을 알 수 있다. 이 기록을 근거로 하면 『행포지』는 1825년에 완성된 저술이지만 실제로는 그 이후에도 증보 작업을 거듭하였다.

글에서 인용했듯이 『맹자』 「등문공 상(藤文公上)」에는 "마음을 쓰는 자는 남을 다스리고, 힘을 쓰는 자는 남에게 다스림을 당한다."라는 말이 실려 있는데, 이 말이 사대부는 노동하지 않아도 된다는 구실로 이용되었다. 맹자의 본래 취지는 임금은 나라를 다스려야 하므로 스스로 농사를 지어서 먹고살 틈이 없다는 것이었으나, 무위도식하는 양반 사대부의 허울 좋은 명분으로 오용되었던 것이다. 서유구는 조선 시대 사대부가 보인 허위의식을 비판하고 지식인이 농학을 연구해야 한다고 주장하여 새로운 전기를 마련했다.

이 글에서 서유구는 자신의 학문적 지향을 간명하고도 인상 깊게 표현했다. 그는 치민(治民)의 학문인 경예학과 경세학을 버리고 실용의 학문인 농학을 선택하게 된 동기를 밝혔다. 처사가 머리로 궁리하는 학문은 "흙으로 끓인 국일 뿐이요 종이로 만든 떡일 뿐이라" 아무리 연마한들 세상에 보탬이 되지 않는다. 자기 시대에 자기가 해야만 하고, 또 할 수 있는 학문으로 농학을 선택한 주체적이고 절실한 동기의 설명에서 뭉클한 감동이 밀려오는 글이다. 위대한 학자의 가슴에서 우러나온 명문이다.

의서 편찬의 논리 仁濟志引

점을 치는 자가 어지럽게 점대를 흔들어 술수를 펼치면서 화복(禍福)의 조짐을 미리 알아내 사람을 길(吉)한 방향으로 가도록 이끈다. 이것을 정말 인제(仁濟, 어질게 구제함)라 할 수 있을까? 아니다. 이것은 옛날의 점술과는 달라서 술수를 과시하여 세상 사람을 속이는 짓이다.

기도하고 고사를 지내는 자가 요란스럽게 귀신의 비위를 맞춰 신령과 의사를 통하고, 음식과 과일을 잘 차려서 신령을 어르고 달래서 사람에게 닥칠 재앙을 물리치게 한다. 이것을 정말 인제라 할 수 있을까? 아니다. 이것도 역시 옛날의 점술과는 달라서 사람을 두렵게 해서 돈을 뜯어내는 짓이다.

운명을 말하는 자가 생년월일의 사주를 추정해 풀어서 편안하거나 위태로운 시기를 짚어 내고, 맹인 판수가 주문을 외우거나 부적을 붙여서 귀신을 누르고 삿된 기운을 물리치는 법을 보여 준다. 그 밖에도 음양이니 오행이니 온갖 술수를 부리는 자들은 그 종류가 천 가지나 되고 다들 세상을 구한다는 명분을 내세운다. 그러나 하나같이 헛고생하면서 바람만 잡을 뿐이니 나는 그 효과를 모르겠다.

실제로 확인할 수 있고 사람을 구제하는 효과가 있는 것은 오로지 의약(醫藥)의 이치일 뿐이다. 의약의 이치는 세상에 생물이 발생한 이후 성인이 처음 드러냈고 지식을 갖춘 사람이 기록해 놓았다. 그 이치를 전수하는 이들이 대대로 이어졌고, 공부하고 연구하는 이들이 끊이지 않았다. 저술로 기록하여 한우충동(汗牛充棟)할 많은 서책이 만들어졌다. 오늘날 『사고전서(四庫全書)』에 올라 있는 것만 해도 구십칠 부(部) 일천오백삼십구 권이나 된다. 물론 그중에는 순수한 것과 잡박한 것의 구별이 없을 수 없다. 옛사람의 이름을 빌려 허무맹랑한 논리를 뒤섞어 놓은 것도 있고, 깊은 식견이 없이 잘못된 처방을 망령되게 낸 것도 있다. 따라서 좋은 것을 잘 가려내는 밝은 혜안이 필요하다.

그렇기는 하지만 옛날의 의사는 의학의 이치를 정밀하게 배워서 질병의 원인을 명백하게 진찰하였고, 약성(藥性)을 정확하게 분별하였다. 병증에 맞춰 약을 조제하되 한 가지 초목만을 뽑아 쓰기도 하고, 처방 한 가지만을 쓰기도 했다. 그에 반해 오늘날의 의사는 알맹이 없는 울타리 안에 갇힌 이들이 많아 태반이 주먹구구로 더듬기나 한다. 따라서 병을 보는 소견은 갈수록 혼란스러워지고 처방은 갈수록 많아지는 추세이다.

더군다나 임원(林園)에 사는 사람이야 어느 겨를에 명의를 찾아가 의술을 익힐 수 있겠는가? 간편한 방법을 강구하는 길밖에 없으므로 이시진(李時珍)의 구도처럼 하면 좋겠다. 게다가 궁벽한 시골에서는 서적을 갖춰 놓기가 매우 어려워 갑작스레 병에 걸렸을 때 책을 찾아 읽기도 곤란한 형편까지 고려하였다. 그에 따라 의학자들이 한 말을 대충 엮으면서 『삼인방(三因方)』의 항목에 의거하고 부인과, 소아과, 외과 등의 항목까지 포함하여 모두 스물여덟 권으로 만들었다.

해설

이 글의 문체 역시 저술의 앞에 붙인 서문으로 의학 전문서를 편찬한 이유를 밝히고 있다. 원제의 인(引)은 서문과 같은 성격의 문체를 가리킨다. 서유구가 편찬한 『인제지(仁濟志)』는 『임원경제지』에 실린 16개 분야 가운데 의학을 다룬 전문서로서 총 28권 14책이다. 『임원경제지』의 40퍼센트에 달하는 분량의 저술로, 허준의 『동의보감』 이후로 가장 방대하고도 체계적인 의서이다. 조선 후기에 편찬된 다양한 의서 가운데 첫손에 꼽을 만한 중요한 가치를 지녔다.

이 글에서 의학은 다른 술수와는 차별화된 학문이라는 주장을 펼치고 있다. 사람의 질병을 고친다고 나서는 수많은 이의 작업 가운데 가장 두드러진 것이 네 가지다. 점술가, 무당, 사주가 그리고 판수와 같은 주술사가 그것이다. 다들 질병을 고친다고 나서지만, 과학적 의술은 의약밖에 없다고 단정하였다.

그러나 의약을 다루는 저작과 견해가 너무 많아 전문가도 종잡을 수 없다. 의사도 공부가 부족하여 제대로 진료하지 못한다. 더구나 그 많은 의서를 비치할 수도 없고 열람하기도 힘들기에 의사나 일반 사대부가 요령 있고 체계적으로 활용할 수 있는 간결하고 압축적인 의서가 필요하다. 그가 편찬한 의서가 그런 요구를 충족할 수 있는 책으로 고안되었다. 서유구는 상당한 자부심을 갖고 의서 편찬의 의의를 밝혔다. 실제로 과장이라고 할 수 없을 만큼 뛰어난 저작이다.

나무 심는 사람의 묘지명

柳君墓銘

유준양(柳遵陽) 군은 자가 사수(士守)로 부용강(芙蓉江, 용산 일대의 한강)가에 살았다. 나무를 심어 생계를 유지하다가 나이 마흔두 살에 죽었다. 생전에 다른 재능이 없었고, 순박하고 성실하게 살아 죽을 때까지 번화한 서울 거리를 몰랐다. 죽던 날 그를 위해 눈물을 흘리는 이웃들이 많았다.

정미년(1787년) 봄, 나는 이웃 사람을 따라 꽃구경하러 나서서 복사꽃 동산에 이르렀다. 풀밭에 앉아서 한참이 지났을까, 울타리께에서 부스럭부스럭하는 소리가 나더니 키 작은 남자 하나가 어린애 둘을 데리고서 지팡이를 짚고 구부정하게 나왔다. 손님에게 아주 공순하게 예를 갖춰 대했는데 누구냐고 물어보니 바로 유 군이었다.

혈색이 거무튀튀하고 노랬으며, 바싹 야위어 걸친 옷도 무거워 보였다. 시선을 허리띠 아래로 내리깔고 있다가 부르거나 말을 붙여야 눈을 크게 뜨고 쳐다보았다. 물어보았더니 병이 든 지 벌써 세 달째라 하기에 나는 마음속으로 불쌍히 여겼다.

돌아와서 채 한 해도 가지 않아 유 군이 죽었다. 장사도 치르지 못하고 복사꽃 동산 기슭에 초분(草墳)을 썼다는 소식을 들었다. 나는 더욱 가슴 아팠다. 그로부터 몇 달이 지나 그 아우 건양(健陽)이 찾아와 매장

할 날짜를 알려 주면서 "양주(楊州)의 아무개 언덕에 장사를 치르려 합니다."라고 하였다. 나는 가난한지라 부조할 재물이 없어서 이에 묘지명을 지어 그에게 주며 말했다. "이거라도 무덤에 넣게나. 모시옷이나 솜옷으로 시신을 감싸고 관에 옻칠을 해야만 자네 형을 썩지 않게 한다고 생각하는 것은 아니겠지?"

명사(銘詞)는 다음과 같다.

천성을 온전히 지키다가
땅으로 다시 되돌아갔기에
나는 묘지명을 지어 기록하노라.
오호라!
하늘과 땅에 아무 부끄러움이 없으렷다!

해설

서유구가 스물네 살 젊은 시절에 지은 산문이다. 문체는 묘지명으로 무덤에 넣는 실용문이다. 무엇보다 글의 길이가 매우 짧다. 묘지명의 관례인 인정 서술(人定敍述) 없이 망자의 성격과 일화, 그리고 묘지명을 쓰게 된 동기를 간략하게 썼다. 망자는 묘지명의 주요 대상인 고귀한 신분의 인사가 아니라 평민이었다. 눈에 뜨이는 업적이니 관직이니 윤리니 하는 사회적 가치는 일절 언급하지 않았다. 다만 그가 죽던 날 슬퍼하여 눈물 흘리는 이웃들이 많았다고 했다. 망자의 삶을 평가하는 데 그보다 더 어울리는 말이 없다.

망자를 처음으로 만난 복사꽃 동산의 묘사가 이 글의 백미다. 우연히 만난 그날의 키 작고 볼품없고 병든 망자의 묘사는 독자의 면전에 불쑥 나타날 것만 같이 생동감 있다. 이덕무는 이 글을 보고서 "키 작은 유군이 비틀거리면서 종이 위로 나타날 것만 같다. 묘지 가운데 천고의 절창이다.(短柳蹣跚, 如從紙上出, 墓誌中千古絶調.)"라고 평했다.

부용강의 명승　芙蓉江集勝詩序

부용강(芙蓉江)에서 멀고 가까운 곳의 멋진 풍경을 모아 본다면 여덟 가지를 꼽을 수 있다. 첫째는 천주봉(天柱峰)의 조각구름, 둘째는 검단산(黔丹山)의 고운 노을, 셋째는 밤섬의 고기 잡는 그물, 넷째는 만천(蔓川)의 게 잡는 등불, 다섯째는 오탄(烏灘)의 늘어선 돛대, 여섯째는 노량진의 멀리 뜬 배, 일곱째는 떡갈나무 숲의 비단결 무늬, 여덟째는 보리 들판의 옥가루이다.

바로 부용강에서 동남쪽으로 수십 보에서 백 보쯤 가면 높고 삐죽하게 우뚝 솟아난 관악산이 있어 가장 높은 봉우리가 천주봉이다. 새벽에 일어나 바라보면 한 조각 흰 구름이 산꼭대기에서 아득히 일어나고, 얼마 뒤에 자욱이 늘어나 빙 돌면서 뭉게뭉게 피어올랐다가 산허리 위로는 숨어서 보이지 않는다. 그러다가 가볍게 다 날아가 버리면 날카로운 봉우리가 하늘에 기대 우뚝 선 모습만 보이므로 천주봉의 조각구름이라 일컬었다.

관악산으로부터 서쪽으로 구불구불 달려가서 다시 우뚝 솟아오른 산이 검단산이다. 산빛은 쪽빛처럼 맑은데, 붉은 노을이 반쯤 깔린 위로 여인의 눈썹 같은 봉우리 몇몇이 보이고 아침 해가 은은히 비춰 고운 무늬를 이루므로 검단산의 고운 노을이라 하였다. 이 두 가지 풍경은 아침에 아름답다.

부용강 한가운데 불룩 솟아 누워 있는 섬을 밤섬이라 하고, 밤섬과 마주하여 구불구불 흘러가는 지류를 만천(蔓川)이라 한다. 사위가 적막하고 물결은 잔잔하며, 흰 안개가 강 위에 자욱할 무렵 고기 잡는 그물이 섬 가에 겹겹이 걸려 있다. 게 잡는 등불은 만천의 포구에 즐비하고, 짚불이 성근 별처럼 점점이 찍힐 무렵 지나가는 배의 노 젓는 소리가 뱃노래와 어우러진다. 그래서 밤섬의 고기 잡는 그물과 만천의 게 잡는 등불을 꼽았거니와 이 두 가지 풍경은 밤에 아름답다.

부용강의 하류는 오탄이다. 봄이 되어 얼음이 녹으면 조운선이 모두 몰려든다. 멀리서 바라보면 천여 개의 돛대가 옅은 안개와 아지랑이 사이에 어렴풋이 보인다. 상류는 노량(鷺梁)이다. 때때로 장맛비가 이르면 물결이 높고 세차서 조각배가 넘실거리며 어디론가 떠갔다가 다시금 돌아온다. 부용강의 북쪽 기슭은 마포로 고개에 떡갈나무 수십 그루가 있어서 가을이 깊어 잎에 단풍이 들어 울긋불긋하면 촉금(蜀錦)으로 산에 옷을 지어 입힌 듯하다. 동쪽 물가는 사촌평(沙村坪)으로 마을 사람들이 해마다 밀과 보리를 심어 보리의 싹이 돋을 무렵 싸락눈이 갓 내리면 옥구슬이 이끼 위에 떨어진 듯 반짝반짝 빛난다. 그래서 떡갈나무 숲의 비단결 무늬, 보리 들판의 옥가루, 노량진의 멀리 뜬 배, 오탄의 늘어선 돛대 이 네 가지는 봄여름이나 가을 겨울에 아름답다.

천주봉, 검단산, 오탄, 노량이 멀리 조망하여 얻을 수 있는 풍경이라면 밤섬, 만천, 떡갈나무 숲, 보리 들판은 책상 위에 놓인 물건과 같다. 올해 늦봄에 배를 타고 오탄을 지나다가 강 한가운데 있는 바위를 보았는데, 거북이가 엎드려서 머리를 내민 듯했다. 이마 위에 큰 글씨로 두 글자가 새겨져 있었으나 이끼가 잔뜩 끼었다. 그 아래로 노를 저어 가서 손으로 더듬어 판독해 보니 집승(集勝)이었다. 함께 놀던 이곳 토박이가 "명나라 사신 주지번(朱之蕃)의 글씨입니다."라 말해 주었다. 마침내 탁본을 떠서 돌아와 왼쪽에 여덟 가지 명승의 이름을 열거해 두었다. 장차 여러 명가(名家)들에게 시를 청하려고 그에 앞서 주인이 먼저 서문을 쓰고 그 뜻을 설명하였다. 주인의 성은 서씨이고, 그 이름은 잊었으나 스스로 부용자(芙蓉子)라 일컫는다.

해설

조선 시대에는 오늘날 용산(龍山) 일대를 흐르는 한강을 '용강(龍江)'이라 불렀다. 고려 때만 해도 이곳의 물살이 잔잔해 연꽃이 장관을 이루었던 것에서 유래하여 '용강(蓉江)'이라 부르기도 했다. 이 글에서 서유구는 아예 '부용강(芙蓉江)'이라 일컫고 있다. 용(蓉)이나 부용(芙蓉)이나 모두 연꽃을 뜻한다.

고려 시대 이후로 우리나라에서는 한 지역의 대표적인 풍광을 뽑아서 팔경이니 십경이니 일컫는 것이 유행했다. 또 동양의 전통 원림(園林)은 '차경(借景)'이라 하여 그 내부를 조성하고 꾸미는 것뿐 아니라 밖에 보이는 원경(遠景)을 시야에 끌어들이는 것도 중요하게 여겼다. 서유구는 그 전통을 이어받아 자신의 거처가 자리한 부용강 주변의 아름다운 경치를 여덟 가지로 꼽고, 그 아름다움을 하나하나 요령 있게 정취를 살려 묘사했다. 성대중과 이덕무는 그의 풍경 묘사에 주목하여 각각 "구름이 일고 노을이 낀 풍경이 눈앞에 화려하게 펼쳐지는 듯하다.(雲興霞蔚, 絢纈人目.)"라거나 "마치 악기진(握奇陳, 옛 진형(陣形)의 하나)을 지휘하듯 기(奇)

와 정(正)이 층층이 쌓여서 뭐라 형용할 수 없다.(如握奇形名, 奇正層疊, 不可方物.)"라 평했다.

이 여덟 가지 풍광 중에서 그나마 옛 모습을 간직하고 있는 것은 관악산과 검단산이다. 그사이 한강의 물길은 대규모 토목 공사를 겪으며 심하게 변형되었고, 급격한 산업화와 도시화로 물고기는 잡아도 먹기가 두렵고, 전답과 습지는 고층 아파트 단지가 들어차 게들이 살 곳도 없어졌다. 보리밭과 떡갈나무 숲은 진작 사라졌고, 밤섬은 폭파되어 사라졌다. 이 글은 용산을 중심으로 그 주변의 옛 풍경과 정취를 증언하는 문헌이다.

거주지 주변의 명승을 아름답게 묘사하여 마음속 전유물(專有物)로 삼는 전통 시대 문인의 명승관을 엿보게 한다. 문체는 시집의 서문이지만 아직 쓰이지 않은 시집의 서문이라 일반 시집의 서문과는 색다른 의미가 있다.

빙허각 이씨 묘지명 嫂氏端人李氏墓誌銘

전에 내가 백학산(白鶴山)에 머물며 내 형님 좌소(左蘇) 선생을 선영에 장사 지내려 할 때 빗돌을 세우고 묘지석을 묻으려 하였다. 먼저 원고를 형수님 단인(端人) 이씨(李氏)에게 보내 질정을 구했다. 당시 형수님께서는 음식을 끊은 지 벌써 석 달이라 정신이 혼미한 채 이부자리에 누워 계셨다. 곁을 지키고 있던 자식에게 읽으라 하여 들으시고는 "가벼운 일화도 없고 과장된 말도 없으니 그만하면 내 남편을 장사 지내는 글로는 충분하구나. 이런 글은 초상화와 같아서 수염 하나라도 같지 않으면 그 사람이라 할 수 없느니라."라고 하셨다.

오호라! 이제 형수님의 묘지명을 쓰고자 하노니 내가 감히 한마디라도 실상과 다른 헛말을 뱉어 내 형수님의 지성과 조감(照鑑)을 저버리랴!

형수님은 전주 이씨로 능주 목사를 지내고 의정부 좌찬성에 증직되신 휘 민제(敏躋)의 손녀이시고, 판돈령부사를 지내신 문헌공 휘 창수(昌壽)의 따님이시다. 문헌공은 서씨(徐氏)를 아내로 맞이하였으나 서씨 부인이 아이를 두지 못하고 요절하시자 유씨(柳氏)를 재취로 맞이하셨다. 유씨 부인은 일남 일녀를 두셨는데 형수님이 그 늦둥이시다. 어릴 때부터 짝이 없이 총명하여 부모가 대단히 사랑하고 딸자식으로 여기지 않으셨다. 무릎에 앉히고 『시경』과 『소학』을 입으로 불러 가르쳐 주셨는데 그러면 바로 그 대의를 훤히 이해하셨다.

성품이 매서워 남에게 지는 것을 싫어하셨다. 아직 이를 갈기도 전인데 같은 또래 아이들이 다들 이를 가는 것을 보고서 그들과 같지 못하다며 부끄럽게 여기셨다. 어느 저녁에 작은 몽치를 가지고 위아래 이를 두드려서 거의 다 뽑아 버리니 피가 입가에 흥건하였다. 문헌공이 보시고는 "나약하지 않고 야무지니 오래 살겠구나!"라고 좋아하시더니 조금 지나 기뻐하지 않으시면서 이렇게 말씀하셨다. "여자란 남을 따라야 하는 사람이다. 훗날 성미를 거스르는 일이 없다면 좋겠지만 그렇지 않고 하나라도 수가 틀리면 제 손으로 제 몸을 해치지 않을는지!"

장성해서는 책을 두루 읽었고 기억력이 좋으셨다. 시를 잘 지었고 저술을 잘하여 아직 시집가지 않았는데도 여사(女士)라는 칭송을 들었다. 우리 서씨는 삼대 내내 이씨와 친목이 두터워 자녀들 가운데 영특한 재주나 착한 행실이 있으면 중매쟁이를 기다리지 않고도 잘 알 수 있었다. 그리하여 형수님은 끝내 우리 집안으로 시집오게 되었다. 형수님께서 음식을 바치자 할아버지 문정공께서 "네가 『소학』을 즐겨 읽는다고 들었다. 그 책에 실린 아름다운 말과 착한 행실 중에서 본받을 만한 일이 무엇이더냐?"라고 물으셨다. 형수님은 대답을 올려 "행동에 앞서 말을 꺼내는 짓은 감히 하지 못하겠습니다."라고 하셨다. 문정공께서 감탄하시면서 "겸손하면서도 학식이 깊구나! 누가 이 아이를 두고 여자라 하랴?"라고 말씀하셨다.

이 무렵 안팎의 집안이 모두 귀하게 되고 번성하여 집안이 휘황찬란하였다. 형수님은 특히나 품위 있는 태도를 지녔고, 말씀과 문장을 잘하셔서 패옥처럼 낭랑한지라 찬란하게 빛나고 칭송을 들으셨다. 아랫동서들 그 누구도 감히 나서서 넘보지 못했다. 우리 형님은 가정의 훈육을 공순히 받아들여 힘들여 독서에 열중하셨다. 평상시에는 문밖을 나가 사람을 사귀지 않으시고 독서하다 틈이 날 때에는 형수님과 더불어 경선을 토론하시고 고금의 시체(詩體)로 시를 주고받으셨다. 붉고 노란 붓과 벼루가 가위나 자 틈에 섞여 있었으니 훌륭한 아내이자 좋은 벗이었다. 만년에는 집안이 쇠락하여 선인이 물려주신 전답을 거의 다 잃게 되었다. 형수님은 손수 갖은 고생을 하며 열심히 일하여 곱절의 이익을 남기고 날마다 작은 양만 먹고 남편은 마음껏 공부에 전념하며 시간을 보내게 하셨으니 또 재간이 있는 부인이자 고생을 많이 한 분이다.

나는 형님보다 두 살이 적어서 형수님의 자초지종 행적을 잘 알고 있다. 때때로 찾아가 뵐 때마다 형수님이 베치마를 꿰매 입으시고 저당 잡은 어음 뭉치를 들고서 이익을 꾀하는 모습을 보고는 과거와 현재의 차이를 떠올리면서 한숨을 푹 내쉬지 않을 수 없었다.

형수님은 아들을 많이 낳았으나 일찍 죽은 아이가 많았고 오로지 딸 둘만이 시집을 갔다. 장남은 민보(民輔)인데 아내를 얻은 뒤 요절하고 말았다. 어린 아들로 조열(祖悅)이 있어 영특하여 가장 큰 사랑을 받았으나 아홉 살에 요절하였다. 형수님이 두 아들을 잃었을 때에는 눈물을 흘리면서 밥을 먹지 않은 날이 수십 일이나 되었다. 형님께서 식사를 강권하시면서 "나를 늙어서 홀아비로 만들 작정이시오? 잠시만 기다렸다가 나를 묻어 주고 나를 따라오면 안 되겠소?"라고 하셨다. 그 말을 들으시고 형수님은 벌떡 일어나 억지로 숟가락을 잡으셨다.

임오년 칠월 형님께서 갑자기 병에 걸려 위독하셨다. 형수님은 물 한 모금 입에 넣지 않고서 목욕재계하고 사당에 기도하여 자신을 대신 데려가 달라고 빌었다. 손가락을 잘라 피를 드시게 하였으나 효험이 없었다. 돌아가시던 날 형님 앞에서 무릎을 꿇고서 "한날한시에 죽을 수 없다면 한날한시에 묻히고자 합니다."라고 고하셨다. 이어서 곡기를 아예 끊어 따라 죽기를 맹서하셨다. 가족들이 앞다퉈 "지아비가 나를 묻어 주고 나를 따라오라고 한 말씀을 생각하지 않는단 말입니까?"라고 권하자 형수님은 그제야 미음을 드셨다. 눈물을 씻고서 일어나 일을 처리하여 관에 넣을 물건을 반드시 정성껏 장만하셨다. 누가 죽과 미음을 내오면 낯빛을 바꿔 오열하면서 "남편이 앓아누운 나흘 동안 내가 그릇을 들고 울면서 드시기를 권해도 끝내 한 숟가락도 드시지 못했거늘 내 무슨 심정으로 다시 먹을 것을 대하겠느냐?"라고 하셨다.

장례일이 되자 형수님은 여종들에게 "내일은 장례가 있으니 너희는 빨리 자고 빨리 일어나도록 해라!"라고 하셨다. 며느리 유씨가 밤이 깊어 꾹꾹 캑캑 들리는 소리를 듣고서 이상한 낌새를 채고 촛불을 켰더니 형수님이 목에 비단 줄을 매어서 숨이 곧 끊어지려 하였다. 황급히 구원하여 소생하였다.

형님의 장례를 치르고 나서 나는 기천(沂川)으로 가서 아들을 많이 둔 집안사람을 찾아가 민보의 양자를 구하기로 하고 형수님에게 "형수님! 조금만 저를 기다려 주시면 지하에 계신 우리 형님께 알려 드릴 좋은 소식을 가져오겠습니다."라고 말씀드렸다. 형수님은 우시면서 "잘 알았어요!"라고 하시곤 며느리 유씨에게 행장을 꾸리라 하시고 "내가 죽기를 참고서 기다린 것은 후사를 삼고자 함이니 너는 숙부님을 따라가거라!"라고 하셨다.

기천의 친척 집에 가서 문 앞에서, 마당에서 울면서 하소연하기를 사흘 밤낮 계속하자 그 집에서 불쌍히 여겨 허락하였다. 그다음 해 여름 나는 다시 기천으로 가서 아이를 안고 돌아와 형수님을 뵈었다. 형수님은 기뻐하는 낯빛을 보이시며 "이제야 지하에 가서 남편을 볼 면목이 생졌군요!"라고 하셨다.

기일이 되던 날 밤 형수님은 몰래 비상이나 망초 따위의 독약을 여러 가지 구하여 작은 병에 넣어서 옷깃 틈에 감추고 계셨다. 집안사람이 알아차리고서 품에서 빼으려 하자 형수님은 화를 내시며 "나더러 하루 먼저 죽지 못하게 하는 것은 나에게 하루치의 독약을 주는 격이다."라고 하시면서 다음과 같은 절명사(絶命詞)를 지으셨다.

삶은 술에 취한 것, 죽음은 꿈이려니	生醉死亦夢
삶과 죽음이란 본래 참된 것이 아닐세.	生死元非眞
머리털과 피부를 부모님께 받았으니	髮膚受父母
어찌 먼지처럼 볼 수 있으랴마는	何事視若塵
태산이냐 기러기 털이냐	泰山與鴻毛
의리 여하 따라 차이 나는 거지.	隨義互詘伸
부부로 살아온 우리의 정 생각하면	念我結髮情
세상에서 말하는 것과는 절로 달라	自非時俗倫
배우자에 절친한 벗 겸한 세월이	伉儷兼金蘭
홀연히 벌써 오십 년 흘렀구나.	倏已五十春
내 용모를 좋아한 줄은 모르거니와	未解悅己容
나를 알아준 은혜는 갚고자 하네.	庶報知己恩
이제야 죽을 장소 얻었으니	今也得死地
내 한 조각 마음 신에게 묻노라.	片心可質神
목숨을 버려 지우받음에 사례하노니	捐生謝知遇
어찌 내 몸을 온전히 하랴?	安得全吾身

시를 직접 써서 벽에 붙여 놓았다. 이때부터 병은 날이 갈수록 심해졌고 기운은 날이 갈수록 쇠잔해 갔다. 때때로 정중히 잠꼬대를 했는데 모두가 남편과 고생하던 이야기였다.

맨 처음 형수님이 아들을 염하고서 죽으려 하였으나 죽지 못하였고, 다시 사당에서 죽으려 하였으나 죽지 못했으며, 세 번째로 장례일에 죽으려 하였으나 죽지 못하셨다. 사람들은 형수님이 죽으려는 시도가 조금 누그러졌다고 생각했으나 사실은 형수님은 어느 하루도 죽기를 잊은 적이 없으셨다. 곡식을 드시지 않고, 머리를 빗지 않으며, 옷을 갈아입지 않으셨고, 춥든지 덥든지 해진 이불 한 채로 지내시고 누운 자리를 바꾸지도 않으신 채 열아홉 달을 지내셨다. 그러고서야 비로소 그 뜻을 이루셨다. 아! 정말 어려운 일이다.

갑신년 새해가 되자 형수님이 사람들에게 문득 "남편이 나를 기다리고 계신다."라고 하시더니 이월 사흗날 돌아가셨다. 약속한 날에 숨을 거두셨으니 태어나신 기묘년 정월 스무이렛날부터 따지면 육십육 세를 누리셨다. 돌아가실 때 노비들에게 당부하기를 "죽은 지 사흘에 염하고, 염한 지 사흘에 발인하고, 발인한 지 사흘에 합장하여 내가 남편을 따르는 날짜를 늦추지 마라!"라고 하셨다. 그러나 그해에는 쉽지 않아서 임시로 형님의 묘 오른쪽 몇 걸음 떨어진 땅에 묻었다가 다음 해 이월 갑신일에 비로소 형님의 관을 열고서 합장하였다.

저서에 『빙허각시집(憑虛閣詩集)』 한 권, 『규합총서(閨閤叢書)』 여덟 권, 『청규박물지(淸閨博物志)』 다섯 권이 있다. 그중에서 『규합총서』는 형수님이 살아 계실 때부터 벌써 세상에 알려져 인척들이 곧잘 베껴 전해졌다.

형님의 휘는 유본(有本)으로 우리 서씨의 선대와 자손과 결혼 관계는 형님의 묘지명 가운데 갖추어 썼으므로 다시 고하지 않는다.

우리 고조부 정간공(貞簡公)의 재취 부인은 정부인(貞夫人) 이씨(李氏)로서 그분도 전주 이씨였는데 정간공께서 돌아가시자 자결하여 돌아가셨다. 고관이 조정에 알려서 정려문을 내렸는데 그로부터 네 대를 내려가 형수님이 나타나셨다. 이때에는 향촌에서 그 일에 나서는 이가 없어서 홍살문을 세우는 은전이 베풀어지지 않았다. 마을에 정려문을 세우는 것은 수의를 입은 망자에게 묘지명을 지어 주는 것과 다름이 없다. 열녀가 있는 마을에 푯대를 세우고 역사책에 행적을 써서 당대를 빛내고 후대에까지 알려지게 하였다면 묘지명 따위를 새길 필요는 아예 없다.

그러나 형수님 같은 경우는 묘지명이 없다면 어떻게 그 열행(烈行)을 드러나게 하겠는가? 부인은 굳이 묘지명을 짓지 않으나 묘지명을 지을 경우에는 반드시 특별한 행적이 있어야 한다. 내가 특별히 형수님의 묘지명을 짓노니 부끄러움이 없다고 하겠다.

명은 다음과 같다.

형수님은 남편과 태어난 지
열다섯 해 만에 반쪽씩 합해 부부가 되었고
부부가 된 지 마흔아홉 해 만에 미망인이라 칭하였다.
그로부터 또 세 해 만에 합장하여 다시 합했으니
그 헤어짐과 만남을 헤아려 보면
어느 것이 짧고 어느 것이 길까?
그 말씀을 실천하고 뜻을 이룬 것을 슬퍼하여
명을 써서 드러내노라.

해설

조선 시대 여성으로서 학문적으로는 가장 높은 수준에 있었던 빙허각(憑虛閣) 이씨(1759~1824년)의 묘지명이다. 여성에게는 묘지명을 굳이 쓰지 않으나 빙허각 이씨는 묘지명을 쓰지 않을 수 없기에 쓴다고 하였다. 그만큼 행적이 후대에 전할 만하다는 자신감이 글을 쓴 동기이다. 글쓴이 서유구는 그의 시동생이다. 형의 묘지명을 짓는 에피소드로부터 시작하여 "내가 감히 한마디라도 사실과 다른 말을 쓸 수 없다."라는 말을 빙허각의 태도에서 끌어내고 있다.

주요한 사연을 중심으로 생애를 구성해 나가는데 대단히 인상적이고 아름다운 문장으로 써 내려가고 있다. 남에게 지기 싫어하는 성품이라서 또래보다 이를 늦게 간다고 하여 위아래 이를 제 손으로 다 뽑아 버린 일화는 이씨의 야무진 성격을 보여 주는 놀랍고도 인상적인 장면이다. 마음으로부터 남편을 사랑하는 진정성을 몇 가지 사연으로 묘사한 것도 인상적이다. 단아하고 지식이 풍부한 여성이 생계를 유지하느라 어음 뭉치를 들고서 분주해하는 모습의 묘사는 더더욱 생생하다. 화려함과 행복의 뒷면에서 자식을 잃은 고통과 남편을 떠나보낸 슬픔으로 늘 자살을 꿈꾸고 시도하다가 실패하는 모습은 연민의 감정을 자아낸다. 전체를 인용해 실은 「절명사」는 이씨의 그런 마음가짐과 서로를 사랑하며 50년을 함께 살았던 부부의 애정을 잘 표현하고 있다. 이 글은 서유구 산문의 백미일 뿐만 아니라 여성의 인생을 다룬 문장 가운데 가장 우수한 작품의 하나라 평가할 만하다.

연못가에 앉은 시인　池北題詩圖記

홀원(笏園) 앞에는 네모난 연못이 있어 물이 넘실거린다. 반쪽은 보이고 반쪽은 보이지 않는다. 연잎은 동전처럼 둥글게 자라 연꽃이 벌써 피어났고, 아직 피지 않은 꽃이 예닐곱 송이다. 조금 북쪽으로는 괴석이 울퉁불퉁하니 짝을 이뤄 드높게 서 있다. 동쪽을 바라보니 붉은 난간이 굽이굽이 보일락 말락 한다.

괴석 왼편으로는 커다란 석상(石床)이 하나 있어서 화병 하나 화로 하나 다완(茶碗) 하나 서함(書函) 하나가 여기저기 놓여 있다. 다완은 가마우지 무늬를 하고 있고, 화로는 밤껍질 모양이며, 화병에는 물총새 깃털이 두 개 꽂혀 있다. 책은 당나라 시인의 시집이거나 원나라 아니면 명나라 명가(名家)의 것일 터이나 분명히 알 수는 없다. 괴석 오른편으로는 파초 한 본(本)이 있어 큰 잎이 세 개요 작은 잎이 두 개다. 줄기를 감싸고서 막 솟아난 잎과 바람에 휩쓸려 반이 꺾인 잎이 각각 하나이다. 저녁 그늘이 지고 이끼가 대지를 뒤덮어 스산하고 서늘하며 싱그러운 푸른빛이 쏟아질 듯하다.

그 속에 멋진 대장부 한 사람이 있어 복건에 큰 띠를 두르고 단아하게 부들자리 위에 앉아 있다. 다름 아닌 정원의 주인 세심자(洗心子)이다. 무릎 앞에 풍자식(風字式) 단계연(端溪硯)과 백자 필통을 놓고서 한 손으로는 가로로 두루마리를 펼치고 한 손으로는 붓을 잡았다. 입으로는 중얼중얼 시를 짓고 제목을 정하는 자세를 하고 있으나 짓고 있는 시가 고시인지 근체시인지는 알 길이 없다. 어떤 이는 "눈을 크게 뜨고 못 가운데 연꽃을 자주 들여다보니 연꽃의 시를 쓰고 있다."라고 하였다. 다른 이는 또 "파초에 바짝 다가앉았으니 파초의 시를 쓰고 있다."라고 하였다.

하지만 용주자(蓉洲子)는 이렇게 말했다.

"모두 틀렸다. 이 사람은 연꽃을 쓰는 것도 아니고 파초를 쓰는 것도 아니며, 더군다나 석상이나 붉은 난간이나 괴석을 쓰는 것도 아니다. 장자가 호숫가에서 노닐 때 피라미가 나와서 놀고 있는 것을 보고서 '저것이 물고기의 즐거움이다.'라고 했다지. 그러나 물고기의 즐거움은 장자의 즐거움이 아니고 단지 사물을 빌려다 자기의 생각을 붙였을 뿐이지. 이 사람의 정원도 마찬가지로 자기의 뜻을 붙인 것뿐일세."

맞는 말이냐고 주인에게 물었다. 주인은 멍하게 있으면서 대꾸를 하지 않고 한층 더 눈을 크게 뜨고서 못 가운데 연꽃을 쳐다보았다. 용주자는 "이 사람이 대꾸하지 않는 것이 바로 대꾸로군."이라고 말했다.

정미년(1787년) 입하에 쓴다.

해설

연못가에서 시를 짓고 있는 시인의 모습을 그린 「지북제시도(池北題詩圖)」에 붙인 기문으로 가벼운 정취가 묻어난다. 글에서 용주자라 칭한 이는 서유구이고, 세심자 또는 홀원이라는 호를 지닌 이는 서로수

(1766~1802년)이다. 1787년에 썼으므로 저자 24살, 서로수는 22살인 청년기의 작품이다. 홀원의 연못으로부터 괴석, 석상, 파초로 시선이 옮겨가다가 천천히 정원의 주인인 서로수로 초점을 맞추는 장면 묘사가 인상적이다. 서정성이 풍부하고 감각적이다.

이 글에 대해 성대중은 '뛰어나고 깨달음이 있다(超悟)'고 평가했고, 이의준은 "위의 단락은 묘사가 핍진하고 아래 단락은 뛰어나며 깨달아서 속됨을 벗어났으니 그림을 묘사한 기문 가운데 절품이다.(上段描寫逼眞, 下段超悟出塵, 畫記中絶品.)"라 했다. 또 이덕무는 "배치가 소슬하고 여유로워서 마치 미불(米芾)의 해악암(海嶽菴)에 들어간 듯하다.(位置蕭閒, 如入米南宮海嶽菴.)"라고 평했다. 모두 이 글이 지닌 뛰어난 문예성을 높이 평가한 것이다. 그처럼 경쾌하고도 참신한 미문이다.

불멸의 초상화, 불멸의 문장

與沈穉敎乞題小照書

화가 이명기(李命基)가 저를 위해 작은 초상화를 그려 주었는데, 먹을 칠한 상태입니다. 횡서척(橫黍尺)으로 계산하면 세로는 팔 촌(寸)이요, 가로는 그 삼분의 이가 못 됩니다. 초상화를 그리고 그 밖에 둥근 테두리를 그려 넣었으니, 거울을 마주 보고 스스로를 비춰 보는 자세입니다. 그런 사례는 주자께서 창안하셨는데 근세에 어양(漁洋) 왕사진(王士禛)이 사용하였습니다. 어떤 이들은 둥근 창문으로 보기도 하나 잘못된 말입니다.

그 초상은 머리에 복건을 썼고, 심의(深衣)에 큰 허리띠를 띠었으며, 허리 밑으로는 감춰서 보이지 않습니다. 오른손으로는 허리띠를 만지고 있고 왼손으로는 책을 펴고 있으며 눈빛은 반짝거려 마치 마음속에 무언가 깨달은 듯합니다. 깨달은 것을 그림으로는 온전히 표현할 수 없는 노릇이니 부디 족하께서 한마디 말씀을 하셔서 밝혀 주십시오.

일찍이 뇌연(雷淵) 남유용(南有容)의 문집을 읽다가 초상화를 그리는 사람에게 준 글을 보았더니 이런 말이 있었습니다.

"유학자들은 '생명이 있는 존재는 반드시 죽음이 있게 마련이고, 죽으면 형체와 마음이 모두 사라진다.'라고 말하며, 불교를 믿는 자들은 '형체는 사라져도 마음은 사라지지 않는다.'라고 말하며, 선도(仙道)를 믿는 자들은 '형체와 마음이 모두 사라지지 않는다.'라고 말한다. 한편 초상화를 그리는 화가들은 '마음은 사라져도 형체는 사라지지 않는다.'라고 말한다."

제가 생각하기에 선도와 불교의 말은 황당무계하여 취할 것이 없고, 초상화를 그리는 화가들의 말만은 자못 참다운 이치가 실려 있습니다. 그러나 마음이 사라졌는데 형체가 사라지지 않는다면 그 사람에게 정말 무슨 보탬이 되겠습니까? 게다가 그림은 백 년을 넘어 전해지는 힘이 없습니다. 그 마음이 후세에 전해질 수 없다면 그 형체가 홀로 전해질 리가 있겠습니까?

소장형(邵長衡)은 "내 몸은 사라져도 사라지지 않는 것이 존재한다."라고 말한 바 있습니다. 문장은 천지와 더불어 시작과 끝을 함께하여 전해지므로 백 세대 뒤에도 오히려 그 마음의 좋고 나쁨을 그려 볼 수 있습니다. 따라서 이른바 형체가 사라져도 마음은 사라지지 않는다는 것이 아니겠습니까? 그 마음이 전해진다면 형체도 마음에 달라붙어 전해질 테니, 형체와 마음이 모두 사라지지 않는다는 경우가 아니겠습니까? 이렇게 된다면 유학자의 이치를 존중하면서도 선도와 불교의 이익을 통합한 셈이요, 옛사람들이 일컫는 불후의 성사(盛事)라 할 것입니다.

공교롭고 엉성함과 아름답고 추함은 논외로 하더라도 문장이 작가의 고심을 전한다는 점은 모두 똑같습니다. 불쑥 제 주제를 헤아리지 못하고 평소에 지은 글들을 정리하고 차례를 매긴 다음 다시 작은 초상화를 맨 앞에 놓아두었습니다. 적이 유학자의 이치를 존중하면서도 선도와 불교의 이치를 통합한다고 자부합니다만 말이 졸렬하고 두서가 없어 멀리까지 전할 만한 작품집이 아님을 저도 잘 알고 있습니다. 만약 족하께서 몇 편의 오언율시를 써서 그 왼쪽에 적어 주신다면 그 시에 힘입어 남들이 중시하여 전하겠지요. 그렇다면 다행스럽지 않겠습니까?

사람을 시켜 졸고를 깨끗하게 베끼도록 하고 여섯 권으로 나누었습니다. 서(序), 기(記), 서(書), 전(傳), 비(碑), 지(誌), 잡저(雜著)의 여러 문체가 대략 갖추어졌습니다. 베끼기를 마치면 비단으로 싸고 상아로 첨지를 꽂아 베갯속에 비밀스럽게 감추어 보관할까 합니다. 옛날 백거이(白居易)는 책을 쓰고 전륜장(轉輪藏, 대장경을 넣어 두는 회전 책장)에 갈무리했고, 육귀몽(陸龜蒙)은 책을 쓰고 불상의 뱃속에 갈무리했답니다. 옛사람들도 자신의 저작을 사후에 전해지도록 이렇게나 힘을 기울였습니다. 제 글은 두 분에게 까마득히 미치지 못합니다. 그렇더라도 뛰어난 장인의 손을 아끼기보다는 자기 손가락을 사랑하는 것이 인정이니 식자들이 제게 죄를 묻지는 않으시겠지요?

해설

글쓴이가 청년 시절에 지은 글로 문장가로서 강한 자의식을 드러냈다. 문체는 편지글이다. 편지를 써서 간곡하게 초상찬(肖像贊)을 부탁한 대상은 두실(斗室) 심상규(沈象奎, 1766~1838년)이다. 그의 자가 치교(穉教)이다. 서유구는 그동안 지은 글들을 정리해서 문집을 엮고 맨 앞에 자신의 간단한 초상화를 싣고자 하였다. 현대에도 종종 저자의 사진을 맨 앞에 싣기도 한다. 청초(淸初) 시단의 영수였던 왕사진의 시선집 『어양정화록(漁洋精華錄)』에도 그렇게 시인의 초상화를 실었다.

초상화를 그린 이명기는 초상화 전문가로 저명하여 김홍도와 함께 정조의 어진(御眞)을 그릴 때 김홍도는 옷을 맡고 얼굴은 그가 맡아 그렸다. 저명한 문인의 화찬(畫讚)까지 곁들인다면 금상첨화라 심상규에게 청을 넣는 편지를 보냈다.

자신을 낮추고 상대방을 극도로 높여서 당신의 문장 덕분에 후세에 이름을 남기고 싶다고 말하고 있지만, 자신의 문장이 후세에 꼭 전할 만하다는 자부심이 깃들어 있다. 그래서 이의준은 "우아하고 깔끔함이 극에 이르렀고, 아울러 재주가 번득이는 맛이 있다.(雅潔之極, 兼有慧韻.)"라고 평했으며, 이덕무는 "한 줄기 우아한 운치를 지니고 언어 너머의 감개를 살짝 띠고 있다.(一段雅韻, 微帶言外感槩.)"라고 평하였다.

초상이든 문장이든 또 타인의 초상찬이든 후세에 자기의 존재와 이름을 남기려는 인간의 욕망에서 나온 것이다. 그 욕망을 숨기지 않고 설득력 있는 논리와 진정성 있는 표현으로 상대를 설복시키는 힘이 느껴지는 문장이다.

책과 자연 自然經室記

번계(樊溪) 왼편으로 집 한 채가 담장 뒤에 숨어 있다. 창문을 엇갈려 내고 벽을 겹쳐 내어 그윽하기가 감실과도 같다. 여기가 풍석자(楓石子)가 머물면서 책을 읽는 곳이다. 집은 크기가 몇 칸 되지 않는데 두루마리와 책과 포갑이 그 절반을 차지했다. 한가운데 작은 평상을 놓아두었고, 뒤쪽에 무늬목 병풍을 둘러쳤다.

병풍은 높이가 석 자 남짓으로 주름진 봉우리가 우뚝 솟았고, 얕은 못에는 물이 아래로 흘러간다. 고인 물에는 비오리 두 마리가 있어 한 마리는 둥둥 떠 있고 한 마리는 물살을 가르는데, 그 부리와 깃털과 발톱을 분간하여 가리킬 수 있다.

평상 귀퉁이에는 밀랍으로 만든 조화(造花)를 꽂은 화병 두 개가 놓여 있고, 그 밖에 벼루나 책상, 골동품 따위를 대략 갖춰 두었다. 서책의 아취를 보조하는 물건일 뿐 좋은 물건을 다 갖춰 두려는 의도는 없다. 벼루나 책상, 골동품 따위의 물건도 서책과 다름이 없다. 그리하여 지지(地志, 『수경주(水經注)』)에서 "소실산(少室山)에는 자연의 경서(經書)가 있다."라 한 말을 취하여 문인방에 자연경실(自然經室)이라는 편액을 걸었다.

어떤 손님이 그 의미를 묻고는 이렇게 말했다.

"허허! 허인이로군! 그래도 기문을 지어 사실로 만들지 그래?"

풍석자가 대답했다.

“내가 벌써 기문을 지었건만 그대는 아직 보지 못했는가?”

“아직 못 보았네.”

풍석자가 앞에 놓여 있는 병풍과 평상, 화병의 조화, 벼루와 골동품을 손으로 가리키며 말했다.

“이것이 내가 쓴 기문일세.”

손님이 눈을 휘둥그렇게 뜨고 물었다.

“무슨 뜻인가?”

“자네가 내 방에 들어올 때 내 무늬목 병풍을 보니 어떻던가?”

“공교롭더군! 처음에 나는 사람 손으로 만든 줄 알았네.”

“내 화병의 조화는 어떻던가?”

“그것도 공교롭더군! 처음에 나는 하늘이 만든 줄 알았네.”

이에 풍석자가 말했다.

“무늬목을 보고 사람 손으로 만들었다고 한 것은 하늘이 이처럼 공교로울 줄 생각하지 못했기 때문이고, 화병에 꽂힌 조화를 하늘이 만들었다고 한 것은 사람 손으로 만든 물건이 이처럼 공교로울 줄 생각하지 못했기 때문일세. 그러면 하늘의 기교가 낫다고 할 것인가? 사람의 기교가 낫다고 할 것인가? 하늘과 사람이 번갈아 상대를 이긴 것일세. 사람이 만든 저 죽간(竹簡)과 칠서(漆書)를 하늘이 만들지 못할 까닭이 있겠는가?

북녘에 사는 어떤 사람이 닭은 늘 보아 왔으나 꿩은 본 적이 없었네. 하루는 남쪽 지방에 가서 꿩을 보고 때맞춰 울기를 기대했다네. 이것은 습관이 그의 눈을 가렸기 때문일세. 따라서 무늬목을 보고 사람 손으로 만들었다고 한 것은 사람이 그린 그림이 눈을 가린 때문이고, 화병에 꽂힌 조화를 하늘이 만들었다고 한 것은 하늘이 만든 꽃이 눈을 가린 때문일세. 마찬가지로 자네가 자연의 경서를 허언이라 본 것은 성인이 짓고 현인이 이어받아 저술한 것만을 경서로 간주하는 고정 관념이 눈을 가렸기 때문일세. 자네는 어째서 눈에 낀 백태를 긁어내어 자네 눈을 가린 가림막을 제거하고, 자네의 몸을 내려놓고, 자네의 총명함을 뱉어 내어 소실산에 노닐며 그 책을 펼쳐 글을 읽지 않는가? 그렇게 하면 호탕하게 웃으며 정신이 자유롭지 않겠는가?

한편 자네가 무늬목을 두고 착각한 이유는 아로새기고 점철해 놓은 것이 그림과 비슷한 데 있네. 그런데 그림은 또 모방한 대상이 있거니와, 그림이 모방한 대상은 다름 아닌 자연의 실제 모양일세. 앞에서 말한 주름진 봉우리와 비오리의 실제 모양은 과연 누가 새긴 것인가? 누가 점철한 것인가? 자네는 착각하지는 않았으나 무늬목이 그 형태와 흡사한 것을 한번 보자마자 바로 두리번거리다가 깜짝 놀라 신비하다고 한 걸세. 자네가 너무 심하게 미혹되었군!

이제 저 육경의 글은 성인께서 만물의 실제 정상을 잘 그려 놓으신 것일세. 자네는 왜 육경을 그림으로 삼고 만물을 비오리로 삼으며 자연의 경서를 무늬목 병풍으로 삼지 않는가? 그렇게 하고서 내 말을 돌이켜 생각해 보면, 시원스럽게 마음에 쏙 맞아떨어지지 않을까?

나는 일찍이 경서는 말을 기다려 이루어진다고 들었네. 그 말은 뜻을 기다리고, 뜻은 마음을 기다리고, 마음은 도를 기다리네. 그러므로 도가 있는 곳이 곧 경서가 있는 곳일세. 도라는 것은 복잡다단하여 하지 않는 것이 없고, 주도면밀하여 깃들지 않은 곳이 없네. 기와와 벽돌에도 있고, 똥과 오줌에도 있네. 그러니 하물며 벼루나 책상, 골동품 따위야 말해 무엇하겠나! 자네가 또 벼루나 책상, 골동품에서 찾아보게. 그러면

이 기문을 기다리지 않고도 알게 될 걸세. 이것에 이름을 붙이자면 자연의 기문일세."

해설

글쓴이는 책이 가득 들어찬 서재를 자연경실이라 명명하고 이 기문을 써서 편액으로 달았다. 이 글은 서재에 붙이는 보통 기문과 달리 심오한 철학적 사유를 담고 있다. 성인의 경서 위주로 책을 보는 고정 관념을 벗어나 자연 자체가 책이라는 독특한 사유를 전개하고 있다. 천지를 가득 채운 모든 것이 다 경서라는 인식을 하도록 전환을 요구한다. 책이란 자연에 편재한 도를 실은 하나의 도구일 뿐이며, 지식이 진정 추구해야 할 것은 책 자체가 아니라 그 너머에 있는 자연이요 도라는 점을 말한다. 깊이 있는 사유를 벗과의 대화를 통해 흥미롭게 펼친 글로 작품성이 빼어나다.

김조순 金祖淳

1765~1832년

자는 사원(士源), 본관은 안동(安東)이다. 초명은 낙순(洛淳)인데, 문과에 급제하자 정조가 조순이란 이름과 풍고(楓皐)라는 호를 지어서 하사하였다.

김창집(金昌集)의 현손으로, 정조의 각별한 후원을 받아서 지방관을 한 번도 거치지 않고 요직을 두루 거치며 승진을 거듭했다. 정조의 뜻에 따라 그의 딸이 왕세자의 배필로 간택되었고, 순조 대에는 국왕의 장인으로 권력을 독점하여 세도정치(世道政治)의 기반을 마련하였다.

청년 시절에는 명·청 문학 사조의 영향으로 패사소품(稗史小品)을 탐독하다 정조에게 들켜 질책을 듣고 반성문을 바친 적이 있다. 김려와 함께 중국의 『우초신지(虞初新志)』에서 영감을 받아 『우초속지(虞初續志)』를 편찬했다고 하지만 책은 전하지 않는다. 젊은 시절의 소품체 작품은 『담정총서』에 3종이 실려 전하는데 총서에 실린 작품을 통해서 그가 소품 전기와 척독을 잘 지었음을 알 수 있다. 문집 『풍고집(楓皐集)』이 철종 때 간행되었으나 순정(醇正)한 작품을 골라 수록하는 방향 때문에 소품 취향의 시문과 1799년 영춘헌(迎春軒)에서 정조를 알현하고 쓴 「영춘헌옥음기(迎春玉音記)」와 같은 정치적으로 민감한 문헌 다수가 누락되었다.

미치광이 한 씨 韓顚傳

옥호정사(玉壺精舍) 이웃에 실성한 사람 한 씨(韓氏)가 산다. 나는 한 씨의 목소리를 들은 적이 있다. 냅다 내질러 욕하는 소리가 자신을 핍박하는 자에게 버티는 것도 같고, 또 사납게 구는 소리가 잡아가려는 자를 쫓아내는 것도 같았다. 이웃 사람에게 물었더니 일찍이 도성 남쪽의 숲에서 낮잠을 자다가 그 병을 얻었다고 했다.

한 씨는 병에 걸리기는 했으나 부모님을 잘 섬겨 그 뜻을 어기지 않았다. 함부로 말하지 않았고, 말을 꺼내면 충성스럽고 의로운 사연을 즐겨 말했다. 집안이 가난하고 생계를 꾸릴 일이 없어서 날마다 포목전에 가서 손님을 끌어다 주고 그 삯을 받아 양친을 봉양했다. 털끝 하나도 속이지 않았고, 시장 사람들도 그가 미쳤다 해서 못 미더워하지 않았다.

시장에서 병이 발작하려는 낌새가 나타나면, 바로 꾹 참고 달려서 집에 도착해서야 발작을 시작했다. 그래서 시장이나 길에서는 발작하지 않았다. 병이 발작하면 다른 증세는 없고, 냅다 소리를 질러 욕할 따름이었다. 사람들이 그 연유를 물어보면 곧잘 "귀신이 와서 나를 핍박하기에 소리 질러 쫓을 뿐이오."라 대답했다.

내가 훈련대장(訓練大將)이 되었을 때, 한 씨는 조용히 내 아랫사람에게 "상공(相公)께 부탁드려 총 잘 쏘는 포수 십여 명만 빌려 주십시오."라

간청했다. 어디에 쓸 것이냐고 그 사람이 묻자 "저를 핍박하는 귀신을 쏘아 죽이려 합니다."라 대답했다. 아! 정말로 미친 사람이 맞구나.

하지만 미친 사람은 마음에 병이 든다. 그 병을 앓는 사람을 나도 꽤나 많이 보았다. 발걸음이 급하고, 시선이나 언어가 두서없으며, 지각이 없어 오륜도 구분 못하고, 언행이 보통 사람과 달라서 그 때문에 미쳤다고 한다. 그런데 한 씨는 그렇지 않아 양친을 효성스럽게 봉양하고, 말을 꺼내면 충성과 의로움이며, 사람들과 신의로 사귄다. 그런 한 씨를 마음이 병든 사람으로 대우하겠는가?

마음에 병이 있는 사람은 미쳤다고 말해도 좋다. 그러나 마음이 병들지 않았어도 말과 행동을 미친 사람과 똑같이 상식에 어긋나게 하는 자는 또 뭐라 불러야 할까? 그렇다면 한 씨의 병은 기(氣)의 병이지, 마음의 병은 아니다. 미친 사람과 똑같은 언행을 하는 자야말로 정말 마음에 병이 들었고, 기에 병들지 않았다. 맹자는 "뜻을 하나로 모으면 기를 움직이고, 기를 하나로 모으면 뜻을 움직인다."라고 말했다. 그러나 뜻을 하나로 모아 기를 움직인 사람은 많아도 기를 하나로 모아 마음을 움직인 사람은 적다. 이것이 한 씨의 병이 다른 사람의 병과 정말 다른 이유가 아닐까?

아! 하늘과 땅이 생겨난 지 오래되다 보니 인간의 도리가 어두워졌다. 인간의 도리가 어두워지자 자식이 부모를 업신여기고, 신하가 임금을 속이며, 사람이 하늘을 기만하고 남에게 사기를 친다. 그런 자들이 세상에 넘쳐 난다. 이 부류는 저들 스스로는 사람답다고 여겨도 한 씨가 보기에는 모두 귀신이다. 오늘날 이 부류가 너무 많은데 한 씨가 냅다 소리를 질러 욕하고 쫓아내는 것을 보면, 어쩌면 그들을 옳지 않게 여겨 귀신이라 둘러대는 것이나 아닐까? 그렇다면 한 씨는 정말로 미친 사람은 아니다.

해설

기이한 인물을 대상으로 쓴 전기이다. 만년에 김조순이 청년 시절의 습기가 발동하여 지은 작품이다. 이웃집에 사는 주인공 한 씨는 숲에서 낮잠을 자다가 주기적으로 발작을 일으키는 정신병을 얻은 인물이다. 그의 증세는 냅다 소리를 질러 욕하는 것인데 그에게 귀신이 나타나 괴롭혀서 귀신을 쫓아내느라 그렇다고 한다. 물론 남들의 눈에는 그 귀신이 보이지 않는다. 한 씨는 미쳤다고는 하나 포목전 거간꾼 노릇을 하며 수입을 얻어 양친을 봉양하면서 살아간다. 그뿐 아니라 입만 열었다 하면 충성과 의리를 말하고 신의를 잘 지키며 이상한 말도 하지 않는 평범한 생활인이다.

그런 한 씨를 뭐라고 평가해야 할까? 글쓴이는 기와 마음을 대비하여 한 씨가 기는 병들었으나 마음은 병들지 않았고, 세상 사람들은 기는 병들지 않았으나 마음은 병들었다고 했다. 세상 사람은 겉으로는 멀쩡하지만 속은 미치광이라는 이야기다. 그런 사람이 한 씨 눈에는 귀신으로 보이기에 갑자기 소리 질러 욕하고 쫓아내는 행동을 보인다고 해석했다. 미친 사람 한 씨의 행동을 분석하여 온 세상 사람이 인간답지 못한 행동을 하고, 마음이 병들어 가는 세태를 풍자하였다.

이생전 李生傳

이생(李生)은 어디 사람인지 알 수 없다. 국수(國手) 변흥평(卞興平)의 시대에는 바둑 잘 두는 사람이 많았다. 그래도 조정의 고관으로부터 여항의 서민에 이르기까지 변흥평에게 맞설 적수가 없었다. 변흥평이 국수로 서울에서 그렇게 명성을 누린 세월이 얼추 서른 해쯤 되었다.

하루는 바둑꾼들이 구리개(銅街)의 큰 약방에 모여 편을 나눠 내기 바둑을 두는데 변흥평도 그 자리에 갔다. 정오께가 되어 쉰 살 남짓 되는 서생 하나가 다 해진 삼베 도포를 걸치고 구부정히 허리를 굽히고 들어왔다. 한창 흥미진진하게 펼쳐지는 바둑판을 그도 팔짱을 낀 채 곁에 앉아 구경했다.

이윽고 을의 바둑이 갑에게 끊기고 포위되었다. 빠지면 크게 지고, 포위를 뚫고 벗어나면 크게 이길 수 있는 판이었으나 갑의 포위가 단단해 옴짝달싹하지 못했다. 을은 뚫어져라 쳐다봐도 구해 낼 길을 찾지 못했고, 구경꾼들 또한 뚫어져라 보아도 구해 낼 길을 찾지 못했다. 갑이 을의 처지가 되어 곰곰 살펴봐도 마찬가지였다. 갑은 대단히 기뻐서 소매를 걷어붙이고 큰소리를 쳤다.

"이 바둑은 이미 결판이 났으니 새 판으로 겨뤄 보는 게 어떻겠소?"

을이 속으로는 벌써 진 줄 알고 있었으나 걸린 돈에 미련이 남아 눈을 크게 뜨고 바둑돌을 둘 생각을 안 했다. 갑은 연거푸 독촉했다. 그러자 그중 한 사람이 말을 꺼냈다.

"변홍평 공을 불러 판가름하도록 합시다. 죽겠다고 하면 판을 다시 두고, 살겠다고 하면 다시 살펴보는 게 어떻겠소!"

다들 "그게 좋겠소!"라고 하였다. 그때 마침 다른 자리에 앉아 있던 변홍평이 바둑 두는 자리로 왔다. 한참을 뚫어지게 살피다가 "구할 길이 없군." 하였다. 갑은 크게 기뻐서 펄쩍 뛰었고, 구경꾼 모두가 "와!" 하고 탄성을 질렀다. 을이 막 돌을 거둬들이려는 순간 변홍평의 등 뒤에서 대충 엿보고 있던 서생이 쯧쯧 혀를 차며 불쑥 말했다.

"살겠구먼."

그 말에 갑이 화를 냈다.

"변 공도 죽겠다고 했거늘 어째서 산다는 거요?"

변홍평은 삼십 년을 국수로 명성이 나서 적수가 없다고 자부하던 터라 서생의 말을 듣고 뒤돌아보며 코웃음을 쳤다. 곁에 있던 다른 이들도 다 함께 비웃었다. 서생은 말했다.

"틀림없이 살 수 있는데도 잘 살펴보지 않았을 뿐이지요."

변홍평은 분을 내며 말했다.

"아마도 객이 바둑을 좀 두나 본데, 대신 두어 한번 구해 보시오. 내가 대신 상대해 드리겠소."

그러자 을이 서생더러 "이 판을 구해 준다면 마땅히 얻은 돈을 모두 드리겠소."라 하였다. 갑도 "이 판을 구할 수 있다면 나도 곱절로 드리겠소."라고 하였다. 그리하여 을과 갑은 구경꾼으로 물러나고 변홍평과 서생이 바둑을 두게 되었다.

서생은 손을 멈추거나 곰곰 생각하는 일이 없이 설렁설렁 돌을 놓았으나 변흥평은 허겁지겁 대응하느라 여유를 차리지 못했다. 서른여섯 돌을 둘 즈음 을의 바둑은 한 모퉁이를 뚫고서 포위를 벗어났고 갑은 도리어 크게 지는 상황에 몰렸다. 서생은 더 두지 않고 팔짱을 낀 채 앉았다. 을은 크게 기뻐 펄쩍 뛰었고 갑과 구경꾼들은 크게 놀라 서로 얼굴을 보면서 귀신이 돕는다고 했다.

마침내 변흥평은 바둑판을 물리고 옷깃을 여미고서 입을 열었다.

"허허! 기술이 이 수준에까지 이를 수 있나? 내가 바둑판을 대한 지 삼십 년 만에 처음으로 이렇게 무참히 지는구나. 감히 묻노니 선생은 뉘시오? 무슨 일 때문에 여기에 오셨소?"

그제야 서생은 말을 꺼냈다.

"제 성은 이씨(李氏)이고 사는 곳은 서대문 밖입니다. 부모님께서 병환이 드셨는데 인삼을 복용해야 한다고 의원이 말하더군요. 그러나 집이 가난해 장만할 길이 없는지라 약방을 두루 돌아봤지만 끝내 구하지를 못하고 어쩌다 보니 여기에 이르렀습니다."

변흥평은 바로 주인을 쳐다보면서 "속히 나삼(羅蔘) 한 냥을 가져다주오." 하였다. 나삼이란 것은 나라 안에서 진귀하게 여기는 인삼이다. 그 인삼을 서생에게 증정하면서 말했다.

"댁에 돌아가서 약을 지어 드리시지요. 아무 날에 댁을 찾아가 가르침을 청하도록 하겠습니다."

서생은 감격해 감사의 뜻을 표하고 자리를 떴다.

약속한 날이 되어 변흥평이 서생의 집에 이르렀다. 서생은 벌써 술과 음식을 차려 놓고 기다리고 있었다. 변흥평이 찾아온 것을 보고 신발을 거꾸로 끌고서 맞아들이고 약초를 장만해 준 은덕을 사례했다. 술이 거나해지자 변흥평이 이렇게 청했다.

"제가 국수의 명성을 독차지한 지 꽤나 오래되었습니다. 적수가 없는 점을 늘 한스럽게 여기던 터에 다행히도 공을 만나게 되었으니 대국을 청합니다."

이윽고 두 사람이 바둑을 두어 서생이 세 판을 내리 이겼다. 변흥평이 말했다.

"공의 바둑 실력에는 사실 제가 미치지 못합니다. 몇 점 먼저 깔기를 청합니다."

서생은 그렇게 할 수 없다고 했다.

"이치로는 마땅히 몇 점 깔아야겠지요. 그러나 그대는 국수로 이 세상에서 존경받는 분이라 만약 오늘 몇 점 깔고 둔다면 내일이면 틀림없이 남들에게 경시를 당할 것입니다. 제가 어찌 그대의 삼십 년 명성을 무너뜨리는 짓을 하겠습니까?"

그러고는 끝내 몇 점 두기를 허락하지 않았다. 변흥평 또한 그 말에 크게 감탄하고 드디어 막역한 벗이 되었다.

윤인(閏人, 김조순)은 다음과 같이 말한다.

바둑이란 기예에는 지극한 이치가 담겨 있다. 어리석은 이는 지혜롭게 만들고, 용렬한 이는 능력 있게 만든다. 세상에서 요임금이 창안해 아들 단주(丹朱)를 가르쳤다고 말하는 이유가 참으로 여기에 있다.

그러나 세상에는 바둑을 잘 두지만 어리석은 이가 있고, 지혜롭지만 바둑을 잘 두지 못하는 이가 있다. 잘 두는 자는 더욱 잘 두고 잘 두지 못하는 이는 더욱 잘 두지 못하는 이유는 어디에 있을까? 혹시 이 기예란 것이 도를 비유할 줄은 알아도 도에 직접 나아갈 줄은 모르는 까닭은 아닐까?

내가 변흥평과 서생의 사귐을 살펴보니 재능을 아끼고 명예를 중히 여기는 뜻이 옛날 협객의 풍모가 있었다. 어찌 그리 위대한가! 오호라! 세상에서 남을 시기하고 헐뜯는 사람과 자긍하고 허세 부리는 자들을 이 두 사람과 비교하면 어떻다고 해야 할까? 변흥평은 본래 어른다운 사람이지만 서생의 처신은 더욱 행하기 힘든 일이다.

바둑 두는 이들의 말에 따르면, 종실(宗室)인 덕원령(德原令)이 평소 바둑을 잘 두었는데 지리산에 들어가 은자를 만나서 기이한 비결 이십팔법(二十八法)을 얻었고, 산을 나와 잠심(潛心)해 연구해서 바둑에는 거의 성인의 경지에 도달했다고 한다. 그 비결이 흘러 내려오다가 시대가 멀어질수록 본지를 잃어버렸으나 변흥평에 이르러 그래도 그 절반을 이해하고 있었다. 변흥평이 죽고 난 뒤에는 그 비법을 전하는 이가 사라졌다고 한다. 오호라! 세상에 어진 사대부가 사라진 지 오래다. 어찌 바둑만이 홀로 그러랴?

해설

김조순이 젊은 시절에 쓴 바둑 기사 전기이다. 변흥평은 실제로 정조 치세에 30여 년 동안 최고의 바둑 기사로 세상을 주름잡던 국기(國棋)였다. 그런데 사람들로 붐비는 구리개 약방에서 벌어진 바둑 대회에서 군중 틈에 묻혀 있던 무명의 바둑 기사가 국기를 단번에 물리쳤다. 갑과 을의 내기 바둑과 변흥평의 판정, 혜성과도 같은 스타 이생의 등장에서 변흥평의 굴복에 이르기까지 극적 구성이 서사적 흥미를 자아낸다. 장면 묘사가 인상적이고 긴장감 있다. 변흥평이 이생에게 인삼을 선물하고 뒷날 집을 찾아가 바둑을 두는 사연도 의리와 인정을 중시하는 바둑 세계의 흥미로운 일화다. 글 전체가 극적이라 허구의 이야기로 보이지만 당시 바둑계에서 종종 벌어진 실화를 반영한 것으로, 조선 후기 바둑이 프로스포츠로 변신해 가는 역사를 보여 주는 사료로서 의의가 있다.

「이생전」은 『고향옥소사(古香屋小史)』에 실린 여섯 편의 전기 가운데 한 편이다. 『고향옥소사』는 김려가 편찬한 『담정총서(藫庭叢書)』에 수록되어 있다. 후대에 편찬된 김조순 문집에는 이 전기가 빠졌다.

김노경 金魯敬

1766~1840년

자는 가일(可一), 호는 유당(酉堂), 본관은 경주(慶州)이다. 영의정 김흥경(金興慶)의 증손자이고, 영조의 부마인 월성위(月城尉) 김한신(金漢藎)의 손자이다. 아버지는 판서를 지낸 김이주(金頤柱)다. 음직으로 벼슬을 시작했으나 1805년 문과에 합격해 사헌부 지평, 이조참판 등을 거치고 육조의 판서를 모두 역임했다. 외직으로는 광주 유수와 평안도 관찰사 등을 지냈다. 효명 세자가 대리청정할 때 세자를 뒷받침한 중진 가운데 한 명이었으나, 세자가 갑작스레 세상을 떠난 뒤 1830년 탄핵을 받고 고금도(古今島)에 위리안치되었다가 1833년에 풀려났다.

명필로 명성이 높았고, 특히 편지글을 잘 썼다. 세 아들로 김정희(金正喜, 1786~1856년)와 김명희(金命喜, 1788~1856년), 김상희(金相喜, 1796~1864년)를 두어 모두 재주가 뛰어나 명필과 문인으로 큰 명성을 얻었다. 문집으로 『유당유고(酉堂遺稿)』가 전한다.

맏아들 정희에게 與長子書 甲子

요즘 독서에 전념하고 있느냐? 『노자』만 읽고 있다고 했던데 『도덕경』 오천 자에 지극한 이치가 들어 있다고는 해도 육경의 글에 견주면 아주 큰 차이가 있느니라. 더욱이 초학자는 처음 배운 것이 선입견으로 굳어지기 쉽다. 성인의 책을 열심히 읽었더라도 깊숙한 본거지에 뿌리를 단단히 내리지 않을 때에는 남들이 사냥하는 것을 보고 마음이 흔들릴까 봐 걱정하는 법이다. 더욱이 네 병통은 오로지 부박(浮薄)하고 화려한 문장을 추구하는 버릇과 기이한 것에 힘쓰고 새로운 것만 숭상하는 폐단에 뿌리를 두고 있지 않느냐? 다른 경서를 버리고 홀연히 이 책을 읽는 이유는 오로지 이 병통 탓일 게다.

스스로 고명(高明)하다고 자부한 옛사람에게 눈부실 만큼 볼 만한 문장과 재기가 있더라도, 우리 유가(儒家)의 사업으로 재능을 발휘하도록 방향을 잡아 주지 않으면 모두 제 본심을 잃은 자가 되어 백 년 천 년 뒤에는 식자의 비판을 벗어나지 못하느니라. 게다가 요새 사람들의 학문과 역량은 저들보다 훨씬 미치지 못하는데 그래도 제멋대로 날뛰고 멀리 벗어나려고만 든다. 진 한(秦漢) 시대의 황제들이 가슴에는 욕심이 가득하면서 헛되이 신선을 찾으려 한 짓과 무엇이 다르겠느냐? 고금 천하에 절대로 불가능한 일이니 어찌 대단히 가소롭지 않느냐?

"문장은 하나의 작은 기예로서 도(道)보다 높지 않다."라는 말은 참으로 천고토록 바꿀 수 없는 진리이다. 사람이 덤벙대고 시원치 않아 문장이 도를 싣는 그릇임을 모른다면 소나 말이 옷을 걸친 꼴과 진배없다. 도리 없이 옛사람의 글 쓰는 법을 탐구하여 생각만 잘 전달하면 만족하도록 해야 하느니라. 이른바 글이란 곧 육경이다. 그것을 벗어나면 영락없이 유가에게는 양묵(楊墨)이요, 도가(道家)로 치면 방문(旁門)이요, 불가(佛家)로 치면 소승(小乘)이다. 설령 벌레의 등이 푸르고, 물고기의 비늘이 투명하다 한들 감히 야광주(夜光珠)나 명월주(明月珠)와 같은 진귀한 보물에 견주어 말할 수 있겠느냐?

게다가 이 노장(老莊)의 책은 이치에 한결 가깝기 때문에 진리를 크게 어지럽힌다. 불이 막 타오르고 샘물이 처음 솟아날 때 정맥(正脈)인 줄로 잘못 알아서는 결코 안 된다. 사람의 심술(心術)을 상실하게 하는 것은 노장만이 아니다. 진(晉)나라 사람의 청담(淸談)이 더욱 큰 귀감이 되니 어찌 경계하지 않으랴?

대체로 문장의 기이함은 한유와 유종원(柳宗元)이 으뜸이다. 한유의 「이익에게 답하는 편지(答李翊書)」와 유종원의 「스승의 도를 논하는 편지(論師道書)」는 모두 육경에 바탕을 두어 순수하다. 문장을 짓고자 한다면 한유와 유종원을 버리고 어디서 구하겠느냐? 명말 청초에는 문장의 폐단이 극에 달해 마침내 오랑캐가 중화를 어지럽히고 그 문명이 황폐해졌다. 이탁오(李卓吾)와 종성(鍾惺)·담원춘(譚元春) 같은 부류들이 그 책임을 면치 못할 것이다. 내가 평소에 너희 형제에게 기대하는 것이 어찌 문장 같은 지엽 말단에 있겠느냐?

너희들은 내 본심을 모르고 분명히 '아버지도 바른길만 걷지는 않으신 듯하다.'라고 생각할 터이나 그렇지 않다. 나는 어려서 공부할 때를 놓쳤다. 근자에는 뉘우쳤으나 의지와 정신이 벌써 약해지고 늙었음이 한스럽다. 최근에는 집안에 부모님 초상이 있고 세상살이에 풍파를 겪어 지극한 슬픔이 마음에 맺히고 험난한 세상길을 두려워하고 있다. 한밤중에도 가슴을 치고 홀연히 미친 사람 같으니, 너희들이 그 사정을 어떻게 다 알겠느냐? 그런 이유로 『남화진경(南華眞經)』이나 『능엄경(楞嚴經)』을 이것저것 가져다가 가슴에 가득한 시름을 풀고자 했다. 희로애락을 잊는 것이 제일이라고 생각했을 뿐 어찌 감히 육경을 버리고 상식에 반하여 컴컴한 구덩이에 제발로 빠지려 했겠느냐? 슬퍼할 일이지 배울 일이 못 된다.

너희들은 이제 막 공부를 시작하는 단계다. 결코 이 탄탄대로를 버리고서 구불구불한 오솔길을 따로 찾아 누런 띠풀과 하얀 갈대 사이에 몸을 놓을 방법을 강구해서는 안 된다. 네 편지를 본 뒤로부터 내 마음의 깊은 시름이 곱절로 늘었으니, 네 아비의 고충을 왜 헤아리지 못하느냐? 속히 육경에 나아가 익숙하게 읽고 음미하여 유학의 뿌리가 되는 바닥에 우뚝 서도록 해야 한다. 그런 뒤에 제자백가의 책을 읽어서 두루 살피고 널리 통하되 모름지기 육경에 절충해야 한다. 그래야만 우리 유학에 반기를 드는 졸개 신세를 면할 것이다.

요새 재능과 기예가 조금 있다는 사람들을 보니 하루살이의 의상(衣裳)을 달갑게 여겨서 순임금 대궐 뜨락의 보불(黼黻) 같은 문장을 모르더구나. 결국에는 마음먹고 하다가 일을 망치고 몸을 망가뜨리고 명예를 실추시킨 자들이 많더라. 너희들이 이런 행실을 하는 것은 정말 바라지 않는다.

해설

1804년에 이 편지를 받았을 때 김정희의 나이는 열아홉 살, 둘째 명희는 열일곱 살, 셋째 상희는 아직 한참 어린 아이였다. 아마도 전에 김정희가 자신의 포부를 적은 편지를 먼저 아버지에게 올려서 문장가로 대성하겠다는 뜻을 밝혔으리라.

신기한 것을 좋아하는 맏아들의 성향을 잘 알았던 김노경은 그가 『노자』를 열심히 읽고 문장가로 대성하겠다는 포부를 밝히자 바로 일침을 가했다. 문장에 힘쓰기에 앞서 반드시 유가의 경전인 육경에 근본을 두고 제자백가를 폭넓게 공부하라는 당부이다. 얼핏 착실하게 공부하라는 심상한 이야기 같지만, 육경을 강조하면서 주희의 저작을 일절 언급하지 않은 것은 그의 학문이 성리학과는 일정한 거리가 있었기 때문이다.

후반부에서 김노경은 『장자』나 『능엄경』 같은 도가와 불교의 책을 즐겨 읽었던 것을 극구 변명하며 자신을 따라하지 말라고 당부하고 있다. 훗날 문과 급제 이후 만년에 실각하기 전까지는 누구나 선망할 만한 출세 가도를 줄곧 달렸지만 이 편지를 썼을 때 김노경은 아직 문과 급제 이전이었고, 정조가 세상을 떠난 뒤 살얼음판 같은 정국이 이어지던 상황이었다.

부친의 간곡한 타이름 덕분인지 김정희는 5년 뒤인 1809년 치러진 증광시에서 문장력을 시험하는 진사시에 응시하지 않고 유교 경전에 대한 조예를 시험하는 생원시에 응시해 합격했다. 그리고 같은 해 가을 아버지를 따라 연경에 가서 옹방강(翁方綱)과 완원(阮元) 등 당대의 석학들을 만나 견문을 넓혔다. 자식의 공부 방향을 준엄하게 이끌어 가는 아버지의 전형을 보여 주는 편지글이다.

김려 金鑢

1766~1822년

자는 사정(士精), 호는 담정(藫庭)·귀현자(歸玄子), 본관은 연안(延安)이다. 소싯적부터 이옥, 강이천, 김조순, 권상신 등 젊고 문예에 재능 있는 명문가 문사들과 교유하면서 패사 소품(稗史小品)의 독서와 창작에 열중했다. 참신한 창작을 시도하여 사실적이면서도 염려한 작품을 여럿 썼는데 특히 시에 흥미로운 작품이 많다. 취향이 비슷한 동인의 작품집을 정리해 『담정총서(藫庭叢書)』를 엮었는데 여기에 이옥을 비롯한 신진 문인의 독특한 작품이 많이 수록되어 있다. 또 조선 역대의 야사를 수집해 읽고 문헌 비평을 더해 방대한 『한고관외사(寒皐觀外史)』를 엮어 내기도 했다. 문집으로 『담정유고(藫庭遺藁)』가 전한다.

진해의 기이한 물고기들 牛海異魚譜序

우해(牛海)는 진해(鎭海)의 별명이다. 내가 진해로 유배온 지 두 해가 지났다. 바닷가 한 귀퉁이에 붙어 살고 문 앞에 큰 바다가 있다 보니, 뱃사공이나 어부와는 너나들이하였고 물고기나 조개붙이와는 친숙해졌다.

세 들어 사는 주인집에는 작은 어선이 있고, 열한두 살 되는 아이는 제법 글자를 알았다. 매일 아침 작은 종다래끼를 둘러메고 낚싯대를 손에 쥔 채 아이에게 담배와 화로를 건사하게 하여 배를 저어 나아가 고래와 상어가 뛰노는 바다를 오갔다. 가까우면 삼 리, 오 리, 칠 리 거리이지만 멀면 수십 리에서 백 리까지 가서 이틀 밤을 자고 오기도 하면서 사계절을 보냈다. 물고기를 잡겠다는 생각으로 한 것은 아니고, 날마다 그동안 듣지 못한 것을 듣고 보지 못한 것을 보는 즐거움 때문이었다.

괴기하고 신비하며 놀랍고 경악할 만한 물고기는 이루 헤아릴 수 없을 만큼 많았다. 그제야 바다가 품고 있는 영역이 육지가 품고 있는 영역보다 넓고, 바다에서 나는 생물이 육지에서 나는 생물보다 많다는 사실을 알게 되었다. 마침내 한가한 날에 붓 가는 대로 적었는데 기록해 둘 만한 모양과 빛깔, 성질과 맛까지 함께 살펴서 기록하였다. 다만 사람들이 잘 알고 있는 천산갑(穿山甲), 잉어, 날치, 모래무지, 방어(魴魚), 연어, 가물치, 오징어와 어족(魚族)과는 상관없는 해마(海馬), 해우(海牛), 해구

(海狗), 해저(海猪), 해양(海羊) 및 자질구레하고 뭐라 이름하기 어려운 생물과 그리고 비록 우리말 이름은 있으나 말로 설명할 만한 의미가 없거나 해괴망측하여 이해하기 힘든 생물은 모두 빼놓고 쓰지 않았다.

책은 모두 한 권으로 깨끗하게 써서 『우해이어보(牛海異魚譜)』라는 이름을 붙였다. 훗날 은혜를 입어 살아 돌아가게 된다면, 밭두둑에 물을 주고 논두렁에 김을 매는 여가에 농부나 나무꾼과 더불어 외딴 지역의 풍물을 이야기하면서 그저 늘그막에 한번 웃을 거리로 삼고자 할 뿐이지, 감히 해박하고 고아한 식견에 만분의 일이라도 보탬이 될까 하여 지은 것은 아니다.

계해년(1803년) 늦가을 소회(小晦)에 한고관(寒皐觀) 유배 죄인이 셋집의 우조헌(雨篠軒)에서 쓴다.

해설

김려는 1797년 강이천의 유언비어와 관련한 옥사(獄事)에 연루되어 10년 동안 북쪽의 부령(富寧)과 남쪽의 진해를 옮겨 다니며 유배를 살았고, 중간에는 모진 고문을 당해 위기를 겪기도 했다. 하지만 유배 생활 중에도 주목할 만한 시문을 지으며 작가로서 붓을 꺾지 않았다.

진해에 머물 때에는 그 지역 바다에서 잡히는 어류를 조사하고 연구하여 『우해이어보』란 저술을 편찬했는데, 이 책은 우리나라 최초의 어보(魚譜)로 10여 년 뒤에 흑산도 지역의 어종을 조사하여 지은 정약전(丁若銓)의 『현산어보(玆山魚譜)』와 함께 귀중한 수산 자원 보고서로 평가된다.

이 글은 그 저술에 부친 서문이다. 저술의 동기와 편찬 방법을 밝히며 깊은 의미를 둔 저술이 아니라는 취지로 말하고 있으나 실제로는 그렇지 않아 "기록해 둘 만한 모양과 빛깔, 성질과 맛까지 함께 살펴서" 어종의 생태를 세밀하게 묘사하였다. 자신이 처한 곳에서 학자로서 관찰력과 문인으로서 필력을 기울여 서술한 큰 의의가 있는 저술이다. 소품문을 쓰던 습기가 남아 있는 글로, 바다 세계의 넓음과 어족의 신비로움을 저술로 연결시킨 의도를 잘 밝히고 있어 글로 주목할 만하다.

「북한산 유기」 뒤에 쓰다 題重興游記卷後

계축년(1793년) 내가 맹원(孟園, 가회동 맹감사고개의 저택)의 비홍함취정(霏紅涵翠亭)에 있을 때, 이옥과 서유진(徐有鎭) 및 둘째 아우 서원(犀園)과 더불어 달밤에 모여 술을 마시며 시를 읊다가 끝날 무렵에 산을 유람하자고 약속을 잡고 북한산을 가기로 정했다. 약속한 날 서유진은 다른 일이 생겨서 오지 않았고, 민사응(閔師膺)은 약속도 하지 않았는데 나타났다. 사흘 동안 실컷 구경하고 돌아왔으니 참으로 멋진 유람이었다.

나와 이옥은 모두 일기를 썼기에 두 편을 합해 한 권의 책으로 만들어 「중흥유기(重興遊記)」라 이름 붙이고 우리 집에 보관해 두었다. 얼마 뒤 내가 북쪽으로 귀양 갈 때 압수 수색당하는 과정에서 집 안의 책을 모조리 잃어버렸다. 이옥의 초고는 그 아들 우태(友泰)의 집에 보존되어 있어서 정리하여 베껴 쓰고 옛 이름을 그대로 붙여 따로 한 권으로 만들었다.

기묘년(1819년) 사월 기사(己巳) 석가탄신일, 담정 노인은 삼청동의 오악도재(五嶽圖齋)에서 쓴다.

해설

문체는 제후(題後)로 발문의 성격을 띤다. 글쓴이는 문집을 편찬하거나 야사(野史)를 정리할 때 반드시 편찬 과정과 평가를 담은 제후의 글을 써서 편집자나 역사가의 깊이 있는 안목을 드러냈다. 이 글도 그중의 하나로, 앞서 소개한 이옥의 「북한산 유기」의 창작 배경을 밝히고 있다. 이때 유람에 참여한 사람들 중 이옥과 김려는 그날그날 일록을 남겼으며, 그 두 편의 글을 합해 「중흥유기」라 이름을 붙였다. 이 사본을 김려가 보관하고 있다가 1797년 이후 강이천 옥사에 연루되고 필화를 입어 집 안의 서적들이 압수되는 통에 잃어버렸다. 이옥도 세상을 떠난 늘그막에 김려는 25년도 더 지난 옛 추억을 떠올리며 이옥의 초고를 정리하고 다시 옛 제목을 붙였다.

이면백 李勉伯

1767~1830년

자는 백분(伯奮), 호는 대연(岱淵)이며, 본관은 전주(全州)이다. 강화학파의 학자로 초원(椒園) 이충익(李忠翊, 1744~1816년)의 아들이자 사기(沙磯) 이시원(李是遠, 1789~1866년)의 아버지이다. 1801년 생원시와 진사시에 합격한 뒤 평생 재야에서 학문에 전념했다. 윤영희(尹永僖)와 같은 저명한 학자나 문인과 깊이 교유하였고, 학자와 문인으로서 명성이 있었으나 작품을 많이 남기지는 않았다. 시는 당시 사회상을 보여 주는 사실적인 작품을 많이 지었고, 산문은 주로 비문과 제문, 그리고 서문과 같이 친구와 친지를 위한 글을 다수 지었다. 문집으로 『대연유고(岱淵遺藁)』가 전한다.

비지 문장을 짓는 법 碑誌說

옛사람은 만나 볼 수 없다. 그러나 나는 책을 읽다가 때때로 옛사람을 만나곤 한다. 옛사람을 만나는 곳은 결코 법도나 준칙 사이가 아니라 그의 폐부와 심장이 느긋하게 드러나는 한 가지 사건이나 한마디 말 속이다. 아주 빼어나고 기특한 일이라 하기에는 부족한 평범한 사건이나 말이라도 그의 지향을 넉넉히 표현하는 곳에 있다. 그러면 천 년 뒤에라도 황홀하게 얼굴을 마주 대하고 직접 이야기를 나누는 듯하다.

따라서 아무리 거칠거나 속 좁은 별 볼일 없는 범인이라도 지향하는 바를 얻어 볼 수 있으면 도리어 취할 만한 점이 있고, 반면에 아무리 이름난 군자라도 지향하는 바를 얻어 볼 수 없으면 취할 만한 점이 없다. 그 까닭은 바로 평범하지 않은 데 달려 있어서 아주 빼어나고 기특하다고 여길 사실에 있다.

따라서 사람의 전기나 찬을 지은 옛날의 작가는 반드시 그 사람이 평생토록 지향하는 바에 특별히 힘을 기울여 빛이 나도록 할 뿐 예법 같은 것은 생략했다. 예법은 누구나 똑같이 행하는 것이지만 지향하는 바는 그 혼자만 가진 것이기 때문이다. 그 혼자만 가진 것이 그 사람이 그 사람인 까닭이다. 그 사람 혼자만 가진 것이라도 빌릴 수 있고 빌린다고 해서 꼭 나쁜 것은 아니다. 그러나 그의 본모습과는 달라지니 내가 어디서 그 사람을 만날 수 있겠는가!

사람들은 또한 묘비(墓碑)나 묘지(墓誌)로 사실을 기록한다고 말한다. 사실을 기록한다는 것은 무슨 말인가? 자신이 가지고 있는 실상이다. 그렇다면 자신에게 없는 것은 사실이 아니다. 예법은 사람에게 매우 중요한 행위이라 예법이 없으면 사람이라 하기 어렵다. 그러나 그렇게 예법이 없는 사람이 있기는 하다. 그가 사람으로 인정받는 이유는 그 혼자만 가지고 있는 것에서 찾을 수밖에 없다. 유령(劉伶)과 완적(阮籍)은 옛날의 예법을 지키지 않은 사람들이다. 그들 혼자만이 가진 특징은 술 마시고 호방하게 행동한 것뿐이었다. 그렇다면 술 마시고 호방하게 행동한 것이 유령과 완적의 실상이다. 유령의 묘비를 짓고 완적의 묘지를 짓는 사람이 만약 술 마시고 호방하게 행동한 것으로는 사람으로 인정받기 어렵다고 여겨 유령을 도학자(道學者)로 꾸미고 완적을 예법을 지킨 사람으로 꾸민다면, 그것은 유령의 묘비와 완적의 묘지가 아니다. 내가 그 묘비와 묘지에서 기록한 대상이 누구인지를 알 수 없으니, 묘비와 묘지는 결국 누구를 묘사한 것일까?

성리학이란 이름이 세상에서 사모하는 대상이 된 이래로 붓을 잡고 남의 묘지명을 짓는 작가들은 반드시 그 사람을 성리학자로 꾸미려 한다. 아버지나 할아버지를 위해 묘지명을 부탁하는 자손들은 오로지 묘지명에서 자기 아버지나 할아버지를 성리학자로 꾸미지 않는 것을 두려워한다. 반드시 살아 계신 분에게는 효도하고 돌아가신 분에게 곡진히 슬퍼했으며, 예법에 밝고 경전에 능통했으며, 심성과 이기를 잘 풀이하였고, 『주역』과 『통서(通書)』, 『태극도설(太極圖說)』을 즐겨 읽었다고 말한다. 성리학자가 하는 행위를 설렁설렁 나누어 배열하고 차례로 나열하는 것이 절로 정해진 관례가 되었다. 그렇게 서술하면 묘지명으로서는 충분하여 그 사람이 혼자만 가지고 있는 사실은 아예 거론조차 하지 않기도 한다.

따라서 후세의 묘지명은 대체로 서로 비슷하며, 다만 세계(世系)와 생졸(生卒)만 같지 않을 따름이다. 저 성리학이 좋지 않은 것은 아니다. 그러나 내가 실제로는 성리학을 공부한 자가 아닌데도 세상을 떠난 뒤 자손과 나의 묘지명을 쓴 사람들이 나를 성리학자로 꾸며서 내가 나인 실상을 모조리 제거한다면, 그것을 나의 묘지명을 지었다고 할 수 있겠는가?

송도(松都)에는 시골 영감 최 노인이 있었다. 애당초 성리학이 무슨 학문인지 몰랐으나 그가 행한 선행은 이루 다 새길 수 없을 만큼 많았다. 자손들이 당시 귀인에게 묘지명을 요청하여 글을 얻었다. 애당초 성리학이 무슨 학문인지도 모르나 그가 행한 선행은 이루 다 새길 수 없을 만큼 많았던 최 노인은 끝내 제대로 쓴 묘지명을 얻지 못했다. 나는 최 노인을 위해 몹시 슬퍼하고 안타깝게 여겼다. 내가 들은 이야기는 최 노인 혼자만 가지고 있는 실상이기에 나는 그 사람됨을 제대로 쓸 수 있다.

최 노인은 집이 부유하여 늘 손님들을 집에 머무르게 했다. 집에는 무명전(無名錢) 수십만 전을 두고 지인들의 길흉사와 궁핍할 때를 대비하여 앞뒤로 구제한 사람들이 매우 많았다. 오래되어 고갈되자 늘 기뻐하지 않으며 “사람이 급한 일을 당한 것을 알고도 구해 주지 못하니, 죽어서 모르는 것만 못하다.”라 하였다. 어떤 이가 “영감님 집안에 아직 돈이 많은데 왜 구해 주지 못한다고 걱정하십니까?”라 물었다. 최 노인은 슬픈 낯빛으로 말했다. “집안의 돈은 일정한 규모가 있어서 자식들이 다 알고 있네. 그 녀석들이 마음속으로 ‘이는 우리가 먹고살 밑천이다.’라 생각하고 나도 그렇게 생각한다네. 그런데 갑자기 덜어서 남을 도와주면 자식들의 마음을 상하게 하지 않겠는가? 그래서 차마 그리하지 못하는 것일세."

마부 예닐곱 명을 키우고 말 네다섯 필을 늘 대기시켰으니, 친척이나 벗들이 빌릴 일에 대비한 조치였다. 아주 춥더라도 반드시 마부들과 함께 새벽에 일어나 여물 먹이는 것을 도왔다. 술과 돈을 많이 주어 전송하며 문에 이르러서는 따뜻한 말로 "빌려 간 분이 언짢게 생각하시지 않게 조심하여라." 하고 거듭 부탁했다. 자식들이 추위를 무릅쓰고 일찍 일어나는 것을 걱정하고 또 마부에게 너무 친절을 베푸는 것이 마땅치 않다 말하면, 최 노인은 "내가 친한 이들을 위해 직접 수고할 수 없어서 마부들을 대신 가게 한 것이다. 마부들이 추위를 무릅쓰고 새벽부터 나가는데, 내가 두꺼운 이불을 덮고 따뜻하게 누워 있자니 마음에 걸린다."라고 하였다.

『맹자』를 즐겨 읽었으나 늙을 때까지 끝내 그 뜻을 이해하지 못했다. 문사(文士)를 만날 때마다 꼭 물어보았으며, 말하는 모습이 온화하고 머뭇거렸다. 말을 꺼낼 때도 마치 상대방의 기분을 상하게 할까 두려워하는 듯했다.

해설

이 글의 문체는 설(說)로 비지문을 쓰는 관례와 폐단, 실례를 두고 자유롭게 자신의 주장과 견해를 담은 글이다. 망자의 삶과 전기를 어떻게 평가하고 묘사해야 하는지 실상에 근거하여 설득력 있게 논지를 전개하였다.

효가 강조된 조선 시대에는 조상들의 무덤을 잘 가꾸는 것이 미덕이었다. 그런데 무덤에 비석(碑石)을 세우는 일은 경제적으로 부담이 많이 들어가고, 글 자체도 자손들의 부탁으로 지어지는 경우가 많았기 때문에 글쓴이들은 그들의 바람을 무시하기 어려웠다. 그러다 보니 망자에게 아부하는 천편일률적인 글들이 넘쳐 날 수밖에 없었다. 이런 세태를 비판한 이 글은 남들의 시선과 겉치레를 배격하고 오직 그 사람의 본모습을 충실하게 쓰자는 강화학파의 정신이 느껴진다. 올바른 비지문(碑誌文)이 추구해야 할 방향을 제시하고 허례허식에 빠진 당시의 관행을 비판한 전반부와 이웃에 살았던 평범하지만 비범했던 노인의 모습을 담고 있는 후반부로 나누어져 있다.

후손들에게 비문을 써 달라는 부탁을 받지도 않은 이면백이 그리고자 한 최 노인은 부유한 살림에도 교만하거나 인색하게 굴지 않고 늘 친지와 이웃들에게 베풀고, 비록 학문을 닦지는 못했지만 겸손하고 온화한 성품을 지닌 사람이었다. 이면백은 이런 최 노인이 엉뚱하게 도학자에 가탁되어 표현된 것을 못내 안타까워하면서 그의 때 묻지 않고 순수한 마음을 후세에 남기기 위해 이 글을 지었다.

유본학 柳本學

1770년~?

자는 백교(伯教)이고, 호는 문암(問菴)이다. 정조 때의 저명한 문인이자 학자인 유득공의 맏아들이다. 아우 유본예(柳本藝)와 함께 문인 학자로 명성이 높았고, 함께 검서관을 지냈다. 아버지와 그 주변의 학자들로부터 가르침을 받아 젊은 시절부터 문명(文名)이 있었다. 높은 수준의 시와 산문을 창작하여 신위, 김정희를 비롯한 당대의 명사들과 시문을 주고받았을 뿐 아니라, 서얼과 중인 신분의 문사들과도 활발하게 교류하여 이 시기 문단에서 중추적 역할을 했다.

그는 시인으로 유명하지만 산문도 수준이 높다. 그의 산문은 다분히 소품취(小品趣)를 보이며 독특한 개성을 드러낸다. 수사적 기교를 배제하고 간결하고 담담한 서술을 위주로 한 문체를 구사했다. 윤기 흐르는 문체를 보여 주지는 못했으나 고담하고 평이한 문체 속에 따뜻한 인간미를 묘사하는 데 장기를 보였다.

검객 김광택 金光澤傳

김광택(金光澤)은 한성(漢城) 사람이다. 그의 아버지 김체건(金體乾)은 어디에도 얽매이지 않은 호쾌한 선비였다. 숙종 임금 시절에 훈련도감 병사들에게 무예를 힘껏 연마하게 했다. 섬 오랑캐의 것보다 더 좋은 검법이 없다고 판단하여 김체건은 군졸들에게 그 검법을 익히도록 했으나, 왜국이 숨겨 보여 주지 않는지라 배울 길이 없었다.

김체건이 그 검법을 터득해 오겠다고 자원하여 마침내 왜관(倭館)에 몰래 들어가 고용살이를 했다. 왜국에는 신검술(神劍術)이 있는데 특별히 비밀로 하여 이웃 나라 사람들이 구경할 수 없었다. 김체건은 저들이 서로 대련하는 것을 엿보고자 지하에 판 구덩이 속에 숨어서 훔쳐보고 모방했다. 여러 해가 지나자 드디어 왜국의 검술을 모두 터득하여 더 이상 배울 것이 없었다.

김체건이 일찍이 어전에서 무예를 시험해 보였는데 어지럽고 환상적인 검법에 사람들이 놀라 그 한계가 어디인지 감을 잡지 못했다. 또 바닥에 재를 뿌리고서 맨발에 두 엄지발가락으로 재를 밟으며 나는 듯이 칼춤을 추었다. 춤이 끝나고도 재에는 발자국이 전혀 찍히지 않았다. 그 몸이 이렇듯 가벼웠다. 임금님께서 기특하게 여기시고 그를 훈련도감 교관으로 임명하셨다. 현재 여러 군영(軍營)의 군사들이 왜국 검법을 쓰는 것은 김체건으로부터 시작되었다.

김광택은 태어나면서부터 특이한 자질을 지녔다. 자를 무가(無可)라 하는 김신선(金神仙)에게 복식법(服食法)과 몸을 가볍게 만드는 도술을 배웠다. 풍악산은 한양으로부터 사백 리 떨어진 곳인데 김신선은 삼베 미투리를 신고 세 번을 왕복해도 미투리가 해어지지 않았다. 광택도 삼베 미투리를 신고 두 번을 왕복해도 해어지지 않았다. 또 태식(胎息)을 잘했고, 겨울에도 홑옷을 입고 지냈다. 예닐곱 살 때 김체건은 날마다 광택을 데리고 빈 관아에 들어가 붓을 물에다 적셔서 대청마루 위에 있는 큰 글자를 흉내 내어 쓰게 시켰다. 그래서 광택은 글씨를 잘 썼으며 힘이 세고 아름다운 글씨가 사랑스러웠다. 그의 칼춤 솜씨는 입신의 경지에 들어가 땅 가득히 꽃잎이 흩어지는 형세를 취할 줄 알았고, 몸을 숨겨 보이지 않게도 했다. 김광택은 나이 여든이 되어서도 얼굴이 동자와 같았다. 죽는 날 사람들은 그가 시해(尸解)했다고 믿었다. 벼슬은 첨사(僉使)에 이르렀다.

동방에 승려는 많지만 도사는 거의 없다. 수련으로 명성을 얻은 사람으로는 오로지 김신선 한 사람이 있을 뿐이라서 세상에서 모두 그를 칭송할 뿐 김광택이 있다는 사실은 오히려 모른다.

김체건은 검술에 능했고, 나랏일에 충성을 바쳤다. 만약 그의 재능에 맞게 기용했다면 틀림없이 변방에서 공훈을 세웠을 인물이다. 광택은 또 그 아버지의 기이한 검술을 전수받았으니 특이한 일이 아닌가! 또 이들이야말로 검선(劍仙)의 부류가 아닌가!

판관(判官) 상득용(尙得容)은 기이한 것을 좋아하는 선비로서 광택과 잘 아는 사이라 일찍이 그에 관한 사연을 말해 주기에 이렇게 기록한다.

위항인(委巷人)들 사이에는 기이한 재능과 특별한 절의를 지닌 사람이 있지마는 행적이 사라져 전해지지 않는 경우가 또 얼마나 많을까? 어찌 김체건이나 김광택만이 그러하리오! 그들을 위해 거듭 안타까워할 뿐이다.

해설

기인의 일생을 서술한 전기체 산문이다. 김광택에 초점을 맞추었으나 아버지 김체건을 비중 있게 다루었기에 사실 김체건과 김광택의 합전(合傳)이라 할 만하다. 김체건은 신분이 높지 않은 무인으로 빼어난 무예 솜씨를 보유했고, 아들 김광택은 단약을 복용해 몸을 가볍게 했으며 죽어서는 몸을 남겨 두고 혼백이 빠져나가 신선이 되었다. 게다가 김광택은 아버지의 검술까지 이어받아 신선과 검객의 능력을 겸비한 검선이다.

심능숙(沈能淑)이 쓴 「탁문한의 실상을 기록하다(卓文漢紀實)」란 글에는 어릴 적부터 검무에 능통한 탁문한이 회오리바람에 꽃잎이 떨어지는 것과 같은 검술을 잘하였다는 대목이 나온다. 세상에서는 김광택이 죽은 지 100년 만에 탁문한이 그 신비한 기술을 터득했다고 말했다. 김광택의 검무 솜씨가 일세를 풍미했음을 짐작하게 하는 글이다.

이 전기는 특이한 재능을 소유했음에도 신분이 낮아 세상에 능력을 제대로 발휘하지 못한 인물을 부각했다. 여항인의 처지에 연민의 마음을 품고 있으며 서얼 신분인 작자의 동병상련의 감회가 깊이 배어 있다.

도심 속 연못과 정자 堂叔竹里池亭記

내 당숙 상사공(上舍公)께서 경성의 남촌 지역에 집을 마련하셨는데 큰 길을 앞에 두고 있어 시장의 소음이 그대로 들려왔다. 집 동편에 있는 대지를 조금 확장하여 네모난 못을 파고 그 위에 정자를 지어서 평상시에 지낼 장소로 만드셨다. 북쪽 담장 아래에 있는 오래된 우물에서 대홈통으로 물을 끌어와 못에 대고 연꽃을 심었다. 또 정자 앞뒤에는 이름난 꽃과 아름다운 과실나무를 많이 심어 두었다.

이 정자에 앉아 있으면 밤낮으로 찰랑찰랑 소리가 들려와 마치 거문고와 축(筑)이 번갈아 어울리며 뻗어 가기도 하고 가라앉기도 하면서 끊임없이 귓전을 울리는 것은 물소리이다. 꽃망울을 매달고 고움을 다투면서 여기저기 자욱하게 붉고 흰 빛깔이 뒤섞이고 벌과 나비가 너울너울 날아오는 것은 꽃향기이다. 가을장마가 막 걷히고 물빛이 거울처럼 맑으면 훌쩍 자란 꽃이 바람에 흔들리고 우산 같은 잎사귀가 서로 기울어지면서 깨끗하고 빼어난 자태가 손에 잡힐 듯하니 바로 정자 위에서 풍경을 감상하는 이에게 연꽃이 선사하는 선물이다.

그리하여 공께서는 손님이 오시면 사랑채로 나가 맞이하시고, 손님이 가시면 갖가지 책을 들고서 정자로 가서 앉으셨다. 한가할 때면 복건에 겹옷을 입고서 나무 사이를 소요하시니 산수 간에 노니는 아취가 있어서 시장의 소음이 들리지 않았다.

나는 앞으로 나가 이렇게 말씀을 올렸다.

"서울에서 이름난 정자나 아름다운 경치는 벌써 대부분 높은 관리들의 소유물이 되었습니다. 다만 영화와 이익을 도모하는 길에서 분주한지라 비록 소유했다고는 해도 가서 누리지는 못합니다. 공께서는 지금 진사 시험에 합격하시고 선비들 사이에 명성을 드날리시되 관료로 성공하는 데 무심하셔서 정원 한 곳을 장만하여 한 해 내내 여기서 지내고 계시니 참으로 누정의 멋을 즐기신다고 하겠습니다.

게다가 그런 정자는 강가나 갯가처럼 멀리 떨어진 장소에 있지 않으면 교외의 후미진 땅에 있기 마련입니다. 거기로 나가서 노니는 이들은 늘 말고삐를 나란히 하여 나막신을 차려 신고서 온종일 시간을 쏟아도 흡족하기가 쉽지 않으니 고생스럽다 하겠습니다. 그에 비하면 이 정자는 도시 한가운데 자리하고 서적들 사이에 세워져 있습니다. 문을 열기만 하면 좋은 철 아름다운 풍경이 책상 앞에 활짝 펼쳐지고, 문을 닫으면 맑은 물소리가 늘 귀와 눈 사이에 들려옵니다. 훗날 논평하는 이가 틀림없이 벽강원(辟彊園)에 집을 장만했다고 칭송할 테니 어찌 멋지지 않습니까?

오호라! 공께서는 젊어서 몹시 가난했습니다. 옛날 남촌 지역 초가집에 사실 때 비바람도 가리지 못했고, 쌀독은 자주 비었으며, 비가 내리면 물이 마당에 가득하였고, 이끼가 토방까지 올라왔습니다. 지금은 조금 넉넉해지셨으니 지난 일을 정자 문설주에 써 놓아 곤궁한 시절을 잊지 않고자 하시는지요? 그 어렵던 시절에도 마음에 근심을 담아 두지 않으셨으니 오늘날 이런 정자를 가졌다고 해서 기뻐하시는 일은 없으시겠지요."

삼가 씁니다.

해설

죽리지정(竹里池亭)이란 정자에 붙인 글이다. 문체는 기(記)로 누정을 묘사한 누정기(樓亭記)이다. 당숙 어른이 번화한 상업 지역이던 남촌에 집을 장만하고 연못을 파서 정원을 만들었다. 오랜 가난을 벗고 어렵게 마련한 뜻깊은 공간이다. 그러니 글을 써서 정자를 장만한 과정과 의의를 서술하지 않을 수 없다. 먼저 과정부터 묘사하였다. 큰길가에 있어 도로의 분잡함과 시장의 소음을 차단하는 것이 중요하다. 정자를 짓고 못을 만들고 물을 끌어오고 꽃과 나무를 심었더니 전원의 한적한 멋이 살아났다. 원림 조성의 요소와 과정을 묘사한 뒤에는 도심 정원의 의의를 적극적으로 평가하고 있다. 부귀한 이들이 멀리 떨어진 명승지에 지어 놓은 원림은 자체로는 멋이 있을지는 모르나 활용하기 어렵다. 반면에 도심 속 정원은 일상에서 즐길 수 있는 장점이 있다. 경제적 여유를 바탕으로 생활의 여유와 아름다움을 즐기는 도회지 지식인의 생활 풍경이 잘 드러난 글이다.

사서루기 賜書樓記

사서루(賜書樓)는 정조 대왕께서 내 선친에게 하사하신 서적을 받들어 보관하는 누각이다. 옛날 교서관이 있던 골목을 막아선 곳에 세 칸 되는 누각이 있는데 구조가 정교하고도 정갈했다. 그 앞에 작은 남새밭이 있고 그 곁에는 장미와 앵두나무 대여섯 그루를 심어 놓았다. 선친께서 퇴근하면 늘 이곳에 머물러 계셨다.

오호라! 우리 유씨는 대대로 문학을 숭상했다. 증조부 잠서공(蠶西公, 유한상(柳漢相))께서는 학문에 독실하고 고아한 지조를 갖춘 분으로 선비들 사이에서 추앙을 받으셨다. 스스로 겸양하고 자신을 억눌렀기에 세상에 드러나지 않고 그저 겸양하고 겸손한 군자로 지내셨다. 조부 채원공(蔡園公, 유춘(柳椿))께서는 빼어난 재능에 문장 솜씨가 넉넉했고 다른 예능까지 갖추셨다. 그러나 집안이 청빈해 서울 남부의 오막살이에 살면서 비바람도 가리지 못했고 부엌에는 밥 짓는 연기가 자주 끊어졌다. 그래도 증조부를 모시고 늘 『춘추』의 세 가지 경전을 강론했다. 나중에 조부께서는 대부인의 상을 치르느라 지나치게 슬퍼하시다 병까지 들어 임신년(1752년)에 일찍 세상을 뜨셨다.

선친께서는 다섯 살에 고아가 된 데다 병을 잘 앓아서 보는 사람마다 위태롭게 여겼다. 어떤 이가 "가문에 초상과 재앙이 칡덩굴처럼 이어지니 피접(避接)하여 화를 벗어나는 것이 좋겠다."라고 한 일이 있었다. 조모께서 선친을 껴안고 당성(唐城, 경기도 남양(南陽)) 외가로 가서 의지하셨다. 오로지 잘 길러서 장성하기만을 바랐을 뿐 조금도 글을 배우라고 권하거나 독려하지 않으셨다.

하지만 선친께서는 총명하기가 남다르셨다. 어릴 때 시골 서당에서 노닐며 많은 학동들이 훈장 아래에서 배운 구두를 곁에서 듣고서 암송하니, 훈장 선생이 기이하게 여겨 비로소 역사서를 가르쳐 주었다. 공부가 일취월장하여 마치 샘물이 솟아나고 불길이 타오르는 것 같았다. 약관을 지나자 문장이 벌써 수준이 높아 당세에 소문이 났다.

정조 병신년(1776년) 규장각을 세우고 내각 학사(內閣學士)가 문장과 학식이 풍부한 선비를 선발해 속관(屬官)으로 삼을 것을 건의했다. 선친께서는 정유(貞蕤) 박제가와 아정(雅亭) 이덕무와 함께 그 자리에 첫 번째로 뽑히셨다. 정유는 시와 글씨가 빠르고도 오묘하여 따를 자가 없었고, 아정은 박학하기로 저명했다. 선친께서 내각(內閣, 규장각)에 들어가신 이후 대왕의 은혜와 총애가 남보다 월등하여 내외의 직책을 두루 거쳐서 끝내 문학 실력으로 집안을 일으키셨다. 직무를 담당한 지 이십여 년 동안 대왕께서 하사하신 책이 나라의 사서와 제왕의 훈령 및 경서와 동국의 문집 그리고 편집하여 기록한 다양한 저작 수백 권에 이르렀다. 종이는 정갈하고 자체는 반듯한 책들이 가지런하게 서가에 가득하여 손을 대는 것마다 찬란했다. 선친께서 그 책들을 위해 누각을 짓고 책을 고이 보관해 세상에 보기 드문 영광을 드러내 보이는 한편 유구하게 보존하고자 하셨다.

『주역』 겸괘(謙卦)에 "겸(謙)은 형통하니, 군자는 유종의 미가 있다."라고 하였다. 그 뜻을 풀이하면 "유종의 미란 앞에는 굽혔으나 뒤에는 펴는 것을 의미한다."라고 하였다. 적이 생각건대, 증조부께서 지니신 겸양하고 겸손한 덕망을 떠올리면 고상하고도 지극하셨다. 조부께서는 빼어난 재능을 지니고서도 일찍 세상을 뜨셨다. 집안이 중간에 쇠락하여 넓고 큰 천지가 아무런 유종의 미도 내리지 않은 데 유감을 가질 법도 하다. 그러나 선친에 이르자 성스러운 군주께서 거두어 쓰신 은혜를 입어 휘황찬란한 보배 같은 장서를 소유하고 세상 사람들에게 과시하고 자손들에게 물려주게 되었다. 유씨가 문학을 숭상한 가풍이 이리하여 크게 드러났다. 그 후손이 크게 창대하게 된 까닭은 어디에 있을까? 곧 굽히고 굽혔기에 펼치는 순간 지극히 커서 나중에는 유종의 미를 거두고, 일찍 세상을 뜨고 끼니를 거른 조부께 보답할 수 있었다. 이 어찌 하늘의 뜻이 아니랴?

공자는 "몸을 바르게 세우고 바른 도를 행하여 이름을 후세에 드날려서 부모를 드러나게 하는 것이 효의 마지막이다."라고 하였다. 저 부모를 드러나게 한다는 말에는 조상을 드러나게 한다는 의미도 포함된다. 이 모자란 자식이 몸을 바르게 세우고 바른 도를 행하여 마지막 효도까지 행하지는 못했어도, 이 책을 잘 지키고 이 책을 읽어서 대대로 이어 온 가업을 실추하지 않고 책을 흩어지게 하거나 훼손시키지 않는다면 이것 또한 부모와 조상을 드러내는 한 가지 할 일이다. 어찌 근면히 하지 않으랴?

우리 모자란 형제가 뒤를 이어 내각에 벼슬하면서 앞뒤로 하사받은 책이 또한 수십 권을 헤아린다. 은혜와 영광이 더욱 한량없거니와 사실은 선친께서 남겨 주신 음덕 덕분이다. 삼가 그 책들도 함께 보관하고 글을 지어 기록해 둔다. 그 책의 목차는 모두 선친께서 저술하신 『고운당필기(古芸堂筆記)』에 실려 있으므로 쓸데없이 기록하지 않는다.

해설

정조 임금으로부터 하사받은 서책만을 따로 보관하는 서실을 만들고 쓴 글이다. 문체로는 기(記)이다. 이 특이한 도서실을 만든 사람은 저자 유본학의 부친으로, 검서관을 지낸 유득공이다. 서실의 위치와 구조를 간단히 설명한 뒤 서실이 집안에서 차지하는 의의를 밝혔다. 조상의 덕이 차곡차곡 쌓여서 부친이 정조로부터 크게 인정받고, 영광스럽게도 많은 서적을 하사받았다. 정조가 하사한 서적은 단순한 책이 아니라 문학을 숭상한 가풍의 결과이며, 후대까지 고이 보관하여 지켜야 할 귀중한 보물이다. 국왕이 하사한 도서에 대한 전통 시대 선비의 숭배하는 마음에 가문의 성쇠에 대한 감회가 잘 담겨 있다. 성해응도 아버지 성대중이 정조로부터 하사받은 서책을 보관하는 서실을 만들고 「사서루기(賜書樓記)」를 썼다.

이학규 李學逵

1770~1835년

자는 성수(惺叟, 醒叟)이고, 호는 낙하생(洛下生), 문의당(文猗堂), 인수옥(因樹屋) 등이다. 본관은 평창(平昌)이다. 18세기의 저명한 문인 이용휴의 외손자로 어릴 때 부친을 여의고 외조부의 보살핌을 받고 자랐다. 일찍부터 학문과 문장에 두각을 나타내 포의 신분으로 『규장전운(奎章全韻)』 편찬에 참여할 만큼 국왕에게 인정받은 전도유망한 문인이었다. 그러나 정조가 세상을 떠난 뒤 신유박해에 연루되어 김해 유배형에 처해졌고, 벼슬하지 않은 유배객으로는 보기 드물게 무려 24년 동안 유배 생활을 했다.

그는 정약용, 남상교(南尙敎) 등과 더불어 19세기 전반기를 대표하는 남인계 문인이다. 무엇보다 시인으로 유명하지만 산문가로서도 뛰어난 자질을 발휘했다. 불행한 삶과 내면을 고백한 그의 산문에는 유배지 체험의 고통과 비탄이 진하게 배어 있다. 다양한 문체에서 개성 있는 문장을 창작하였다. 주변 인물과 교감을 나눈 편지와 서문, 기문에서는 유배지에서 생활하며 느낀 감회를 서민적 체취를 가미하여 다정다감하게 표현하였다. 가족의 불행을 묘사한 묘지명이나 제문은 불행의 극치를 달린 참담한 가족사를 눈물겹게 묘사하였다. 상심과 우울, 한적함과 비탄의 정서가 스며있는 그의 산문은 19세기 문장 가운데 특별한 위상을 지닌다. 문집으로 『낙하생집(洛下生集)』이 전한다.

유배지의 네 가지 괴로움

與某人

이곳 유배지에는 네 가지 괴로움이 있는데, 다른 괴로움과는 견줄 길이 없는지라 어쩔 도리 없이 형에게는 알려 드려야겠군요.

이곳에서 밤낮으로 바라는 것은 오로지 집에서 부쳐 오는 편지를 보는 것입니다. 그런데 편지를 받아 볼 때마다 마치 판결을 기다리는 중죄인이 법관의 판결문을 볼 때 가슴이 먼저 쿵쾅거리고, 천둥소리를 들을 때 마음을 진정시키지 못하는 것과도 같아서 곁에 있는 사람들도 제 얼굴빛이 상기되었다가 창백해져 불안해 보인다고 말합니다. 편지를 막 꺼내 읽고서 나이 드신 어머님께서 예전처럼 무탈하시고 처자식들이 그럭저럭 먹고산다는 것을 알게 되면 바로 다시 내일도 똑같은 편지를 받고 싶은 생각이 간절합니다. 마치 소갈병(消渴病)에 걸린 사람이 시원한 냉수를 한 사발 들이키자마자 또 냉수 한 사발이 생각나지만 마시면 마실수록 갈증이 심해지는 꼴이랍니다. 이것이 첫 번째 괴로움입니다.

술을 마시지 않으면 목이 탈 뿐 아니라 마음이 타들어 갑니다. 가슴 속은 무언가 단단한 물건으로 꽉 막힌 듯합니다. 이곳에 무슨 돈이 있겠습니까? 이웃에 짚신을 삼아 팔아 매일 아침 너덧 푼을 버는 사람이 있는데, 그에게 돈을 꾸어다 모두 술집에 갖다 바칩니다. 짚신을 삼아 파는 자가 무슨 돈을 많이 벌어 제 입에도 풀칠하고 남에게도 인심을 쓰겠습니까? 때때로 이런 생각이 들면 그냥 하늘만 쳐다볼 뿐입니다. 이것이 두 번째 괴로움입니다.

이 고장 사람들은 이웃에 초상이 나면 나무꾼, 목동, 떡장수, 술집 주모를 가리지 않고 걸핏하면 종이 한 장을 들고서 이리저리 분주히 다니며 만시(輓詩)를 구합니다. 벼슬깨나 하던 양반의 후예나 읍내에 사는 양갓집에서는 만시를 부탁하는 데 그치지 않고 제문까지 구합니다. 조그만 마을이라 해서 글자를 조금 아는 사람이 왜 없겠습니까? 이 사람들이 모두 엉터리로 글을 짓고는 툭하면 과거에 응시하려고 지은 글이라면서 고쳐 달라 요청하고 강평해 달라 부탁합니다.

심지어 문상하고 위로하는 글이나 청혼하고 돈 꾸어 달라는 편지까지 부탁하면서 서울 사람이니 격식을 잘 알 거라 말들 합니다. 장부를 점검하는 일이나 소장(訴狀)을 작성할 때도 문한가(文翰家)이니 반드시 견문이 많을 거라면서 물고기 떼가 모이고 개미 떼가 달라붙듯 하여 도저히 거절할 수 없습니다. 어이없게도 자기에게 간절히 필요하다고 말하기는커녕 걸핏하면 제게 소일거리를 만들어 준다고 말합니다. 만약 저를 위해 털 한 올만 뽑고 손가락 하나만 까딱해 달라고 부탁하면 틀림없이 머리를 절레절레 흔들고 내뺄 자들입니다. 오직 제 정력을 낭비하고 저를 차츰 쇠약하게 만들 뿐입니다. 이것이 세 번째 괴로움입니다.

저는 평소 뱀이나 구렁이를 싫어해서 우연히 눈만 스쳐도 온종일 소름이 돋습니다. 남쪽에서 살게 된 뒤로는 방이나 마당에서 툭하면 이 물건을 마주칩니다. 어두컴컴할 때 어쩌다 낡은 나뭇가지나 썩은 밧줄만 보아도 저도 모르게 비명을 지르고 달아나곤 합니다. 썩어 문드러진 죽은 뱀을 모기가 물고 난 뒤 그 모기가 제 피부를 한번 물면 부스럼 같은 것이 나서 아프고 가렵기가 열흘은 갑니다. 이 고장 사람들은 뱀이나 구렁이를 죽이는 것을 보면 무슨 큰 악행을 저지른 듯 여겨 뱀을 죽이는 모진 놈은 필시 악보(惡報)를 받는다고 합니다. 제가 그따위 인과응보설에 흔들리겠습니까마는, 모진 놈이라고 손가락질당하는 것을 꺼립니다. 이것이 네 번째 괴로움입니다.

아! 안락하게 사는 사람들은 가시에 한번 찔려도 괴롭다고 여기고 파리가 한번 핥아도 괴롭다고 합니다. 저만은 이 괴로움을 홀로 다 받고도 구원해 줄 사람도 없고 벗어날 방법도 없습니다. 오늘 비록 형에게 제 괴로움을 낱낱이 다 알게 한들 제게야 무슨 보탬이 되겠습니까? 그러나 세상을 둘러보아도 이 심정 이 정황을 알릴 곳이 없습니다. 그래서 지금 주절주절 말했으니, 잔말이 많다고 미워하지는 마십시오.

해설

김해에서 친구에게 보낸 편지이다. 편지의 수신자를 밝히지 않은 것은 이학규로부터 편지를 받았다는 사실을 감추려 했기 때문이다. 『낙하생집』에 실린 편지는 모두 수신자를 밝히지 않았다. 저자의 사후까지 계속된 정치적 박해의 뚜렷한 흔적이다. 조선 시대 무서운 자기 검열의 한 방식이다.

지금이야 김해가 그렇게 멀다고 생각하는 사람이 없겠지만, 조선 시대 경화세족에게는 아득한 남쪽 끝이었다. 기후와 풍속이 다르고 무엇보다 문화적으로 낙후된 탓에 '낙하생' 서울내기 이학규에게는 견디기 힘든 곳이었다. 한창 감수성이 예민한 청년 시절부터 무려 24년을 유배지에 갇혀 청춘을 송두리째 소진하며 하루하루 힘겹게 살아가야 했던 저자의 모습이 눈에 선하게 잘 그려진 고백이다.

이 힘든 상황을 상대방이 안다고 한들 아무런 도움을 줄 수 없는 상황이지만, 이렇게 글로 정리하면서나마 마음을 달랬을 것이다. 글쓰기는 괴로움을 해결해 주지는 못해도, 최소한 괴로움을 견디는 방편은 될 수 있다.

문장의 경계 答某人

문장의 경계(境界)를 훔쳐보고 있으나 늘 얇은 비단 한 겹이 그 사이를 막고 있는 듯하다는 족하(足下)의 말씀은 참으로 명언입니다. 문장에는 정녕 이런 경계가 있어서 한 겹의 경계를 겨우 벗어나도 또 한 겹의 경계가 가로막고 있습니다. 마치 파 껍질을 벗기듯이 아무리 껍질을 벗겨도 여전히 다른 껍질이 있는 격입니다. 하지만 이것은 자신을 부족하게 여기는 태도이지만 사실은 자신을 크게 진보시킬 바탕이기도 합니다. 그렇지 않다면 두보가 무슨 수로 만년에 시의 섬세한 경지로 깊이 들어갔고, 왕세정이 무슨 수로 귀유광(歸有光)을 조문하는 명문 한 편을 쓸 수 있었겠습니까?

문장은 단지 하나의 작은 기예일 뿐입니다. 공자는 큰 성인인데도 오히려 "내게 몇 년만 더 허락된다면 『주역』을 배워서 큰 허물이 없어질 텐데."라고 말했습니다. 이것이 바로 공자가 스스로 부족하게 여긴 태도이지만 사실은 공자께서 큰 성인이 된 바탕이기도 합니다. 후세의 선종(禪宗)에서 마음을 살피고 벽을 마주 보면서 하루아침에 갑자기 깨달았다고 말하는 태도와는 다르지요. 족하께서는 이 경계를 마주하여 이 한 겹을 뚫고 나아가고자 하면 옳겠지만, 이 한 겹이 끝내 없기를 바란다면 옳지 않습니다.

오직 우리 문학의 길에 이런 경계가 없다면 그것은 족하가 스스로 선을 그어 두고 앞으로 나아가려 하지 않는 것입니다. 게다가 문장을 짓는 것은 국을 뜨겁게 덥히는 것과 같습니다. 다 덥혀지면 차가워지는 것이 국이고, 다 차가워지면 덥혀지는 것이 국입니다. 다만 차가워지는 것은 가면 갈수록 더 차가워지고, 뜨거워지는 것은 가면 갈수록 더 뜨거워집니다. 이것이 또 점차로 나아가고 점차로 물러나는 차이점입니다.

해설

문학을 논한 편지글이다. 이 편지 역시 수신자를 밝히지 않았다. 답장을 받을 수신자를 지운 것은 이름을 밝히면 피해가 갈 것을 꺼려서다. "늘 얇은 비단 한 겹이 그 사이를 막고 있는 듯하다."라는 부분을 보면 아마도 수신자가 저명한 문인인 이학규에게 문학을 창작하고 이해하는 실력이 비약적으로 나아지지 않음을 개탄한 듯하다. 이학규는 그 말에 착안해서 문학의 세계에는 한량없는 깊이가 있어서 그 깊이를 이해하려는 끝없는 노력이 필요하다고 말하고 있다. 문학의 세계는 마치 파를 까는 것과 같아서 한 겹을 벗겨도 그 안에 또 껍질이 있다. 하나의 단계, 또 다른 단계를 파고들어 가면 어느 순간 드높은 경지에 도달할 때가 있으니, 학습과 체험을 통해 문학의 깊이를 알아 가라는 충고의 글이다. 단계를 밟아 가다 보면 때로는 비약이 있을 것이라고 충고하였다. 일차적으로는 문학의 경지를 놓고 말한 것이나 실제로는 많은 영역에 적용할 수 있는 조언이다.

한제원 묘지명 韓霽元墓誌銘

건릉(健陵, 정조) 계축년(1793년) 도림(萄林) 김성유(金醒維)가 병화재(甁花齋)로 나를 찾아왔다. 손에 흰색 비단 부채를 쥐고 있었는데 그 위에 칠언시 한 연이 적혀 있었다. 내게 자랑하기를 "요즘 세상에 박재선(朴在先, 박제가)과 유혜풍(柳惠風, 유득공) 말고도 이런 시를 지을 줄 아는 사람이 있더군. 이제 주옥이 앞에 떨어졌어도 알아보지 못한 부끄러움을 알게 될 걸세."라 하였다. 그가 누구냐고 급히 물었더니 짐짓 뜸을 들이다가 "개성 사람 한재렴(韓在濂)으로 자가 제원(霽元)이라네. 사귄 지는 겨우 열흘 남짓 지났으나 벌써 두 차례나 경전과 시문을 논했다네."

그가 머물고 있는 곳을 물어 속으로 기억한 뒤 이튿날 아침 그 집을 찾아가 문을 두드렸다. 잘생긴 젊은이가 해맑은 눈으로 바라보기에 어제의 그 시를 지은 사람은 분명히 아니겠다는 생각이 들었다. 그러나 서로 나이를 말하고 학업에 관해 말을 주고받자니 과연 제원이었다. 그로부터 여덟아홉 해 동안 비바람이 몰아치거나 너무 덥거나 춥거나 먼 곳에 가지 않으면, 못 본 신기한 책을 먼저 빌려 달라 하지 않아도 빌려주었다. 시문을 지어서 마음에 흡족하면 서로 보여 주면서 크게 읊조리며 자랑했고, 그렇지 못할 때에는 숨겼으나 꼭 번갈아 몰래 훔쳐다 꺼내 놓고 장난하며 웃음거리로 삼곤 했다.

신유년(1801년) 겨울 내가 영남으로 유배되고 나서야 제원이 나보다 먼저 호남에 유배되었다는 소식을 들었다. 묵묵히 손가락을 꼽아 헤아려 보니, 떨어진 거리가 겨우 닷새나 엿새면 당도할 정도밖에 되지 않았으나 생사의 여부조차 들려오지 않았다. 대여섯 해 뒤에는 그가 사면을 받아 고향으로 돌아갔다는 소식을 들었다.

무인년(1818년) 여름 돌아다니며 행상을 하는 개성 사람으로부터 그의 소식을 자세히 들었다. 제원이 그사이 과거에 공을 들여 진사시에 합격했고, 가세는 갈수록 기울었으나 학문은 갈수록 진보하여 예를 갖춰 경서를 끼고 학문을 배우려는 이들이 매우 늘었는데, 뜻밖에 올해 삼월에 세상을 떠났고 외아들 만식(晩植)이 여전히 집안을 잘 지탱해 가고 있다는 소식이었다.

갑신년(1824년) 여름, 나도 임금님으로부터 사면을 받아 선산에 성묘하고 서울로 올라갔다. 우연히 만식을 만났더니 만식은 울면서 제원의 만년 행적을 아주 자세히 말해 주었다.

삼가 살펴보니 제원의 조상은 상당(上黨, 청주)에서 나왔다. 시조는 태위(太尉) 휘(諱) 난(蘭)으로 고려 태조가 개국하는 사업을 도와 초상화가 벽에 그려졌다. 그 후손 중에 휘 수(脩)는 시호(謚號)가 문경(文敬)이고, 호는 유항(柳巷)이다. 이분이 휘 상질(尚質)을 낳으니, 시호가 문열(文烈)이고 조선의 문형(文衡)을 맡았다. 전하여 내려와 휘 귀종(貴宗)에 이르니, 이분이 제원에게 오대조가 되는 분이다. 두 아들을 두었으니, 장남은 휘 수명(秀命)으로 참판을 증직받았다. 휘 응추(應樞)를 낳으니, 동지중추부사(同知中樞府事)를 역임했다. 차남은 휘 수량(秀亮)이니 휘 위징(渭澄)을 낳았고, 이분이 휘 대훈(大勳)을 낳았으니 사헌부 감찰에 올랐고, 수명(秀命)의 후사가 되었다. 휘 석호(錫祜)는 성균 진사(成均進士)이며, 호는 혜원(蕙畹)이다. 부인은 임강(臨江) 이씨(李氏)로 사인(士人) 창언(昌彦)의 따님인데 원릉(元陵, 영조) 을미년(1775년) 정월 아흐레에 제원을 낳았다.

제원은 태어날 때부터 빼어나서 미목(眉目)이 수려하고 식견이 영특했다. 나이 세 살에 부친이 성균관에 다닐 때 제원은 곁에서 놀면서 문득 시권(試券)을 낭랑하게 외워 몇 구가 끝나도록 한 글자도 틀리지 않았다. 조부가 일찍이 연행사(燕行使)를 따라 연경에 들어갔는데 우편을 전하는 사람을 볼 때마다 손수 작은 글씨로 편지를 써서 즉시 부쳤다.

병오년(1786년)에 조부가 식솔을 이끌고 서울 반송방(盤松坊) 저택으로 거처를 옮겼다. 장서 수만 권을 장만해 두고 제원이 거기에서 밤낮으로 공부하도록 했다. 부친은 통달한 어진 선비들을 초대하여 공부에 보탬이 되도록 했다. 술과 음식이 차려지지 않은 날이 없었고, 재물이며 곡식 옷감으로 궁핍한 이들을 두루 구제하였으니, 모두 제원의 뜻을 따른 것이다. 열다섯 살에 조부의 상을 당했는데 상사를 몹시 급작스레 당한 탓에 많은 친척들이 다들 향촌에서 올라오지 못했다. 그러나 제원이 직접 상례를 주관하여 초혼에서 입관까지 한결같이 주문공(朱文公, 주희)의 가례(家禮)에 의거하여 후회가 없도록 했다.

과거 공부를 할 때에는 흔해 빠진 문장을 답습하지도 않았고, 그렇다고 목구멍에 막혀 소화시키지 못하는 문장을 쓰지도 않았다. 정조 임금께서 문물을 권장하시던 세상을 만나 십수 년 사이에 모두 여섯 번 합격하고 두 번이나 수석을 차지하여 명성이 임금님의 귀에까지 들어갔다. 임금님께서도 제원을 특별히 주목하셨다. 훗날 시험장에서 임금님께서 여러 번 눈길을 던지시더니 가까이서 모시는 신하들을 돌아보시며 "이는 지난번 합격했던 그 사람이 아닌가?"라 말씀하셨다. 임금님께서 규장각의 명신들을 뽑아 여러 저작을 찬정(撰定)하실 때, 매번 뽑힌 사람들과 더불어 이야기하시다 "만약 한 아무개를 시켜서 이 일을 맡게 했다면 틀림없이 취사(取捨)를 달리했을 것이다."라 말씀하셨다.

신유년(1801년), 시기하는 자의 모함을 받아서 화를 예측할 수 없었다. 형리들이 대문에 들이닥쳐 온 집안 식구들은 얼굴이 사색으로 바뀌었으나 제원은 거동이 조금도 위축되지 않았다. 신문을 받을 때도 대답하는 말이 분명하고 조리가 있어 굽히지 않았으나 모함을 처음 꾸민 사람이 완강히 버텨서 연말에 호남 순천부(順天府)로 유배를 떠났다. 네다섯 해를 그곳에 사는 동안 학생들이 모여들어 학업을 성취한 사람이 매우 많았다. 일찍이 고악부(古樂府)를 본떠서 「승평곡(昇平曲)」 한 편을 지었는데 — 승평은 순천부의 옛 이름이다. — 고을 사람들이 악부(樂府)에 올려 관현(管絃)으로 연주했다. 또 「계정십절구(谿亭十絶句)」를 지었는데, 홍기섭(洪起燮)이 원님이 되었을 때 각수(刻手)에게 명하여 새기게 하고 환선정(喚仙亭)에 걸었다.

지금 임금님 을축년(1805년) 임금님으로부터 사면을 받아 돌아왔다. 부친을 뵙고 쾌활하게 지내며 봉양하여 마치 일찍이 험한 일을 겪지 않은 듯했고 담담히 다 잊은 듯했다. 무진년(1808년) 부친이 앓아 누웠는데 하루 만에 위중해졌다. 제원이 손가락을 베어 피를 넣어 드려 며칠 동안을 더 연명하였다. 친상을 당하자 애통해하여 거의 정신을 잃을 지경이었다. 무덤가에 초막을 짓고 삼년상을 마쳤다. 임신년(1812년), 큰형의 상을 당했을 때는 그 가산이 흩어지고 관리되지 않아 거의 지탱하지 못하는 것을 보고서 한두 번 사업을 일으켰는데, 조치가 모두 합당했다. 조카들을 사랑하고 인도함이 친자식들보다 더했고, 조카딸을 위해 사위를 택해서 재우고 먹이며 교육했다.

계유년(1813년)에는 금강산 유람을 떠나 스무 날 만에 돌아와서, 육유

(陸游)가 「입촉기(入蜀記)」를 지은 것처럼 유기를 지었다. 을해년(1815년)에는 해서 지방을 유람했는데, 이때 조종영(趙鍾永, 1771~1829년)이 지방관으로 있어서 서로 주고받은 시를 약간 편 남겼다.

만년에는 개성 병부교(兵部橋) 근처에 살면서 서실(書室)을 짓고서 송반당(松半堂)과 서하루(西霞樓)라 이름하였다. 멀고 가까운 곳으로부터 찾아오는 학생들이 매우 많아서 밤낮으로 그들을 가르쳤다. 학생들의 발음과 구두를 바로잡아 주고 취지와 의미를 명확히 분간해 주어 부지런히 가르치기를 그치지 않았다. 교육을 받은 학생들의 지식과 소견이 크게 진보했다. 거처는 반드시 고요하고 깨끗하게 했으며, 서적이며 벼루와 책상은 그 위치를 정돈하였고, 잡기를 가까이하지 않았다. 사람들을 대할 때는 온후하여 흉허물 없이 지냈다. 그러나 옳지 않다고 여긴 것을 구차히 따른 적이 없었다.

제원의 학문은 경전과 역사를 꿰뚫었고, 폭넓으면서도 정밀하여 문물의 제도 자학(字學)의 원류부터 사소한 벌레나 물고기, 풀과 나무에 이르기까지 하나같이 마음을 다해 연구하여 이해했다. 시는 소식을 거쳐 두보로 거슬러 올라갔다. 그 성정이 뛰어난 수준은 까마득하게 높아서 따라잡을 길이 없어 보였으니, 또 남들은 미칠 수 있는 수준이 아니었다. 일찍이 고려사에 관한 자료를 모아 『고도징(古都徵)』 열네 편을 지었으며, 복식과 거마의 옛 제도를 연구하여 『포경당존고(抱經堂存藁)』 네 편을 지었는데, 모두 한창 저술에 힘쓸 때 액운을 만나거나 병에 걸려 뜻을 다 이루지 못했다.

그가 순천에 머물 때 한번은 막냇동생 정원(淨元)에게 편지를 보내 말했다. "선비는 『대학』과 『중용』을 읽지 않아서는 안 된다. 일상생활의 언행은 반드시 마음을 바로하고 뜻을 성실히 해야 하거니와 그것이 덕(德)

으로 들어가는 문이다. 봄과 여름 어간에 복흥병사(福興丙舍)에서 이 두 책을 읽으며 객지의 형과 서로 그리움을 달래자꾸나." 제원은 이처럼 문인 운사(文人韻士)로 자처하지 않았다.

더불어 노닌 사람은 위로는 사대부로부터 아래로는 방외의 처사에 이르기까지 모두 한 시대의 빼어난 인물이었다. 간혹 깊은 산중 외진 바닷가에 살며 그의 얼굴을 보지 못한 사람이라도 그의 이름을 잘도 아는 이처럼 거론하니 그가 후세에는 유명해지리란 점을 잘 알 수 있다.

제원이 처음 나와 만났을 때에는 스스로를 담생(澹生)이라 일컬었으나 만년에는 다시 심원당(心遠堂)이라 하였다. 예전부터 가래와 기침으로 고생했는데, 만년에는 더욱 심해졌다. 남들이 의약을 권하면 웃으며 사양하기를 "돌팔이는 사람만 잡을 뿐이야. 그저 춘화탕(春和湯) 한 첩이면 충분해."라고 말했다. 봄이 되어 화창해지면 저절로 나아지리란 말이었다. 제원이 마침내 이 병으로 세상을 떠나 개성 묘지동(妙芝洞) 자좌(子坐)의 언덕에 장사를 지냈다.

부인은 웅천(熊川) 김씨(金氏)로 좌랑(佐郎) 취행(就行)의 따님이시다. 일남 일녀를 두었다. 아들이 곧 만식으로 남양(南陽) 홍씨(洪氏) 경현(景賢)의 따님에게 장가들어 아들 둘을 두었으니 장남은 원희(元喜)이고, 차남은 원경(元慶)이다.

명은 이러하다.

명철한 성인께서 알아주기에
나는 굳게 믿나니
횡액이 닥쳐와도
나는 순응하리라.

개구리 울음이 하늘까지 진동해도
끝내는 소멸할 따름이다.
그대가 남쪽에서 돌아온 뒤로
명성이 날로 펴졌도다.
아! 그대를 슬퍼하는 것이 아니라
저 무리들이 입술에 피를 묻히고 죽어 가는 것이 슬프도다!

해설

한재렴이란 개성 출신 문인의 묘지명이다. 그는 『고려고도징(高麗古都徵)』을 남긴 역사학자이자 문인으로, 정조에게 인정받았으나 신유박해 이후 유배와 낙향으로 뜻을 펴지 못했다. 이 글은 그의 불우함과 파란의 삶을 동병상련과 연민의 감정을 실어 묘사하였다. 개성의 학맥에서 중요한 위치를 차지하는 한재렴은 나중에 이건창(李建昌)의 「심원자전(心遠子傳)」과 김택영(金澤榮)의 『숭양기구전(崧陽耆舊傳)』에서 재차 묘사되고 있다. 그러나 직접 교유한 이학규의 전기가 가장 신뢰할 만하다.

한재렴과 만나 교유하게 된 과정을 묘사하는 대목부터 시작하여 유배가 끝난 뒤 그의 아들을 만나 묘지명을 쓰게 된 과정을 먼저 밝히고 있다. 이후는 그의 생애에서 주요한 장면을 그려 내고 마지막으로는 그의 학문과 저술, 인품 등을 서술하였다.

한재렴은 어렸을 때부터 총명하여 집안의 기대를 한 몸에 받았고, 청년 시절 정조도 유심히 지켜본 촉망받는 젊은 문인이었다. 그러나 정조가 승하하고 이학규의 외숙인 이가환(李家煥, 1742~1801년)이 신유옥사

(辛酉獄事)에 연루되어 비명에 가면서, 한재렴 역시 얽혀 들어 유배를 떠났다. 유배지 순천에서도 좌절하지 않고 후학들을 가르치면서 덕을 쌓았던 것으로 전해진다. 개성에 돌아온 지 10여 년 만에 한재렴은 마흔네 살의 아까운 나이로 삶을 마치고 말았다. 개성의 거부 집안이 삼대의 노력으로 서울에서 명성을 누리지만 신유박해로 뜻을 이루지 못하는 아쉬움이 절절한 글이다. 글에서는 그와 같은 비분에 찬 감정을 크게 내세우지 않았으나 명사(銘辭)에서는 비통함이 강렬하게 표현되어 있다.

박꽃이 피어난 집 匏花屋記

내가 사는 집은 높이가 한 길이 채 되지 않고 너비가 아홉 자가 되지 않는다. 일어나 인사하려면 갓이 걸리고, 드러누우려면 무릎을 구부려야 한다. 한여름에는 햇볕이 쏟아져 들어와 창문이 열에 달아오른다. 그래서 집을 에워싼 담장 밑에 박을 십여 뿌리 심었더니 넝쿨이 뻗어 올라가 지붕을 뒤덮었고, 그 그늘 덕을 보게 되었다. 그러나 파리와 모기가 그 컴컴한 그늘에 서식하고 뱀과 구렁이가 서늘한 습지에 도사리고 있어서 어두컴컴해진 밤이 되면 자주 일어나 등잔이나 촛불을 들고 마당을 왔다 갔다 하였다. 조용히 앉아 있자니 벌레에 물린 자리를 긁어 대느라 지치고, 벌떡 일어나 빨리 걸으면 저들에게 독하게 물릴까 겁이 났다. 걱정에 피곤이 날이 갈수록 심해지더니 병이 나서 소갈병도 생기고 우울증도 생겼다.

손님을 만나기만 하면 그 처지를 털어놓곤 하였다. 서울에서 찾아온 과객이 있어 내 하소연을 듣고서 안타까워하더니 예전에 직접 겪은 일이라며 다음과 같은 사연을 들려주었다.

저는 어려서부터 가난하여 장사를 해 왔습니다. 조령 이남의 나루터나 역마을의 여관에서부터 후미진 시골의 작은 주막집까지 발길이 닿지 않은 데가 없습지요. 무더운 여름철이 되면 나그네들이 한데 모여듭니다. 지방 수령이나 사신들은 먼저 호젓한 안채에서 서늘한 바람을 쐬고, 바람 잘 드는 행랑이나 한데서 잘 수 있는 평상은 또 그들을 따라다니는 겸종이나 역졸들이 차지합니다. 남아 있는 곳은 벽을 후벼 파서 관솔불을 피운 후텁지근한 온돌방이나 대자리를 쳐서 빈대를 쫓아내는 뜨뜻한 평상이 그나마 깔끔한 자리인데 바로 우리 같은 과객들이 하루 이틀 묵는 곳입니다.

밤이 깊어 갈수록 사람들로부터 열기가 후끈 달아올라 마치 가마솥에서 밥을 짓는 김이 오르는 느낌입죠. 겨드랑이에서 냄새가 심히 나는 이도 있고, 방귀 뀌는 자, 코를 드르렁드르렁 고는 자, 이를 부득부득 가는 자, 옴이 나서 긁어 대는 자, 잠꼬대하며 욕을 하는 자가 있어 나오는 소리와 하는 짓이 천태만상이라 이루다 표현할 수 없습니다.

그 고역을 견디지 못해 옷가지를 집어 들고 돗자리를 옆에 끼고 부엌 두렁이나 방앗간, 소외양간이나 마구간을 두루 찾아다니다 보면 어느새 네댓 번 자리를 옮기게 되더군요. 그런데 여관집 머슴이나 종을 보면 땟국물이 흐르는 머리와 얼굴을 하고서 부산하게 소나 말처럼 뛰어다니면서 아침저녁으로 행인들이 남긴 음식을 받아먹습니다. 먹다 버린 밥이나 국도 달게 먹지 않는 법이 없습니다. 술에 취하거나 배가 부르면 자리에 드러눕자마자 바로 잠이 듭니다. 우리들이 접때 견디지 못하던 잠자리에서 그놈들은 마치 쌀쌀한 날씨에 시원한 집에서 잠을 자듯이 편안히 잘도 잡니다. 그놈들의 행동이나 낯빛을 보면 남루한 누더기 옷을 걸치고는 있으나 살결은 튼튼하여 병도 고통도 없이 천수를 누리지요.

그건 다른 요인이 있어서가 아니더군요. 저들은 자기들이 사는 곳을 여관으로 간주하고 운명과 분수가 본래부터 그렇게 정해졌다고 여깁니다. 분개하거나 걱정함으로써 속을 상하게 하거나 끙끙대고 탄식하여 기운을 허비하는 일도 없습니다. 그러다 보니 병도 고통도 없이 천수를 누리는 게지요.

다른 한편으로 보면, 지금 이 세상이란 우리들이 목숨을 이어 가며 죽은 이를 떠나보내는 여관인데 그 여관이란 게 또 하룻밤이나 이틀 밤을 자고 떠나는 여관일 뿐입니다. 그런데 지금 어르신께서는 이 여관 안에서 몸을 부쳐 살면서 또 옹색하게 떠돌아 후미진 골짜기에 몸을 숨기는 처지이니 이는 또 여관 속의 여관에서 머무는 꼴입니다.

저 머슴이나 종은 무식하고 무지하여 여관을 여관이라 알고 있을 뿐 음식을 잘 먹고 잠을 편히 자므로 추위와 더위가 그에게 해를 가하지 못하고 질병이 그에게 재앙을 끼치지 못합니다. 반면에 어르신께서는 도를 지키고 운명을 순종하며 평상시의 살아가는 길을 잘 알고서 행하시는 분입니다. 그러나 여관 속의 여관에서 머무는 처지임에도 여관이라 여기지 않고서 스스로 속에서 일어나는 불을 돋워 일으키고 원기를 해치니 질병이 생기고 위기나 죽음이 당장 이를 것입니다. 어르신께서 배우고자 하는 분들은 옛날의 성현이건마는 여관의 머슴이나 종과 같은 자들보다 못하단 말입니까?

과객의 말을 듣고서 그 말을 조리 있게 다듬어 벽에 써서 박꽃이 피어난 집의 기문으로 삼는다.

해설

글쓴이가 경상도 김해에 유배 간 지 10여 년이 흐른 1812년 여름에 지은 글이다. 제목에서는 하얀 박꽃이 피어 있는 고즈넉한 시골집의 정취가 연상되지만 실제는 비좁고 무더워서 한여름을 나기 힘든 가난한 초가집 생활의 단면을 묘사하고 있다. 서울에서 지낼 때의 안락함과는 거리가 먼 유배지의 궁핍한 생활상과 그것을 견디기 힘들어하는 서울내기 샌님의 고통을 잘 표현한 글이다.

글은 크게 두 부분으로 나뉜다. 오막살이 초가집의 견디기 힘든 한여름 나기에 대한 묘사와 푸념이 앞 대목에 전개된다. 이어지는 부분은 글쓴이의 푸념을 들은 장사꾼 과객이 들려주는 말이다. 내용의 핵심은 장사꾼의 이야기다. 숱한 사람들이 오가는 주막에서 겪은 사연이 생동감 있게 묘사된다. 한여름에 묵는 작은 주막집에서는 너무 더워 잠을 설치기 쉽다. 그럼에도 머슴이나 종들은 개의치 않고 잘 먹고 잘 잔다. 가장 비천하고 가장 힘겨운 인생이건마는 그 누구보다 행복하다. 고통조차도 행복으로 바꾼다. 여관에서 일어난 사연을 확장하면 우리가 머무는 세상도 이런저런 집도 다 여관이다. 지은이에게 오두막은 여관 속의 여관이다. 적응할 뿐 집착하지 말아야 하고 매사는 마음먹기에 달려 있다는 메시지를 던진다. 대부분의 기문은 사는 집의 아름다움과 멋을 묘사하지만 이 글은 거꾸로 살기 힘든 것을 묘사한다.

윤이 엄마 제문 哭允母文

윤(允)이 엄마 진주(晉州) 강씨(姜氏)가 도광(道光) 원년(1821년) 십일월 초사흘에 아기를 낳다가 산후풍(産後風)을 맞아서 아흐레 동안 목숨을 부지하다가 세상을 떴다. 그로부터 아흐레가 지난 기미일에 김해부 북쪽 십 리에 있는 산막골 술좌(戌坐, 서북방) 언덕에 임시로 무덤을 만들었다. 또 아흐레가 지난 정묘일에 그의 남편 평창(平昌) 이학규가 술 한 병에 고기 한 접시를 장만하여 무덤 앞에 차렸다. 그러고서 마치 평소에 권하거니 마시거니 하듯이 혼자 술을 따르고 혼자 고기를 씹어 먹었다. 그런 뒤 강씨가 누워 있는 무덤을 향하여 입을 열어 다음과 같이 고하였다.

오호라! 내 인생이여. 운명 한번 기막히구나.
내가 남녘땅에 머문 지 십오 년이 흘렀을 때
조강지처 정씨(丁氏)가 옛집에서 세상을 떴소.
생이별을 마치기도 전에 사별이 이어지니
명치끝에 뭔가 걸린 듯, 눈물도 울음도 나지 않았소.
이따금 혀를 끌끌 차며 속으로 따져 보고 손꼽아 봐도
내 운명이 이렇게 크게 어그러질 줄 미처 몰랐소.

성 남쪽의 오막살이에 풀은 무성하고 길은 진창인데
동자 몇이 찾아와서 기운 차려 책을 가르쳤소.
닷새 만에 세수 한 번, 열흘 만에 빗질 한 번
하숙에서 대는 밥은 푸성귀에 매조미쌀
돗자리는 끊어져 정강이 보였고 보선은 해어져 발등이 나와도
그렇건 말건 개의치 않고 잠 잘 자고 먹기 잘 했더니
남들도 놀라면서 머리도 검고 피부도 희다고 했소.

정축년(1817년) 겨울에 이웃집 노파를 만났더니 말합디다.
"이웃 마을에 혼자 사는 처녀가 있는데
어려서 가난했으나 열심히 일해 자립했지요.
형제도 하나 없고 친부모도 없지마는
눈길 주는 남자마다 완강하게 거절했지요.
외로운 둘이 만나 산다면 남들 괄시도 막을 테니
한번 운을 떼 보셔요? 말만 하면 허락할 겁니다."

그렇게 자넬 만난 지 이제 오 년이 흘렀구려.
기묘년(1819년) 여름철 어머니께서 자식을 버리시니
천지가 푹 꺼지고 생사가 가이 없을 때
상복을 입히고 미음을 먹여 주며 말했소.
"효도를 마치려면 상복 입고 제사 올려야 하고요
부모님이 주신 몸을 손상해선 안 되지요."
말인즉 이치에 맞았고, 마음 씀은 애달팠소.

귀한 손님이 찾기도 해 수종꾼에 가마가 들락거리면
차릴 것이 있거나 없거나 청주에 회를 쳐서 내어놓고는
손님이 돌아간 뒤 나를 보고 말했소.
"당신은 벼슬을 못하고 벼슬아치가 찾아오기만 하니
좋지 못한 운수에 시달리는 당신이 불쌍해요.
제가 혼자라고 염려하거나 고생한다고 동정하지 말고
어서 빨리 성은을 입어 옛집으로 돌아가셔요."

금년 초겨울 이불이 해지고 색이 바래서
등불을 창가에 밝히고 물레를 돌리다가
나를 불러 "일어나서 베 좀 짜 줘요."라고 하더니
마당 한편 텃밭에 채소를 심는데
촘촘하게 줄을 맞춰 파와 배추, 갓과 마늘을 심었소.

그때 배 속에는 아이가 있어 구부정히 힘겹게 일하더니
호미를 내던지고 한숨을 내쉬는데 나를 보는 낯빛이 전과 퍽 달랐소.
눈자위엔 눈물이 그렁그렁, 머리를 숙이고 귀퉁이로 가길래
우는 이유 캐물으니 "해산할 게 걱정돼요."라고 했소.

그 즈음 나는 우울증이 심해 사찰에 들렀는데
이틀 밤을 묵고 돌아오니 집 안팎에 인기척 하나 없고
밥도 미음도 들지 않은 채 밥그릇 앞에 두고 햇볕을 쪼이다가
들어오는 나를 보고 반가워하며 낯빛이 환해졌소.

이튿날 새벽 해산하여 딸아이를 낳았는데
몸을 풀고 난 뒤 쓰러져 숨을 헐떡이고 머리가 아프다 했소.
풍사(風邪) 탓이라 하는 이도 있고, 오로(惡露) 탓이라 하는 이도 있었는데
오한이 나고 가슴이 답답하며 입이 돌아가고 다리를 덜덜 떨었소.
약은 효험이 없었고 의원은 할 말을 잃었소.
자네가 죽던 날 혀는 뻣뻣해지고 목소리는 쉬었으나
그래도 내 손을 잡고서 할 말이 있는 듯했소.
말을 꺼내려다 하지 못하고 천천히 눈을 떴는데
그러나 울지도 못했으니 내가 더 슬퍼할까 봐 염려해서였소.
포대기에 쌓인 애를 돌아보고 간신히 한 번 안아 보고
안아서 바로 젖을 물리고는 슬퍼하고 처참해했소.
그렇게 영결하여 끝내 이 지경이 될 줄 누가 알았겠소.

오호라! 애통함을 어찌 차마 말로 꺼내겠소!
누군들 감정이 없고 누군들 죽지 않겠소!
사람이 죽으면 슬퍼하여 사람마다 다 똑같이 하겠소만
그러나 내 심경 어떤지를 자네는 잘 알게요.
의지가지없는 외로운 몸이 자네라면 기댈 만하다 여겼지만
배필이 되어 부부이기는 하나 일하기는 여종이었소.
새벽도 없고 낮도 없이 기름과 소금, 장과 술을 장만하여
맛난 것은 내게 주고 쓴 것은 자네가 먹으며 장수하라 축원했소.

전에 자네가 내게 말했소. "태어난 지 돌도 되지 않아서

고약한 병을 앓아 젖을 못 먹고 또 매도 많이 맞았어요.
지금 나이가 들었어도 아이처럼 허약하고
캄캄한 밤이 특히 무서워 겁이 덜컥 나고 의심이 듭니다."
내가 밤에 외출하여 술독에 빠져 있기라도 하면
등불을 켜고 기다리는 모습이 애달프기만 하였소.
저 아래 저승 세계는 숯처럼 새까말 텐데
어둠을 밝힐 등불도 없고 같이 있어 줄 사람도 없겠구려.

인연이 다 끝나지 않았다면 황천에서 다시 보고
정이 아직 남았다면 꿈에라도 자주 찾아오소.
응애응애 우는 갓난아기는 아직도 자네 젖을 물려야 할 텐데
내가 안아서 먹이고 내가 손잡고 걸음마를 떼게 하겠소.
묵정밭도 있고, 초가집과 채소밭도 있으며
남겨 준 옷에 치마와 웃옷, 저고리와 바지도 있으니
그 애가 장성하기를 기다렸다가 수효대로 넘겨 주리다.

내가 성은을 입고 귀향하여 선영에 가게 되면
마땅히 자네를 버리지 않고 관과 함께 길을 떠나겠소.
삼짇날과 추석에는 벌초를 하고 나무를 심을 것이니
길에서 죽어 시신을 한데 버린 것보다 나을 거요.
자네가 이런 줄을 알고 미련 남기거나 돌아보지 마오.

전에 내가 자네에게 말하기를 "자네가 만약 아이를 낳게 되면
이름을 꼭 윤(允)이라 지으리라." 했으니 자네는 이제 윤이 엄마요.

자네는 글자를 모르니 글을 지어 부르지 않을 거요.
'윤이 엄마!'라고 부르기만 하면 바로 '나 여기 있소!'라고 답을 하오.
혼령이 벌써 떠났다면 다시 올 기약이 없겠지만
아직 가지 않다면 듣고서 알아차렸을 거요.
오호라! 슬프구려. 내 말 듣고서 알아차렸을 거요.

해설

1821년에 지은 작품으로 1823년에 엮은 작품집 『추수근재집(秋樹根齋集)』에 실려 있다. 제목 하단에 작자가 "우연히 옛 종이를 열람하다가 옛 원고를 얻었기에 여기에 추록(追錄)한다.(偶閱故帋, 得舊藁, 追錄于此.)"라는 부기(附記)를 달아 놓았다. 문체로는 제문(祭文)으로 원문은 거의 모든 구가 4언(言)으로 구성된 운문 형식을 띠고 있다. 글쓴이는 1801년 김해부에 유배된 이후 1815년에 고향집에서 부인이 죽었다는 소식을 들었다. 그로부터 두 해 뒤 이웃집 노파의 중매로 진주 강씨와 함께 살았다. 그런데 강씨는 함께 산 지 5년째 되던 해 딸을 낳다가 죽었다. 강씨를 묻고 무덤가에서 넋두리처럼 아내의 혼령에게 건네는 말을 나중에 글로 적었다. 아내는 글을 모르는 문맹이라 글이 아니라 말로 소통해야 했다.

강씨는 김해의 평민 출신 고아로서 서울의 혁혁한 양반가 출신 글쓴이의 아내 겸 몸종으로 함께 살았다. 불쌍한 두 영혼이 서로 의지하며 누리던 짧은 행복마저 첫딸을 낳다가 얻은 산고로 산산조각 났다. 글쓴이는 만남과 이별의 과정, 아내가 겪은 가슴 저리게 슬픈 생애의 궤적과 내면을 깊은 회한과 연민의 마음을 담아 표현하였다. 스스로 밝힌 것처럼 아내의 영혼에게 말로 건넨 독백이 훗날 한문으로 정착한 글이다. 보통 제문이 다른 글에 비해 훨씬 감성적이기는 하지만 이 글은 독백과 연민, 인간애의 감정이 가슴 뭉클한 사연과 언어로 표현되고 있어 어떤 제문보다도 독자의 심금을 울린다. 제문 가운데 백미이다.

박윤묵 朴允默

1771~1849년

자는 사집(士執), 호는 존재(存齋), 본관은 밀양(密陽)이다. 19세기 전반기의 저명한 여항인 문사이다. 어산(漁山) 정이조(丁彝祖)에게 글을 배웠고, 1790년 정조의 특명으로 규장각의 서리(書吏)가 되어 오랫동안 실무를 담당하면서 당대의 명사들과 교유했다. 1835년에는 특별히 평신진 첨사(平新鎭僉使)에 임명되어 선정을 베풀었다.

천수경(千壽慶, 1758~1818년)이 주도한 송석원 시사의 주요 동인으로 활동했고, 서원 시사(西園詩社)의 창설에 깊이 간여했다. 정조와 순조 연간에 여항 문단을 주도한 문인 가운데 한 사람이다.

문집으로 『존재집(存齋集)』 26권이 전하는데, 그중 스물두 권이 시일 정도로 많은 작품을 남겼다. 산문에는 당시 여항 문단의 동향을 보여 주는 중요한 글이 많다.

송석원 松石園記

송석원(松石園)은 옥동(玉洞) 북쪽에 있다. 짙푸르고 구불구불 서린 소나무가 산언덕을 빙 둘러서 그 안쪽이 얼마나 깊은지 얼핏 헤아리기 어렵다. 또 바위가 벽처럼 우뚝 서 있고 높이가 몇 길 남짓이라 사람들이 바라보며 유난히 사랑스러워한다. 군선(君善) 천수경(千壽慶) 옹이 그 사이에 초가집을 짓고 자호(自號)를 송석(松石)이라 하였다. 두건을 비뚜름하게 쓰고 소나무를 어루만지며, 도포를 벗고 바위를 베고 누워서 날마다 문인이나 재사들과 어울려 느긋하게 시를 읊으며 늙어 죽을 때까지 지내려 하였다. 이야말로 좋아해도 너무 좋아하는 경지라 해야 하리라.

정원에서 즐길 만한 초목에는 화사한 복사꽃, 고운 살구꽃, 향기로운 난초, 그윽한 국화가 있다. 이 꽃들은 아름답고 무성하기는 하나 모두 한때만 피고 만다. 소나무와 바위만은 사시사철 푸르고 천년을 지내도 변함없으며 고고하게 구름을 찌르고 우람하게 빼어나다. 귀를 기울이면 솔바람 소리가 들려오고, 눈을 들면 우람한 자태가 손에 닿을 듯하다. 그 소리와 자태로 뜻과 정취를 표현하고 절개와 지조를 가다듬나니 어디를 가도 귀에 들려오고 눈에 들어와서 도와주려 한다. 그렇다면 한때 피었다 지는 초목들과 어떻게 똑같은 수준에서 말하랴?

천수경 옹은 지금 백발노인으로 자태는 소나무와 같고 골격은 바위와 같다. 그 곧은 마음과 굳센 절개로 소나무와 바위 사이에 산다. 늙을수록 더욱 씩씩해지고 가난해질수록 더욱 매서워져서 끼니를 자주 걸러도 아무 일 없다는 듯 태연하게 살아간다. 인왕산 북쪽 동네에서는 잘난 사람이나 못난 사람이나 송석이라 일컬으면 천수경 옹을 가리키는 줄 누구나 안다. 옹은 참 대단하구나!

송석원은 오래도록 모래가 쌓이고 잡초가 우거져 뱀들이 우글거리고 족제비가 들끓는 곳이었다. 그러나 옹이 살기 시작한 뒤로 소나무는 더 우뚝해지고 바위는 더 기이해진 듯하여 마치 오늘날이 오기를 기다린 느낌이다. 계곡의 벗과 시사의 친구들이 서로 어울려 문을 들락날락거려 하루도 비는 날이 없는데 그 또한 옹이 있어서 그런 것이 아니랴!

옹은 노년에 할 일을 만들어 사물을 벗으로 삼아 흥을 기탁하고 성정에 맞게 즐기며, 그 즐거움을 벗들과 함께 누리고자 했다. 그리하여 내가 즐거운 마음으로 글을 써 드린다.

해설

여항 시인들의 활약으로 송석원이 장안의 명소로 부각되었을 무렵의 풍광과 인문적 아름다움을 드러낸 글이다. 송석원의 전경을 소나무와 바위를 중심으로 간결하게 묘사하고 여항 시인들의 아지트였던 점을 살짝 언급했다.

한때 명사들의 거처였다가 퇴락해진 곳을 천수경이 차지하자 그곳으로 장혼, 조수삼, 차좌일(車佐一), 김낙서(金洛瑞), 왕태(王太)를 비롯한 많은 여항 시인들이 모여들었다. 이들은 자신들의 모임을 '송석원 시사(松

石園詩社)' 또는 '옥계 시사(玉溪詩社)'라 일컬었고, 이들의 시회는 장안의 큰 화젯거리였다.

이들은 힘을 모아 『풍요속선(風謠續選)』 같은 여항 시인들의 시선집을 간행하였고, '백전(白戰)'이라는 전국적인 시회를 1년에 두 번 개최하기도 했다. 또 시회가 열릴 때면 지어진 시를 모아서 정리하고 유명한 화가를 청해 그림을 받아 시화첩을 만들었다. 1791년에 만들어진 『옥계아집첩(玉溪雅集帖)』이 남아 있는데 여기에는 김홍도와 이인문의 그림이 실려 있다.

이 글은 노년의 천수경이 송석원을 시인들이 몰려드는 공간으로 만들어 즐기는 모습을 인상적으로 묘사하였다.

수성동 유기 遊水聲洞記

골짜기에 물이 많아 수성동(水聲洞)이란 이름이 붙었으니 곧 인왕산 입구이다. 경오년(1810년) 여름에 큰비가 수십 일 동안 내리자 개울물이 넘쳐 평지도 물이 석 자 깊이로 불어났다. 나는 아침에 일어나 맨발로 나막신을 신고 비옷을 입었다. 술 한 병을 들고 동지 몇 명과 수성동으로 들어갔다. 돌다리 가에 이르러 위아래 풍경을 바라보니 여기저기 너무 아름다워 시선을 돌리기에 여념이 없었다. 계곡의 빼어난 풍경과 폭포의 웅장함은 예전에 보던 것과는 크게 달라 황홀하였다.

무릇 인왕산 계곡물은 옆으로도 흐르고, 거꾸로도 흐르며, 꺾어졌다 다시 흐르기도 한다. 비단 한 폭을 걸어 놓은 듯이 흐르기도 하고, 수많은 구슬을 내뿜듯 흐르기도 하며, 가파른 절벽 위에서 나는 듯 떨어지기도 하고, 푸른 솔숲 사이에서 뿜어져 흐르기도 한다. 백 개의 골짜기와 천 개의 개울이 하나도 똑같은 모습을 한 곳이 없다. 모든 물이 수성동에 이르러서야 비로소 하나의 큰 물길을 이룬다.

산을 찢고, 골짜기를 뒤집으며, 벼랑을 치고 바위를 굽이돌아 마치 만 마리 말들이 다투어 내달리고 갑자기 우레가 치는 듯하다. 그 기세를 막을 수 없고, 그 깊이를 헤아릴 수 없다. 그 속에 있으면 빗발이 퍼붓듯 파도가 넘실거리듯 이따금씩 날리는 물방울이 옷깃에 뿌린다. 서늘한 기운이 뼛속까지 스며서 혼령이 맑아지고 정신이 시원해지며, 감정이 느긋해지고 마음이 개운해진다. 조물주와 더불어 호탕하게 세상 바깥으로 나가 노니는 기분이다.

마침내 술에 크게 취하여 대단히 즐거웠다. 이에 머리를 풀어 헤치고 길게 노래한다.

인왕산 위에서 비가 줄줄 내리면
인왕산 아래에는 물이 콸콸 흐르네.
이 물 흐르는 곳이 바로 내 마을이라
서성대며 차마 떠나지 못하네.
풍경과 내가 어우러져 서로를 잊나니
노래 부르고 돌아보며 일어나네.
하늘이 홀연히 맑게 개고
석양은 벌써 서산에 걸렸네.

해설

이 글의 문체는 유기이다. 먼 곳의 이름난 명승을 유람하고 쓴 유기가 아니라 가까운 마을 뒷산에 비가 내렸을 때 우연히 노닌 정취를 묘사하였다. 늘 보던 풍경의 멋을 새롭게 발견하고 해석한 의미가 있는, 경쾌하고 산뜻한 소품문이다.

글쓴이는 비가 많이 내린 뒤 물이 불어났을 때 수성동을 찾아가 그 아름다움에 도취된 심경을 잘 드러냈다. 장맛비가 그친 무더운 여름날

아침 그는 친구들과 함께 계곡을 거슬러 올라갔다. 맨발에 나막신, 비옷을 걸친 가벼운 차림이었다. 수성동은 장마에 수량이 매우 많아져 평소에 보던 풍경과는 사뭇 달라졌다. 불어난 계곡물이 연출하는 다양한 풍경과 그 풍경에 흠뻑 빠져드는 환희를 행간에 잘 전하고 있다. 지금은 상상하기 힘든 도심 속 200여 년 전 풍경이다.

서경보 徐耕輔

1771~1839년

자는 임세(任世), 호는 묘옹(卯翁), 본관은 달성(達成)이다. 시호는 문정(文靖)이다.

할아버지는 영의정 서지수(徐志修)이며, 아버지는 대제학 서유신(徐有臣), 형은 좌의정과 이조 판서와 대제학을 지낸 서영보(徐榮輔)이다. 소론 벌열 집안에 태어나 음보로 벼슬을 시작했으나 1825년 알성 문과(謁聖文科)에 장원으로 급제하여 이조 판서까지 올랐다. 신위 등과 어울려 시문을 창작하였다.

문집으로 『묘옹집(卯翁集)』이 전한다.

벼루를 기르는 산방　養硯山房記

지금 강화도 유수 자하 신위 공은 시문과 서화로 세상에서 떠받드는 분이다. 나이가 들어 임금님으로부터 인정을 받아 은총과 대우가 매우 융성했다. 특히 글씨를 잘 써서 궁궐의 크고 작은 편액을 많이 썼다.

공의 저택은 남산 아래에 있는데, 세상에서 일송(一松) 심희수(沈喜壽, 1548~1622년)의 고택이라 전한다. 저택 동쪽에 작은 정원이 있는데 가로 세로가 얼추 수십 걸음이다. 정원을 넓혀 새로 조성하면서 남쪽을 향해 정자를 지어 자각봉(紫閣峯)과 마주 보게 했다. 정자는 처마가 넷이요 기둥은 여덟인데, 왼쪽에는 마루를 두고 오른쪽에는 누각을, 한가운데에는 방을 설치했다. 서적을 보관하고 붓과 벼루를 놓아두어 조정에서 퇴근하여 편안히 지낼 곳으로 삼고자 했다.

정자가 갓 지어졌을 때 세자 저하께서 쓰신 글씨를 받들고 대궐에서 시종이 이르렀다. 공이 두 번 절하고서 손을 씻고 열어 보니 횡폭(橫幅) 위에 '양연산방(養硯山房)'이라는 네 글자가 큰 글씨로 쓰여 있었다. 공이 또 두 번 절하고 하사하신 글씨를 받았으니 정자의 이름은 그렇게 해서 정해졌다.

오호라! 이름이 있으면 뜻이 있는 법이니 벼루를 기른다(養硯)는 뜻은 충분히 설명할 수 있다. 공이 이 정자를 지은 것은 서화(書畵)를 하는 거실로 삼으려는 뜻이 아니겠는가? 서화는 공이 좋아하는 것이다. 서화를 하는 사람은 늘 벼루를 사용하지만 평소 기르지 않는다면 어떻게 사용에 대비하겠는가? 어떤 이는 "벼루를 기르는 사람은 무늬 있는 비단으로 덮어 둔다."라고 말한다. 하지만 이것은 박물가(博物家)가 잘하는 일일 뿐, 내가 기른다고 말한 것은 아니다. 기른다는 것은 배양하는 것을 말한다. 앞으로 공이 이 방에 들어가 이 벼루를 기르고, 그렇게 잘 기른 벼루로 좋아하는 서화에 사용한다면 정자의 이름을 저버리지 않았다고 하겠다.

그런데 단순히 기르기만 하는 것은 향상을 도모하는 방법이 아니다. 사용하는 것에만 신경 쓴다면 마음을 괴롭히기나 할 뿐이다. 공이 어찌 그렇게 하겠는가! 지금 벼루는 그 몸체가 네모이고 그 바탕은 단단하다. 넓고 깊기는 연못을 닮았고, 고요하고 진중하기는 산과 같다. 밖은 부드럽고 안은 굳세며 가운데는 비어 물을 받아들인다. 칭송할 만한 덕이 한둘이 아니건만 사람들은 날마다 쓰면서도 잘 모른다.

지금 공이 이 벼루를 간직하면서 사물의 덕을 취하여 선(善)을 행하듯이 벼루를 기르는 자세로 스스로를 닦는다면, 장차 사물과 내가 함께 잘 닦이는 효과를 보고, 앞에서 말한 칭송할 만한 덕이 모두 내 차지가 될 것이다. 그렇게 얻은 덕을 서화에 발휘한다면 이는 도를 갖추고 예술로 나아간 것이니 훌륭하지 않겠는가!

문방(文房)의 보배가 네 가지인데 오직 벼루만 수를 누린다. 그러니 잘만 기른다면 백 년도 천 년도 갈 수 있다. 공이 벼루의 덕을 갖추고 또 벼루와 나란히 수를 누린다면 이는 모두 세자 저하께서 베푸신 은총이다. 제아무리 공을 위해 잘 칭송한다고 한들 이보다 더할 수 있으랴!

오호라! 세상에서 서화로 명성을 누리는 사람은 많으나 공처럼 위로부터 지우를 받은 사람은 몇이나 될까? 금니(金泥)로 쓰고 사롱(紗籠)으로 덮은 세자 저하의 글씨를 개인 저택에 편액으로 걸어 놓아 남들로부터 부러움을 사는 이가 몇이나 되랴? 송(宋)나라 육경(陸經)의 서실에는 인종(仁宗)이 하사한 비백서(飛白書)를 소장했는데, 그 정도로도 영예로운 광채가 일어나 하늘에 닿았다. 더욱이 하늘에서 내려온 보배로운 글씨가 은총이요 영광이라, 마치 해와 달이 비추는 것과 같고 은하수가 환하게 빛나는 것과 같아, 아침에 쳐다보고 저녁에 우러러보면 언제나 하늘의 향기가 지척에서 나는 듯하리라. 이 어찌 한때의 영예로운 구경거리에 그치겠는가! 후세에 공의 풍모를 듣는 사람들이 공이 저하로부터 크게 대우를 받았고 깊이 인정을 받은 이유가 단지 시문과 서화에 있지 않음을 잘 알도록 해야 할 것이다.

해설

1830년 어느 봄날 강화도 유수로 재임하던 신위는 남산 기슭의 자택 벽로방(碧蘆舫)으로 잠시 돌아왔다. 마침 새로 지은 건물이 완성되었다. 그가 돌아온 날 궁중에서 효명 세자의 하사품이 도착했다. 세자가 손수 '양연산방'이라 쓴 글씨였다. 신위는 감격해 마지않고서 새 건물의 이름으로 삼고 현판으로 걸었다. 그리고 친하게 지내던 서경보에게 그 이름으로 기문을 쓰라고 부탁하였다.

벼루를 기른다는 양연은 무슨 뜻인가? 신위는 시, 글씨, 그림에 모두 뛰어나 당시에도 벌써 삼절(三絶)로 일컬어졌다. 세 가지 가운데 무엇 하나 벼루의 신세를 지지 않는 것이 없다. 따지고 보면 벼루만 그렇겠는가? 벼루와 함께 문방사우로 일컬어지는 붓, 종이, 먹도 마찬가지로 소중하다. 그럼에도 세자가 벼루에만 초점을 맞춘 이유를 서경보는 벼루의 덕에서 찾았다. 벼루의 덕을 본받아 신위가 문예의 진보를 이루고 아울러 벼루처럼 수를 누리기를 축원한 것으로 해석하였다.

이 글은 겉으로는 신위와 효명 세자 사이에 있었던 아름다운 일화를 전하는 것처럼 보이지만 내막은 그렇게 단순하지 않다. 효명 세자의 지우(知遇)는 단순히 문학과 예술에 그치지 않았다. 이해 2월 효명 세자는 대리청정을 시작하면서 순조 즉위 이후 약화된 왕권을 강화하고자 했으나 불행히 5월 초 갑작스레 세상을 떠났다. 정국이 급변하면서 세자를 가까이서 보필했던 사람들은 죽임을 당하거나 속절없이 유배객이 되었다. 신위도 마찬가지로 힘겨운 세월을 보냈다. 영광스러운 양연산방 편액은 일장춘몽처럼 허망한 군신 간의 교감이 되고 말았다.

서기수 徐淇修

1771~1834년

자는 비연(斐然), 호는 소재(篠齋), 본관은 달성(達城)이다. 어렸을 때는 이광려(李匡呂) 문하에서 공부했고 1801년 문과에 급제하여 벼슬길에 진출했다. 1806년 노론 벽파였던 우의정 김달순(金達淳)이 실각하고 재종형인 서형수(徐瑩修) 역시 그 일파로 몰려 축출당할 때 이와 관련한 사건에 휘말려 큰 위기를 겪은 뒤 함경도 갑산으로 유배를 떠났다. 이 유배 기간 동안 백두산에 오르고 여기서 소개하는 「백두산 등반기」를 지었다. 1810년에 해배되어 돌아온 이후에는 10년 넘게 야인 생활을 하다가 1822년 고성 현령으로 복직되어 의주 부윤, 성균관 대사성, 이조 참의, 예조 참판 등을 역임했다.

많은 작품을 남기지는 않았으나 당시 저명한 문인들과 주고받은 시가 많고 산문은 여러 문체에 적은 수의 작품이 남아 있다. 작품들이 문집 『소재집(篠齋集)』 4권 4책에 실려 전한다.

백두산 등반기 遊白頭山記

갑산에서 출발하여 운총보에 도착하다 自甲山抵雲寵堡記

백두산은 저 황량한 북쪽 끝에 위치하여 우리나라 산들의 비조가 되므로 그 위상이 중국의 곤륜산(崑崙山)과 같다. 너무 황량한 곳에 있어서 서울 사대부들의 발걸음이 닿은 적은 거의 없고 쫓겨나거나 유배된 사람들만이 어쩌다가 이르렀을 뿐인데, 그나마 몇 손가락 꼽지도 못한다. 백두산 남쪽을 둘러싸고 자리 잡은 고을은 홍원(洪原), 북청(北青), 이성(利城), 단천(端川), 삼수(三水), 갑산(甲山) 등으로, 갑산부(甲山府)의 치소(治所)가 제일 가까워 삼백사십 리 떨어져 있다.

내가 죄인이 되어 이 고을에 살면서 늘 구름 낀 산봉우리를 바라보며 고개를 빼고 탄식한 지 오래다. 지난 정묘년(1807년) 여름, 특지(特旨)로 귀향케 하라는 은혜를 받았으나 탄핵하는 상소가 그치지 않아 돌아가지 못하고 머무른 것이 삼 년째다. 변방의 피리 소리를 듣노라면 절로 고향 떠난 향수를 금할 수 없었다.

하루는 어떤 손님이 내게 말했다.

"예로부터 이 땅에 유배된 정승 판서 가운데 백두산에 가서 노닌 분들이 많습니다. 그대는 평소 산수에 뜻을 두었는데도 절정에 올라 대택(大澤)을 바라보며 사마천처럼 호쾌한 유람을 시도해 보지 않으십니까? 여기까지 와서 백두산을 가 보지 않는다면 사수(泗水)를 지나는 이가 공자묘(孔子廟)에 들어가 보지 않는 것과 똑같지 않겠는지요?"

내가 벌떡 일어나 대답했다.

"그대의 말이 정말 나를 일으켜 세웁니다!"

마침내 기사년(1809년) 오 월 열하룻날 길을 떠났다. 갑산 사람 백광위(白光緯)와 서당 훈장 노명준(盧命駿)이 뒤를 따랐다. 이날은 경오일(庚午日)로 날이 맑았다. 잠자리에서 간단히 요기를 하고 북문을 나서자 날씨가 화창하고 들판이 툭 트여서 마음은 벌써 백두산 정상에 훌쩍 날아가 있었다. 구동인사(舊同仁社)까지 사십 리를 가서 말에게 여물을 먹였다. 정조 무오년(1798년)에 진(鎭)을 검천기(劍川岐)로 옮긴 탓에 무너진 성벽과 퇴락한 망루만 남아 있다.

신시(申時, 오후 3~5시) 뒤에야 잇간령(䦨間嶺)을 넘어 운총보(雲寵堡)까지 사십 리를 가서 잤다. 영조 병술년(1766년) 그 북쪽에 망산제당(望山祭堂)을 지은 이래 봄가을로 향축(香祝)을 올린다. 서울에서 제관이 와서 제사를 거행하니 이것이 『예기』에서 말한 "강에 먼저 제사하고 나중에 바다에 제사한다."라는 뜻이리라!

만호(萬戶) 신처문(申處文)이 빈관(賓館)에 나와 맞이하고 저녁 식사를 차려 와서 대접했다. 그 아들인 재성(在成)이 함께 가고 싶기는 하나 행장이 준비되지 않아 못 간다고 하기에, 내가 "지팡이 하나 짚신 한 켤레면 충분한데 행장을 핑계 대는가!"라고 말하면서 내일 날이 밝으면 오시천(烏時川)에서 만나기로 약속하고 한 줄기 흰 연기로 신표를 삼았다.

해설

백두산은 예로부터 우리 민족의 성산(聖山)으로 일컬어졌지만 이 산에 직접 오른 사람은 그리 많지 않았다. 산이 워낙 북쪽 끝의 오지에 있고, 가는 길이 험난해서 등산이라기보다는 탐험에 가까웠기 때문이다.

백두산 답사기는 1712년 청나라와 조선 사이에 국경을 확정하고 정계비(定界碑)를 세운 일을 기점으로 본격적으로 지어지기 시작했다. 경계를 정하는 과정에서 실무를 담당한 박권(朴權)과 김지남(金指南)이 기록을 남겼다. 홍세태(洪世泰)는 김지남의 아들로서 아버지를 수행했던 김경문(金慶門)에게 사연을 전해 듣고 「백두산기(白頭山記)」를 썼다. 그 글들은 회담 비망록의 성격이 더 강하다.

본격적인 유기는 한 세대 이상 지난 뒤에 나왔다. 이의철(李宜哲)의 「백두산기」(1751년), 박종(朴琮)의 「백두산유록(白頭山遊錄)」(1764년), 서명응(徐命膺)·조엄(趙嚴)의 「유백두산기(遊白頭山記)」(1766년) 등이 주목할 만한 작품이다. 각 등반기는 저마다 개성이 있으나 읽는 재미와 문학적 흥취 면에서 단연 서기수의 작품이 돋보인다. 이 작품은 총 일곱 편의 소기(小記)로 이루어져 있다. 전체가 서사적 짜임새를 갖추었으면서도 각 소기는 독립적 성격을 띠고 있다.

첫 번째 소기는 도입부이면서도 기승전결을 갖추고 있다. 글쓴이는 백두산 등반이 오랜 염원임을 밝히고 유람의 계기가 된 어떤 손님과의 대화를 기록했다. 이 대화의 분위기는 서기수가 운총보 만호의 아들인 신재성에게 한 말에서 그대로 이어지며, 또한 신표로 삼은 흰 연기는 다음 장면과의 연결 고리가 된다. 짤막한 글이지만 백두산 등반을 시작하는 들뜬 심경이 잘 묘사되어 있다.

백두산 등반기 遊白頭山記

오시천을 건너서 신동인보에 닿다 渡烏時川抵新同仁堡記

신미일(5월 12일) 맑음. 여명에 길을 떠나 오시천을 건너 이곳 토박이인 김국재(金國才)의 집에서 잠시 쉬었다. 혜산 첨사(惠山僉使) 이병천(李秉天)이 술을 가지고 와서 내게 말했다.

"지금 깊은 산에 들어가시니 행구(行具)가 소홀해서는 안 됩니다. 우리 고을의 포수 이상경(李尙敬)은 다년간 도산(都山, 백두산을 가리킴)에서 사냥하는 자로서 사람됨이 근실해서 의지할 만하니 이 사람으로 길잡이를 삼으시는 것이 좋겠습니다."

나는 사양하지 않고 좋다고 했고, 술을 함께하며 회포를 풀었다.

날이 밝자 앞 냇물을 건너 백덕령(柏德嶺)으로 향했다. 긴 골짜기는 깊숙하고 숲의 나무는 하늘을 가렸다. 고개 전체가 거의 이십 리쯤 되었다. 높고 험하기가 앗간령보다 더한데, 고개에 잣나무가 많아서 이렇게 불린다. 신재성 군이 과연 약속한 대로 뒤따라왔고, 고개 위의 흰 연기가 채 흩어지기 전에 말고삐를 나란히 하여 떠났다.

해가 질 무렵 사십 리를 가서 신동인보(新同仁堡)에 도착했다. 신동인보는 첩첩산중에 있는데 신대신수(申大新水)가 그 앞을 흐른다. 이 물이 곧 압록강의 상류로, 저들의 땅과는 겨우 숲 하나를 두고 있을 뿐이라 인삼을 캐는 오랑캐들이 종종 국경을 넘어온다고 한다. 국방상의 요충지인데도 돌로 성을 쌓아 소와 양이 넘나들며 요새의 삼엄한 경계 태세가 없다. 오랑캐의 대군이 또 물밀듯이 쳐들어온다면 그 한심한 상황이 어떠하겠는가?

권관(權管) 정선의(鄭善毅)는 영남 사람으로 고(故) 북평사(北評事) 정문부(鄭文孚, 1565~1624년)의 후예다. 임진년 옛날 섬나라 왜놈들이 길주(吉州)에 쳐들어왔을 때 정문부는 왜적을 물리친 공을 세웠다. 이때 나의 육대조 고 충숙공(忠肅公)께서는 호소사(號召使)의 종사관으로 경성에 이르러 군사를 일으키고 그에게 북평사 벼슬을 주어서 큰 승리를 거둘 수 있었다. 이 일은 우리 집안의 가승(家乘)과 국사(國史)에 실려 있다. 이제 그 후손과 관북 지방에서 만났으니 결코 우연이 아니다. 사람됨이 질박하고 꾸밈이 없어 옛 명가의 풍모가 보였다. 술을 마시며 옛일을 이야기하고, 행구를 점검하다가 도끼와 솥을 모두 챙겨 가기로 했다. 날이 저물어 진헌(鎭軒)에서 유숙했다.

해설

앞에 등장했던 신재성과 함께 혜산진의 포수 이상경이 일행에 합류하게 된 경위를 밝혀 놓았다. 소소하지만 흥미로운 삽화다.

오시천(烏時川)은 이의철의 「백두산기」에는 '오시천(吾是川)', 서명응의 「유백두산기」에는 '오시천(五時川)', 『해동지도(海東地圖)』에는 '오씨천(吳氏川)'이라 되어 있다. 신대신동은 서명응의 기록에 따르면, 광활하여 농사짓고 살기 좋은 곳으로 신대신(申大新)이라는 사람이 인삼을 캐고 물고기와 담비를 잡으며 살았기에 붙여진 이름이라고 한다.

서기수가 말한 6대조는 약봉(藥峰) 서성(徐渻, 1558~1631년)으로 임진왜란 때 호소사(號召使) 황정욱(黃廷彧, 1532~1607년)의 종사관으로 활동했다. 조선 후기에 현달한 달성 서씨는 대부분 서성의 후손들이다. 다만 정문부와 서성의 관계를 밝히는 부분에서 서성의 역할을 실제보다 조금 과장해 설명한 감이 있다.

신동인보 권관 정선의의 조상인 정문부는 북평사로 재직하던 중에 임진왜란이 발발하자 함경도 지방의 의병을 규합하여, 함경도까지 거침없이 북상해 조선의 왕자들을 사로잡은 가토 기요마사(加藤淸正) 휘하의 부대를 연전연승으로 패주시켰다. 가토의 부대는 조선을 침략한 일본군 중에서도 최정예 부대로 꼽혔으나 정문부의 의병에게 밀려 함경도에서 쫓겨 갔다. 이를 기려 숙종 연간 길주(吉州)에 북관대첩비(北關大捷碑)가 세워졌다.

백두산 등반기 遊白頭山記

혜수령을 넘어 자포수에 당도하다 踰惠水嶺抵自浦水記

임신일(5월 13일) 흐림. 동이 틀 때 출발하여 혜수령(惠水嶺)을 넘었다. 여기가 산에 오르는 초입이다. 고개가 가파르고 험하기가 백덕령보다도 더했고 단풍나무, 회나무, 느릅나무, 개오동나무가 많았다. 고개 등성이에 당도하자 지세가 평탄해져 여기서부터는 평지를 걸었다. 몇 리 가지 않아 삼나무가 빽빽해서 하늘과 해가 보이지 않았다. 간혹 불에 타거나 저절로 말라서 가지 없이 위로 솟은 등걸은 등잔대가 빽빽이 서 있는 것 같고, 간혹 나무뿌리가 거꾸로 펴져 용과 이무기가 발을 휘두르는 것같이 저절로 목가산(木假山)의 산봉우리를 이루었는데 하나의 기이한 경관이었다.

육칠 리를 가서 관산봉(觀山峰)에 다다르자 점점 압록강이 가까워져 숲 사이로 콸콸 물 흐르는 소리가 들려와 걷느라 피곤한 가운데 정신이 번쩍 들게 했다. 삼십 리를 가서 곤장평(昆長坪)에 이르자 땅이 점점 평탄하고 넓어지며 수풀이 조금 열렸다. 일행이 모두 앉아서 이야기를 나누며 물에 탄 구맥(瞿麥) 가루로 요기를 했다. 바로 점심밥을 먹기 위해 솥을 늘어놓고 밥을 짓고, 말을 풀어 풀을 뜯게 했다. 얼핏 변방에서 종군(從軍)하는 기분이 들었다.

점심을 먹고 출발했다. 길은 점점 험해져 진창길이 이어졌다. 바람에 쓰러진 나무들이 서까래처럼 길을 가로막아서 똑바로 가지 못하고 매번 구불구불 피해 돌아가므로 오 리를 가는 것이 십 리를 가는 폭이 되었다. 십 리를 채 못 갔을 때 폭우가 내리더니 진창이 다리까지 차고 심지어 말의 배를 넘어서 해서(海西) 황강(黃崗)의 적니(赤泥)보다 심했다. 길은 갈수록 험해졌다.

이아치(梨兒峙)를 넘었는데 그 또한 준령이었다. 삼나무와 잣나무가 길 옆으로 나서 사람 하나 지나기도 힘겨웠다. 좌우에서 가지가 찔러 옷이 전부 찢어지니 고개를 숙여 나뭇가지를 피하고, 눈을 크게 뜨고 말발굽을 살피며, 왼손으로는 채찍과 고삐를 쥐고, 오른손으로는 갓을 붙들다가 또 부채를 쥐고 모기와 등에를 쫓았다. 손을 쓸 때는 왼손과 오른손을 번갈아 써야 했고, 입으로는 계속 "이랴!" 소리를 내며 말을 몰아야 했으며, 깊은 연못이나 골짜기 옆에 선 것처럼 조바심이 났다. 머리와 눈과 손과 입과 마음이 너무 바빠서 조금도 한가할 틈이 없었다. 아, 너무 모질게도 위태롭구나! 어쩔 도리 없이 말에서 내려 걷는데 탁류가 흘러와 뭍이 누런 진흙에 잠겼다. 황무지에서 비틀거리며 열 번 쓰러지고 아홉 번 죽을 고비를 넘겼다. 여기를 지나면 무슨 장관이 기다리고 있을지는 모르겠으나, 지금 당장은 너무 힘들고 고통스러워 나그네를 지쳐 나가떨어지게 했다.

삼십 리를 가서 자포수(自浦水)에 도착하여 관아에서 쳐 놓은 막사에 묵었다. 막사 지붕은 나무껍질로 두껍게 덮었는데, 바람과 서리를 피하기 위함이었다. 이날 육십 리를 걸었으나 말을 탄 것은 수십 리가 못 되었다. 불을 쬐고 옷을 말리며 따뜻하게 데운 술로 한기를 막았다. 모기떼가 우레 같은 소리를 내며 사람에게 달려들어 아무리 부채로 얼굴을 가리고 풀을 태워 연기를 피워도 막을 수 없었다. 한밤 내내 비가 그치지 않고 물독을 뒤집은 듯 삼대처럼 주룩주룩 내려 조각배에 몸을 싣고 거센 여울을 건너는 듯 황망하였다. 앞길을 곰곰 생각해 보니 걱정스럽기가 한량없었다.

해설

이 소기는 전편에 백두산 등반의 고난이 극적으로 묘사되어 있다. 특히 이아치를 넘어 자포수에 닿을 때까지 일행이 겪는 어려움을 서술한 대목은 판소리의 자진모리나 휘모리장단에 맞춰 불러도 될 만큼 긴박하게 진행된다. 이처럼 서기수의 작품은 섬세한 세부 묘사와 때로는 과장이 아닐까 의심될 정도로 솔직한 심리 묘사가 특징이다. 좋게 말하면 고개를 넘는 정절(情節)을 긴박하고 흥미롭게 묘사하여 독자가 감정을 이입하고 상황에 몰입하게 만드는 것이지만, 나쁘게 말하면 방정맞고 선비의 체모를 잃은 것이다. 자기 자신을 희화화하여 소품 취향을 극명하게 드러낸 대목이다.

백두산 등반기 遊白頭山記

자포수에서 허항령에 이르다 自自浦水抵虛項嶺記

계유일(5월 14일) 흐림. 여명에 비를 무릅쓰고 길을 떠나 구포수(九浦水)를 지나는데, 거센 여울과 한 길은 됨직한 늪으로 곳곳이 험했다. 종자(從者)에게 건널 만한 곳을 손꼽아 보게 하니 자포수로부터 임어수(林魚水)에 이르기까지 사십 리 안에 예순여덟 곳이 있었다. 갑산 사람들이 말하는 구십이포(九十二浦)라는 것이 정녕 빈말이 아니었다.

소자포수(小自浦水)에 도착하여 보다산(寶多山) 여러 봉우리가 구름 사이로 나온 모습을 보니 산세가 우뚝 솟았으나 북방 지역 특유의 분위기는 없었다. 삼십 리를 걸어 미시(未時, 오후 1~3시)에 적수포(赤水浦)에 이르러 점심밥을 지어 먹었다. 포수(砲手)의 식량을 운반하는 인부를 만나 사슴 고기 육포 열 덩이를 얻었는데 제법 안줏감으로 쓸 만했다. 서쪽으로 보이는 한 봉우리는 베개를 옆으로 놓은 모습으로 그 이름이 침봉(枕峰)인데 곧 허항령(虛項嶺)에서 제일 높은 고개다. 그 목이 낮고 우묵하여 동쪽이 텅 비었으니 고개 이름이 여기서 유래한 것이 아닐는지. 멀리 서북쪽을 바라보면 산 하나가 반쯤 보이는데, 웅혼하면서도 끝없이 이어지고 봉우리는 새하야니 마치 방금 눈이 살짝 내린 것 같아 사람으로 하여금 늠연히 공경하는 마음을 갖게 하므로 묻지 않아도 백두산임을 알 수 있었다. 이는 저부(褚裒)가 유량(庾亮)을 방문했을 때 맹가(孟嘉)를 바로 알아본 것과 같지 않을까?

임어수에 다다르자 그제야 비가 갤 기미가 보여 구름과 안개가 점차 걷히고 밝은 햇살이 환하게 비추니 일행들 모두가 상쾌해했다. 여기부터 숲이 비로소 조금씩 열리면서 점차 툭 트이는 느낌이 들었다. 해가 저물기 전에 이십 리를 가서 허항령에 다다랐다. 고개 위에 잠을 잘 숙소를 마련했는데, 물과 풀이 있는 곳을 가려 머물 곳을 세웠다. 종자가 수풀 속에 있는 서낭당에 기도를 했다. 열 명 가까운 사람이 모두 합장하고 정례(頂禮)를 올려 산행이 순조롭기를 바랐으니 우스운 광경이었다. 고개의 형세는 평평하여 숫돌처럼 평탄했으며, 고개 위에 불에 탄 삼나무가 몇백 그루인지 모르겠으나 수십 년 전에 산불을 만나 저절로 탔다고 하는데 풍경이 을씨년스러웠다.

소백두산(小白頭山)이 비로소 구름 밖으로 우뚝 솟아 아스라이 볼만하여 사람으로 하여금 훌쩍 날아가고 싶은 생각이 들게 한다. 신령한 곳이 점점 가까워지는가 보다. 이 고개는 동쪽으로 무산(茂山) 경계와 통하는데, 이백십 리 정도 떨어져 있다. 여기를 지나면 길이 아주 평탄해지는데, 보다산의 동쪽은 무산에 속하고 서북쪽은 갑산에 속한다. 그 산 위에도 조그마한 못이 있는데, 길이 몹시 험하고 온 산이 가시나무라 보통 사람은 오르지 못하고 사냥꾼이나 가끔 오간다고 한다.

포수 이상경을 시켜 총을 세 방 쏘게 하자 산골짜기 전체가 울렸으니, 이 또한 산속의 기이한 일이라 할 만하다. 이날 밤하늘에는 한 점 구름도 없고 달빛은 환해 한낮 같았다. 상쾌하고도 그윽하여 마음이 풍경과 잘 어울린다. 어제 빗속에서 고생하던 광경을 떠올리면 먹물 구덩이에서 눈 덮인 설산을 오른 것보다 더 큰 차이다. 내가 시를 지어 "별빛이 쏟아지자 풀 뜯던 말은 울고, 솔가지 태우며 물소리 속 노숙하네"라고 했으니, 눈앞에 펼쳐진 실경이었다. 뼛속까지 맑고 정신이 차가워서 잠을 이루지 못했다.

해설

이 글은 바로 앞 글에서 묘사한 극심한 고생과 선명한 대비를 이룬다. 그렇게 고생하고 근심 걱정에 싸여 있던 날을 뒤로하고 허항령에 도착하니 저녁때의 고즈넉함이 더욱 두드러진다. 불과 하룻밤 사이에 분위기가 일변하여 일없이 총을 쏘게 해서 메아리를 듣고 한가롭게 시를 읊조렸다. 가장 고생이 심할 때와 가장 쾌적할 때를 대비적으로 묘사하여 서사의 기복을 심화시켰다. 또 수풀 속의 서낭당에서 열심히 기도를 드리는 일행을 비웃는 부분은 다음 글에 나오는 백두산의 신에게 제문을 지어 올릴 때의 심리 묘사와 대조를 이룬다.

서기수가 이때 읊은 시는 『소재집』 권1에 「허항령에서 노숙하며(露宿虛項嶺)」라는 제목으로 전문이 실려 있다.

아득한 고갯길은 활처럼 돌아가고	漫漫嶺路轉如弓
구름까지 솟은 숲에 투명한 비 뿌리더니	山木參雲雨色空
별빛이 쏟아지자 풀 뜯던 말은 울고	吃草馬嘶星影下
솔가지 태우며 물소리 속 노숙하네	爇松人宿水聲中
삼복(三伏)에도 이곳에는 눈보라가 일 듯한데	三庚欲降陰山雪
아득히 만 리 너머 바람 타고 훨훨 날 듯	萬里遙應列子風
내일 저녁 삼지(三池) 당을 생각에 들떴으니	明日也應池上趣

거울 같은 물결 위로 보름달이 떠 있으리　　　　　　爲憐新月鏡波通

마지막 구절 뒤에는 "삼지가 백 리 거리이다.(三池距百里.)"라는 주석이 달려 있다. 삼지는 서명응이 백두산 유람길에 가장 극찬한 경관으로, 서기수도 이 글을 읽고 내심 큰 기대를 하고 있었을 것이다.

백두산 등반기 遊白頭山記

삼지를 구경하고 연지봉까지 다다르다 觀三池抵臙脂峰記

갑술일(5월 15일) 아침에 흐림. 새벽에 부지런히 밥을 먹고 떠나는데 갑자기 보슬비가 내리더니 이내 후득이는 소리가 났다. 비를 맞으며 고개를 넘어가자 고개 밑에 천평(天坪)이 나타났다. 수십 리가 한눈에 들어오는데 모두 평탄한 벌판으로 마치 새로 쟁기질한 밭두둑 같았다. 천평이란 들 이름이 정녕 까닭이 있구나! 북쪽으로 무산(茂山) 경계에 이르기까지 몇 백 리나 되는지 알 수 없는 넓은 들판이었다.

오 리를 가서 삼지(三池)에 다다랐다. 상·중·하 세 개의 못이며, 그 사이는 각각 불과 몇 마장쯤 떨어져 품자(品字)로 벌려져 있다. 상지(上池)는 세로가 삼 리쯤 되고 가로가 그 절반쯤 되는데 물살이 몹시 잔잔했다. 중지(中池)는 세로가 오 리쯤 되고 가로가 칠 리쯤 되는 넓은 늪지대다. 삼지 중에서 중지가 가장 크며, 못 가운데 조그만 섬이 있는데 큰 거북이가 엎드린 것처럼 우뚝 솟았고 그 위에 삼나무, 회나무, 철쭉이 울창하게 우거져 있다. 옛날에는 물이 얕아 건널 수 있었으나 지금은 깊이가 한 길이 넘어 건널 수 없다. 섬의 이름은 지추(地樞)로, 종조숙부 문정공(文靖公)께서 갑산에 귀양 오셨을 때, 백두산에 오르는 길에 지으신 이름이라고 한다. 침봉(枕峰)부터 백두산까지 육십여 리가 동북 산하(山河)의 지도리가 되니, 이는 북극의 경육도(經六度)가 혼천(渾天)의 지도리가 되는 것과 같은 취지이다.

못의 바닥은 모두 흰 모래와 하얀 자갈이고, 물은 매우 맑고 투명하여 머리카락이나 수염도 낱낱이 비춰 볼 수 있었다. 아름다운 오리와 고운 물새가 잔물결 위로 두둥실 떠 있어서 호젓하여 돌아갈 것을 잊게 만들었다. 대체로 못에는 물이 고이면 혼탁할까 봐 걱정인데 이 못은 거울같이 물결이 맑고 티끌 하나 오염되지 않았다. 참으로 신선이 사는 동네라 하겠고 추석에 달구경하면 딱 좋을 것 같았다. 아! 이곳의 아름다운 경치를 서울 근처에 갖다 놓으면 틀림없이 호사가들이 기를 쓰고 누각이며 놀잇배를 세우고 꾸며 놓았을 텐데, 빈 골짜기에 버려져 있으니 안타깝지 않은가! 또 조그만 못이 있는데, 곧 중지에서 흘러나온 물이 모여 만들어졌다. 하지(下池)는 상지보다 조금 작아 폭과 넓이가 다 마찬가지였다. 갈 길이 매우 촉박하여 더 머물 수 없었지만 나도 모르게 걸음을 떼어 놓을 때마다 고개가 돌아갔다.

허항령부터 천수(泉水)까지 수십 리를 지나가도 일행은 여전히 천평 안을 걷고 있었다. 가도 가도 너른 들과 삼나무 밭이다. 겨우 들 하나를 지나자 갑자기 큰 사슴이 말 앞으로 뛰쳐나오기에 자세히 보니 암수가 앞서거니 뒤서거니 다니는 것이었다. 앞에 선 놈은 머리에 큰 뿔이 나서 창끝처럼 뾰족하며 크기는 송아지만 하고 털빛이 매우 붉었다. 말발굽 소리와 인기척을 듣고 놀라서 언덕을 쏜살같이 달려 나왔다. 산의 흙은 소금기가 많은데 사슴이 이를 아주 좋아하여 매년 늦봄에서 초여름 사이에 산속으로부터 넘어온다고 한다.

정오 무렵 삼십오 리를 가서 천수에 도착하자 비가 싹 개었다. 도산 포수들이 움막을 쳐 놓았는데, 사냥을 끝마치고 오갈 때 모두가 모이는 곳이다. 움막 속에는 웅이사(熊耳社)의 포수 둘이 있었다. 가래나무 갓과 가죽옷을 걸치고 하는 말이 몹시 괴상하여 참으로 삭방(朔方)의 사냥꾼이었다.

밥을 다 먹고 길을 떠나 연지봉(臙脂峰)으로 향했다. 몇 리를 가서 율석포(栗石浦)에 다다르니 물가 전체가 온통 수포석(水泡石)으로 뒤덮여 있다. 그 빛깔은 투명하고 하얀데 이엄이엄 끊이지 않았다. 사이사이에 자수포석(紫水泡石)도 있어 신기하게 보였다. 원정암(黿頂巖)이라는 바위는 청석(靑石)이 위아래로 뻗어서 사람이 앉을 만큼 울퉁불퉁 넓었다. 그 모양은 층층이 쌓여서 저절로 계단을 이루었다. 윗부분이 불쑥 솟아, 자라 머리가 위에서 덮은 것 같아서 이렇게 이름을 지은 모양이지만 명칭이 몹시 우아하지 않다. 바위를 흐르는 물이 처마에서 낙숫물 떨어지듯 하기에 종자더러 표주박에 가득 떠 오라고 하여 마셨더니 맛이 매우 상쾌하고 톡 쏘았다. 물가를 따라 오 리 남짓 가다 보니 또 작은 바위가 하나 나오는데, 상원정암(上黿頂巖)이라 했다. 처음 본 것보다 조금 작았고 기이하고 울퉁불퉁하기도 그만 못했다. 말라서 물이 없는 것이 아쉬웠다. 하느님이 소나기라도 내려 주셨다면 일행이 모두 기이하다 외칠 수 있었을 텐데…….

여기서부터 연지봉에 이르기까지 줄곧 물가를 따라서 갔다. 물가의 폭이 얼추 백여 보쯤 되는데 모두 고운 모래와 흰 조약돌이라 마치 서설(瑞雪)이 땅에 깔린 듯, 백옥(白玉)이 밭에 쌓인 듯, 두 눈에 휘황하게 어른거렸다. 누런 진흙에 발이 빠지지도 않고, 삭풍(朔風)이 소슬하게 불어 머리칼을 날리고 시원하게 생기가 돌게 한다. 말들도 제 그림자를 돌아보며 우쭐하여 울어 대고 채찍질을 하지 않아도 제멋대로 경쾌하게 달렸다. 왼쪽 오른쪽 산봉우리들이 모두 곱고도 교태롭게 서로 어우러지며 구름이 피어나고 노을이 자욱했다. 옛날 왕자유(王子猷)가 산음(山陰)

가던 길에서 눈길 돌릴 겨를이 없었다던 풍경을 여기와 견주면 어떨지 모르겠다.

비로소 백두산의 신면목이 멀리서 바라보였다. 구불구불 서리고 가득 가득 쌓인 산세는 넓고 크며 우뚝 치솟은 빼어난 산 빛은 까마득히 하늘에 닿아 보면 볼수록 더욱 높고 뚫으면 뚫을수록 더욱 단단해지는 거대한 모습에 설명할 말을 잃었다. 백두산 한 줄기가 남쪽으로 말꼬리처럼 달려 나가 보일락 말락 몇 백 리인지 모르겠다. 이는 감여가들이 말하는 포전룡세(鋪氈龍勢)로, 맑고 정숙한 기운이 청구(靑邱)로 모여든다. 동쪽은 허항령이 되어 보다산 여러 봉우리를 일으켜 구불구불 뻗어가고, 북으로 달려서는 장백산(長白山)이 되어 무산(茂山)의 경계를 지나 육진(六鎭)으로 들어간다. 남쪽으로는 연암(輦巖)·마등(馬登)·참두(嶄斗)·황토(黃土)·천수(天秀) 등 여러 고개가 되었다가, 이어서 후치령(厚峙嶺)을 일으켜 북청(北淸) 경계를 지나 남관(南關)으로 들어가 비백산(鼻白山)·달우령(達于嶺)·기후치(畿厚峙) 등이 된다. 이 줄기가 바로 백두산 정간(正幹)으로, 우리나라 여러 산의 중조(中祖)가 된다. 서쪽으로는 소백두산 등 여러 산이 멀리 보인다. 울창한 봉우리가 빙 둘러서 손을 잡고 읍(揖)하는 것이 마치 중국 태산(泰山)에 양보산(梁父山)이 있는 것과도 같다.

해가 떨어지기 전에 사십 리를 가서 연지봉에 다다랐다. 흙빛이 짙은 자주색이라 마치 단사(丹砂)를 물에 탄 것 같기에 봉우리의 이름을 이렇게 지었다. 물가를 벗어나 동쪽으로 가니 연지소동암(臙脂小東巖)이 나왔다. 샘물이 자못 그윽하고 맑았다. 초막이 하나 있는데, 무산(茂山)에 귀양 왔던 윤복초(尹復初) 대감 밑에 있던 사람이 가을에 여기에 들렀었다고 한다. 그대로 머물러 유숙했다.

백두산 상각(上角)까지는 삼십 리가 남았다. 여기부터는 지대가 더욱 높아지고 산이 더욱 험준하며 길은 더욱 가팔라져 오르막만 있고 내리막은 없다고 한다. 여행하는 사람들은 으레 이곳에 머물면서 바람이 잔잔하고 날이 개기를 기다렸다가 비로소 산에 오른다고 한다. 예로부터 백두산에 들어오는 사람들은 천둥과 비, 바람과 우박을 만나 혼비백산하여 한 걸음도 나아가지 못하고 헛되이 돌아간 경우가 많았다고 한다. 삼신산 근처까지 갔다가 바람에 쓸려 신선을 만나지 못하고 돌아가는 것과 어찌 다르랴!

이날 저녁 갑자기 천둥 같은 소리가 산골짜기에 쿵쿵 울려 퍼지자 따르는 사람들이 모두 크게 두려워했다. 자세히 들어 보니 백두산 상각(上角)의 대택(大澤)이 우는 소리였는데, 하늘에서 비가 내리려고 할 때 이런 징조가 나타난다고 한다. 나도 놀라서 바로 보다산 동쪽을 쳐다보니 번갯불이 번쩍하고 먹구름이 잔뜩 끼어 비가 올 낌새였다. 내일의 유람은 이로부터 틀어지겠구나! 게다가 산속에서 장맛비를 만나면 길이 통하지 않아 나아가지도 못하고 물러서지도 못해 심지어 달포나 묶인다는 말을 들었다. 마음이 괴로워서 억누를 길이 없었다.

이날 밤 나는 깨끗이 목욕하고 몸과 마음을 단정하고 경건하게 한 뒤, 종자에게 명하여 쌀을 정결하게 일어 제물을 준비하게 했다. 신에게 기도하는 사언(四言)으로 된 글을 지은 뒤 닭이 처음 울 때 일행을 이끌고 백두(白頭)의 신에게 제물을 바치고 기도했다. 그 글은 다음과 같다.

하늘이 높은 산을 만들어 북직예(北直隸)에 놓아두셨으니
명산이 여덟이로되 셋은 먼 변방에 있습니다.
마치 북극의 경육도가 혼천의 지도리가 되듯이
우뚝 솟고 기세가 웅장하여 조선의 정기를 품으셨습니다.

동방의 여러 큰 산이 아이들처럼 줄지어 섰고
봄가을로 제사를 드려 강을 먼저 바다를 나중에 하듯 지냅니다.
아! 저는 큰 죄를 지어 갑산에 귀양 온 사람인데
북쪽을 보니 웅위한 산이 하늘에 닿아 솟아 있었습니다.
마치 구화산(九華山)을 바라보다 맹가를 알아본 듯
마치 미불(米芾) 영감이 바위에게 절하듯 하였습니다.
제 푸른 신을 손질하고 풀섶에서 노숙하며
나막신 신은 발에 굳은살 박인들 배고프고 목마르다 불평하겠습니까?
옛적부터 구경하고 싶은 마음에 대택을 꿈에서도 그렸건만
대낮에 천둥 치고 우박 내려 귀신은 숨기고 하늘은 아끼십니다.
심신을 정결히 하여 노천에서 기도하매 견우성이 중천에 떴으니
간절한 제 기도를 가상히 여기시어 부디 영험을 보이소서.
옛날 당나라 한창려(韓昌黎)는 형산(衡山)의 신에게 묵묵히 기도하여
세상의 속박은 벗어나지 못했어도 구름은 개게 했다고 합니다.
아! 제가 궁한 사람이지만 하늘이 액운을 내린 사람은 아니니
신께서는 들어주시어 경건한 이에게 믿음을 주소서!

이것은 한창려가 형산에 기도했던 옛일을 본받아 한 기도이다. 기도를 마치고 아침을 재촉하여 먹고 떠나려 하는데, 하늘 끝을 보니 구름이 홀연 걷히고 달과 별이 총총하여 기도한 효험이 있나 보다고 속으로 생각했다.

해설

이 글은 백두산에서 아름답기로 이름난 삼지에 들러 그곳의 경관을 감상하는 부분과 삼지에서 연지봉까지 올라가는 도중의 환상적인 풍경, 연지봉에 도착해서 백두산의 산신에게 순조로운 등반을 기원하는 부분으로 나누어진다.

이 글에서 신선들이 사는 곳으로 묘사된 삼지에는 지금 공항이 들어서고 호텔과 스키장 등이 세워져 북한의 대표적 겨울 휴양지로 자리 잡았다. 그야말로 상전벽해(桑田碧海)의 변화다.

다른 백두산 등반기를 살펴보아도 본래 연지봉 부근에서는 유람이 순조롭기를 기원하며 백두산의 산신에게 제사를 올린다. 이 부분은 미리 분위기를 조성해 다음 글에 나오는 백두산 절정에서 맛보는 기쁨을 고조시키기 위한 역할도 하고, 아울러 문인으로서 자신의 글솜씨를 자랑하려는 의도도 농후하다. 한창려는 당나라 문인인 한유로 형산에 올랐을 때 그곳의 신묘에서 기도를 올렸다는 일화가 있다. 서기수는 비가 올까 걱정하며 안절부절못하는 자신의 모습을 자세히 묘사함으로써 바로 어제저녁 허항령에서 다른 일행들이 순조로운 유람을 위해 기도할 때 혼자 속으로 비웃던 사람이 그였음을 기억하는 독자들을 미소 짓게 한다. 이 점 역시 작가의 의장(意匠)으로 보인다.

백두산 등반기 遊白頭山記

연지동에서 백두산 정상에 오르다 自臙脂洞陟白頭山上角記

을해일(5월 16일) 맑음. 밤 오경(五更, 새벽 3~5시)에 산을 올라 십 리를 가서 슬해(瑟海)의 일출을 보았다. 붉은 구름이 일렁였으나 뭇 산들에 가로막혀 아쉽게도 동쪽 끝은 다 보지 못했다. 길가에는 철쭉이 흐드러지게 피었는데, 바람이 워낙 거세 가지가 땅으로 퍼져 높고 무성하게 우거지지 못했다. 또 모래와 돌이 바람에 날리다가 군데군데 모여 저절로 무논 모양을 이루었다. 우물 정(井) 자 꼴로 도랑과 두둑이 또렷한 모습이 곳곳에 보였다. 본디 황해도 장연(長淵)의 금모래가 기이한 경관이라 일컬어졌지만 아마도 이만 못할 것 같았다. 오 리를 가서 지경포(地境浦)에 도착하니 겨울에 내린 눈이 녹지 않아 말에서 내려 얼음을 밟고 건넜다. 연지소동(臙脂小洞)에서 상각(上角)에 이르기까지 소백두와 연지봉의 왼쪽을 끼고서 하루 종일 함께했다.

비로소 분수령(分水嶺)에 도착해서 정계비를 보았다. 비문에 "오랄총관(烏喇摠管) 목극등(穆克登)이 변경을 조사하라는 황명을 받들어 살펴보다가 여기에 이르렀다. 서쪽으로 압록, 동쪽으로 토문(土門)이니, 분수령에 바위를 깎아 기록한다."라고 새겨져 있었다. 이것은 강희제 임진년(1712년) 오월에 세운 빗돌이다. 토문은 곧 지금의 두만강이다. 원류가 수포석 속으로 들어가 문득 산륙(山陸)이 되었다가 사십여 리를 가서 비로소 솟아

나온다. 일찍이 청나라 사람 방상영(方象瑛)의 「봉장백산기(封長白山記)」를 살펴보니 "강희 황제께서 청나라가 발상한 땅이라 하여 예부(禮部)에 명하여 장백산 신령을 오악(五岳)과 같은 예로 제사 지낼 것을 의논하게 하셨다."라고 되어 있었다. 청나라가 발상한 것은 천녀(天女)가 대택에 내려온 것에서 시작되었다고 한다. 백두산의 또 다른 이름이 장백산이다. 물가 근처에 목책(木柵)과 석돈(石墩)이 있는데, 같은 해 팔월에 조정의 명령으로 쌓아서 남북을 갈랐으니 정승 홍치중(洪致中)이 북평사(北評事)로 있으면서 그 공사를 감독했다.

국경을 획정할 때 우리나라는 백두산의 보은수(報恩水)에 비를 세워 산의 남쪽은 우리에게 속하고 산의 북쪽은 저들에게 속하도록 주장했으나, 저들의 끝없는 욕심을 제어하지 못하여 기어코 지경포에 세워서 국경의 경계로 삼았다. 이로 인해 우리나라의 강토가 위축된 것이 몇 백 리나 되는지 모른다. 또 비석 말미에 사적을 기록한 것을 보니 정계할 때 우리 조정에서 파견한 관원은 불과 역관 몇 명뿐으로 한결같이 목극등이 제멋대로 하도록 내버려 두었다. 경계의 획정은 제왕의 정사 가운데 중대사이건만 변경에 대한 조정의 계책이 이처럼 소홀했으니 진실로 개탄스럽다.

정계비로부터 이십 리를 가는 동안 산길에 깔린 것은 모두 수포석으로 풀 한 포기 나지 않으니 참으로 불모의 땅이다. 마침내 백두의 하각(下角)에 올랐다. 두 눈이 문득 환해지고 비로소 일렁이는 대택이 내려다 보였다. 가슴이 두근거리고 넋이 빠져 진정을 못하겠다. 이어서 중각(中角)에 오르자 시야는 하각과 같으나 대택의 형세가 점차 넓어졌다. 비로소 상각(上角)에 오르니 곧 병사봉(兵使峯)이다. 그제야 대택의 전모가 눈에 들어왔다. 폭이 삼십 리 남짓하고 길이가 사십 리 남짓하여 사방이 팔십 리는 될 듯하다. 그러나 산등성이에 앉아서 그 폭과 길이를 굽어보고서 대충 어림짐작하여 그렇다는 것이지, 만약 평지의 가로세로로 계산한다면 그 폭이 얼마나 될까?

넓고 아득하여 끝없이 펼쳐진 모습이 눈을 아찔하게 하고 마음을 취하게 한다. 광릉(廣陵)에서 파도를 구경하는 것이나 절강(浙江)에서 조수(潮水)를 타는 것도 상상하기 쉽지 않으나 그것도 이 기이한 장관에 미치지는 못하리라! 동쪽으로 한 봉우리가 있어 와갈봉(蛙喝峯)이라 하는데, 거인이 걸터앉아 대택을 굽어보는 형상이라, 또한 하나의 기이한 구경거리다.

백두산의 바깥은 중후한 토산(土山)이요, 안은 뾰족한 바위 봉우리이다. 연꽃 봉오리로 이어서 사면이 깎아지른 담장 같이 대택의 동쪽, 서쪽, 남쪽을 감싸서 터진 곳이 없다. 단지 북쪽 한 곳이 터져서 물이 그쪽으로 흘러 절벽 아래로 떨어진다. 그 이름이 천상수(天上水)로 북쪽으로 흘러 흑룡강(黑龍江)이 되는데 이것이 영고탑(寧古塔) 근처라고 한다. 『청일통지(淸一統志)』를 살펴보니 "대택 주위로는 큰 바위가 둘러서 있으며 그 가운데 한 바위가 더욱 높은데, 바위 사자가 하늘을 우러러 포효하고 사해(四海)를 웅시(雄視)하는 기상이 있다."라고 했다.

못의 물빛은 어른어른 만 이랑의 유리처럼 쌓여 있고, 여러 봉우리들이 거꾸로 비친 모습은 물결 따라 넘실거리며 붉고 푸르게 일렁거린다. 곧 한 폭의 살아 움직이는 그림이었다. 또 한 줄기 구름 기운이 못 가운데서 일어나 안개인 듯 아닌 듯 뿌옇게 흩어지지 않다가 순식간에 온갖 변화를 일으킨다. 절벽의 색깔은 다섯 빛깔로 찬란한데, 대체로 붉은빛이 우세하여 단양(丹陽)의 사인암(舍人巖)과 똑같았다. 없는 모양이 없이 모든 형태가 다 갖춰져 있다. 찢어진 것은 치켜든 치마 같고, 쌓인 것은 부도(浮圖)와 같으며, 모난 것, 둥근 것, 튀어나온 것, 평평한 것, 떨어졌다가 붙은 것, 합쳤다가 나뉘어진 것이 있다. 간혹 맹수와 기귀(奇鬼)가 무섭게 서로 싸우고, 대나무와 연꽃이 훌쩍 빼어남을 다투는 것 같았다. 또 한 봉우리가 못 가운데로 갑자기 들어와 높은 장대처럼 튀어나오고 우뚝 홀로 서서 병사봉과 마주하다가 조금 비껴 북쪽으로 가고, 또 한 봉우리는 사면에 바위가 뾰족뾰족 빽빽하게 선 모습이 금강산의 중향성(衆香城)처럼 곱고 사랑스러웠다.

때때로 산들바람이 물 위에 불면 물결 소리가 끓어올라 우르릉 쿵쾅 경종(景鍾)과 사경(泗磬)을 치는 듯하고 뭇 산들이 모두 메아리쳤다. 물빛은 검고 푸르며 깊어서 바닥이 보이지 않는다. 그 아래에는 틀림없이 신물(神物)이 숨어 있을 터이니 청천백일(靑天白日)인데도 음산하고 싸늘해서 오래 앉아 있을 수 없었다. 대개 그 기굴(奇崛)함과 빼어남이 두꺼운 대지 속에서 솟구쳐 몇 천 길이나 되는지 모른다. 까마득한 산봉우리 정상이라면 발굽 자국에 괴인 물만 있어도 박수 치고 희한하다 할 터인데, 더욱이 이런 거대한 물이 넘실넘실 하늘에까지 이를 듯함에랴! 조물주가 산과 물에 온갖 정성을 기울였음과 귀신의 솜씨가 변화무쌍함을 깨달았다. 우물 안 개구리의 소견으로야 어찌 망연자실하지 않으랴? 탐라의 한라산 위에도 백록담이 있다지만 여기 비하면 망양지탄(望洋之嘆)일 것이다.

산꼭대기는 모두 수포석이라 멀리서 보면 눈처럼 하얗기에 백두(白頭)라는 이름이 붙었다. 오뉴월 무더위에도 눈이 다 녹지 않고, 초가을이면 새 눈이 내려 옛 눈 위에 쌓인다. 이것으로 미루어 본다면 아직도 태초의 눈이 쌓여 있을 것이다. 내가 물을 움켜쥐고 마셔 보니 속이 상쾌하여 항해(沆瀣)를 마시는 것 같았다. 북쪽으로는 오랑캐의 산이 구름 사이로 출몰한다. 가로로 뾰족하게 늘어선 기세가 파도가 치는 듯하다. 시력이 아주 좋다면 북으로 연연산(燕然山)과 갈석산(碣石山)에 미치고 남으로는 형초(荊楚)에 미칠 것만 같다. 서쪽으로는 소백두산이 궤안(几案)을 벌려 놓은 듯하다. 산 위에 석두(石斗) 하나가 솟았는데 농암(籠巖)이라고 한다. 연지봉과 보다산이 아들 손자처럼 늘어서 있고, 두만강과 압록강이 옷깃처럼 비껴 있다. 무산(茂山)의 증봉(甑峯), 단천(端川)의 원산(圓山)과 육진(六鎭)의 여러 산들이 마치 개미굴처럼 모두 무릎 아래에 있다.

이날은 날씨가 맑고 고와서 바람 한 자락 안개 한 점이 없었다. 얽히고설킨 푸르고 흰 모습이 툭 트여서 다 드러났다. 함께 유람한 이들 중에는 여러 번 백두산에 오른 이가 있는데 이번 유람이 가장 훌륭했다고 했다. 산신이 나를 몹시도 융숭하게 대접했구나! 지팡이를 놓고 옷깃을 풀어 헤치니 훌쩍 날아 열자(列子)의 구름을 타고서 뭇 신선들이 모인 곳을 노니는 기분이다. 오늘 우리나라의 무수한 중생들 가운데 우리와 같이 한가한 정취를 즐기는 이가 몇이나 될지 한번 헤아려 보았다. 마음 내키는 대로 거니느라 해가 지는 줄도 몰랐다. 다만 아쉽게도 땅이 너무 외져서 소인묵객들이 이르지 못하므로 백두산 여러 봉우리가 여남(汝南)의 품평에서 빠졌다. 이른바 병사봉(兵使峰)도 이름이 너무 속되다. 옛날 북병사(北兵使) 윤광신(尹光莘)이 이 봉우리에 올랐다가 술을 마시고는 칼을 뽑아 춤을 추었다고 해서 이런 이름이 붙었다는 전설이 이곳 토박이들에게 지금까지 전해 내려온다. 지금 만약 하나하나 품제(品題)를 하여 아름다운 이름을 내려 준다면, 영릉(零陵)의 산수(山水)가 유종원을 만난 뒤로 명승으로 이름을 떨친 것처럼 되지 않으랴? 이는 오직 후세의 군자(君子)를 기다릴 뿐이다.

해설

이 소기가 백두산 등반기의 절정에 해당한다. 그중에서도 백두산 정상의 대택에서 본 장관을 묘사하는 부분이 백미이다. 대택은 천지를 말한다. 다른 소기들이 최소한 하루 이상의 여정을 기록하고 있는 데 비해 이 소기는 새벽 3시부터 오후 3시까지 단 12시간 동안 겪은 일만을 기록하고 있다. 특히 산을 차근차근 올라가면서 시야가 트이는 모습을 차례로 묘사한 대목에 이어 백두산 정상에서 본 광활하고 기이한 광경이 파노라마처럼 펼쳐지는 부분이 압권이다.

대택의 물빛, 물에 비친 여러 봉우리들의 모습과 변화무쌍한 안개를 묘사한 뒤 시야를 위로 올려 대택을 둘러싼 산봉우리와 절벽을 묘사하고, 다시 대택의 물소리와 상상 속의 신물(神物)을 이야기하고는 직접 그 물을 마셔 보기까지 한다. 감흥이 극도로 고조된 부분으로, 시각, 청각, 상상, 미각의 순으로 감각을 바꾸어 가면서 백두산 정상에서 본 광경을 웅장하면서도 섬세하게 묘사했다. 백두산 대택과 주변의 봉우리를 묘사할 때 단양의 사인암, 금강산의 중향성, 한라산의 백록담을 언급한 것은 우리나라 여러 산의 조종(祖宗)으로서 백두산의 면모를 더욱 부각시킨다.

백두산 등반기　遊白頭山記

대택을 보고 다시 삼지에 들렀다가 갑산으로 돌아오다　觀大澤重抵三池還甲山府治記

신시(申時, 오후 3~5시)에 연지동까지 삼십 리를 걸어 돌아왔다. 점심밥을 먹고 사십 리를 가서 천수에서 묵었다.

병자일(5월 17일) 맑음. 새벽에 일어나 삼지를 두루 보고, 중지에 이르러 말에서 내려 잠깐 쉬었다. 물속에서 송송 뚫린 구멍이 위아래로 나 있는 괴석(怪石)을 보았는데 모양이 매우 기이하여 그냥 말에 싣고 왔다. 못가의 삼나무를 하얗게 깎아서 나와 신재성 군의 이름과 연월일을 썼다. 임어수까지 사십오 리를 가서 점심을 먹었다. 오 리쯤 가다 폭우를 만났고 사십오 리를 가서 해 질 녘에 자포수에 다다라 노숙했다. 짐꾼이 냇가에서 물고기를 낚아 바쳤는데, 은구어(銀口魚)처럼 생기고 맛이 아주 훌륭했다.

정축일(5월 18일) 비. 여명에 비를 무릅쓰고 심포(深浦)까지 십오 리를 가서 점심을 먹었다. 미시(未時)에 혜수령(惠水嶺)을 넘었고, 비를 맞으며 삼십오 리를 가서 포다천(浦多川)에 이르러 잠시 최 씨 집에서 쉬었다. 산속을 예닐곱 날이나 헤매고 계속해서 무인지경(無人之境)을 다니다가 오늘에야 비로소 사람 사는 마을을 보니 마음이 너무 기뻐 고향에 돌아온 듯했다. 이 어찌 병주(幷州)를 고향처럼 여긴다는 격이 아니겠는가? 사인(社人) 김경록(金慶祿)이 술과 떡을 준비하여 대접하기에 일행이 모두 배불리 먹었다. 저녁 무렵에 신동인보에 이르러 유숙했다.

무인일(5월 19일) 맑음. 사십 리를 가서 혜산진(惠山鎭)에 이르러 점심을 먹었다. 괘궁정(掛弓亭)에 올라 더위를 피하고, 진헌(鎭軒)에서 그냥 유숙했다.

기묘일(5월 20일) 비. 여명에 출발하여 앗간령을 넘어 구동인사(舊同仁祀)까지 육십 리를 가서 말을 먹였다. 황혼에 갑산부 치소의 머물던 집으로 돌아왔다.

이번 여행에서 노숙한 날이 닷새고, 왕복 열흘에 도합 칠백사십 리 길이었다. 아! 나는 젊었을 때부터 산수를 좋아하여 경기 지역의 이름난 산에는 나귀와 나막신의 자취가 거의 두루 미쳤다. 또 동쪽으로 금강산에 이르고, 서쪽으로 아사달(阿斯達)에 이르고, 남쪽으로 속리산과 사군(四郡)에 이르렀다. 이름난 산과 큰 물, 못과 절벽, 샘물과 산골을 찾아 기이하고 그윽한 곳을 모조리 구경하였다. 그러나 크고 웅장한 승경(勝景)과 기이한 풍광에 이르러 모두 백두산에는 손색이 있다. 만약 성주(聖主)께서 은혜를 베푸셔서 이 땅에 귀양 보내지 않았다면 어떻게 신선이 사는 곳을 찾으려는 오래 묵은 소원을 성취했으랴? 무엇 하나 성상의 하사품 아닌 것이 없다. 소동파가 "남쪽 땅끝의 구사일생 나는 유감이 없나니, 이번의 기막힌 유람은 한평생 으뜸이로다."라고 읊었거니와 나도 이번 유람을 두고 똑같이 말하겠다.

해설

마지막 소기는 백두산 정상에 올랐던 날 오후 3시 무렵부터 갑산부로 돌아올 때까지 닷새간의 사연이다. 그날그날 가장 인상적인 일 한두 가지만 간략히 적어 놓아 돌아올 때는 마치 축지법을 쓴 것 같은 느낌이 든다. 한 번 묘사한 곳을 다시 묘사하지 않음으로써 글 전체의 초점을 한곳에 모아 주는 서술법이다.

마지막에는 여행의 총평을 덧붙여서 산수의 체험이 결코 얕지 않음을 역설하고는 백두산의 아름다움과 신비함을 다시 한 번 강조하는 것으로 끝맺고 있다. 실제로 서기수의 문집에는 위에 언급된 곳들을 기행하고 지은 시들이 여러 편 실려 있다. 평소 산수 유람을 즐기던 서기수에게 갑산 유배는 큰 시련이긴 했지만 오랜 숙원인 백두산 등반을 실현시켜 준 절호의 기회이기도 했다.

서기수가 인용한 소동파의 시는 그가 중국 남쪽 해남도(海南島)에서 유배를 마치고 돌아오는 길에 지은 작품의 마지막 두 구로, 죽을 고비를 넘겼지만 목도한 경치가 평생 본 것 가운데 으뜸이라는 말이다. 점잖은 선비들은 불경하다고 비판해 마지않는 이 시를 서기수는 거리낌 없이 백두산 유람의 총평으로 삼았다.

일반 유기의 몇 배에 이르는 긴 글임에도 무미건조하거나 지루하다는 느낌이 없다. 낯선 곳을 탐방하는 흥분과 생기, 장엄하고 신성한 자연을 접하는 숭고함과 경건함이 생생하다. 글쓴이가 작심하고 쓴 글로, 조선 후기 수많은 유기 가운데 드물게 보는 명편이라 평가할 수 있다.

스스로 쓴 묘표 自表

옛사람들이 자신의 묘지를 직접 지은 까닭은 뒷사람이 과분하게 찬미하는 것을 부끄럽게 생각한 데 있다. 노인이 묘지를 직접 짓는 것도 같은 뜻에서 나왔다. 노인의 성은 서(徐), 이름은 기수(淇修), 자는 비연(斐然), 호는 소재(篠齋)이며, 본관은 달성(達城)이다. 증조부의 휘는 문유(文裕)로 문과에 급제하여 예조 판서에 오르셨고, 시호는 정간공(貞簡公)이시다. 조부의 휘는 종벽(宗璧)이시고, 선친의 휘는 명민(命敏)이시다. 두 분께서는 음직으로 벼슬길에 올라 모두 황주(黃州) 목사를 역임하셨는데, 내가 작위가 높아서 나라의 전례에 의거하여 각각 이조 참판과 이조 참의에 추증되셨다. 어머니는 정부인(貞夫人)에 증직(贈職)된 온양 정씨(溫陽鄭氏)이시니, 군수를 지내고 이조 판서에 증직된 휘 창유(昌兪)의 따님이시다.

노인은 영조 신묘년(1771년) 오월 스무날에 태어나 정조 임자년(1792년)에 진사시에 합격하고, 지금 임금님께서 즉위하신 신유년(1801년)에 증광문과의 갑과(甲科) 삼등으로 급제하였다. 예문관에 뽑혀 들어갔고, 기거주(起居注, 사관)를 겸직하였다. 얼마 뒤에 유언비어 사건에 말려들어 갑산부(甲山府)로 유배되었으니 서울로부터 천 리나 떨어져 있는 땅이다. 봄에도 풀이 자라지 않고 가을에도 수확할 쌀이 없으며, 추워도 솜옷이 없고 병에 걸려도 약이 없다. 하지만 노인은 제 집처럼 살면서 거처하는 방을 '목석거(木石居)'라 이름 붙이고 책을 읽으며 여유롭게 보냈다. 다섯 해 뒤에 주상께서 억울함을 환히 살피시어 특지(特旨)로 해배할 것을 명하셨다. 돌아오기 전에 백두산에 올라 대택을 굽어보고, 팔방을 마음껏 활개치고 다니겠다는 뜻을 표현하였다.

노인은 천성이 뻣뻣하여 평생 남을 따라 행동하지 않았다. 외톨이 신세로 세상과 화합하지 못했으나 그렇다고 구차하게 비위를 맞추지도 않았다. 중년 이후로 벼슬길에 부침하면서도 늘 산수 속에서 살고자 하는 마음을 품고 있었다. 비록 맑고 높은 관직을 역임하였으나 노인이 원하던 길은 아니었다.

특별히 좋아하는 기호는 없었으나 시 짓기만은 유독 즐겼다. 고시는 사령운(謝靈運)을 좋아하고, 근체시는 맹호연과 두보를 좋아하였다. 또 고문사(古文辭)를 좋아하여 위로 올라가 진한 시대의 박사가(博士家)의 말을 본떠서 지었다. 만년에 탄식하며 "도연명은 자신의 만시를 직접 지어 살아생전 술을 맘껏 마시지 못한 것을 한스러워했지만, 나는 고문(古文)을 깊이 깨우치지 못한 것이 한스럽다."라고 하였다.

아내 해평 윤씨(海平尹氏)는 이조 참판에 증직된 석동(晳東)의 따님으로, 기축년(1769년)에 태어나 임신년(1812년)에 세상을 떠났다. 노인의 작위에 따라 나중에 정부인에 봉해졌다. 장단부(長湍府) 송남면(松南面) 금릉리(金陵里) 신좌(辛坐)의 언덕에 장사 지냈으니 선영이다. 그 왼쪽 자리를 비워 두었으니 노인의 수장(壽藏)이다. 노인은 아들 넷을 두었다.

아! 노인은 이제 나이가 많이 들었으니, 얼마 지나지 않아 여기 묻힐 것이다. 묘표를 직접 쓰지 않는다면 뒷사람이 노인의 참모습을 알 수 있겠는가? 마침내 이를 써서 유교(有喬) 등에게 주면서 당부하였다.

"내가 죽은 뒤 이 글을 새겨서 무덤 가는 길에 세워 두면 충분하다. 삼가서 세상에서 이른바 태사씨(太史氏, 사관)의 글을 청하지 말라! 무덤에 아첨하는 말을 옛사람도 부끄러워하였고, 나 또한 부끄러워한다. 관직과 이력 및 장사를 지낸 연월은 송나라 정백온(程伯溫)이 글자를 비워 둔 예를 따르지 말고, 유교 등이 나중에 써 넣도록 하여라."

명은 다음과 같다.

네 성품은 모났는데 왜 조정에서 쫓겨나지 않았고
네 몸은 영달했는데 왜 깊은 산을 그리워하는가?
곧은 도가 용납되지 않은 것은 옛날에도 그랬으니
몸은 영달해도 잘 쓰이지 못한 것을 누구를 탓하랴?
오호라! 행적은 마음과 어긋나고, 운명은 시대와 원수가 되었구나.
이것을 지사들이 함께 슬퍼하나니 뒷사람들이 네 마음을 알아주고 네 시대를 논하기 바랄 뿐이다!

해설

문체는 묘표다. 묘지 앞에 쓰는 한문 문체로 이 글은 묘의 주인이 살아 있을 때 직접 쓴 자찬 묘표(自撰墓表)이다. 직접 자신의 일생을 정리하여 쓰는 자찬 묘지(自撰墓誌)의 유행에 따라 쓴 글이다.

사후에 남에게 글을 부탁하지 않고 직접 써야 하는 이유를 밝히고 난 뒤 묘지명의 체제에 따라 글을 써 내려갔다. 갑산부에서 5년간 유배 생활을 하고 백두산을 등반하고 온 인생 체험을 비중 있게 다루며 그만큼 특별하고도 중요한 체험임을 밝혔다. 사람이 뻣뻣하고 남과 사이가 좋지 않아 외톨이였다고 밝혔고, 높은 벼슬을 했으나 늘 산수 자연에 뜻을 두었다고 했다. 시대와 불화하고 갈등이 많았음을 나티냈다.

일생을 간명하게 서술하여 삶의 세부는 거의 드러내지 않았고, 특히 감정을 자제하였다. 산문 부분이 특히 건조한 반면에 운문인 명에서는 시대와 불화하여 힘겹게 살아간 점을 강하게 드러내고 있다. 다만 불화의 실상을 자세하게 밝히지 않았다. 자신도 조금 지나치다고 생각했던지, 무덤 앞에 세울 묘지명에서는 아래와 같이 고쳐서 새기라고 부탁했다.

> 네 수레를 끌고 나왔거늘 어째서 문을 나와 머뭇거리는가?
> 너는 조정에서 패옥을 차고 어째서 동산을 그리워하는가?
> 내 뜻대로 한 것은 나뿐이고, 내 뜻대로 못한 것은 시대이네.
> 백학산(白鶴山) 선영에는 나무들이 풀처럼 무성하네.
> 네 조상의 뒤를 따라 편히 쉼이 좋으리라!
> 爾車旣牽, 胡出門而邅屯?
> 爾佩維珩, 胡紆想乎邱園?
> 由我者吾, 不我者時.
> 白鶴故山, 萬木如茨.
> 從爾父祖, 其安其綏.

현실에 적응하지 못하고 불우한 삶을 살았다는 뉘앙스를 풍기면서도 어조는 한결 부드러워졌다.

유희 柳僖

1773~1837년

자는 계중(戒仲), 호는 서피(西陂)·방편자(方便子)이고, 본관은 진주(晉州)이며 초명은 경(儆)이다. 빼어난 여성 학자로 『태교신기』를 남긴 사주당 이씨(師朱堂李氏, 1739~1821년)의 아들이다. 평생 벼슬에 오르지 않고 학문에 전념했으며, 정동유(鄭東愈), 신작, 정약용, 조종진(趙琮鎭) 등 당대의 석학과 교유했다.

실학자로서 다양한 분야에서 깊이 있는 연구를 진행하여 방대한 저작을 남겼다. 시와 문장이 상당히 수준 높으며 저작의 양도 많아 당대의 유수한 문인으로 평가받기에 부족함이 없다. 기발한 착상과 새로운 내용을 보이는 작품이 적지 않으며, 산문에는 학문의 깊이가 배어 있다. 문인으로서나 학자로서 대가의 풍모를 보인다.

저작으로 『문통(文通)』 100권을 남겼다. 그중에서도 어학과 관련한 저작은 일찍부터 학계에 알려졌다. 『물명고(物名考)』와 『언문지(諺文志)』 등은 깊이 있는 학문적 저작으로 높은 평가를 받고 있다.

『언문지』 서문 諺文志序

정동유 선생께서는 격물(格物)에 조예가 깊으신 분으로 일찍이 나에게 이런 말씀을 하셨다. "자네는 언문의 오묘함을 아는가? 어떤 글자의 음을 다른 글자의 음을 통해서 전한다면, 이 글자의 음이 변하면 저 글자도 따라서 변할 걸세. 옛날의 운을 지금의 운에 맞추면 자주 어긋나는 것이 마땅하네. 만약 언문으로 주석을 단다면 오래도록 전해지더라도 본디 음을 잃어버릴 염려가 있겠는가? 더욱이 한문 문장은 반드시 간략하면서도 심오한 것을 숭상하네. 간략하면서도 심오한 문장으로 사실을 전달하자면 잘못 보는 오류를 막을 수가 없지. 그렇지만 언문으로 오가면 만에 하나도 의문이 없네. 자네는 아녀자들이 배우는 것이라 소홀히 여기지 말게."

또 이렇게 탄식하셨다. "기우(奇偶)의 나뉨은 『광운(廣韻)』 이전 일이고, 청탁(淸濁)의 혼동은 『정음통석(正音通釋)』 뒤의 일이다. 내가 어떻게 『정음통석』 뒤의 사람들과 더불어 『광운』 이전의 문자에 대해서 논할 수 있겠는가!"

그 뒤로 나는 선생과 더불어 강론하고 분석했다. 몇 달이 지나 집에 돌아가서 나는 책 한 권을 짓고 『언문지(諺文志)』라 이름을 붙였다. 먼저 초중종성(初中終聲)으로 시작한 뒤 이전에 나온 책들의 연혁을 열거하고, 나의 논단(論斷)을 덧붙였다. 마지막에는 온전한 글자를 열거하여, 일만 이백오십 음을 세우고 세로와 가로로 표를 만들어 사람들이 한눈에 모든 것을 파악하도록 했다. 후배들에게 보여 주었더니 이해하는 사람이 적어서, 마침내 상자 속에 십오륙 년 동안을 방치해 두었다가 잃어버리고 말았다. 홀로 슬퍼하고 안타까워하다가 또 오륙 년이 흘렀다. 최근 『사성통해(四聲通解)』를 빌려 보고 다시 옛 기억을 더듬으며 때때로 새로운 견해로 바꾸어 다시 한 권을 지었다. 입성자도(立成字圖)에 이르러서는 너무 지리한 흠이 있어서 삭제해 버렸다.

갑신년(1824년) 유월 상순 남악(南岳)에 비 내리는 가운데 쓰다.

해설

심혈을 기울여 저술한 국어학사의 명저에 붙인 서문치고는 대단히 건조하다. 글은 크게 두 부분으로 나뉜다. 앞 대목에 훈민정음에 관심을 갖게 만든 스승 정동유의 말씀을 적었다. 남들처럼 언문을 가볍게 보지 말라는 당부와 격려가 저술을 시작하고 끝맺는 가장 큰 계기임을 밝히고 있다.

다음은 저술한 뒤의 사연이다. 저술을 완성했어도 아무도 이해하지 못하는 현실에 개탄하는 마음을 표현하였다. 스승의 말씀처럼 다른 학자들은 관심이 없었다. 그래서 상자에 처박아 둔 탓에 원고를 잃어버리고 다시 저술하는 과정을 설명했다. 간명하지만 저술의 동기와 과정, 그리고 그 과정에 서린 열정과 개탄의 감정이 잘 표현된 서문이다.

제 눈에 안경 같은 친구

送朴伯溫遊嶺南序

옛날에 액취(腋臭)가 몹시 심하게 나는 사람이 있었소. 온 집안사람들이 그에게서 나는 악취를 견딜 수 없었고, 악취가 나는 사람도 마음 편히 지낼 수 없었소. 여기저기 동네를 찾아봐도 몸을 맡길 데가 없었소. 하는 수 없이 양식을 싸들고 산천을 두루 유람하기로 했소.

하루는 길에서 과객을 만나 동행하게 되었는데 과객은 자주 그에게 술과 밥을 대접하며 한시도 곁을 떠나지 않았소. 오랜 시간이 흐른 뒤 과객에게 물어보았소.

"나는 악취가 심하게 나서 집안사람이나 마을 사람이나 다들 견디기 힘들어 했네. 하지만 당신만은 나를 버리기는커녕 이렇게 환대하니 혹시 좋아하는 마음 때문에 악취조차도 잊어버린 것 아니오?"

그의 말에 과객은 웃으며 이렇게 말했소.

"당신을 좋아하는 이유는 그 악취를 즐겨서요. 당신에게 악취가 나지 않는다면 같이 할 이유가 있겠소!"

나는 이 이야기를 듣고서도 과객의 친구가 악취를 즐기는 이유를 도대체 찾을 수 없었소.

큰 혹이 달린 사람이 제(齊)나라 위공(威公)에게 유세를 했더니 위공이 그를 매우 좋아하여 온전한 사람을 보면 오히려 그 목이 야위고 가

날펴 보였다는 이야기가 있소. 나는 또 그 혹부리가 위공을 기쁘게 한 까닭을 도대체 찾아낼 수 없소.

아! 나는 너무도 추한 사람이라, 남들의 눈이나 코에 큰 혹이나 액취보다 더 심하게 거슬리오. 가까이로는 친척부터 넓게는 온 세상 사람까지 나를 추하다며 다들 버리려 하오. 그런데 그대만은 나를 지초나 난초처럼 사랑하여 차마 떠나거나 멀리하지 않소. 그대가 어떤 마음으로 그러는지는 정말 알아내기 어려우나 그대가 나를 좋아하는 이유야 저 두 사람과 어찌 다르겠소?

공자는 "같은 소리는 서로 호응하고 같은 기운은 서로 찾는다."라고 하였소. 그렇기에 소와 말, 개와 돼지는 각각의 암수를 유혹할 뿐이고 미인 서시(西施)가 아름다운 줄은 모르오. 그렇다면 그대가 가진 마음 또한 벌써 몹시도 서글프오.

우리나라에서 산수를 거론하는 이들은 반드시 관동 지역을 말하고, 풍물(風物)을 거론하는 이들은 반드시 영남 지역을 말하오. 영남은 온 나라에서 큰 구경거리요. 영남의 성곽과 누대, 음악과 가무는 참으로 다른 도와는 다른 점이 있소. 백온(伯溫)이 영남의 그런 풍물을 좋아하여 이제 막 동쪽으로 가서 의령 정암나루에서 배를 타고 진주 촉석루에 올라 길고 크게 노래 불러 삼장사(三壯士)의 유적을 조문하고, 남쪽으로 한산도의 큰 바다를 바라보며 충무공 이순신 장군이 왜적을 격파하던 때를 상상하고 그 가슴에 웅크린 거친 기운을 펼쳐 내려 하오. 출발 날짜가 가까워 오자 나를 보러 왔소.

하지만 나는 영남에 가 본 적이 없고 단지 영남의 풍속을 듣기만 한 자일 뿐이오. 옛날부터 선현들이 많아서 고을마다 학문을 익히고 예절을 닦아서 지금까지도 진실한 풍모가 있어 종종 독서하는 군자들이 나타나오. 그대가 현명하므로 오래도록 머물게 된다면 반드시 서울에서 미처 만나 보지 못한 한두 명의 인사를 사귀게 될 것이오. 바라건대 그들에게 물어 주오. "우리 마을에 유 아무개란 자가 있는데 병든 사람이오. 큰 혹이나 액취가 있는 자보다 더 심하게 세상에 버림받고 있는데 어떤 약을 써야만 좋겠소?"라고 말이오. 이것이 내가 그대에게 신신당부하는 것이오. 아! 나는 말을 조심하고 있소만 그대가 홀로 나를 사랑하여 추하게 여기지 않으므로 이 이야기를 하는 것이오.

무오년(1798년) 첫가을 중순에 관청농부(觀靑農夫)가 쓰오.

해설

이 글의 문체는 송서(送序)다. 절친한 친구가 작심하고 영남을 여행할 때 그를 배웅하며 준 글이다. 글을 준 친구는 박기순(朴基淳, 1776~1806년)으로 백온은 그의 자이다. 박기순은 서른한 살로 일찍 죽었는데 유희는 행장과 제문을 지어 그를 애도했다. 그 글에서 박기순은 종형 박우순(朴禹淳)과 윤흡(尹潝), 유희 세 사람과 주로 어울려 지냈고, 자유분방한 성격이라 남들로부터 따돌림과 비웃음을 사서 자소광부(自笑狂夫)란 자호를 지었다고 밝혔다.

글은 크게 두 부분으로 나뉜다. 앞에서는 아무도 좋아하지 않는 자신을 박백온은 이상하게 좋아한다는 사연을 말했고, 뒤에서는 영남에 가서 자신의 병을 고칠 약을 구해 달라는 당부를 담았다. 앞에는 두 가지 삽화가 실려 있다. 액취가 심한 사람과 혹부리 사연이다. 누구도 좋아하지 않을 그를 누군가가 심히 좋아한다. 바로 글쓴이 자신과 글쓴이를 좋아하는 친구 박백온이다. 글쓴이는 박백온에게 영남을 가거든 액취가 심하고 혹부리라서 세상에 버림받은 자신을 고칠 수 있는 약을 구해 달라고 부탁하였다. 영남은 서울과 달라 질박한 옛 풍속이 남아 있는 곳이기 때문이다. 결국은 세상 분위기와는 전혀 다르게 혼자만의 학문을 추구하는 지식인의 고독을 부각시킨다. 아무도 인정하지 않는 외톨이 학자의 울분이 담긴 글이다.

주
註

권상신

봄나들이 규약 24쪽

- 악원(樂園)의 격식을 채택하되 때로는 『의례(儀禮)』의 격식을 따르기도 한다. 악원의 격식은 『의례』 「대기(戴記)」에서 설명한 투호의 격식이다. 『예기』에도 「투호」 편이 있어서 투호의 격식을 설명했다. 이 글에서는 『의례』와 『예기』를 혼동했다.
- 송강(宋江)이나 최앵앵(崔鶯鶯) 송강은 『수호전(水滸傳)』의 주인공이고, 최앵앵은 『서상기(西廂記)』의 여주인공이다.
- 도연명(陶淵明)은 거칠어서 글을 너무 깊이 파고들지 않았고 도연명은 「오류선생전(五柳先生傳)」에서 "독서를 좋아했으나 너무 깊이 파고들려 하지 않았다."라고 하였다.
- 두보(杜甫)는 "독서할 때 어려운 글자는 지나간다."라고 시에서 읊었다. 두보는 「만성(漫成)」에서 "독서할 때 어려운 글자는 지나가고, 술을 앞에 두면 가득 채운 술잔을 자주 비운다(讀書難字過, 對酒滿壺頻)"라고 하였다.
- 채옹(蔡邕)처럼 『논형(論衡)』을 베개 밑에 숨겨 놓고 보는 이 후한의 학자 채옹은 왕충(王充)이 지은 『논형』을 남들 몰래 읽었다.

정릉 유기 33쪽

- 제사가 있어 가묘(家廟)에 꽃을 바쳐야 하는 이들이 많았다. 조선 후기에는 3월 초하룻날 가묘에 시제(時祭)를 지냈다. 봄철에는 꽃을 많이 바쳤다.
- 왕융(王戎)으로 하여금 주판을 들고 밤낮으로 세어 보게 한다 해도 왕융은 진(晉)나라 죽림칠현의 한 사람이다. 『세설신어(世說新語)』에 재물을 좋아하여 주판을 손에 쥐고 밤낮으로 돈을 계산했다는 일화가 보인다.

• 진달래국수 『오주연문장전산고(五洲衍文長箋散稿)』에 따르면 진달래국수는 차의 일종으로 보인다. 봄에 진달래 꽃잎 중 크고 온전한 것을 골라 꽃술과 꽃받침을 제거하고 깨끗이 말린 다음, 겨울에서 봄 사이에 꺼내어 물에 담가 두었다가 녹말가루와 섞어 면발을 만든다. 오미자, 꿀물과 섞어 진달래 꽃잎, 계피, 잣 등을 띄워 먹는다고 하였다.

• 양선차(陽羨茶)와 중령천(中冷泉) 양선차는 중국 강소성에서 나는 명차이고, 중령천은 강소성 진강현(鎭江縣)에 있는 샘물로 물맛이 좋기로 유명하다.

대은암의 꽃놀이 38쪽

• 한유의 「태학(太學)에서 거문고를 듣고」와 백거이(白居易)의 「낙수(洛水)가에서 모임을 갖다」 한유의 「삼월 삼짇날 태학의 연회에서 거문고 연주를 듣고 쓴 시의 서문(上巳日燕太學聽彈琴詩序)」과 백거이의 「삼월 삼일에 낙수가에서 모임을 갖다(三月三日祓禊洛濱)」를 가리킨다.

서영보

물결무늬를 그리는 집 43쪽

• 구양수의 화방재(畫舫齋) 구양수는 자신의 거처를 화방(畫舫, 화려하게 치장한 배)이라 이름하고, 「화방재기(畫舫齋記)」를 지었다.

통제사가 해야 할 일 49쪽

• 내가 척계광의 전기를 보았더니 "공이 절강에 있을 때에는 『기효신서』를 남

겼고, 계주(薊州)에 있을 때에는 『연병실기(練兵實紀)』를 남겼다. 북쪽 오랑캐가 공과 담륜(譚綸) 두 사람을 두려워해 담척(譚戚)을 병칭하였다."라고 하였다. 척계광은 명나라 무신으로 왜구의 침입을 소탕하는 데 큰 공을 세우고 태자태보(太子太保)의 벼슬에 이르렀다. 저서로 『기효신서』와 『연병실기』와 같은 병법서가 있는데 조선에 수입되어 큰 영향을 끼쳤다. 담륜은 명 말의 무신으로 척계광 등과 함께 왜구와 싸워 거듭 승리하였다. 30년 동안 군무를 처리하여 척계광과 함께 명성을 날려 담척이란 칭송을 받았고, 훗날에 병부 상서(兵部尙書)가 되었다.

- "호족(胡族)은 백 년 가는 운수가 없다."라는 말이 있다. 『소병가(燒餠歌)』라는 예언서에 나오는 말이다. 명나라 태조 주원장(朱元璋)이 유기(劉基)와 나라의 미래를 이야기할 때, 명나라가 망한 뒤에 호족이 지배하는 세상이 된다는 말을 듣고서 "예로부터 호족은 백 년 가는 운수가 없다고 했는데, 이들은 200여 년의 운수를 누린단 말인가?(自古胡人無百年之國運, 乃此竟有二百餘年之運耶)"라고 했다.

심내영

되찾은 그림 59쪽

- 풍성(豐城)의 검 진(晉)나라 장화(張華)와 뇌환(雷煥)이 천문을 관찰하고 예장(豫章) 풍성군(豐城郡)에서 얻은 용천검(龍泉劍)과 태아검(太阿劍)을 말한다. 두 검은 장화와 뇌환이 세상을 떠난 뒤 저절로 물에 들어가 두 마리 용으로 변했다는 전설이 전한다.(『진서(晉書)』「장화열전(張華列傳)」)
- 합포(合浦)의 구슬 중국 합포군(合浦郡)에는 곡식이 나지 않고 바다에서 보배 구슬이 산출되어 백성들이 이를 캐어 연명했다. 어떤 탐욕스러운 군

수가 지나치게 많이 캐내게 하자 구슬이 점차 인근의 교지군(交阯郡)으로 옮겨 갔다. 그 뒤 맹상(孟嘗)이 부임해 선정을 펴자 구슬이 다시 돌아왔다.(『후한서(後漢書)』「순리전(循吏傳)」)

남공철

둔촌 별서의 승경 67쪽

• 춘산욕우정(春山欲雨亭)은 청룡암(靑龍巖) 조금 위쪽에 있는데, 사방이 모두 산이고, 한창 봄에는 초목이 짙푸르러 심주(沈周)나 황공망(黃公望)의 그림 분위기를 자아내기에 그대로 편액으로 걸었다. "춘산욕우(春山欲雨)"는 '봄 산에 비가 막 내리려 한다'는 뜻으로 황공망과 심주 모두 이 제목으로 그린 그림이 있다.

성해응

백동수 이야기 76쪽

• 영조를 옹립한 대신들 원문은 정책대신(定策大臣)으로, 경종에게 훗날에 영조가 되는 연잉군(延礽君)을 왕세제(王世弟)로 책봉하도록 청하고, 이어서 대리청정(代理聽政)까지 하도록 주장했다가 소론의 반격으로 처벌된 노론의 4대신 김창집(金昌集), 이이명(李頤命), 이건명(李健命), 조태채(趙泰采)를 말한다.

신작

태교의 논리 86쪽

- 『시경』과 『서경』, 그리고 예의를 지키는 것이 진실로 평소 즐겨 말하는 주제였다. 『논어』 「술이(述而)」에 "공자께서 평소 말씀하신 것은 『시경』과 『서경』, 그리고 예를 지키는 행동이었으니 모두 평소 말씀하시던 것이었다.(子所雅言, 『詩』·『書』·執禮, 皆雅言也.)"라고 하였다.
- 조대고(曹大家)가 『여계(女誡)』를 짓자 후한(後漢)의 여성 학자인 반소(班昭)를 가리킨다. 남편이 조세숙(曹世叔)이고 대고(大家)는 대고(大姑)와 같은 말로 여자의 존칭이어서 조대고라 불렀다. 오빠인 반고(班固)가 『한서(漢書)』를 다 짓지 못하고 세상을 떠나자 마저 완성하였고, 여자가 지켜야 할 행실을 설명한 『여계』를 지었다. 궁궐에서 황후와 비빈(妃嬪)의 교육을 담당했다.
- 호련(瑚璉)과 같은 도량 호련은 호(瑚)와 연(璉)으로 주나라 종묘에서 제사를 지낼 때 곡식을 담던 좋은 그릇이다. 재능이 있어 큰 임무를 감당할 수 있는 인물을 비유한다.(『논어』 「공야장(公冶長)」)
- 잠자리를 갖지 않는 금기 고대에는 황후 이하가 아이를 배어 달이 차면 여성의 교육을 담당하는 여사(女史)가 그녀에게 금가락지(金環)을 주어 임금의 잠자리를 모시지 못하게 하였다.
- 이 나라에서 잘 기른 아이가 모두 빛나는 인재가 될 것이다. 『시경』 「문왕(文王)」에 "빛나는 많은 신하들이 이 왕국에 생겨나네. 왕국에서 잘 길러 내니 주나라의 기둥이로다. 많은 인재들 있으니 문왕께서도 안심하시리라.(思皇多士, 生此王國. 王國克生, 維周之楨. 濟濟多士, 文王以寧.)"라는 말이 나온다.

이옥

소리꾼 송귀뚜라미 92쪽

- 서평군(西平君) 서평군은 이요(李橈, 1684~?)로서 선조(宣祖)의 현손(玄孫)이다. 영조 때 큰 권력을 잡고 예술가의 후원자를 자처하였고, 글씨를 잘 써서 대궐 안 열 대문의 현판과 많은 신도비(神道碑)가 그의 손에서 나왔다.

밤, 그 일곱 가지 모습 96쪽

- 방중악(房中樂) 거문고와 가야금 등이 중심이 되어 방 안에서 연주하는 조용하고 정결한 음악으로 줄풍류라고도 한다.

북한산 유기 105쪽

- "하늘이 장맛비를 내리기 전에 저 뽕나무 뿌리의 껍질을 벗겨다가 창과 문을 얽어 놓으면, 이제 너희 아래 백성이 누가 감히 날 업신여길까." 『시경』 「빈풍(豳風) 치효(鴟鴞)」에 나오는 구절로 원문은 "迨天之未陰雨, 徹彼桑土, 綢繆牖戶, 今女下民, 或敢侮予."이다. 원문의 '土'는 음이 '두(杜)'로 '상두(桑土)'는 뽕나무 뿌리의 껍질이다. 위기가 닥치기 전에 미리 대비함을 말한다.
- 백의대사상(白衣大士像) 백의대사는 관세음보살(觀世音菩薩)을 가리킨다.
- 깁으로 만든 휘장과 의풍(漪風)을 공양했고, 승가사에는 금병(金屛)이 있어 동춘(洞春)을 그려 넣었는데 '의풍'과 '동춘'은 무엇을 의미하는지 분명하지 않다.
- 홍말갈(紅靺鞨) 말갈 땅에서 난다고 전하는 붉은색 보석.
- 변나미(汴糯米) 중국 변주(汴州)에서 나는 찹쌀.

윤행임

숭정 황제의 현금 124쪽

- 단태위(段太尉)가 주자(朱泚)를 친 홀(笏)도 되지 않고 단태위는 당나라의 정승이다. 주자가 반란을 일으키고 인망이 높은 단태위를 데려왔는데 하루는 갑자기 홀을 빼앗아 주자의 이마를 내리치고 얼굴에 침을 뱉으며 크게 꾸짖었다.
- 고점리(高漸離)가 연주한 축(筑)도 되지 않았네. 고점리는 전국 시대 자객인 형가(荊軻)의 친구로 축이란 악기의 명인이었다. 형가는 고점리와 술집에서 어울려 지내다가 진시황을 저격하러 떠났다.

심노숭

연애시 창작의 조건 129쪽

- 상복(桑濮)의 음탕한 노래 중국 고대의 복수(濮水) 가에 있는 상간(桑間)이라는 지역은 노래가 음탕하다는 세평(世評)이 널리 퍼져 있다.
- 설루(雪樓)를 비롯한 여러 문인 설루는 백설루(白雪樓)로 이반룡(李攀龍)의 호이다. 그와 왕세정(王世貞)을 비롯한 명(明)의 후칠자(後七子)를 가리킨다.
- '마음에 쏙 드는 대목에 혀끝이 미치면, 석가모니도 흰 눈썹 다시 펴고 웃겠지(及到舌隨心會處, 瞿曇應復展蒼眉)' 이 시는 「향루학사」 제9수로 앞의 2구는 다음과 같다. "턱을 괴고 소곤거리는 말소리 실처럼 가늘어, 누에고치에서 쏙쏙 실을 뽑아내는 듯(支頤小語細如絲, 續續抽來繭腹時)."
- 아난(阿難)이 몸을 더럽힐 뻔한 사건 아난은 석가모니 부처의 10대 제자 가

운데 한 사람이다. 마등가(摩登伽)의 음탕한 여자가 그를 유혹하였으나 끝내 그 유혹을 뿌리쳤다.

내 인생 내가 정리한다 133쪽

- 팔불취(八不取) 팔불출이라는 속어의 어원이다. 근대 이전에 인기 있는 노름이었던 골패 놀이에서 쓴 패 이름으로 좋지 않은 경우를 가리킨다.

정약용

조선의 무기 166쪽

- 풀을 베고 짐승을 사냥하듯 하여 마치 풀을 베고 짐승을 사냥하듯이 적을 섬멸하는 것을 말한다. 한유의 「송정상서서(送鄭尙書序)」의 "지극히 어지러워 다스릴 수 없을 때에는 풀을 베고 짐승을 사냥하듯 하여, 뿌리와 줄기까지 모두 베어 내야만 한다.(至紛不可治, 乃草薙而禽獮之, 盡根株痛斷乃止.)"라는 구절에서 나왔다.

조수삼

경원 선생의 일생 172쪽

- "갈아도 얇아지지 않고, 물들여도 검어지지 않는다." 공자가 자신을 의심하는 자로(子路)에게 해명한 말이다. 자신의 의지가 굳어서 변치 않음을 강

조한 말이다.

서유구

농업에 힘쓰는 이유 180쪽

- "살구꽃을 바라보며 밭 갈기를 재촉하고, 창포를 쳐다보며 농사짓기를 권장한다.(望杏敦耕, 瞻蒲勸穡.)" 서릉(徐陵)의 「사공 서주자사 후안도덕정비(司空徐州刺史侯安都德政碑)」에 나오는 말이다.(『서효목집전주(徐孝穆集箋注)』 권4)
- 구류 백가(九流百家) 구류는 아홉 가지 학파로 유가(儒家), 도가(道家), 음양가(陰陽家), 법가(法家), 명가(名家), 묵가(墨家), 종횡가(縱橫家), 잡가(雜家), 농가(農家) 등을 말한다. 백가는 유가 이외에 일가의 학설을 세운 많은 학파나 학자를 가리킨다.
- 경예학(經藝學) 곧 육경(六經)과 육예(六藝)를 연구 대상으로 하는 학문으로 경학(經學)과 같은 말이다.
- 범승지(氾勝之)와 가사협(賈思勰)의 작물을 심고 가꾸는 농업 기술 범승지는 한(漢)나라의 농업 전문가로 성제(成帝) 때 농업에 관한 실무를 역임하였다. 그의 농학은 『범승지서(氾勝之書)』라는 제목으로 후대의 저술에 인용되어 있다. 가사협은 북위(北魏)의 농업 전문가로 『제민요술(齊民要術)』을 지었다. 이 책은 중국 최고(最古)의 농업 전문서로 6세기 전반의 화북(華北) 농업을 중심으로 한대 이래의 중요한 곡물, 야채, 과수, 따위의 경종법(耕種法), 가축의 사육법, 술, 된장의 양조법 따위를 체계적으로 기술하였다.

의서 편찬의 논리 184쪽

- 인제(仁濟) 『논어』 「옹야(雍也)」에 나오는 말이다. "자공이 물었다. '백성에게 널리 베풀어 많은 사람을 구제(濟)하는 사람이 있다면 어떻습니까? 인(仁)하다고 할 수 있겠는지요?' 공자가 말씀하셨다. '어찌 인에 그치겠느냐? 반드시 성인의 경지일 것이다.'"
- 이시진(李時珍) 중국 명나라의 명의로, 빈호(瀕湖)는 그의 호다. 『본초강목(本草綱目)』을 저술했다.
- 『삼인방(三因方)』 송나라 진언(陳言, 1121~1290년)의 의서로 내인(內因), 외인(外因), 내외겸인(內外兼因)의 차례로 서술되어 있다. 원명은 『삼인극일병증방론(三因極一病證方論)』이다.

빙허각 이씨 묘지명 194쪽

- 단인(端人) 조선 시대 내명부(內命婦)에서 8품에 해당하는 품계이다. 남편이 생원으로 동몽교관(童蒙教官)을 지낸 데 상응한다.

불멸의 초상화, 불멸의 문장 205쪽

- 횡서척(橫黍尺) 옛날 중국에서 기장 알곡 100개를 쌓아서 그 길이를 1척의 표준으로 삼았다. 기장 알곡을 가로로 배열한 것을 횡서척, 세로로 배열한 것을 종서척(縱黍尺)이라 한다.
- 왕사진(王士禛, 1634~1711년) 청나라 초엽 시단의 영수로 신운설(神韻說)을 주장했다. 어양(漁洋)은 호이고, 이상(貽上)은 자이다. 그의 시론과 시는 18세기 이후 조선 시단에 많은 영향을 끼쳤다.
- 일찍이 뇌연(雷淵) 남유용(南有容)의 문집을 읽다가 초상화를 그리는 사람에

게 준 글을 보았더니 이런 말이 있었습니다. 남유용(南有容, 1698~1773년)은 영조 시기를 대표하는 문장가의 한 사람이다. 서유구가 인용한 문장은 『뇌연집(雷淵集)』 권12에 실린 「초상화를 그리는 박선행에게 주는 서(贈寫眞者朴善行序)」로, 박선행이 고향으로 돌아갈 때 지어 준 글이다. 호남 출신의 박선행은 당시 서울에서 초상화를 잘 그리는 화가로 유명했는데, 남유용에게 초상화를 그려 주겠다고 했으나 남유용이 그 제안을 거절한 일이 있었다.

- 소장형(邵長衡, 1637~1704년) 청나라 초엽의 시인으로 자는 자상(子湘)이다. 시문에 능하였다.

김조순

미치광이 한 씨 214쪽

- 옥호정사(玉壺精舍) 옥호정사는 옥호정(玉壺亭) 또는 옥호산방(玉壺山房) 등으로 불린 김조순의 대저택이다. 지금의 서울시 종로구 삼청로9길(삼청동 133번지) 일원에 해당한다. 이 대저택을 그린 「옥호정도(玉壺亭圖)」가 국립중앙박물관에 소장되어 있다.

김노경

맏아들 정희에게 224쪽

- "문장은 하나의 작은 기예로서 도(道)보다 높지 않다." 두보의 시 「화양 유

소부에게 주다(貽華陽柳少府)」에 나오는 구절이다.

- 한유의 「이익에게 답하는 편지(答李翊書)」와 유종원의 「스승의 도를 논하는 편지(論師道書)」는 모두 순수한 육경에 바탕을 두어 순수하다. 한유는 「이익에게 답하는 편지」에서 자신을 공자의 문과 담장을 바라보고만 있고 그 방에까지 들어가지 못한 사람(望孔子之門牆而不入於其室者)으로 일컬으며 글을 쓸 때 양기(養氣)하는 방법을 논했고, 유종원은 「스승의 도를 논하는 편지」에서 글을 쓸 때 우선 육경에 근본을 둔 뒤에 제자백가를 널리 참조할 것을 주장했다.

유본학

검객 김광택 241쪽

- 복식법(服食法) 도교(道敎)의 수련법으로 단약(丹藥)을 만들어 복용하는 것을 말한다.
- 태식(胎息) 호흡을 통해서 수련하는 도교의 수련법이다.
- 시해(尸解) 도교에서 자신의 육신을 남기고 신선이 되어 떠나가는 것을 말한다.

도심 속 연못과 정자 244쪽

- 벽강원(辟疆園) 제후의 정원을 가리킨다. 벽강원은 진(晉)나라 고벽강(顧辟疆)이 조성한 유명한 정원으로 강소성 오현(吳縣)에 있었다.

사서루기 247쪽

- 『춘추』의 세 가지 경전 원문은 춘추삼전(春秋三傳)으로 공자가 지은 『춘추』에 주해를 단 『좌씨전(左氏傳)』, 『공양전(公羊傳)』, 『곡량전(穀梁傳)』 세 가지 경전을 아울러 이르는 말이다.

이학규

한제원 묘지명 258쪽

- 자가 제원(霽元)이라네. 이 대목뿐만 아니라 전편에 걸쳐 한재렴의 자를 통상 알려진 '제원(霽園)'이라 표기하지 않고 '제원(霽元)'이라 하였다.
- 막냇동생 정원(淨元) 정원은 한재락(韓在洛)의 자(字)인데 정원(鼎元)으로 쓰기도 한다. 그는 호가 우방(藕舫)으로 평양 기생 66명의 삶과 예술을 묘사한 『녹파잡기(綠波雜記)』를 저술하였다.

서기수

백두산 등반기—갑산에서 출발하여 운총보에 도착하다 290쪽

- 서울에서 제관이 와서 제사를 거행하니 이것이 『예기』에서 말한 "강에 먼저 제사하고 나중에 바다에 제사한다."라는 뜻이리라! 『예기』 「학기(學記)」에 "고대의 세 어진 임금님들이 물에 제사 지낼 때 모두 강을 먼저 하고 바다를 나중에 했으니, 강은 원류이고 바다는 하류이기 때문이다. 이것을 근본

에 힘쓰는 것이라 한다.(三王之祭川也, 皆先河而後海, 或源也, 或委也, 此之謂務本.)"라는 내용이 있다.

백두산 등반기—자포수에서 허항령에 이르다 299쪽

- 이는 저부(褚裒)가 유량(庾亮)을 방문했을 때 맹가(孟嘉)를 바로 알아본 것과 같지 않을까? 강주 자사(江州刺史) 유량과 그 휘하에 종사관으로 있던 맹가의 사연이다. 맹가는 풍류와 문장으로 유명한 인물이었다. 저부가 유량을 방문했을 때 누가 일러 주지 않았는데도 그 자리에서 바로 맹가가 누군지 알아봤다는 일화가 전한다.(『세설신어』「식감(識鑑)」)

백두산 등반기—삼지를 구경하고 연지봉까지 다다르다 303쪽

- 옛날 왕자유(王子猷)가 산음(山陰) 가던 길에서 눈길 돌릴 겨를이 없었다던 풍경을 여기와 견주면 어떨지 모르겠다. 왕자유는 동진(東晋)의 명필 왕희지(王羲之)의 아들인 왕휘지(王徽之)이다. 중국 회계(會稽)의 산음은 경치가 좋기로 이름난 곳이다. 왕휘지는 벗 대규(戴逵)를 찾아 늘 산음 길을 오갔는데 그는 "산음 길을 가노라면, 산천의 경치가 좌우에서 어리비쳐 사람으로 하여금 눈길을 돌릴 겨를이 없게 만든다.(從山陰道上行, 山川自相映發, 使人應接不暇.)"라고 했다.
- 마치 미불(米芾) 영감이 바위에게 절하듯 하였습니다. 송나라 때의 서화가(書畵家)인 미불은 기행(奇行)을 자주해서 '미전(米顚)'이라 일컬어졌다. 그에게는 석벽(石癖)이 있어서 마음에 드는 바위나 돌을 보면 절을 했다는 일화가 특히 유명하여 시문이나 그림의 소재로 종종 등장한다. 우리나라에서도 김홍도, 이명기(李命基), 조석진(趙錫晋) 같은 화가들이 「미불배석도(米芾拜石圖)」를 남겼다.

백두산 등반기—연지동에서 백두산 정상에 오르다 310쪽

- 슬해(瑟海) 함경도 경흥(慶興) 동쪽의 바다를 가리키며, 때로는 그 바닷가의 육지를 가리키기도 한다.
- 여남(汝南)의 품평 후한(後漢) 여남(汝南) 사람으로 사촌 형제인 허소(許劭)와 허정(許靖)이 매달 초하룻날에 당대의 인물이나 시문 등을 품평한 것이 당시부터 유명했다. 조조(曹操)를 치세(治世)의 능신(能臣)이요, 난세(亂世)의 간웅(奸雄)이라 품평한 사람이 바로 허소다.
- 영릉(零陵)의 산수(山水)가 유종원을 만난 뒤로 명승으로 이름을 떨친 것처럼 되지 않으랴? 당송 팔대가의 한 사람인 유종원이 영릉(영주(永州))으로 좌천되었을 때 그곳의 산수를 유람하고 지은 여덟 편의 산수기를 일명 '영주팔기(永州八記)'라 일컫는데, 문학사에서 대단히 유명한 작품이다.

백두산 등반기—대택을 보고 다시 삼지에 들렀다가 갑산으로 돌아오다 316쪽

- 이 어찌 병주(幷州)를 고향처럼 여긴다는 격이 아니겠는가? 객지에서 오래 살다 보니 오히려 그곳이 고향처럼 느껴진다는 말로 가도(賈島)의 「상건수를 건너며(渡桑乾)」에 나온다. "병주에서 십 년 동안 나그네로 살다 보니, 가고픈 마음 밤낮으로 장안을 그렸노라. 갑작스레 다시금 상건수를 건너고 보니, 병주가 오히려 고향처럼 보이누나.(客舍幷州已十霜, 歸心日夜憶咸陽. 無端更渡桑乾水, 却望幷州是故鄕.)"

스스로 쓴 묘표 319쪽

- 송나라 정백온(程伯溫)이 글자를 비워 둔 예 정백온은 송나라의 학자로 저

명한 성리학자인 정이천(程伊川), 정명도(程明道)의 부친이다. 그는 자찬 묘지(自撰墓誌)를 지었다.

유희

『언문지』 서문 324쪽

- "기우(奇偶)의 나뉨은 『광운(廣韻)』 이전 일이고, 청탁(淸濁)의 혼동은 『정음통석(正音通釋)』 뒤의 일이다. 내가 어떻게 『정음통석』 뒤의 사람들과 더불어 『광운』 이전의 문자에 대해서 논할 수 있겠는가!" '기우의 나뉨' 뒤에는 "ㅏ, ㅓ 및 ㅑ, ㅕ의 나뉨을 말한다.(謂ㅏㅓ及ㅑㅕ)"라는 자주(自註)가 붙어 있어 양성 모음과 음성 모음의 구분을 말하는 것임을 알 수 있다. '『광운』 이전 일'에는 "서역에서 자모가 처음 건너온 때이다.(謂西域字母初來時.)"라는 자주가 붙어 있어 인도에서 처음으로 자모가 중국에 수용되던 때를 가리킨다.(『광운』은 중국 북송 시대에 간행된 운서(韻書)이다.) '청탁의 혼동'에는 "쌍형초성(겹소리를 표기하는 쌍기역 등)이 폐지된 것을 말한다.(謂廢雙形初聲.)"라는 자주가, '『정음통석』 뒤'에는 "박성원이 활동하던 시대(謂朴性源時)"라는 자주가 붙어 있는데, 박성원이 『정음통석』에서 겹자음을 폐지하여 청음(淸音)과 탁음(濁音)이 혼동된 것을 비판한다.
- 『사성통해(四聲通解)』 최세진(崔世珍)이 『홍무정운역훈(洪武正韻譯訓)』의 음계를 보충하고, 자해(字解)가 없는 『사성통고(四聲通攷)』를 보완하기 위해 1517년에 편찬한 책이다.

제 눈에 안경 같은 친구 326쪽

- 큰 혹이 달린 사람이 제(齊)나라 위공(威公)에게 유세를 했더니 위공이 그를 매우 좋아하여 온전한 사람을 보면 오히려 그 목이 야위고 가냘퍼 보였다는 이야기가 있소. 큰 혹이 달린 사람의 이야기는 『장자』 「덕충부(德充符)」에 나오는 우언(寓言)으로 원문과는 조금 차이가 나게 인용하였다.

원문 原文

權常愼

驢牛說 22쪽

驢, 比牛弱物也, 不能載重行遠, 性且輕愎. 以其弱而不中載, 故專任騎. 貴遊子弟, 爭尙之, 價常出巨牛上, 巷里賤庶, 雖有錢, 不敢買而跨之, 驢之背貴矣哉! 農者牛之力, 不農, 人將不穀, 死矣, 牛亦可貴也. 然積穀多者, 善殺牛以肥己, 若子若孫, 又化穀爲錢, 買驢以騎己. 若子若孫, 至以穀飼其驢, 怪哉! 人之賤牛而貴驢, 抑以其貌歟? 驢非錦不韉, 非絲不羈, 搖朱纓, 垂柔轡, 善衣冠者跨之, 人皆曰: "美哉! 驢也!" 牛穿鼻以强木, 絡頸以麤索, 服重耟, 行莽野, 赤肌膚者督之, 人皆曰: "頑哉! 牛也!"

嗚呼! 驢牛之美頑, 乃人之所使爲也, 而又從而美頑之, 何其不量也? 用其力而食其肉, 華其飾而愛其貌, 甚不可哉! 或曰: "中國人貴牛而賤驢." 中國之人, 果能知所貴賤也!(『西漁遺稿』 冊5)

南皐春約 24쪽

甲辰三月庚戌, 與金叔道·任彦道, 會做于沈士執家. 不同做而往來者, 兪伯翠金季容李時中李士仁是已. 士執家在南而園又高, 故曰南皐. 功令之業, 乃托而會友者, 其實謀多在遊, 此南皐約之所以作也. 於是各集琴書投壺之具, 而約之云云.

第一條 賞花

一. 飯前議定某處看花. 議若有岐, 三人言從, 二人言恥, 議不立不樂携隨者,從罰如左.

一. 薄雨厚霧獰風, 皆不擇. 蓋一年春事, 除雨霧風, 可遊之日甚少. 雨中遊, 名曰洗花役, 霧中遊, 名曰潤花役, 風中遊, 名曰護花役. 若顧惜衣履, 推諉痾恙, 逡巡而不行者, 從罰如左.

一. 行或幷袂, 亦或連武, 有時乎, 二二三三, 參參差差, 必各自相顧, 同作一團. 若健步先之, 不應後者, 懶步後之, 不呼先者, 至於乖散者, 從罰如左.

一. 償花者, 或以折花爲喜, 甚無謂. 東君養花, 如農者養穀, 花花皆辛苦造化, 生意藹然者. 凡我同遊, 其忍折之. 折者, 從罰如左.

一. 酒行, 小盃序以年齒. 酒旣在盃, 禮不可辭. 不善酒者, 盃當巡次, 把盃灌花下, 叩頭向花謝曰: "伏惟花神, 明鑑酒戶, 酒戶實窄, 是以灌土." 同遊憐之, 免其困頓. 若深淺其杯, 引停惟意者, 從罰如左.

一. 出韻賦詩, 或一韻同賦, 或分韻各賦. 不論工拙, 專以記遊紓情爲主. 衆皆篇成, 而獨自苦思巧索者, 從罰如左.

第二條 琴書投壺

一. 飯後若不修花事, 必從事于琴書投壺, 捨三者而進雜具者, 從罰如左.

一. 彈琴但求琴趣, 不求琴解. 有琴或貴乎無絃, 有弄何妨乎無曲. 同遊中無解琴者, 但相挑絃出聲, 以達樂意足矣. 當其彈時, 若不敬琴愛琴, 而致琴傷者, 從罰如左.

一. 塵滿琴身, 謂之玄鶴疵. 朝一拭琴, 暮一拭琴, 當如嬰兒之置膝而摩挲. 若麤心拂袖, 絃縵而柱欹者, 從罰如左.

一. 投壺專用樂園格, 或間從儀禮法, 不如法者, 從罰如左.

一. 投壺之戱, 如射法同. 射以觀德, 貴其正心, 心正不中, 才力之下, 於德無損, 不中何歉? 投壺者, 平身凝立, 專心壺口, 則庶幾矢矢有中. 若務勝鬪, 多曲軀長臂, 用功納矢者, 從罰如左.

一. 看書, 經則詩傳, 史則司馬子長, 子則莊周, 集則韓退之·歐陽永叔·蘇子瞻, 詩則王維·孟浩然, 騷則屈正則大夫, 賦則司馬相如長門等篇, 傳奇則宋公明·崔鶯鶯, 餘外書, 隨得隨閱. 若解籤推席, 疊帙代枕, 粧褪匣涴者, 從罰如左.

一. 書不求解, 是謂嚼札. 淵明疏不求甚解, 子美詩讀書難字過, 皆一時偶言, 非所以昭後世也. 王荊公之多識奇字, 可學不可嘲. 不知字意, 焉知句意, 不知句意, 焉知章意, 不知章意, 焉知篇意. 凡我同遊, 遇難解處, 輒輪示求解, 期至於解. 若胡讀亂閱, 專沒意義者, 從罰如左.

一. 各抽一冊, 或經或史, 看到好處, 必輪示共讀. 償得古人神情, 暢得自己文思, 若潛玩獨償, 如伯喈之枕秘論衡者, 從罰如左.

一. 朝晝看讀, 牢記在心, 每於初夜, 必相與誦說討論, 揚扢名蹟, 商確指歸, 使千古聖凡愚智, 宛然親見要領, 記性開明. 若所讀所看, 全不留神, 及到談場, 默如泥塑者, 從罰如左.

一. 讀書聲, 最宜月下, 童子有報, 月湧樹間, 相携出堂, 散步庭除, 各誦平日所熟者. 聲必曼, 吟必朗, 如清流曲折, 徐越瀏亮, 勿效村學塾童, 鼓吻促舌, 徒貪讀數, 犯者, 從罰如左.

第三條 做表

一. 做表必於飯前, 速速了當. 若留意善作, 飯及匙而不了者, 從罰如左.

罰科

律有罰有贖, 今玆春遊, 亶在歡欣樂愷, 約宜從便, 曷爲從罰, 所以齊其衆而一其趨也. 故罰以嚴約條, 贖以示寬宥. 厥條有三, 厥目有十七條, 總其目, 目列其罰. 厥罰有等, 厥等惟五, 厥贖有爵, 厥爵止五, 視罰等差.

第一條 賞花, 其目有六.

一曰, 不樂携隨. 經曰, 三人行則從二人, 龍韜曰, 勿以獨見而違衆, 此其斷也. 其罰惟上, 其贖五爵.

二曰, 推諉不行. 軍志曰, 趨時赴機, 勿憚霧雨, 經曰, 時哉不可失, 此其斷也. 其罰惟次, 其贖四爵.

三曰, 離隊. 經曰, 毋胥絶遠, 汝分猷念以相從, 此其斷也. 其罰惟中, 其贖三爵.

四曰, 折花. 是謂春賊, 其惟勿問, 肆罰惟上, 其贖五爵.

五曰, 惟意停盃. 經曰, 不醉無歸, 此其斷也. 其罰惟下, 倍其贖二爵.

六曰, 苦思巧索. 經曰, 辭達而已矣. 此其斷也. 其罰惟下, 其贖一爵.

第二條 琴書投壺, 其目有十.

一曰, 進雜具. 傳曰, 奇衺雜進, 以害德性, 此其斷也. 其罰惟中, 其贖三爵.

二曰, 傷琴. 是謂琴蠹, 其惟勿問, 肆罰惟上, 其贖五爵.

三曰, 不善拭琴. 經曰, 執事敬, 此其斷也. 其罰惟中, 殺其贖二爵.

四曰, 不從格法. 經曰, 不愆不忘, 率由舊章, 此其斷也. 其罰惟上, 殺其贖四爵.

五曰, 用巧納矢. 經曰, 民之回遹, 職競用力, 力詐力也, 此其斷也. 其罰惟上, 其贖五爵.

六曰, 汚書. 是謂書蠹, 其惟勿問, 肆罰惟上, 其贖五爵.

七曰, 胡讀亂閱. 經曰, 審問之, 愼思之, 明辨之, 又曰, 疑思問, 此其斷也. 倍其罰惟下, 其贖二爵.

八曰, 獨賞. 經曰, 吾無隱乎爾, 此其斷也. 其罰惟上, 殺其贖四爵.

九曰, 全不留神. 經曰, 人求多聞, 學于古訓有獲, 此其斷也. 其罰惟中, 其贖三爵.

十曰, 鼓吻促舌. 經曰, 誦聲洋洋, 又曰, 誦言如醉, 此其斷也. 其罰惟下, 倍其贖二爵.

第三條 做表

其目有一, 曰飯前不了, 經曰, 敏於事, 此其斷也. 其罰惟下, 其贖一爵.

惟令惟擧, 旣審旣允, 凡厥同遊, 明聽無違.(『西漁遺稿』 册5)

貞陵遊錄 33쪽

將遊之前日, 與士執·叔道·伯翠·彦道議曰: “柳於興仁門最盛, 吾輩已盡之矣. 杏花於幽蘭洞最盛, 吾輩已盡之矣. 桃花於北寺洞最盛, 吾輩已盡之矣. 杜鵑花尙未質盛處, 奈何?” 於是言多白雲樓, 或言夕陽樓, 或言永美亭, 或言貞陵, 良久議乃同曰貞陵.

貞陵之遊, 閏三月初吉也. 約中人多薦花于家廟, 彦道家在桂山, 晨往薦花, 約于小東門相待. 伯翠薦花, 晩到士執家, 士執家薦花事尙早, 皆言待士執薦花事, 已乃可行. 吾於花事競日分寸, 其奈心如急絃, 發矢乃已. 卽留叔道與士執, 追會于新興寺, 吾拉伯翠, 由館峴抵小東門. 彦道已來待, 相與蔭松下茅屋, 花岸窈窕可目, 卽酌酒向花飮之, 盖志此處宜飮也.

聯袂出小東門, 少行有二柳, 薨于路左, 受風轉陰. 余引手折枝一柄, 兩岐長剩三尺, 柔可綰結, 輕絮間葉, 若蠶着桑, 余愛玩不釋. 或掃軟塵以箒看, 或拂去馬來牛以鞭看, 或揷腰前以靑絲帶看, 或隨意上下手中作麈尾樣看, 自戲自娛, 自笑不已. 行見一比丘, 募造佛器, 松絡木鐸, 口誦梵語, 以請檀越, 過去人擲錢滿紙. 余拈一箇柳葉擲之, 凡在供佛舍施, 所愛是爲上等, 今此柳葉, 爲余所愛, 舍施幾人, 余居上等, 與彦道一笑.

入新興寺飯, 久之叔道與士執來飯. 卽起出寺, 問可處于釋子, 皆曰: "叢林之回, 溪流于盤, 花錯翹翹, 景耀無端." 命釋暎幻, 在前指路, 鵑花照人, 到盤不絶. 雖使王戎執牙籌, 晝夜難窮其株數也.

盤石介于兩寺之間, 而距奉國寺差近, 水淙淙可聽, 花簀簀尤盛. 命釋暎幻坐上流泛花, 花片着水, 回戀不下, 忽翔然而達于下渦. 又疊聚不下, 以松枝撈水乃下, 叫奇歡甚. 忽有掬腐葉穢沙來者, 問其故, 欲塞流決作急流聲, 吾叱之曰: "誰敎爾作此沒韻事耶!" 命拓水底滯沙以贖辜, 於是花流甚捷.

彦道所持鵑花麵味甚佳. 余酒後喉渴甚, 思傾瓶中所有, 分之不足, 專之有餘. 諸友必不肯使我專之, 暗瞬從者, 安瓶松林深處. 余徐徐起, 繞花一再, 以示閑肆, 絶諸友疑. 更徐徐入松間, 勇開瓶口, 以桼桐椀子, 滿斟快喫, 花纔近脾, 馨香湧出, 以陽羨茶和中泠泉啜之, 想無以壓此也. 諸友幸吾不在, 欲盡瓶, 索瓶急, 不知余入松時意在瓶也. 瓶無得, 余則微笑出松, 始覺見欺, 交口怨詈. 余發慈悲, 呼瓶出來, 彦道勇躍, 猶幸得其飮餘也.

酒盡只有醍醐一器, 約代酒流觴, 以年齒序飮. 乃以醍醐少許和水, 實桐盃, 泛流而下. 當飮者在下承之, 或滯而不行, 衆人引流助勢, 不覆而逝, 最爲奇. 特叔道當飮, 盃忽逆流而上, 良久不下. 衆人據石撈流以順其行, 盃將下, 又橫走粘沙, 倍力撈之始下, 又觸石而覆, 衆皆大噱. 泛盃凡再巡醍醐盡.

入奉國寺飯, 寺奉藥師佛, 俗稱藥師寺. 出寺行百餘步, 瞻望陵所, 開碑閣, 敬覽刻文. 日薄暮, 尋歸路, 入孫家莊. 登在澗亭, 石潔水明, 耳目俱快, 而恨無好花疎密暎水也. 日漸暮, 相與健步, 入小東門.(『西漁遺稿』 冊5)

隱巖雅集圖贊 38쪽

一年而無不可遊之日, 一世而無不可遊之人. 然其日也, 必選乎令節, 其人也, 必求乎會心. 旣有其日·有其人矣, 則必簡乎可樂之地而樂之. 選令節者, 莫宜於暮春上巳之和暢也; 求會心者, 莫宜於騷人·墨士之眞率也, 簡樂地者, 莫宜於茂林淸流之幽曠也. 三宜者具, 然後其遊著焉. 此蘭亭禊帖之所以傳說至今, 而何近代之寥寥無繼之者耶? 其日與其地, 非難遇也, 而其人難遇也, 其人或遇之, 而其盛世與樂世難遇也. 故自晉以來千有餘年, 獨韓昌黎之太學琴序·白香山之洛濱禊詩, 並美前後, 而恨無遺墨相傳, 輝人耳目如蘭亭事者.

今上卽祚之十二年戊申, 朝野淸謐, 歲比豊登, 農者戱於畝, 商者歌於衢. 於是余酒言於諸友, 曰: "今玆之春, 非昔日戡亂之時乎! 京師之人不見金革之爭, 而皆鼓舞嬉遊於祥風瑞旭之中, 花庄柳溪, 管絃相聞, 可驗煦濡惠澤之盛也. 練良辰, 招高明, 燕敖春臺, 歌詠聖化, 此其時哉!" 乃於上巳陪京山丈, 會隱巖. 冠者十四, 壺觴錯陳, 篇什迭堆. 酒半酣, 京山書篆籒, 柳晦文彈琴, 檀園畫禽鳥花竹, 盡風光之奇賞, 極遊遨之快樂, 自朝抵暮, 帶月而散, 皆欣欣然以爲此會不易得也.

於是余捧硯而進, 曰: "蘭亭之筆, 太學之琴, 洛濱之詩, 畢張於是日, 而畫廚之設, 古未有焉, 若不圖繪其跡, 傳之後來, 則誰知此會之勝超越往古, 而吾儕幸生太平之時, 能賁飾太平之象也耶?" 乃命檀園作隱巖雅集. 圖旣成, 爲之贊曰: "瞻彼烟嵐, 黯然而簇者, 北山之麓乎! 泉湧石間, 遞迤於深谷者, 萬里瀨之曲乎! 中有軒檻, 依樹木者, 隱巖之屋乎! 飛觴彈絲, 箋毫交錯者, 良辰之卜乎! 春服旣成, 與衆而樂者, 往哲之續乎! 托之丹靑, 永照人目者, 其將有感於斯幅乎!"(『西漁遺稿』 冊5)

徐榮輔

文漪堂記 43쪽

申漢叟名其堂曰文漪, 送書於予, 曰: "吾性樂水, 而常恨闤闠中無泉池之觀. 雖有觀水之術, 無所於施. 觀於天下地圖而有得焉, 盖積水蒼然, 九州萬國, 大而如帆檣之布列, 小而如鷗鷺之出沒. 人之遍九州萬國者, 皆水中物耳. 此堂之所以名也, 子其爲我記之."

予見而笑曰: "世固有無其實而處其名者, 今子之名其堂, 可謂無其實矣. 雖然, 子亦有說. 今有家於海島之中者, 人必謂之居水而不謂居山矣. 島人固亦有環墻而宮, 閉戶而坐者, 以其不日狎於濤淵而謂非居水不可也. 如是者人皆知其然矣, 而何獨疑於子之言乎? 大地一島也, 衆生島人也. 雖浮家泛宅而日與水居者, 亦其勢不能以駐眼不移, 必有暫時移視而須臾無心於斯時也. 跬步與千里一也. 今子居於斯堂, 而一欲觀乎水紋之淪漪也. 雖朝於闤闠而將夕於江湖, 其不能常目於水, 子與彼無以異矣. 或在於轉眄之久, 或在於朝暮之頃, 轉眄之比朝暮則有間矣. 然盖將自其久者而言之, 則俛仰之間, 已爲陳跡, 自其不久者而言之, 則千百年爲一朝矣. 夫俛仰之爲久, 而千百年之爲不久, 則以轉眄笑朝暮, 吾不知其可也. 夫孰曰非其實也?"

或曰: "子之言, 辯則辯矣. 雖然, 吾懼人之責漢叟以魚鼈爲禮也." 予曰: "苟如是, 子能喚渡於歐陽子之畵舫齋乎?" 相與大笑.(『竹石館遺集』 冊3)

遊紫霞洞記 46쪽

居冠岳·黔芝之間而有水石之勝者曰新林, 新林之最邃而尤異者曰紫霞洞. 水自兩山來者合, 出新林洞如壺口, 從姜太師書院前, 屈折南入, 緣源漸東行數里, 望小峯隱然出林表者曰國士峯. 其下樹木蔚然, 人家隱暎, 有三老槐大合抱, 下有二老堂舊址, 是爲申氏之紫霞別業也.

緣溪漸上, 忽見兩石夾流對立如門闕, 自此石益巨, 溪皆石爲底, 達于兩涯, 石列在水邊者, 或側立如甍, 或平鋪若床, 色皆磨瑩, 可布碁, 可寫詩. 頂稍平寬, 小亭居焉. 當溪東北曲折處, 西南俯水, 溪始出自戀主臺, 至亭東布流廻洑, 下陡垂墜爲短瀑, 旁刻第一溪山四字.

水遶亭趾, 灣回縈絡, 層鳴觸激, 復環折至亭西, 渟蓄爲小潭, 皎澈可鑑毛髮, 月彩涵泛, 倒射簷宇, 搖漾如瀉汞不定. 山支自國士峯迤出隨水行, 環周如屛障, 過亭西百餘步而止. 嘉木叢蔓蒙絡, 披拂上, 正平夷曠可數百畝以爲園, 其樹多躑躅, 其菓多栗. 水一派自女笄潭而下者, 抵園西壁遶出, 與紫霞溪合流. 西峯有李眞人錬藥壇, 女笄潭亦稱奇勝, 皆不及窮. 余始約洞主登冠岳絶頂而不果, 故所記止此.(『竹石館遺集』 册3)

送人序 49쪽

國家自壬辰之難, 設置重兵於內外者二, 內曰訓鍊都監, 外曰統營. 李如松之破行長於平壤也, 實用戚少保繼光紀效新書. 少保浙江名將, 屢破倭有功者也. 昭敬王以千金購其書, 募都下游手子弟, 授其橍砲·火車之具, 進退擊刺之狀, 此都監之所由設也. 李忠武之鎭南海也, 倭船犯湖嶺者幾百艘, 累戰盡殲之, 常以舟師扼海道, 故賊之充斥八路, 皆從釜山下陸, 而水路常無虞, 此統營之所始立也. 二者皆以爲備倭也.

然都監實爲輦下親兵, 則豈但使其用於制倭, 一遇他敵, 則曰非吾所學, 晏然而已哉! 然北虜之變, 聖主去豳, 顚倒狼狽, 無以異於壬辰, 而其辱又有甚焉. 曾未聞都監之兵, 擧一刃, 發一矢, 嬰其鋒者. 其於勝敗之數, 未有毫髮損益, 豈禦倭之法, 不利於禦胡歟?

予覩少保小傳曰: "公在浙則有紀效新書, 在薊則有練兵實紀, 而北虜畏公與譚綸, 并稱號爲譚戚." 然則新書之法, 以公自用而猶不利於禦胡, 故又*有實紀之作也歟? 後之人不料彼我之長短·敵勢之同異, 而一以是從事者, 是猶爲龍之餌而欲以擒虎, 設虎之阱而蘄其釣龍, 不亦過歟!

盖壬辰之後, 所以懲創而圖後, 思患而豫防之者, 其事猶有可言, 而及夫丙子之敗則無聞焉. 未知此虜之利, 在野戰歟? 城守歟? 速戰歟? 持久歟? 吾不知也. 可以飛砲擊乎? 銕騎躪乎? 長弓射乎? 短兵接乎? 吾不知也. 數者未有定焉, 則吾知其卒然遇之, 造次恇攘而卒顚沛也已.

南北二虜, 皆常逞於我矣, 若今之憂, 則又在北而不在南. 何者? 萬曆之間, 島夷强盛, 四出侵掠, 福建閩淛常苦其害, 我之被兵, 卽其一事耳. 比近以來, 其國日弊, 至於信使常行, 久亦不請, 則彼方困不能自擧, 何毒人之敢圖? 清人之有天下久矣, 語曰: "胡無百年之運." 彼誠一朝不支於中國, 悉衆而北歸船廠, 則所以平日歡忻要結於我者, 將執左券而誅其報. 當是時也, 順之則財賄不足以厭其求, 逆之則兵力不足以待其怒. 嗚呼! 何恃而不爲之所也.

上之九年, 擢洪忠節度金公, 爲統制使, 金公忠剛廉樸, 盡心王事, 所至必繕甲兵, 修城池. 統使之職, 實統嶺湖西南三路舟師, 爲海防第一. 所居館屋壯麗, 又有魚塩之利, 橘柚之包, 竹箭之美, 其富甲於一國. 每當海操, 艨艟巨艦舳艫百里相望, 旋旗蔽日, 笳鼓之聲, 燀爀侔鬼神, 趍走之吏, 聽其號令者, 自節度使以下, 其任可謂重矣.

方今聖化東漸, 海波不揚, 故爲是官者, 率以妓樂爲娛, 以貨財自饒, 享其富

---

* 저본에는 又故(우고)로 되어 있으나, 위쪽에 적혀 있는 "又故二字, 似換故又."라는 기록에 따라 故又로 고쳤다.

樂而忘其憂. 若金公之賢, 固異於流俗苟且之見矣, 非狃於一朝之安而忽百世患者. 必將登龜船臨大洋, 訪忠武之遺跡而慨然思齊焉矣. 豈獨如此而已! 其轉而爲西閫, 進而爲上將, 皆不可知, 則夫於制倭制胡之同異長短, 與夫孰爲遠慮, 孰爲近憂否者, 公其講之熟矣. 公亦嘗慕戚少保之爲將乎! 其必鎭於南而有可稱道, 如紀效新書者, 然後又信其轉而西進而將, 而有所施設, 如練兵實紀也.

於公之行, 吾將聞其作爲, 而知公之可與爲忠武也, 可與爲少保也乎! 而其威折衝於千里之外, 如猛獸之在山者, 亦可以卜矣. 公之幕客某將行, 畀余言, 某之爲人也謹而信, 其於佐幕也何有, 獨書余所期望於公者, 俾以獻, 倘公不以書生言而忽之.(『竹石館遺集』 冊2)

張混

寓言 55쪽

客有過家門者云: "曩於畦塍間, 小獸前行, 形則鼠, 毛歧而刺. 問農叟: '此何獸?' 曰: '名蝟. 毛尖攢如鍼, 籍瓜而噉. 薄着手輒傷, 故人無敢近者. 然古諺相傳, 方其馴雛也, 其母舌舐背自言, 美乎美乎! 毛莫若此雛之耎且脆.' 怪哉! 其溺愛果是獸也!" 主翁聞而哂.

客又云: "適覩桑楡樹有老烏, 對晩景垂翅坐. 其子養羞進, 烏受其喃, 晏如嬉嬉. 甚矣! 禽鳥之自便!" 主翁聞而又哂.

客曰: "兩言有不槪於懷與? 何哂之再?" 翁曰: "非也. 匪哂客之言, 哂二物性與吾甚類. 吾有二子三孫, 不計賢不肖, 煦濡之卵育之, 猶恐其不中, 酷似乎蝟愛其雛也. 且況自老窮以還, 筋力不能自理, 龍鐘鵠立, 搔首躊躇, 倚三飧於婦女, 丐一味於童孺, 亦奚異於烏之待哺也? 吁! 獸也烏也人也! 類雖不同, 以其性相近, 故哂之."

客亦哂而去. 或有見其事者, 爲余道之如此.(『而已广集』 卷14)

沈來永

蜀棧圖卷記 59쪽

嗚呼! 吾先君愛吾廬先生, 性本澹泊, 愛畫山水. 歲戊子秋, 與叔父陽城公, 偕詣玄齋公, 請寫蜀山川, 畫未及成, 陽城公奄棄世. 先君慟甚, 奠其畫於柩前, 陳辭哭臨. 畫遂爲吾家奇珍, 而宗長尙書公, 每稱絶寶云.

歲戊戌, 一戚長借去三日, 遂失之, 終不見還, 先君常恨之. 蓋流峙之勝, 必稱蜀道, 繪事之妙, 莫尙玄齋, 而舐毫會神, 不啻數十日子, 點彩移眞, 克備十二皴法, 泓淨筆力, 抑豈爲造化所奪去耶?

歲戊午, 尙書公忽遣書邀余, 前置畵幅曰: "君知此畫耶?" 余曰: "軸頭寫 '蜀道' 二字, 乃先君筆, 家藏花卉一軸, 其粧有與此同者." 持來比之甚合. 仍問圖所從來, 請歸直贖之. 公笑曰: "何必乃爾? 此圖間入勢家, 近歸市童, 爲一宰相所買有, 吾適借來, 果是君家物也, 故邀君歸之."

嗚呼! 小子十歲此圖成, 二十遽失此圖, 四十復得此圖. 酆城劒·合浦珠, 古亦有焉. 然未曾如此圖之得於戊, 失於戊, 又復得於戊, 豈不異哉! 聊級前後得失之歲, 以志此至寶之隱見, 自有其時.

歲戊午七夕記.(澗松美術館 所藏「蜀殘圖卷」)

南公轍

崔七七傳 63쪽

崔北七七者, 世不知其族系貫縣, 破名爲字, 行于時. 工畵, 眇一目, 嘗帶靉靆半, 臨帖摹本. 嗜酒, 喜出遊, 入九龍淵, 樂之甚, 飮劇, 醉, 或哭或笑. 已又叫號曰: "天下名人崔北, 當死於天下名山." 遂翻身躍, 至淵旁, 有救者, 得不墮. 舁至山下盤石, 氣喘喘臥, 忽起, 劃然長嘯, 響動林木間, 棲鶻皆磔磔飛去.

七七飮酒, 常一日五六升, 市中諸沽兒携壺至, 七七輒傾其家書卷紙幣, 盡與取之. 貲益窘, 遂客遊西京萊府賣畵, 二府人持綾綃踵門者相續. 人有求爲山水, 畵山不畵水, 人怪詰之. 七七擲筆起曰: "唉! 紙以外, 皆水也." 畵得意而得錢少, 則七七輒怒罵, 裂其幅, 不留, 或不得意而過輸其直, 則呵呵笑, 拳其人, 還負出門, 復指而笑: "彼竪子, 不知價." 於是自號毫生子.

七七性亢傲, 不循人. 一日與西平公子圍碁, 賭百金. 七七方勝, 而西平請易一子, 七七遽散黑白, 斂手坐曰: "碁本於戱, 若易不已, 則終歲不能了一局矣." 後不與西平碁. 嘗至貴人家, 閽者嫌擧姓名, 入告: "崔直長至!" 七七怒曰: "胡不稱政丞而稱直長?" 閽者曰: "何時爲政丞?" 七七曰: "吾何時爲直長耶? 若欲借啣而顯稱我, 則豈可捨政丞而稱直長耶?" 不見主人而歸.

七七畵日傳於世, 世稱崔山水. 然尤善花卉翎毛·怪石枯木狂草, 戱作翛然超筆墨家意匠. 始余因李佃識七七, 嘗與七七遇山房, 剪燭寫澹墨竹數幅. 七七爲余言: "國家置水軍幾萬人, 將以備倭, 倭固習水戰, 而我俗不習水戰, 倭至而我不應, 則彼自渰死爾, 何苦三南赤子騷擾爲." 復取酒打話, 窓至曙. 世以七七爲酒客, 爲畵史, 甚者目以狂生. 然其言時有妙悟實用者類此.

李佃言: "七七好讀西廂記水滸傳諸書, 爲詩亦奇古, 可諷而秘不出"云. 七七

死於京師旅邸, 不記其年壽幾何.(『金陵集』 卷13)

遁村諸勝記 67쪽

廣州府治西三十里曰金陵, 在平疇綠野中, 遠山環之若列屛. 土宜禾麥, 其石可煅而爲瓦. 中有酒店, 店傍得小徑, 山盆峽束, 漸聞泉瀧瀧有聲, 人傴僂入若門焉, 曰遁村. 小丘纍纍, 若釜者, 若杯者, 若馬鬣者, 若駢筍者, 結撰爲一區. 入其洞, 始覺乾淨閒曠. 其地林木薈蔚, 世傳高麗時李學士集故址, 其後權氏居之, 又再易主, 今歸于余. 金陵·遁村, 皆自淸溪山逶迤而來, 間一岡爲同里, 歲時, 居人相往來修禊.

歲辛酉, 余買亭于此, 以又思潁名之, 盖慕六一居士也, 記在亭之南壁. 後三年, 遭內艱, 因堪輿言, 遂營葬于亭後道德峯下, 階南又得一席地, 爲余身後計, 書磁缸瘞識傍, 就金陵諸處置祭田, 以供春秋香火. 亭凡六楹, 翼而屋者又若干楹. 亭前後藩, 而爲圃可蔬, 墾而爲田, 可秫可秔. 雜植梅菊梧竹之屬, 花瓣葉縷間, 曳杖徘徊, 夜坐石床, 望東南山缺處, 月色滉瀁空碧, 有波濤遠瀉之勢.

其東曰佛峴, 舊稱有僧刹, 今廢. 曰硏山, 曰鉢峯, 其形類龜曰龜巖. 其下構山莊, 欄檻不錭而飾, 施簾幔, 於冬宜奧, 於夏宜敞. 坐其中, 性開神會. 秪覺四山松聲, 如茶沸笙奏. 又西曰仙巖, 背峭崪不受屩, 中産人蔘·石茸. 俛瞰一泉澄泓, 蘋藻縈翳之. 稍下而起如張盖者曰日傘峯. 其底窿然爲長谷, 水出其間, 一名淸溪洞, 水源繇淸溪山至故云. 溪十里不絶爲九曲, 上有茅屋一架, 舊爲里中秦生所居, 余又以五十金易之. 有問字來者, 使居其中.

値急雨初霽, 溪水漲流, 看如濺珠漩雪, 遇石復激, 躍如尺鯉, 折而去. 跨小梁而南, 有玉磬山, 石子皆白, 狀如特磬, 栗林楓樹環蔭, 日光穿漏. 瀑從山腹凹處, 作二級下墜潭, 一級循崖蜿蜒, 色紺碧可釀爲酒, 一升重爲斤. 二級巉巉, 上广而下砥, 日照高樹, 正與潭射, 紅碧如斷虹, 復散爲雲霞, 光景奇絶. 余屬石工, 鐫玉磬洞·釣磯諸字於其上而未果. 春山欲雨亭在靑龍巖稍上處, 四面皆山, 方春草木濃綠, 有沈石田·黃子久筆意, 仍以扁焉. 君子池枕其趾, 蓮芡中, 針鱗細蟹, 噴沫游泳, 令人有江湖之想.

金陵遁村, 以溪山名一州, 而俗亦淳厖可喜, 其士族皆業詩書, 少機利, 亦不言朝論得失官政美疵. 小民尤貿貿, 茆盖土堗, 男女牛犬, 雜處無別. 農織之暇, 好蓄蹲鴟瓜果柴蔬, 恥爲游食雇作. 村內外人屋, 爲百餘家.(『金陵集』 卷12)

成海應

安文成瓷尊記 73쪽

松嶽人耕文成之故基, 得一瓷尊, 其高可一尺, 其色微靑而黑, 容可一斗. 今歸于紫霞之室, 盖華人所稱高麗秘色瓷也. 周禮五尊, 今未詳其制, 考之聶崇義 三禮圖, 獨言太尊山尊壺尊, 皆受五斗. 古今器量旣殊, 其容亦不可同. 然古者以其器輕重大小, 有節而合於禮, 故必用之祀饗.

文成當王氏之世, 扶道斥邪, 以此得從祀夫子. 今太學奴婢, 皆文成之所內也. 東方自新羅以後釋敎盛, 人倫幾乎熄矣. 我朝雖屛去之, 今之士大夫或衣衲, 婦人食鉢器, 皆釋之餘也. 我朝諸賢極力揮斥, 俾異端不敢售, 俗習之難改且如此, 况文成之時乎! 擧世浸淫, 燃指髡首, 其權至與人主抗. 獨文成巋然自樹立, 表章正學. 又百年而得鄭圃隱, 文物始備, 淵源遂昌於東方, 此不徒以德而又以功也.

想文成之爲禮也, 是器得備於鍾磬籩豆之列, 盛醆醴而揖讓進退, 器之用誠華矣. 今之學者, 誠能用是而講禮, 俾文成之風, 永世而不泯者有幾? 器之出於塵土者, 宜有待也. 紫霞勉之哉!(『硏經齋全集』 卷9)

書白永叔事 76쪽

白永叔東脩, 水原人. 曾祖節度使時耉, 當景宗時與定策大臣受禍, 謚忠莊. 永叔生而勁武, 且名家子, 早中武科, 爲宣傳官. 然常不樂也, 顧好從狹邪遊. 嘗携其徒, 上北漢寺樓, 方引酒命伎歌. 有無賴子羣逐之, 永叔卽瞋目奮袂而立, 鬚髯盡張, 無賴子怖而逃.

余固聞其名而未之遘也, 戊申春, 靑莊李公德懋具絲竹以娛老親, 余往賀之. 座有睡者, 忽起揩醉眼, 扯善畫者金弘道, 乞老仙畫, 具談畵法甚悉, 卽永叔也. 余又奇其才也. 于時先君子就直秘省, 一時名士多載酒就之, 永叔亦時時來詣, 從容言古昔治亂興廢之源, 及華夏山川關防形便, 應輒如響, 纚纚不已. 又曰: "遇禮法士, 吾以禮法待之. 遇文詞書畵之士, 吾以文詞書畵待之. 遇卜筮醫藥方技術數之士, 吾皆有以待之. 吾爲子之好拘撿, 故亦斂容以相待." 余又歎其才之無不周也. 又曰: "吾嘗觀於世, 有不可於意者. 入春川山中, 躬耕墝瘠, 多種秫黍, 廣牧鷄豚. 歲時釀酒, 招隣里父老, 歡呼酣飮, 竊欲長往不返. 旣而有離索之苦, 吾又盡室入都下, 僦屋以居. 訪會心人, 欣然談笑以取適, 亦一快也." 余又驚其志之有所不爲也.

正宗己酉, 設壯勇營, 上知永叔才除哨官, 命以武藝纂次之役. 役訖, 除庇仁縣監, 丁父憂歸. 久之爲博川郡守, 未幾解官. 永叔家素饒, 而好濟窮乏, 由是家業散佚, 然其施與不已. 嘗飢卧數間屋, 得錢幾緡, 欲償債家, 以其餘將爲食, 聞隣家名官沒而無以斂, 卽擧畀之. 在外邑時, 俸祿常竭於債而不足.

永叔旣老且病, 妻妾喪亡, 少小所交遊又少存者. 余悲其窮居無聊, 嘗往省之,手足皆廢不能起. 然歡笑如平日, 曰: "吾雖病, 尙能進朝夕一盂飯, 吾命固有所制, 吾復何憂?" 余又惜其奇氣尙存也.

今聞其長逝. 古昔奇偉非常之人, 寧屈其跡而浮沈于時, 不能屈其志而媚權貴以取功名. 有志之士, 亦從而求之, 或得之, 輒酣嬉傾倒而不厭, 盖憫時慨俗之意也. 余嘗讀歐陽公製釋秘演詩序而有所感歎, 遂記永叔之終始. 惜乎! 不復見奇男子矣!(『硏經齋全集』 卷17)

申綽

自敍傳 81쪽

申綽, 字在中, 海西平山府人. 父大羽以儒林宿望, 文識儀檢重於世, 選元子宮僚屬, 官戶曹參判. 綽幼抱貞介之操, 長有蕭邈之志, 尙異好古, 愛樂書林, 涉獵經典, 多所觀覽. 嘗治毛詩學, 兼綜諸家, 著詩次故廿二卷·外雜一卷·異文一卷, 傳于家.

初綽與兄縉弟絢, 承歡闈庭, 兄綱紀家範, 弟身致祿養. 而綽才既不長於榮利, 性又淡, 只以文墨杖几, 周旋膝下, 執隷子弟之事, 運屨奉帶, 斂枕衾, 汜掃室堂, 兼以筆札稱旨, 鑑賞契襟, 齠歲以至白鬚, 如不可須臾離. 今上九年, 隨父往成川都護府, 府是絢乞養外補之所, 距京師七百里. 其十一月設增廣慶科, 父勸遣綽, 曰: "意今往汝必捷, 然汝不閒人間事, 竟當從汝所好也." 綽入京月餘, 就有司試, 對策第一, 而聞父病猝重, 兼程疾馳, 未達而承訃. 此生民之絶悲, 荼毒之極哀. 綽自念爲子無狀, 病未克嘗藥, 斂不見陳衣, 遺令未承, 梗棺已合, 追惟厥咎, 實緣於科.

三年制畢, 銜恤榮告於父墓, 以復存時之言, 仍又陳䟽告哀, 祈伸匹夫之志, 遂絶意榮途, 居止墓下. 當是時, 兄絲翊衛司副率宰新寧縣. 弟爵居宰列, 仕則進, 散則退, 年且皆六十外內, 相與同堂卧起, 儥無私藏, 事無常主, 一體均愛, 如身手之自相爲也. 家藏墳籍屢千卷, 多秘典逸牒, 閒居繙閱, 參差經謨, 跌宕史藝, 綜詠名理. 談討先往異蹟, 不知世間有枯鬱榮辱者. 銓曹隨牒推遷, 至弘文館應教, 前後召令凡十餘降而皆不行. 或曰: "子通籍之人, 豈可長往?" 綽曰: "古之仕焉而已者, 何嘗以通籍爲拘邪? 且先人已悉其不適於世用, 敎之以棄而從好, 固已逆睹而遺之以安也. 保此歸見, 不亦可乎?"

綽旣委懷林丘, 或終年不入城闉, 竹杖斜笠, 弄水挑菜, 淸川茂林, 釣磯漁艇, 時以衍漾, 風塵所不到也. 曰: "目我以爵祿不入於心, 斯無愧於古人矣." 綽素不能言而能不言, 客至溫凉而已. 家居或終日嘿嘿, 淸夷簡泰, 不妄交游. 時以道書自娛, 雖無神明之契, 幽貞之伴, 而融然獨暢矣. 夫物有萬品, 莫重於身, 身有百體, 莫貴於心, 勞心以役物, 賢者之所不爲也. 是以無求與忮, 澹然自佚, 要使毁譽不及, 名迹雙泯, 綽之素懷如斯而已.

上之十九年臘月甲子序.(『石泉遺稿』 卷3)

胎敎新記序 86쪽

夫二儀構精, 醇醨未分, 四大成形, 聖凡已判. 是以端莊之化, 可以毓明聖之德, 而勛華之導, 不能變均朱之惡. 盖未分則敎可從心, 已判則習不移性, 此胎敎之所以重也.

柳夫人李氏, 完山世族, 今年八十有三. 幼而好書, 深明經訓, 旁貫載籍, 寄意高秀. 以爲世之才難, 胎敎之不行也, 乃採掇典訓遺意, 先達微旨, 凡妊婦之心志事爲視聽起居飮食之節, 皆參經禮而垂範, 綜墳記而炯鑑, 酌醫理而啓悟, 出入妙奧, 勤成一編. 子西陂子儆離章辨句而釋之, 是謂胎敎新記, 用補前人之所闕, 烏呼! 遠矣!

西陂子與余新知, 有絶倫聰識, 詩書執禮, 固所雅言. 其學尤深春秋, 而於陰陽律呂星曆醫數之書, 莫不達其源而窮其支, 君子謂夫人之敎使然. 西陂子曰: "稼谷尹尚書甚奇此書, 欲序未及而卒, 子爲我成之."

綽奉覽反復, 曰: "此秦漢以來所未有之書, 况婦人立言垂世邪! 昔曺大家作女誡, 扶風馬融善之, 使妻女誦焉. 然女誡所以誡成人, 成人而誡, 豈若胎敎之力? 夫胎者, 天地之始, 陰陽之祖, 造化之槖籥, 万物之權輿, 太始氤氳, 混沌之竅未鑿, 妙氣發揮, 幽贊之功在人. 方其陰化保衛, 脈養月改, 靈原之呼吸流通, 奇府之榮血灌注. 母病而子病, 母安而子安, 情性才德, 隨其動靜, 哺啜冷煖, 爲其氣血. 故嘿成之敎, 捷於桴皷, 潛導之化, 潤於沙雨. 未施斧藻, 龍鳳之章闇就; 事同埏埴, 瑚璉之器先表. 學有生知, 敎不煩師, 用是道也. 故曰 '賢師十年之訓, 未若母氏十月之敎.' 覽此書者, 誠能昭布景訓, 衿佩諸媛, 庶見金環載肅, 無非義訓, 而王國克生, 盡爲思皇矣."(『石泉遺稿』 卷3)

李鈺

歌者宋蟋蟀傳 92쪽

宋蟋蟀, 漢城歌者也. 善歌, 尤善歌蟋蟀曲, 以是名蟋蟀. 蟋蟀自少學爲歌, 旣得其聲, 往急瀑洪舂砯薄之所, 日唱歌, 歲餘, 惟有歌聲, 不聞瀑流聲. 又往于北岳顚, 倚縹緲儻惚而歌, 始璺析, 不可壹, 歲餘, 飄風不能散其聲.

自是蟋蟀歌于房, 聲在梁, 歌于軒, 聲在門, 歌于航, 聲在檣, 歌于溪山, 聲在雲間. 桓如鼓鉦, 皦如珠瓔, 嫋如烟輕, 逗如雲橫, 璅如時鶯, 振如龍鳴. 宜於琴, 宜於笙, 宜於簫, 宜於箏, 極其妙而盡之. 乃斂衣整冠, 歌于衆人之席, 聽者皆側耳向空, 不知歌者之爲誰也.

時西平君公子標*, 富而俠, 性好音樂, 聞蟋蟀而悅之, 日與游. 每蟋蟀歌, 公子必援琴自和之, 公子琴亦妙一世, 相得甚驩如也. 公子嘗語蟋蟀曰: "汝能使我失琴不能和耶?" 蟋蟀乃曼聲爲後庭花之弄, 歌醉僧曲. 其歌曰: '長衫分兮美人裩, 念珠剖兮驢子紂. 十年工夫南無阿彌陀佛, 伊去處兮伊之去.' 唱纔轉第三章, 忽當然作僧鈸聲, 公子急抽撥, 叩琴腹以當之. 蟋蟀又變唱樂時調, 歌黃鷄曲, 至下章曰: '直到壁上畵所黃雄鷄, 彎折長嚨喉, 兩翼橐橐鼓, 鵠槐搖啼時游.' 仍曳尾聲, 叫一大噱. 公子方拂宮振角, 治餘音泠泠, 未及應, 不覺手撥自墜. 公子問曰: "吾固失矣. 然爾之初爲鈸聲, 又一大噱者何?" 蟋蟀曰: "僧唱佛旣, 必鈸而成之, 鷄聲之終必噱, 是以然." 公子與衆皆大笑, 其滑稽又如此.

公子旣好音樂, 一時歌者, 若李世春·趙襖子·池鳳瑞·朴世瞻之類, 皆日游公子門, 與蟋蟀相友善. 世春喪其母, 蟋蟀與其徒往弔之. 入門, 聞孝子哭曰: "此界面調也, 法當以平羽調承之." 遂就位哭, 哭如歌, 人聽者傳笑.

公子家畜樂奴十餘人, 姬妾皆能歌舞, 操絲竹, 恣歡樂, 二十餘年卒. 蟋蟀之徒, 亦皆淪落老死. 獨朴世瞻, 與其婦梅月, 至今居北山下. 往往酒酣歌歇, 爲人說公子舊游, 未嘗不欷歔歎息也.(『文無子文抄』)

夜七 96쪽

絅錦子燈盡而睡, 睡盡而覺, 呼僮問曰: "夜如何?" 僮曰: "未午." 復睡, 睡而又覺,

---

* 『담정총서』 원문에는 표(標)로 썼으나 서평군의 이름은 요(橈)이므로 번역문에서는 바로잡았다.

又問曰: “夜如何?” 僮曰: “未鷄.” 復强睡, 睡不成轉輾, 覺, 又問曰: “夜如何? 室百矣.” 僮曰: “月案*戶矣.” 絅錦子曰: “咄! 冬之夜甚乎長.” 僮曰: “何長之有? 子則長.” 絅錦子怒詰曰: “爾有說乎? 否箠!”

僮曰: “遠塗佳朋, 昔歲密友, 邂逅相見, 與子飮酒. 於是盎齊一石, 秋露五蚪, 瓶罌彝雅, 陳列左右. 又復炰豨·燂犢·炙鴿·羹鯉·香蔬·美葅·金橘·朱柹. 又復笙調大呂, 琴拂流水, 奏房中之樂, 餙君子之喜. 歌曰: ‘有客孔嘉, 有酒亦多! 飮之食之, 如此良夜何?’ 於是抽劒起舞, 倚瑟自唱, 三爵不醺, 十榼不讓. 當此之時, 夜其長乎?”

曰: “長安少年, 以賭爲遊, 擲紙摸骨, 爭道點籌爾. 乃巨燭成雙, 美酒如流, 列卦倍注, 分耦遞休. 及夫贏者反逋, 償者旋捷, 性本飮食, 見同勳業. 有進無退, 目不眵華, 奮拳怒壁, 叫呶吒嗟. 當此之時, 夜其長乎?”

曰: “二八佳人, 三六情郞, 離多遇新, 意滿思長. 於是摻羅裾, 啓洞房, 飯雕胡, 熏都梁. 已而, 解寶帶, 援素肘, 心隨席而轉密, 恩與被而漸厚爾. 乃體孏似春, 神暢如酒, 芳汗微有, 好夢無久. 恐膠音之先唱, 愛綺䟽之尙黝, 願天神之諒此, 閣明月而無右. 當此之時, 夜其長乎?”

曰: “販鬻小民, 家在塗邊, 先鷄後鐘, 作而不眠. 稚女治粉, 季子稱煙, 滌盎釀麯, 爇釭校錢. 又有六工百四, 各食其技. 程期屢差, 火以繼晷, 屑銅柹木, 冠帶衣履, 砲砲額額, 不敢自已. 當此之時, 夜其長乎?”

曰: “大夫金貂, 學士衣緋, 値此鞅掌, 早朝晏歸爾. 乃勞神殫力, 火飯星衣, 自公歸視, 客屨盈墀, 監奴囁嚅, 寵姬四窺, 頻呵屢欠, 志勧身疲. 已而, 臺隷駢至, 燈炬煜爚, 既歇街鼓, 垂啓禁鑰, 夜亦如朝, 今亦如昨. 當此之時, 夜其長乎?”

曰: “秀才老儒, 學期無遠, 慆慆私欲, 耿耿至願爾. 乃冷氈欹案, 深釭短炷, 誦

* 『담정총서』의 원문 글자가 또렷하지 않다.

詩吟易, 聯章析句, 如鷄伏蛋, 精神內注. 幸有餘暇, 表箋詞賦. 昔者蘇季錐股, 司馬枕圓, 我亦有志, 何代無賢? 勔孳孳而爲此, 誓兀兀而窮年. 當此之時, 夜其長乎?"

曰: "有古至人, 居家行寥, 塞兌內觀, 坐如脫蜩, 有陰無陽, 不晝不宵. 於是希兮微兮! 敦兮曠兮! 窈兮冥兮! 惚兮恍兮! 混兮沌兮! 手執玄象. 當此之時, 夜其長乎?"

絅錦子犂然有感, 良久問曰: "汝何爲者, 能不知夜之長乎?" 僮曰: "走天下之賤也, 外不知萬事, 內不知七情, 無所思想, 無所經營, 飯成則喫, 日黑則睡. 尚不辨二味之孰甘, 更何漏籌之歷記也?" 言訖而復眠. 絅錦子嘆曰: "噫! 吾聞'聖法天, 天法嬰兒, 嬰兒法鵠卵.' 以其不知也. 蓋知而不知與不知而不知, 其不知同也. 吾誰從? 其僮乎!"(『文無子文抄』)

鳳城文餘小敍 102쪽

余之同人有多憂而業嗜酒者, 淸亦飮, 濁亦飮, 甛亦飮, 酸亦飮, 醇亦飮, 淡亦飮, 多亦飮, 少亦飮, 有友亦飮, 無友亦飮, 有餚亦飮, 無肴亦飮.

余問: "何飮?" 曰: "余之飮, 非取味, 非取醉, 非取飽, 非取興, 非取名, 欲忘憂飮." "何能療憂?" 曰: "余以可憂之身, 處可憂之地, 値可憂之時. 憂者心在中, 心在身則憂身, 心在處則憂處. 心在値則憂値, 心所在而憂在焉. 故移其心而之它, 則憂不能隨至. 今夫余之飮也, 提壺試蕩, 則心在壺; 把盃戒溢, 則心在盃; 持肴投喉, 則心在肴; 醻客辨齒, 則心在客, 自伸手之時, 至拭唇之頃, 則曁而無憂焉. 無憂身之憂, 無憂處之憂, 無憂値之憂, 此飮之所以忘憂也, 余之所以多飮也."

余是其說, 而悲其情. 嗟呼! 余之有鳳城筆, 其亦同人之酒也歟!

自鳳城歸後, 庚申之五月下浣, 題于花石精舍.(『鳳城文餘』)

重興遊記 105쪽

時日二則

癸丑秋八月壬午, 會于會賢坊, 定山游議. 乙酉往孟嶠, 約也. 景*戌入山, 丁亥留, 戊子從東間路下, 止于孟嶠. 己丑歸.

秋久晴, 丁亥山中陰, 戊子霾, 山高也.

伴旅二則

紫霞翁閔師膺元模甫·歸玄子金士精鑢鏽其仲木犀山人大鴻鏽**偕, 及余才四人. 余曰李鈺其相.

初約徐稚范進士同適, 不來. 童鳳采期會, 不至, 其後悔.

行李二則

李子曰: "余嘗觀乎人, 適莽蒼者, 謀信而歸, 猶積日費心神, 裝就每多觖." 人驢或馬一, 童子執具從者一, 執躑躅杖一, 葫盧一, 瘿瓢子一, 斑竹詩筒一, 筒中東人詩卷一, 彩牋軸一, 一人榼一, 油衣一, 衾一, 氈一, 烟杯一脩五尺强, 烟小奩一. 傴僂先後出其門, 自謂整頓好之, 五里又思之, 所忘者筆墨研.

行中短烟杯二, 佩小刀二, 烟囊三, 火鑢三, 天水筆一, 蠲紙三幅. 人各足換麻屨一兩, 手一摺扇, 囊中常平五十而已.

約束五則

---

* 본래 丙(병)으로 써야 하나 당나라 사람들이 고조(高祖)의 아버지 이병(李昞)의 휘(諱)를 피해 丙 대신 景(경)을 썼던 관례를 따랐다.

** 鏽(선)이 저본에는 鐻(거)로 되어 있으나 오자이므로 바로잡았다.

李子與金子, 飮酒酣. 金子顧李子曰: "子欲出乎? 秋氣沁人肺胃, 城市覺鬱鬱不自聊. 吾欲往觀乎北漢城, 子何莫出乎?" 又曰: "吾弟鴻, 實主是行, 要與子偕." 李子曰: "諾. 請其期." 曰: "二十七吉." 曰: "遲遲. 不有昨乎?" 金子曰: "諾."

他日, 李子遻閔子於泮, 道金子言, 且告以緣. 閔子曰: "然. 二三子專之耶? 顧老夫不當先耶? 二三子之行, 而豈可少老夫前也?" 李子謝曰: "幸之焉. 願先生早之, 毋使之懸也."

出國門, 立三章法. 一曰戒詩. 作詩中人, 不可作人中詩. 爲詩中景, 不可爲景中詩.

二曰戒酒. 山坳水涯, 幸而酒家, 勿問紅鵝, 勿問波渣, 勿問當壚者之如何, 不許我衆不飮而過. 一杯而和, 二杯而酡, 三杯而歌, 不歌則傞. 一切勿許飮至三螺. 如來釋迦, 證此金科.

三曰戒身. 旣杖, 旣屨而綦, 旣扱衣, 仄蹬可, 峻阪可, 踔崩橋可, 陡壑可. 白雲臺不可, 匪不能, 不可也. 有渝此言, 山神其原諸.

譙堞二則

出國都城曰彰義門, 西北也, 入曰惠化門, 東北也.

入北漢, 西南小門曰文殊暗門, 出東南小門曰輔國暗門. 暗門, 不譙穴城. 行歷而見者, 大南門·大西門. 東北暗門. 中城而關, 曰捍禦門者. 望見者, 外城之漢北門也, 大東門也, 東將臺也. 雉堞視京都, 雖庳且淺, 譙樓皆新而晥晥. 城廓有制, 倉卒足可爲暴客禦.

亭榭四則

練戎臺有洗劍亭. 白雲峒門少東, 有山暎樓. 都之東孫家莊, 有在澗亭.

前後於洗劍亭, 從仁王一出, 爲買紙出, 爲祇迎車駕出, 爲入僧伽寺出, 併今出爲五. 洗劍亭近于京, 雖有名, 石太平, 水太爭, 地太明, 山太輕, 只可爲公子少年者行也.

留山中二日, 登山映樓三. 晝而登, 夕又登, 其翌日朝, 又過而登. 晝而夕晴, 其翌朝曀. 山色之晦明, 水氣之陰晴, 今之行而集其成. 見暮山如媚, 楓葉齊醉, 朝山如寐, 藹乎滴翠. 暮水甚駛, 砂石不虀, 朝水有氣, 岩壑雨漬. 此朝暮山水之異, 而樓之可記也.

在孫家莊, 曰歸來亭. 在川上, 曰在澗亭. 刻于亭下石, 曰歸來洞天, 曰籠水亭, 曰損溪, 曰桃花潭. 周遭山野, 密通城郭, 流水粼粼, 白石鑿鑿, 固城東第一落. 顧朱刻詩, 爲水所泐, 闌干爲風雨蝕, 甚至蛛絲籠板, 燕泥栖楹. 蓮池淺古, 芋區縱橫, 無虧無成, 惟山色水聲也. 問諸酒人嫗, 栢子巷金氏之古平泉.

官廨一則

城中有行宮, 曰昔臨軒. 有璿源牒藏修所, 有莞城將營, 有訓局倉, 有禁營倉, 有御營倉, 皆匪一所. 有火藥庫, 有總攝營, 在重興寺旁. 蓋庤餱粮鎧仗, 爲城守計. 詩曰: "迨天之未陰雨, 徹彼桑土, 綢繆牖戶, 今此下民, 誰敢侮子?"

寮刹五則

山城中, 皆山也. 故有寺, 凡十二. 曰文殊, 廢. 曰重興, 曰太古, 曰龍巖, 曰祥雲, 曰西巖, 曰扶旺, 曰鎭國, 曰輔國. 其序從我觀. 曰圓覺, 曰國寧, 曰普光, 我未之觀, 觀亦未必異也.

寺必有法堂, 曰極樂殿, 或曰極樂寶殿, 或曰大雄殿. 有房皆一, 而獨扶旺分左右. 扶旺, 又有凝香閣. 太古有普愚師碑閣, 碑陰歷載檀越主, 我太祖康獻大王, 以判三司事與焉. 別館及門, 寺各不類, 侈儉在衰旺.

直祥雲北, 有圓休峰, 峰下有菴云.

山城西南, 有地藏·玉泉諸菴, 而僧伽寺長焉. 冥府殿與極樂寶殿, 二而一. 有長壽殿, 有齋室. 有浮屠舍, 有僧寮, 頗廣, 有門樓, 皆新繕也. 丹雘墍茨之工, 城中且無之.

山城東南下, 有青岩寺, 一名護雲菴, 其門曰鎭巖. 有藥師殿, 曰滿月寶殿. 寺名曰奉國, 皆湫俗不可久.

佛像五則

寺佛廟也, 有寺卽有佛. 或塑或鑄, 或劚或瑑. 塑者塗, 鑄者範, 劚者繪, 瑑者塡. 中曰如來世尊, 左曰觀音菩薩, 右曰大勢至佛, 西嚮而坐東曰地藏菩薩. 有四佛者, 有三佛者, 有尊一佛者. 僧伽獨尊五佛, 其一曰長壽佛, 礱玉嵌金以侈之. 近歲, 至自燕寺之所繇設.

入佛室, 五方皆繪事, 畵佛詔, 畵羅漢殺, 畵十王驕, 畵鬼熛, 畵玉女佻, 畵龍擾, 畵鸞鳳翺, 畵地獄慘而妙, 畵輪回紛而昭. 因聞而想, 因想而象, 因象而爽, 如是懺慌. 君子浼焉而不賞, 小人敬之以顙.

扶旺揭三障, 一白衣大士像. 款曰 '唐吳道子筆'. 一泗溟堂惟正*師像, 髯不祝. 一樂聖堂敏環師像, 刱寺者也.

鎭國有老子騎牛出關障一. 李漪供也.

釋迦之宮, 一切所以莊嚴它者, 穹之以采龕, 崇之以蓮臺, 承之以錦墩, 容之以繡鞶, 從之以香童, 瓏之以玻璨燈, 蘂之以紙花, 籔之以淨甁, 隆之以法鼓, 是則大同. 惟靑巖小菴, 香爐前, 供紗幬·漪風, 僧伽有金屛, 畵洞春, 甚工.

---

* 惟正(유정)은 惟政(유정)의 잘못이다.

緇髡十二則

出國門, 已遇僧, 至北漢, 漸多遇, 入寺遇盡僧. 見僧凡二百餘, 語僧才十餘.

獅馹, 曾爲護宗闡教正覺普慧八路諸方大住持八道僧兵都摠攝, 花山龍珠寺摠攝者也. 自造泡寺, 今移爲北漢摠攝. 自言本湖南人氏, 語半晌, 甚闓利, 猶時作南言.

玄一, 有能詩聲, 見于重興, 夜追至太古. 使之賦, 辭以有方喪.

每寺, 出指路僧一以送之. 曰湋聰, 太古至龍巖. 曰乃淨, 龍巖至祥雲. 曰處閑, 祥雲至西巖. 曰西巖最燁, 至扶旺. 曰扶旺僧道恒, 至鎭國. 鎭國僧曰孟繕, 至輔國. 輔國僧致遠, 城將責松餅急, 不能遠送, 送至暗門. 倩樵童, 指獅子厓, 童金龍得也.

太古之頓鑒, 以借筇語. 祥雲之師彦, 以沽酒語, 扶旺之晟日, 晝寢, 以杖警其脇, 戲而語. 鎭國僧將豊一, 可與語而語. 外此, 不可殫記.

寺宿二夜, 夜輒有唱梵唄者, 誦『兵學指南』·「大將淸道圖」者, 而燈歇, 不省從誰口也.

僧衣, 或布襖, 或靑緜布襖, 或皀布直裰襖, 袖或廣或窄. 僧冠, 編竹, 短桶帽, 布梁簷巾, 蔽陽笠. 織竹皮, 臺笠. 又有笠簷, 似絲笠, 上似缸, 頂似缾口. 僧帶, 絲條, 或絲絛其紅絛者. 貼玉圈或金圈于帽, 又有鴉衣而笠氈. 笠頂飄紅毦, 腰係靑錦岱當尻, 鳴鐵琅璫而趨者, 僧之職軍者也. 僧珠, 多木而桊, 貧者薏苡.

袈裟, 形似袱而隋, 鱗緝而成, 左右貼繡字曰月光菩薩. 月光菩薩, 垂紫綠碧三絛. 僧言: "縫有度, 寸有數, 制有寓, 莫敢誤, 莫敢汙. 諸佛之所護, 至理之所具也." 一見於僧伽寺, 紅緜布也.

諸寺, 絶無經典, 惟僧伽及扶旺, 略有之. 雖有之, 葉佚頁散, 不可讀. 所有者, 只結手文·恩重經·法華經五六縳而已. 可知無通經僧.

僧, 吾知其非蚌也, 非蛇螭也, 而死而火, 往往得五色珠, 名之曰舍利. 舍利,果靈乎? 聞湖南一寺, 養一村老夫蠢, 訝訊之, 於鼻中, 得舍利珠數匊, 故食於寺. 舍利, 果靈乎哉耶? 天下之化物者, 莫如火. 故火之所治, 松脂可使爲紅靺鞨, 汴糯米爲五色珠, 皆火之工也. 熬僧而出珠者, 又何足靈也? 顧僧則靈其說. 太古寺之後, 有石浮圖. 誌曰 "寶蓮堂大士應香". 洡聰之言曰: "香師平居, 持律嚴且淨. 壬子寂, 及茶毘, 有三舍利. 一紺, 二金色, 放光三日夜, 草木皆如炬, 遂封于此云." 青岩寺前, 亦有蒼松堂大士之藏.

青岩寺, 近京城, 其僧胖而皙, 知其有酒肉嗜. 擧自好, 知其有所媚. 手姣而衣花, 知其不力于事. 藥師殿, 與閭閻烟相接, 有青帬者, 淅於香積廚. 其僧, 只民而不髮者.

僧伽有僧十餘, 天烈指路, 敬洽說經. 又有新祝頭者, 未字法名, 頗姣俊, 匿後寮, 有羞人色.

泉石一則

泉石, 蕩春臺攘, 祥雲簾瀑瘱, 西水口皝, 七游巖烺, 山暎樓朧, 孫家莊昶, 皆佳賞, 優劣未易標榜也.

艸木二則

佛殿前, 多秇金鳳花·鷄箱花·紅姑娘艸·黃葵花. 若唐菊在在植, 花紅白紫三色. 環山皆松. 近寺, 多樅與紫檀木. 沿溪或欏橡栗. 繞人居, 雜木, 多不可名.

未入山, 皆言楓太早, 及入, 楓及絡石及木之宜紅者, 已盡紅矣. 石榴花紅, 胭肢紅, 粉紅, 蒨花紅, 猩血紅, 老紅, 退紅, 隨處而色不同, 地之區而木之殊也.

眠食一則

宿孟嶠而蓐, 出都城, 飯僧伽, 又飯太古而宿. 朝飯於宿, 夕飯扶旺. 宿鎭國,飯如前. 歸飯于泮, 復宿孟嶠. 凡四宿而七飯.

孟觴二則

再飲孟嶠, 前後共四觴. 行宮前壚, 一碗有半, 太古寺半碗, 祥雲一碗, 訓倉壚一碗. 朝大霧, 送僧沽酒來, 不果. 孫家莊一碗, 藥師殿一碗. 惠化門遻靑袍而跨驢者, 邀與飮, 飮一鍾, 泮飮二觴. 桂子巷飮一杯. 鍾者淸也, 碗者白也, 觴者醇也, 變而曰杯者, 紅露也.

山行, 酒固不可無, 亦固不可多.

總論一則

風枯露潔, 八月佳節也, 水動山靜, 北漢佳境也, 豈弟·洵美二三子, 皆佳士也. 以玆游於玆, 如之何游之不佳也? 過紫峒佳, 登洗劍亭佳, 登僧伽門樓佳, 上文殊門佳, 臨大成門佳, 入重興峒口佳, 登龍岩峰佳, 臨白雲下麓佳, 祥雲山峒口佳, 簾瀑絕佳, 大西門亦佳, 西水口佳, 七游岩極佳, 白雲·靑霞二峒門佳, 山暎樓絕佳, 孫家莊佳, 貞陵洞口佳, 東城外平沙, 見群馳馬者佳. 三日復入城, 見翠帘坊肆·紅塵車馬更佳. 朝亦佳, 暮亦佳, 晴亦佳, 陰亦佳. 山亦佳, 水亦佳, 楓亦佳, 石亦佳. 遠眺亦佳, 近逼亦佳. 佛亦佳, 僧亦佳. 雖無佳殽, 濁酒亦佳, 雖無佳人, 樵歌亦佳. 要之, 有幽而佳者, 有爽而佳者, 有豁而佳者, 有危而佳者, 有淡而佳者, 有縟而佳者, 有閙而佳者, 有寂而佳者. 無往不佳, 無與不佳, 佳若是其多乎哉! 李子曰: "佳故來, 無是佳, 無是來."(『潭庭叢書』 卷22)

尹行恁

與黃逑翁鍾五 121쪽

逑翁甚慕東坡不能置, 故愛其詩文書畫, 不翅若千金之璧, 常冠用東坡舊制, 每恨其人之不得見也. 未知逑翁不見東坡有傳神之文乎?

其文曰: "嘗於燈下, 顧自見頰影, 使人就壁模之, 不作眉目, 見者皆大笑, 知其爲吾也." 夫眉之不傳, 目之不點, 徒畫其頰, 而人知其爲東坡, 則其頰也必隆然而高, 異諸人焉已矣. 其和子由除夜詩曰: "白髮蒼顔五十三." 乃知其年纔五十而髮已星矣. 其與同年劇飮詩曰: "我雖不解飮, 把盞歡意足." 卽酒戶之不弘, 而盃勺之頻御也. 其寶山晝睡詩曰: "七尺頑軀走世塵." 其身非七尺而長乎? 子由聞子瞻習射曰: "力薄僅能勝五斗." 其力之不能挽强, 亦可知焉已.

余方夜對燈, 適顧影而思東坡傳神, 思東坡傳神而思逑翁之慕東坡, 欲見其人, 漫玆及之. 此可謂傳東坡之神, 而慰逑翁之慕者耶? 余則肅朱夫子遺像, 而恨未得躬執灑掃於武夷考亭之間也.(『碩齋稿』 卷8)

崇禎琴記 124쪽

歲壬子之夏, 朴君齊家謁余曰: "子之先祖忠簡公暨忠貞公, 爲明天子死於淸, 子未嘗北向坐, 而不履淸人之庭, 國人之所共悲也. 吾嘗遊燕都, 訪中書舍人孫衡, 得玄琴一焉, 是明朝大內物也. 彼旣積畏約而不欲蓄之, 吾乃携而歸之, 是宜乎子之堂." 余遂再拜流涕而後案之, 其色黝, 其絃七, 其長橫而過膝, 其腹陷而虛, 書以崇禎戊寅奉勅太監臣張允德督造.

嗚呼! 莫頑者物爾, 當其中貴之監製也, 宮室陂池, 輿衛聲音, 狗馬姬御之盛, 顧何如哉? 未七年而爲甲申, 天崩地闕, 蕩然無復存者, 琴獨流落人間, 且一百二十有八年. 以明朝之舊器, 爲淸人所忌, 不能見容於燕薊之間, 而托之滄海之上, 尙不毁爲異物, 飄散爲灰燼, 豈不頑乎哉?

雖然, 事故百變之後, 猶能保其形體, 不列於侏儷啁啾之樂, 而爲我有者, 亦幸也. 我明之遺民也, 巾服不變明制, 輒於三月十九日, 撫劒悲歌, 繼之以哭, 將自今且叩琴以洩吾幽憤焉. 王宮之北有壇者, 所以祀高皇帝·顯皇帝及烈皇帝也. 每季春之日, 張黃幄, 奉金牌, 具牲幣以享之, 樂九成而闋, 愀然如有見焉. 是琴也若合之宮懸而奏之壇上, 則三后在天之靈, 亦必眷顧於中華之餘音, 而有所降格而來歆焉耳. 臣以是竊有望於東服之掌禮者, 敢先藏之忠簡·忠貞公之廟, 系之以詩.

嶧山生梧木, 枝幹一以直. 亭亭而獨立, 乃爲人之斲. 斲之而不曲, 匠石且歎息. 不作太尉笏, 不作漸離筑. 其長長三尺, 凄音動牙拍. 風雨何飜覆, 胡人乃輕擲. 東海有孤客, 見此涕簌簌. 抱玆何所適, 綺羅藏十襲.(『碩齋稿』 卷12)

沈魯崇

香樓譴詞敍 129쪽

天下紙品, 中州最軟薄, 粘屋室窓牖, 手到便穴. 然而日往來千百人, 無少毁, 一粘數年, 塵棲而易之. 堅厚無如東産, 雖水漬手扯, 厚者難解, 而粘牖, 歲二改, 色不渝, 純是指孔弊, 弊如懸網, 此可知人性之精粗. 精者靜, 粗者動, 精則思慮深遠, 動則相反. 是以東人之技, 百千事, 無一工者. 爲詩文亦然, 其言如牛行泥中, 中州人必曰, 東人之陋. 此殆地之局, 而性所然也.

國風起於男女之際爲, 其情感一變而爲桑濮, 齊梁唐人好爲情詞, 靡薄浮艷, 有失不淫之義, 而往往有造于境, 自契於理. 降而雪樓諸子, 至近時燕市新書, 雖不免淫哇, 而尙令人感情. 情切而爲言, 言精而爲文, 文精而爲詩, 詩之精爲情詞.

人孰無情, 情有動靜, 靜固可以動人, 動則自動而已. 此固東人之不能爲情詞也. 余嘗謂東人而求爲情詞, 惟定僧可也. 眼能勝相, 心能忘境, 然後可以見相之眞, 得境之妙. 其所以勝之之術, 固在於不動而靜. 靜極則忘, 忘情無如定僧, 斯可以爲情詞也.

一日余與妙香僧忠信語此, 時余作謔詞三十篇, 對信讀之. 信曰: "此而自許忘情耶? 動人尙矣, 動不得二十年持戒者. 只見其所謂自動而已. 詞云: '及到舌隨心會處, 瞿曇應復展蒼眉.' 境或可動, 而詞不可動也." 余曰: "師言旣未自忘, 何以知人之忘? 只恐阿難毁體, 近在於師矣." 相視一笑. 是爲香樓謔詞敍. 辛亥三月二十九日泰登書.(『孝田散稿』 卷3)

自著紀年序 133쪽

先生長者死, 子孫後人, 紀其平生, 系年爲書, 謂之年譜, 年譜之於人大矣. 盛德大業可以垂後世者, 國乘書之, 野史記之, 無事乎譜, 而其餘非譜不傳. 雖有子孫後人之紀之, 私蔽而過與, 事遠而失實, 不如未死自紀之也.

人有畵眞, 死而尊閣而祭祀之, 區區假丹靑, 切切然求其面目之似, 而鮮有得乎七分者. 欲以此傳其人, 末矣. 孰如譜之載事紀言, 使其子孫後人, 讀而知之, 不啻若見其面而聞其言乎?

余平生遭値經閱, 家世所無. 命家言余命如牌譜八不取, 誠知言也. 獨有兄弟之好, 夫人所不得, 以此償彼, 見其有餘而無不足. 嘗戲謂泰詹: "我死, 君爲狀,必載此言." 相與劇笑, 今而此又失之. 天之所以施余者, 何其甚也!

深疚幽憂, 有朝夕且死之慮, 將錄逝者言行, 遺遠侄觀, 心不帥手, 筆無以下, 且遲之. 先就余平生, 編錄如譜例. 旣成一讀, 重自一笑, 跡余所爲事所以受惡報至此者, 余亦不知自今至未死幾年, 幸而卒不作惡事. 爲余之子孫後人者, 讀此卷, 尙可以悲余之命之窮, 而彷想余平生, 尙有勝於畵眞也夫. 辛未三月二十五日, 泰登書于泰寢齋舍.(『孝田散稿』 卷22)

丁若鏞

原牧 138쪽

牧爲民有乎? 民爲牧生乎? 民出粟米麻絲, 以事其牧, 民出輿馬騶從, 以送迎其牧, 民竭其膏血津髓, 以肥其牧. 民爲牧生乎? 曰否否. 牧爲民有也.

邃古之初, 民而已, 豈有牧哉! 民于于然聚居, 有一夫與鄰鬩莫之決, 有叟焉善爲公言, 就而正之, 四鄰咸服, 推而共尊之, 名曰里正. 於是數里之民, 以其里鬩莫之決, 有叟焉俊而多識, 就而正之, 數里咸服, 推而共尊之, 名曰黨正. 數黨之民, 以其黨鬩莫之決, 有叟焉賢而有德, 就而正之, 數黨咸服, 名之曰州長. 於是數州之長, 推一人以爲長, 名之曰國君. 數國之君, 推一人以爲長, 名之曰方伯. 四方之伯, 推一人以爲宗, 名之曰皇王. 皇王之本, 起於里正, 牧爲民有也. 當是時, 里正從民望而制之法, 上之黨正. 黨正從民望而制之法, 上之州長, 州上之國君, 國君上之皇王, 故其法皆便民.

後世一人自立爲皇帝, 封其子若弟及其侍御僕從之人, 以爲諸侯, 諸侯簡其私人以爲州長, 州長薦其私人以爲黨正·里正. 於是皇帝循己欲而制之法, 以授諸侯, 諸侯循己欲而制之法, 以授州長, 州授之黨正, 黨正授之里正. 故其法皆尊主而卑民, 刻下而附上, 壹似乎民爲牧生也.

今之守令, 古之諸侯也. 其宮室輿馬之奉·衣服飮食之供·左右便嬖侍御僕從之人, 擬於國君. 其權能足以慶人, 其刑威足以怵人. 於是傲然自尊, 夷然自樂, 忘其爲牧也. 有一夫鬩而就正, 則已蹴然, 曰: "何爲是紛紛也?" 有一夫餓而死, 曰: "汝自死耳." 有不出粟米麻絲以事之, 則撻之棓之, 見其流血而後止焉. 日取筭緡, 曆記夾注塗乙, 課其錢布, 以營田宅, 賂遺權貴宰相, 以徼後利. 故曰"民爲牧生", 豈理也哉! 牧爲民有也.(『與猶堂全書』「詩文集」 卷10)

漆室觀畫說 142쪽

室於湖山之間, 有洲渚巖巒之麗, 映帶左右, 而竹樹花石叢疊焉, 樓閣藩籬邐迆焉. 於是選晴好之日, 閉之室, 凡窓櫺牖戶之有可以納外明者皆塞之, 令室中如漆, 唯留一竅, 取靉靆一隻, 安於竅. 於是取紙版雪皚者, 離靉靆數尺, 隨靉靆之平突, 其距度不同, 而受之映. 於是洲渚巖巒之麗, 與夫竹樹花石之叢疊, 樓閣藩籬之邐迆者, 皆來落版上. 深靑淺綠如其色, 疎柯密葉如其形, 間架昭森, 位置齊整, 天成一幅, 細如絲髮, 遂非顧陸之所能爲, 蓋天下之奇觀也. 所嗟風梢活動, 描寫崎艱也, 物形倒植, 覽賞恍忽也.

今有人欲謀寫眞, 而求一髮之不差, 捨此再無良法. 雖然, 不儼然端坐於庭心如泥塑人者, 其描寫之艱, 不異風梢也.(『與猶堂全書』「詩文集」 卷10)

田論 一 144쪽

書曰: '皇歛時五福, 用敷錫厥庶民.' 斯大義也. 有人焉, 其田十頃, 其子十人. 其一人得三頃, 二人得二頃, 三人得一頃, 其四人不得焉, 呼號宛傳, 莩於塗以死, 則其人將善爲人父母者乎?

天生斯民, 先爲之置田地, 令生而就哺焉. 旣又爲之立君立牧, 令爲民父母, 得均制其産而竝活之. 而爲君牧者, 拱手孰視其諸子之相攻奪竝呑而莫之禁也, 使强壯者益獲, 而弱者受擠批, 顚于地以死, 則其爲君牧者, 將善爲人君牧者乎?

故能均制其産而竝活之者, 君牧者也, 不能均制其産而竝活之者, 負君牧者也. 今國中田地, 大約爲八十萬結,〔英宗己丑, 八道時起水田三十四萬三千結零, 旱田四十五萬七千八百結零, 奸吏漏結及山火田, 不在此中〕 人民大約爲八百萬口,〔英宗癸酉, 京外人口七百三十萬弱, 計當時漏口及其間生息, 宜不過七十萬〕 試以十口爲一戶, 則每一戶得田一結, 然後其産爲均也.

今文武貴臣及閭巷富人, 一戶粟數千石者甚衆, 計其田不下百結, 則是殘九百九十人之命, 以肥一戶者也. 國中富人如嶺南崔氏·湖南王氏, 粟萬石者有之, 計其田不下四百結, 則是殘三千九百九十人之命, 以肥一戶者也. 而朝廷之上, 不孳孳焉汲汲焉, 唯損富益貧, 以均制其産之爲務者, 不以君牧之道, 事其君者也.(『與猶堂全書』, 규장각 소장 필사본)

欽欽新書序 147쪽

惟天生人而又死之, 人命繫乎天. 迺司牧又以其間, 安其善良而生之, 執有辠者而死之, 是顯見天權耳. 人代操天權, 罔知兢畏, 不剖豪析芒, 迺漫迺昏, 或生而致死之, 亦死而致生之, 尙恬焉安焉. 厥或黷貨, 媚婦人, 聽號叫慘痛之聲, 而莫之知恤, 斯深孽哉!

人命之獄, 郡縣所恒起, 牧臣恒値之, 迺審覈恒疏, 決擬恒舛. 昔在我健陵之世, 藩臣牧臣, 恒以是遭貶, 稍亦警戒以底愼, 比年仍復不理, 獄用多冤.

余旣輯牧民之說, 至於人命, 則曰: "是宜有專門之治." 遂別纂爲是書. 冕之以經訓, 用昭精義, 次之以史跡, 用著故常, 所謂經史之要三卷. 次之以批判詳駁之詞, 用察時式, 所謂批詳之雋五卷. 次之以淸人擬斷之例, 用別差等, 所謂擬律之差四卷. 次之以先朝郡縣之公案, 其詞理鄙俚者, 因其意而潤色之, 曹議御判, 錄之唯謹, 而間附己意以發明之, 所謂祥刑之議十有五卷. 前在西邑, 承命理獄, 入佐秋官, 又掌玆事. 流落以來, 時聞獄情, 亦戱爲擬議, 其蕪拙之詞, 係于末, 所謂剪跋之詞三卷. 通共三十卷, 名之曰欽欽新書. 雖薈萃相附, 不能渾成, 而當事者猶有考焉.

昔子産鑄刑書, 君子譏之, 李悝作法經, 後人易之. 然且人命之目, 不在列. 下逮隋唐, 與竊盜鬪訟, 混合不分, 世之所知者, 唯沛公之約曰: "殺人者死"而已. 至大明御世, 律例大明, 而人命諸條, 粲然章顯, 謀故鬪戱過誤之分, 眉列掌示, 斯無昏惑.

顧士大夫, 童習白紛, 唯在詩賦雜藝, 一朝司牧, 芒然不知所以措手, 寧任之奸胥而弗敢知焉. 彼崇貨賤義, 惡能咸中? 無寧聽事之暇, 明啓此書, 以引以翼, 爲洗冤錄·大明律之藩閼, 則推類充類, 庶亦有裨乎審擬, 而天權不誤秉矣.

昔歐陽文忠在夷陵, 公署無事, 取陳年公案, 上下紬繹, 爲一生之所資助. 況身都厥位, 不虞其職事哉! 謂之欽欽者, 何也? 欽欽, 固理刑之本也.

道光二年壬午春, 洌水丁鏞序.(『與猶堂全書』「詩文集」卷12)

自撰墓誌銘 壙中本 151쪽

是唯洌水丁鏞之墓也. 本名曰若鏞, 字曰美庸, 號曰俟菴. 父諱載遠, 蔭仕至晉州牧使, 母淑人海南尹氏. 以英宗壬午六月十六日, 生鏞于洌水之上馬峴之里.

幼而穎悟, 長而好學. 二十二以經義爲進士, 專治儷文. 二十八中甲科第二人, 大臣選啓, 隸奎章閣月課文臣. 旋入翰林, 爲藝文館檢閱, 升爲司憲府持平·司諫院正言·弘文館修撰·校理·成均館直講·備邊司郎官, 出而爲京畿暗行御史. 乙卯春, 以景慕宮上號都監郎官, 由司諫擢拜通政大夫承政院同副承旨. 由右副至左副承旨, 爲兵曹參議. 嘉慶丁巳, 出爲谷山都護使, 多惠政. 己未復入爲承旨, 刑曹參議, 理冤獄. 庚申六月, 蒙賜漢書選. 是月正宗大王薨, 於是乎禍作矣.

十五娶豐山洪氏, 左承旨和輔女也. 旣娶, 游京師, 則聞星湖李先生瀷學行醇篤, 從李家煥·李承薰等得見其遺書, 自此留心經籍. 旣上庠, 從李檗游, 聞西教見西書. 丁未以後四五年, 頗傾心焉, 辛亥以來, 邦禁嚴, 遂絶意. 乙卯夏蘇州人周文謨來, 邦內洶洶, 出補金井察訪, 受旨誘戢. 辛酉春, 臺臣閔命赫等, 以西教事發啓, 與李家煥·李承薰等下獄. 旣而二兄若銓·若鍾皆被逮, 一死二生. 諸大臣議白放, 唯徐龍輔執不可, 鏞配長鬐縣, 銓配薪智島. 秋逆賊黃嗣永就捕, 惡人洪羲運李基慶等謀殺鏞, 百計得朝旨. 鏞與銓又被逮按事, 無與知狀, 獄又不成. 蒙太妃酌處, 鏞配康津縣, 銓配黑山島. 癸亥冬, 太妃命放鏞, 相臣徐龍輔止之. 庚午秋, 男學淵鳴冤, 命放逐鄕里, 因有當時臺啓, 禁府格之, 後九年戊寅秋, 始還鄕里. 己卯冬, 朝議欲復用鏞以安民, 徐龍輔又沮之.

鏞在謫十有八年, 專心經典, 所著詩書禮樂易春秋及四書諸說共二百三十卷, 精研妙悟, 多得古聖人本旨. 詩文所編共七十卷, 多在朝時作. 雜纂國家典章及牧民按獄武備疆域之事醫藥文字之辨, 殆二百卷. 皆本諸聖經而務適時宜, 不泯則或有取之者矣.

鏞以布衣, 結人主之知, 正宗大王寵愛嘉獎, 踰於同列. 前後受賞賜書籍廏馬文皮及珍異諸物, 不可勝記. 與聞機密, 許有懷以筆札條陳, 皆立賜允從. 常在奎瀛府校書, 不以職事督過, 每夜賜珍饌以飫之. 凡內府祕籍, 許因閣監請見,皆異數也.

其爲人也, 樂善好古而果於行爲, 卒以此取禍命也. 夫平生罪孼極多, 尤悔積於中. 至於今年, 曰重逢壬午, 世之所謂回甲, 如再生然. 遂滌除閑務, 蚤夜省察, 以復乎天命之性. 自今至死, 庶弗畔矣.

夫丁氏本貫押海, 高麗之末, 居白川, 我朝定鼎, 遂居漢陽. 始仕之祖, 校理子伋, 自玆繩承, 副提學壽崗·兵曹判書玉亨·左贊成應斗·大司憲胤福·觀察使好善·校理彦璧·兵曹參議時潤, 皆入玉堂. 自玆時否, 徙居馬峴, 三世皆以布衣終. 高祖諱道泰·曾祖諱恒愼·祖父諱志諧, 唯曾祖爲進士也. 洪氏産六男三女, 夭者三之二, 唯二男一女成立. 男曰學淵·學游, 女適尹昌謨. 卜兆于家園之北子坐之原, 尙能如願. 銘曰:

荷主之寵, 入居宥密. 爲之腹心, 朝夕以昵. 荷天之寵, 牖其愚衷. 精硏六經, 妙解微通. 憸人旣張, 天用玉汝. 斂而藏之, 將用矯矯然遐擧.(『與猶堂全書』「詩文集」卷16)

蒙叟傳 157쪽

李獻吉, 字夢叟, 別字蒙叟. 系出璿潢, 恭靖王別子德泉君厚生其祖也. 厚生之後, 世世燀赫, 而冢宰準尤著. 蒙叟少聰明强記, 從長川李嘉煥先生游, 博覽羣書. 旣而見痘疹方, 獨自潛心求索, 然勿令人知也.

乾隆乙未春, 有事至漢陽, 適麻疹大起, 民多夭札, 蒙叟意欲救, 時服衰不可, 默而歸. 方出郊, 見肩梩背虆梩過者, 俄頃以百數, 蒙叟心惻然自語, 曰: "吾有術可救, 爲禮法拘, 懷之去, 不仁也." 遂還從姻戚家, 發其祕. 於是凡得蒙叟之方者, 危者以安, 逆者以順, 旬日之間, 名聲大振. 號呼乞憐者, 日塡門塞巷, 尊者僅入其室, 賤者幸而至階下, 或窮日而後始見其面. 然蒙叟於疹, 旣耳順, 接數語,已逆揣其證形, 隨授一方, 謝之使去, 亦無不立效者. 蒙叟時出門適他家, 衆男婦簇擁後先, 屯如鑫以去, 所至黃埃蔽天, 人皆望而知李蒙叟來也.

一日爲惡少輩所謀, 驅至一僻處, 鎖門而絕其蹤. 於是滿城嗸嗸, 索李蒙叟所在, 有告者, 衆乃槌其門出之, 有麤悍負氣面辱之, 甚者欲毆擊蒙叟, 賴人解得已. 然蒙叟皆溫言摧謝, 亟以方授之.

旣而蒙叟不自堪, 乃口號治疹諸法, 令人按行. 於是僻鄕窮士, 爭相傳寫, 信如六經, 雖瞢於醫者, 但如其言, 亦罔不效.

世稱一婦爲其夫請救, 蒙叟曰: "汝夫之病亟矣, 但有一藥, 汝不能用." 婦固請而蒙叟終不言, 婦度不可救, 買毒藥以歸, 卽砒礵, 酒攪, 置閣上, 將以殉也. 出戶外泣, 入而視酒, 酒已罄, 詢其夫, 渴而飮也, 趨而至李蒙叟求救. 蒙叟曰: "異哉! 吾所爲一藥, 是其所飮. 度汝不能用, 不以告. 今其活, 天也." 歸視其家, 病則愈矣.

蒙叟性坦率, 然嘗言後十二年疹必復起, 至期果驗, 於痘亦多奇中.

外史氏曰: 余及見蒙叟, 其爲人臞顴而皻鼻, 喜譚論恒笑. 於前人特慕尹鑴, 嘗曰: "白湖成德之靜菴, 靜菴未成德之白湖." 蓋古論之餘也, 君子以爲未然.(『與猶堂全書』「詩文集」卷17)

麻科會通序 161쪽

昔范文正有言曰: "吾讀書學道, 要以活天下之命. 不然, 讀黃帝書, 深究醫奧, 是亦可以活人." 古人立心之慈且弘如是也. 近世有李蒙叟, 其人志卓犖不成名, 欲活人不能, 取麻疹書, 獨自探賾, 活嬰稚以萬數, 而不佞其一也.

不佞旣繇李蒙叟得活, 意欲酬, 無可爲, 乃取蒙叟書, 溯其源, 探其本, 得中國疹書數十種, 上下紬繹, 具詳條例. 顧其書皆散漫雜出, 不便考檢, 而麻爲病,酷迅暴烈, 爭時急, 以判性命, 非如他病可歲月謀也. 於是支分類萃, 眉列掌示, 使病家開卷得方, 不煩搜索, 凡五易藁而書始成. 嗟乎! 蒙叟而尙在, 庶犁然會意也.

嗟乎! 病之無醫也久矣, 諸病皆然而痲爲甚. 何則? 醫之業醫爲利也, 痲蓋數十年一至, 業此而安所利乎? 業之無所蘄, 臨之不能藥又可恥, 臆之而夭人命, 噫! 其忍矣? 痲方如燈檠雨笠, 方霄方雨, 汲汲呼覓, 旣朝旣晴, 漠然相忘, 斯則吾人之志短也. 使吾人知來年有兵, 必家繕甲而邑完築矣, 兵何嘗盡劉人哉! 何痲之殺傷更酷, 而人且恬如而不懼也! 則不佞之爲是書, 不惟不負蒙叟, 眞不愧范文正矣.

第不佞素暗醫旨, 不能揀擇去取, 未免溲渤具收. 僻鄕人士, 苟不審病情, 妄信此書, 輒投以峻劑毒味, 未或不敗, 此又不佞之所大懼也.(『與猶堂全書』「詩文集」卷13)

游水鍾寺記 164쪽

幼年之所游歷, 壯而至則一樂也, 窮約之所經過, 得意而至則一樂也, 孤行獨往之地, 携嘉賓, 挈好友而至則一樂也.

余昔童丱時, 始游水鍾, 閒嘗再游, 爲讀書也, 每數人爲伴, 蕭條寂寞而反. 乾隆癸卯春, 余以經義爲進士, 將歸苕川, 家君曰: "此行不可以草草也, 徧召親友與之偕." 於是睦佐郎萬中·吳承旨大益·尹掌令弼秉·李校理鼎運, 皆來同舟, 廣州尹送細樂一部以助之. 旣歸苕川之越三日, 將游水鍾, 少年從者亦十餘人. 長者騎, 或騎牛焉, 騎驢焉, 少年皆徒行.

至寺日正晡矣, 東南諸峰, 夕照方紅, 江光日華, 照映戶牖, 諸公相與讙諧爲樂. 至夜月色如晝, 相與徘徊瞻眺, 命酒賦詩. 酒旣行, 余爲三樂之說, 以侑諸公.

水鍾者, 新羅古寺, 寺有泉, 從石竇出, 落地作鍾聲, 故曰水鍾云.(『與猶堂全書』「詩文集」卷13)

軍器論 二 166쪽

春秋之戰, 爲左右焉, 爲前後焉, 整軍容, 審軍執, 塡然鼓之, 翼然而進, 有奔北失埶者曰爾敗矣, 有靡亂失法者曰爾敗矣, 或一鏃不發而勝敗以決, 此古人之戰也. 繼此以降, 爲方員焉, 爲六八焉, 神之以鬼神, 祕之以陰陽, 善爲陣者爲上將, 善爲戰者爲次將, 審山陵水澤之形, 爲之進退而勝敗以決, 此中世之戰也. 或一弓焉, 或一槍焉, 或一刀一棒焉, 勃勃然相擊撞, 草薙而禽獮之, 勝敗以決者, 後世之戰也.

世級日降, 巧思日鑿, 近世之謀伐人國者, 唯製爲奇器巧物, 一夫決機, 萬人隕命, 安坐而湛人之城. 有若虎蹲礮·百子銃, 猶其疎者也. 如所謂紅夷礮者, 其迅烈酷虐, 前古無比, 中國日本使用已久. 有如不幸, 百年之後, 南北有警, 必以是至矣, 其有不拱手伏地而奉獻其城者乎?

方且挽說弨之弓, 銜無鏃之箭, 立的於百步之外, 而盡力以求中, 中者得祿, 不中者失祿, 以之爲絶世之妙技, 豈不沖澹冥漠矣乎! 何其忠厚愿謹, 淳員樸素之至此哉! 故曰軍器不必備, 雖有之, 敢有一夫出立者哉!(『與猶堂全書』「詩文集」卷11)

趙秀三

賣盆松者說 170쪽

有賣盆松者, 虬枝老幹, 磊砢擁腫. 荅偃而承亞, 甲赤而鱗蒼, 艾納點綴, 封殖坱圠, 望之可知爲百十年物也. 纍纍然列于階庭, 曰二十金, 曰三十金. 豪富之家, 競售之不惜. 而不過時月, 枿已薪之, 乃復摻金而踵其門.

盖松壽木也, 雖槁能耐久, 故非累日月, 而黃而赤, 人未易驗也. 若人者見人情, 汩於世則切遐矯之想, 饒於貲則侈園囿之觀. 而屈致干霄臥壑之姿, 以供其時月之玩, 從而射其利. 喟亦狡矣! 至於薪之屢而求之勤, 則何乃迷不悟之甚哉!

余於是懼今世用人者, 不能視履考詳, 而貌取老成, 用未幾時僨乎事, 而爲賣盆松者之竊笑也, 遂作是說.(『秋齋集』 卷8)

經畹先生自傳 172쪽

經畹先生, 朝鮮狂士也. 性喜讀書, 白首咿唔不綴, 終亦自忘. 人叩之, 則茫然不能對. 有時强記, 滔滔萬言, 能卒六經. 自幼愛屬文, 至廢寢食, 而不甚佳, 然往往淩厲有古作者風. 家貧不厭糠覈, 旬月出遊山水間, 不顧妻孥也. 素不能飮酒, 而嘗隨國使, 歷遼野, 臨溟渤, 入燕臺, 游於屠狗之市. 時則能揮巨觥, 一夕罄數斗. 力綿弱不勝衣, 及夫論古今成敗·義利之分, 輒髮竪目張, 矍然如勇士也. 喜交遊, 無問貴賤賢愚, 咸得其歡心, 然卒不見容. 善諧謔, 多談俚俗事, 究歸不背經, 故非孔子之道, 人不得干也. 老多病且懶, 杜門却掃, 終日臥涔涔如睡. 有客至, 皆謝不見, 獨與某某數人游, 則爲其知之深也. 歎曰: "假我十年之間, 一肆力於文章, 則亦足爲聖世作擊壤之歌." 常恨蘇秦之言, 曰: "大丈夫豈可謀數頃田哉! 吾當以九經作良疇." 是以自號曰經畹先生云爾.

贊曰: 外柔而內剛者, 不狂而狂耶? 身廢而道興者, 能於不能耶? 不狂而人不能知, 能而人亦不能知. 命耶時耶? 是則慕古人之磨不磷·涅不緇者也.(『秋齋集』 卷8)

徐有榘

題洗劍亭雅集圖 177쪽

撥舊篋, 得横卷圖一. 衡廣五尺, 縱廣不及衡三之一. 大溪從右邊瀠漩循左去, 亂石硡砎距流, 激之沸白, 渟之泥黛, 砰訇轉轂, 作虬龍蜿蜒勢. 伏日展之, 覺淸凉襲面. 北望松杉苓蓊, 稍南削壁兀峙數仞, 崚嶒如疊笋. 下有小亭一, 負壁臨流. 亭外六人, 童子二剩泉烹茗, 一人豎膝低頭睡, 一人右臂挽馬韁曲肱卧, 二人坐盤石掬水靧面. 亭內五人, 一人展牋操毫坐, 一人抱南柱悠然立, 三人環坐東宋下, 讙笑譚詩. 是時水聲益奮, 咫尺語不相聞. 但左方題四韻詩五篇, 作者曰金陵子, 曰笏園子, 曰雨蕉子, 曰韓李二生, 應亭內五人之數. 圖之者檀園, 題之者岱淵, 不在亭內五人之數然. 對卷良久, 依然坐亭內, 耳邊聽活活泉聲也. 辛丑大暑日題.(『楓石鼓篋集』 卷6)

杏圃志序 180쪽

今夫擧天下之物, 而求其通宇宙亘古今, 不可一日缺者, 孰爲最乎? 曰穀. 今夫擧天下之事, 而求其通宇宙亘古今, 無貴賤智愚, 不可一日昧然者, 孰爲最乎? 曰農. 吾一怪夫世之人誤讀孟子治人治於人之文, 遂以用天分地之事, 一付諸蚩蚩之甿, 坐受其鹵莽滅裂之報而莫之省焉. 獨不知孟子所謂治人, 政以劭農務本之道治之耳. 不然, 其論王道, 何以首先斷斷乎制田里董樹畜, 而庠序之敎, 猶在第二義也乎!

余也跡蟄畎畮, 固治於人而食人之類耳. 田家作苦, 積有經驗, 竊有慨乎東俗之窳惰, 而無法以牖之. 自夫耕耙耘耔, 以至淤蔭蓋藏, 凡其已試而見効者, 輒* 著之于篇, 積久成袠, 取徐陵歎望杏敦耕瞻蒲勸穡之語, 命之曰杏蒲志.

噫! 天下之治方術者多矣. 九流百家, 競樹墠垣, 冀以承前而耀後者何限? 余獨弊弊乎農家者流, 窮老盡氣而不之止者, 是誠何爲也? 吾嘗治經藝之學矣. 可言者, 昔之人言之已盡, 吾又再言之三言之, 何益也? 吾嘗爲經世之學矣. 處士揣摩之言, 土羹焉已矣, 紙餠焉已矣, 工亦何益也? 於是乎廢然匍匐于氾勝之賈思勰樹蓺之術, 妄謂在今日坐可言起可措之實用者, 惟此爲然. 而其少酬天地祿養之恩, 亦在此而不在彼. 嗟乎! 余豈得已哉!

夫以一日不可緩之務, 而當擧世鄙不屑之餘, 一耕百食, 十年九荒, 彼轉輾溝壑者何辜也? 然則是書之述, 又豈徒爲林下食力之士而作也? 世之大人先生, 其勿哂之也夫!(『金華知非集』卷3)

仁濟志引 184쪽

有推占者, 紛紛然搖其籤, 傳其術, 乩休咎之祥, 而欲人之趨吉也. 斯可謂之仁濟乎? 曰否. 是與古之筮不同, 是欲衒術而誑世者也. 有禱祀者, 刺刺然媚鬼通

---

* 『행포지』에는 빠져 있다.

靈, 陳殽核以安之, 要人之辟災也. 斯可謂之仁濟乎? 曰否. 是亦與古之巫不同, 是欲衒人而網利者也. 談命者, 衍繹年月, 著安危之期焉, 瞽者誦咒貼符, 有厭禳之法焉. 一切術數, 若陰陽五行之家, 動以千數, 其歸蓋求世者. 然都是勞勞而摸虛也, 吾未之知焉.

其有實見而有濟人之功者, 惟醫藥之道乎! 是道也, 自有生以來, 聖人發之, 智者述之, 授受者代有, 講劘者不絶, 發於言, 爲汗牛之書, 今四庫之所著錄有九十七部一千五百三十九卷. 然其中不能無純駁, 或有託於古人, 而羼以虛假之理者, 或有見道不精, 而妄售繆盭之方者, 惟在明見之擇善耳.

雖然古之醫者, 聞道也審, 故察病之祟昀, 辨藥之性確. 對而劑之者, 或抽一艸木焉, 或試一枝方焉. 今之人, 多冒於不實之圈, 强半是摸扌索. 故見益眩而方益滋, 勢也. 況林園之居, 不暇於大方家之肄習, 惟當取簡便之道, 如李瀕湖針線, 可也. 且念窮蔀苦乏書籍, 倉卒遘疾, 難於考閱. 此所以略綴醫家言, 倣三因方之目, 而兼以婦·幼·外科等目, 總爲二十八卷耳.(『林園經濟志』)

柳君墓銘 187쪽

柳君遵陽, 字士守, 居芙蓉江上, 種樹自給, 年四十二以死. 其人生醇愨無他能, 至死不識闠闤, 死之日鄰里多爲之涕者. 丁未春, 余從鄰人訪花至桃園, 班荊坐移時, 籬落間颯拉有聲, 一短丈夫從兩稚傴僂扶杖出, 爲主客禮甚恭, 詢之知爲君也. 面黧黃, 尫然不任衣, 視不上帶, 呼語之則揚其目. 問之, 病已三月矣, 余內憐之. 歸未期, 聞君死未克葬, 殯于桃園之麓, 余益悲之. 後數月, 其弟健陽來告窆期, 曰: "將葬於楊之某原." 余貧無以佽助, 迺爲銘而歸之, 曰: "姑以此納諸幽. 子謂紵絮陳漆可不朽子兄耶!" 其詞曰: 全其天倪, 歸復于地, 而我銘以志之. 嗚呼! 其庶幾頫昂無媿.(『楓石全集』'楓石鼓篋集' 卷5)

芙蓉江集勝詩序 190쪽

集芙蓉江遠近之勝, 指計有八. 其一天柱朵雲, 其二黔丹紋霞, 其三栗嶼魚罾, 其四蔓川蟹燈, 其五烏灘疊檣, 其六鷺梁遙艇, 其七槲園錦縠, 其八麥坪玉屑.

直江東南數十百武, 崱屴詭秀而山者曰冠岳, 最高而峯者曰天柱. 晨起凭眺, 一朵白雲, 濛濛起峯頂, 已而芬郁簇擁, 繞帀薈蔚, 自山腰以上隱而不見, 已而英英飛盡, 則獨見峯巒砐硪倚天屹立, 故曰天柱朵雲. 自冠岳西馳蜿蜒, 復陡起而山者曰黔丹, 山色澄沐如藍, 駮霞半被上露螺黛數點, 初旭薄射, 演纈成紋, 故曰黔丹紋霞. 是二者於朝宜.

中江而㾜偃爲島者曰栗嶼, 對嶼而瀠紆爲氾者曰蔓川. 籟寂波澹, 露氣羃流, 魚罾多在嶼渚, 蟹燈多在川港, 蘘火點點如踈星, 行舟欸乃聲與漁謌相互答, 故曰栗嶼魚罾, 曰蔓川蟹燈. 是二者於夜宜.

江之下流曰烏灘, 春氷既泮, 漕船畢集, 遙望千檣簇立淡靄浮翠間依依然. 上流曰鷺梁, 潦水時至, 滈淼澶漫, 片艇浮搖, 若去若來. 江之北麓曰麻浦, 峴有槲柞數十株, 秋深葉老, 丹碧錯互, 爛漫如蜀錦衣山. 東許曰沙村坪, 村人歲播秾麥, 麥芒方吐, 微霰初集, 璀璨如琳琅落薛, 故曰麥坪玉屑, 曰槲園錦縠, 曰鷺梁遙艇, 曰烏灘疊檣. 是四者或宜春夏, 或宜秋冬.

蓋天柱·黔丹·烏灘·鷺梁, 得之遠眺, 栗嶼·蔓川·槲園·栗坪*, 猶几案閒物也. 今年杪春, 舟過烏灘, 見中流塊石, 龜伏露頂, 頂鐫二大字, 苔缺蘚蝕, 刺櫓其下, 手捫讀之, 其文曰集勝. 土人從遊者曰: "明朱之蕃筆也." 遂拓之歸, 復列八目于左, 將丐詩諸名家, 主人先爲序, 以道其志. 主人姓徐, 逸其名, 自號芙蓉子.(『楓石鼓篋集』 卷1)

---

* 栗坪(율평)은 내용으로 보아 麥坪(맥평)의 오사로 보인다.

嫂氏端人李氏墓誌銘 194쪽

往余在鶴山, 葬我伯氏左蘇先生于先兆之阡, 將鑽石埋辭, 先以藁送質于邱嫂端人李氏. 時端人絶食已三月, 昏昏卧在牀, 使子姪在傍者讀而聽之曰: "無軼事, 無溢語, 可以葬吾夫子矣. 此如傳神, 一髭不相似, 便不是其人矣." 嗚呼! 今也銘端人, 余其敢一言浮實, 以負端人之知照哉!

端人系出全州, 綾州牧使贈議政府左贊成諱敏躋之孫, 判敦寧府事文獻公諱昌壽之女也. 文獻公娶于徐, 无育早卒, 繼室以柳氏, 生一男一女, 端人其晩生也. 幼聰悟絶倫, 父母奇愛之, 不以女子視, 寘諸膝, 口授毛詩·小學, 輒通其大義.

性激烈, 好勝人, 方其未齔也, 見齊年者皆毁齒, 恥己不若也, 一夕持小椎敲拔上下齒殆盡, 血淋漓口吻. 文獻公見而喜曰: "堅忍不引莊弱, 其壽乎!" 旣而不怡曰: "女子從人者也. 使他日事事無拂逆則可矣, 不然而一有差池, 得無自其手戕身乎!" 及長泛覽强記, 工詩善著述, 未笄而有女士稱. 我徐三世睦于李, 子女之雋才淑聞, 不待媒妁而知, 故端人卒歸于我. 其饋也, 王父文靖公問曰: "聞汝好讀小學, 其書所載嘉言善行, 何事可法?" 端人對曰: "言先于行, 不敢也." 文靖公likewise問然曰: "遜而文, 孰謂是女子乎!"

當是時, 內外家皆貴盛, 門闌烜赫, 端人尤嫺儀度, 善辭令, 瑀琚琮璜, 蔚有光譽, 妯娌娣姒, 莫敢梯接. 吾伯氏辟呫庭訓, 劬躬讀書, 平居無門外交, 每咿唔有間, 則與端人揚扢墳典, 唱酬古今體詩, 朱黃筆硏, 與刀尺相雜, 逸妻也, 亦良友也. 晩而家落, 損先人之田殆盡, 而拮据捋荼, 擧倍稱之息, 以日支二鬴, 使夫子得以放情硏藝, 消磨光陰, 則又幹婦也, 勞人也.

余少伯氏二歲, 習端人始終, 每以時省見, 見端人裙布紉綴, 乾沒於質典劵契之中, 未始不俛仰今昔, 有餘愾焉. 端人多擧子多殤, 惟二女有歸, 男長曰民輔,旣娶而夭, 幼曰祖悅, 生穎慧最被愛, 九歲而殤. 端人之喪二子也, 輒啜泣不食者數十日, 伯氏强食之曰: "使我老而畸乎? 獨不可少須臾, 葬我而從我乎?" 端人翻然强聽食.

壬午七月, 伯氏纍疾亟, 端人水漿不入口, 齋沐禱于廟, 請以身代, 斮指進血不效. 乘化之辰, 跽告于前曰: "旣不能同日同時死, 願以同日同時窆." 仍絶食誓從死, 家人競勸曰: "獨不念夫子葬我從我之言乎?" 端人始時進水飮, 雪涕起治事, 附於棺者必誠信焉. 或以粥糜進, 則變色嗚咽曰: "夫子疾四日, 吾執敦牟泣勸而竟不御一勺, 吾何心更對粒食也?"

葬有期, 端人謂婢媵曰: "明將躐宗, 若等且蚤睡蚤起." 子婦兪氏夜深而覺, 聞有聲局局呃呃, 心動燭之, 端人繫帛于頸, 喘將絶, 急捄之而甦. 旣葬, 余將往沂川, 求族子之多子者爲民輔後, 告端人曰: "願嫂少待我, 以歸報我伯氏也." 端人泣曰: "諾!" 且治送兪氏曰: "吾且忍死以待, 爲之後者, 汝其從叔往焉." 凡號泣于門于庭, 三日三夜, 其家哀而許之. 明年夏余再往沂川, 抱兒而歸, 見于端人, 端人色喜曰: "今而後, 可藉手見夫子于地下矣."

朞之夕, 端人潛求砒石芒硝諸毒藥, 貯小缾, 懷在衣襟間. 家人覺而奪諸懷, 端人恚曰: "使我一日不死, 是餉我一日毒也." 迺作絶命詞曰: '生醉死亦夢, 生死元非眞. 髮膚受父母, 何事視若塵. 泰山與鴻毛, 隨義互詘伸. 念我結髮情, 自非時俗倫. 伉儷兼金蘭, 倐已五十春. 未解悅己容, 庶報知己恩. 今也得死地, 片心可質神. 捐生謝知遇, 安得全吾身.' 手書付之壁, 自是病日益谻, 氣日益綴, 時時譫囈鄭重者, 皆與夫子契濶語也.

最端人始求死于殯而不死, 再求死于祖而不死, 三求死于祥之日而不死, 人謂端人之求死, 迄少休矣, 而端人固未嘗一日忘死也. 不粒食, 不櫛髮, 不易衣, 無寒暑持一弊被, 不改臥處者, 首尾十九月, 而始克遂其志焉, 噫! 其囏矣.

甲申歲首, 端人忽語人曰: "夫子期我矣." 以二月三日死, 及期而絶, 距其生已卯正月二十七日, 享年六十六. 將卒, 囑諸叔曰: "死三日而殯, 殯三日而引, 引三日而祔, 勿淹我從夫子之日也." 以歲之不易, 權厝于伯氏墓右數武地, 翌年二月甲申, 始穿伯氏壙而祔焉. 著有憑虛閣詩集一卷, 閨閤叢書八卷, 淸閨博物志五卷. 其閨閤叢書, 及端人在時, 已聞于世, 姻戚往往傳寫焉. 伯氏諱有本, 我徐先系子姓婚嫁, 已具伯氏誌中, 不再告也.

始我高祖貞簡公之繼配曰貞夫人李氏, 亦全州人, 貞簡公之喪, 以毁卒, 筵臣聞于朝, 旌其閭, 後四世而有端人焉. 時則鄕黨無爲之先者, 烏頭赤角之典闕焉. 夫閭而旌, 猶之䃾而銘也. 旣已表厥宅里, 書諸簡策, 以耀今而垂後, 固無俟乎銘矣. 若端人者, 不銘, 于何章其烈. 婦人不特銘, 銘之必其特者也. 余之特銘端人, 其庶無愧色也夫!

銘曰: 端人之於夫子也, 生十五年而牉合, 合四十九年而稱未亡. 又三年而祔也合之, 絜厥離合, 孰短孰長? 悲其言踐而志愜, 銘庸章之.(『金華知非集』 卷7)

池北題詩圖記 202쪽

笏園之南, 方池演漾, 半矩見, 半矩隱. 荷葉如錢, 菡萏已開, 未開者六七. 稍北怪石二嵌崟, 伴峙嶄嶄然, 東望朱欄, 曲曲隱映. 怪石左, 大石牀一, 錯陳壺一·爐一·茶椀一·書函一. 茶椀鷓斑, 爐栗殼, 壺揷翠羽二莖, 書當唐人詩, 或元明名家不可知. 怪石右, 芭蕉一本, 大葉三, 小葉二, 抱莖方吐者, 風披半折者各一. 晩蔭交, 苔蘚覆地, 蒼蒼凉凉, 空翠欲流.

中有一美丈夫, 幅巾大帶, 端坐蒲團上者, 園之主人洗心子也. 膝前置端溪風字硏, 白磁筆筒, 一手展橫卷, 一手操不聿, 口唫唫若賦詩將題狀, 所賦詩古近體不可知. 或曰: "其目瞪盱, 眈眈視池中荷, 是賦荷者." 或曰: "坐昵于蕉, 是賦蕉者."

蓉洲子曰: "皆匪也, 夫夫也, 匪賦荷, 匪賦蕉, 匪石牀, 匪朱欄, 匪怪石者也. 莊周遊於濠梁, 見儵魚出游, 曰是魚樂也. 然魚之樂, 匪周之樂, 特藉物以寓意. 夫夫之園, 亦寓焉已爾." 問諸主人, 主人嗒然不答, 益瞪視池中荷. 蓉洲子曰: "夫夫之不答, 是答也." 丁未立夏日記.(『楓石鼓篋集』 卷2)

與沈穉敎乞題小照書 205쪽

李生命基爲僕寫小照, 墨所加, 以橫黍尺計之, 縱八寸, 衡不及參之二. 旣像而圈其外, 爲對鏡自照狀. 此例創於晦庵朱子, 近世王漁洋貽上用之, 或以爲圓窓, 非也.

其像頂戴幅巾, 深衣大帶, 自腰以下, 隱而不見, 右手捫帶, 左手展卷, 目睒睗, 似意有所會, 所會者圖不能盡其意. 願得足下一言發揮之.

曾看雷淵南公文集, 有贈寫眞者序曰: "儒者曰 '有生必有死, 形與心俱滅.' 佛者曰 '形滅而心不滅.' 仙者曰 '形與心俱不滅.' 寫眞者曰: '心滅形不滅.'"

僕竊思仙佛誕也無足取, 獨寫眞者之言頗有實理. 然心滅而形不滅, 果何益於其人? 且圖畫之力不過百年, 其心旣不能傳於後世, 則形焉能獨傳? 邵子湘有言 "吾身化矣, 而有不化者存." 文章之傳, 與天地相終始, 百世之下, 猶可想見其心之好惡, 則非所謂形滅而心不滅者乎? 其心旣傳, 形亦附而傳焉, 則非所謂形與心俱不滅者乎? 若是者宗儒者之道, 統仙佛之利, 而昔人所稱不朽盛事也.

夫文章之巧拙妍醜姑勿論, 傳其人之苦心則一耳. 輒敢不自量揣, 彙次平日纂述, 復以小照冠之, 竊自附於宗儒統仙佛之道, 而自知辭拙語蕪, 不堪傳遠. 如足下賜以數篇短律, 題其左方, 則可藉之爲重而傳, 顧不幸歟?

拙藁方倩人繕寫, 分爲六卷, 序記書傳碑誌雜著, 各體略具, 私計繕寫畢, 錦其帕, 牙其籤, 藏之爲枕中秘書. 昔白香山著書, 藏之轉輪, 陸天隨著書, 藏之佛

腹, 古人汲汲於身後之傳如此. 僕文雖遠不逮二子, 然不愛倕手而愛己指, 識者或不我罪不邪?(『楓石鼓篋集』 卷3)

自然經室記 209쪽

樊溪之左, 有屋隱於廧, 交窓複壁, 窈乎若龕, 楓石子之所居而讀書也. 屋之深未數楹, 而卷緗袠占其半焉. 正中鋪小榻, 背設文木之屛, 屛高三尺餘, 皴峰隆起, 淺潭下匯, 中有鸂鶒二, 一泛一掠波, 其咮觜羽爪, 可辨而指也. 隅榻而置蠟花二瓶, 它硏几鼎彝之屬略具, 聊以助書卷之趣而已, 不求備也, 則硏几鼎彝, 亦猶之書卷也. 於是取地志所謂少室山有自然經書之語, 榜諸楣曰 '自然經室'.

客有詢其義者曰: "噫! 其虛言與! 雖然, 盍記以實之?" 楓石子曰: "吾固已有記, 子未見邪?" 客曰: "未見也." 楓石子指屛榻瓶花硏彝之雜陳於前者, 曰: "此吾記也." 客瞠曰: "何謂也?" 楓石子曰: "子之入吾室也, 見吾文木之屛奚若?" 曰: "巧哉, 始吾疑爲人工矣." 楓石子曰: "見吾瓶花奚若?" 曰: "亦巧哉! 始吾疑爲天工矣."

楓石子曰: "謂文木人工者, 不意天工之若是巧也. 謂瓶花天工者, 不意人工之若是巧也. 將謂天之巧勝乎? 將謂人之巧勝乎? 天與人交相勝也, 則彼竹簡漆書之成於人者, 天獨不能爲乎? 北方之人, 慣雞而未見鷩, 一日南行, 見鷩焉而求時夜者, 瞖於慣也. 故謂文木人工者, 人畵爲之瞖也. 謂瓶花天工者, 天花爲之瞖也. 謂自然之經虛言者, 子所慣聖作賢述之經爲之瞖也. 子何不刮子之瞖, 去子之蔽, 墮子形體, 吐子聰明, 以遊乎少室之山, 而披其袠, 讀其文焉, 將無迺釃然而釋於神邪? 且子之疑乎文木者, 以其雕鏤點綴之似畵耳. 然畵又有所似, 畵之所似者眞也. 向所謂皴峰鸂鶒之眞者, 果孰雕鏤之? 孰點綴之? 而子曾是之不疑, 一見夫文木之肖其形, 則迺覷覷然該以爲神, 甚矣! 其惑也! 今夫六經之文, 亦聖人所以善畵萬物之情者也. 子何不以六經爲圖畵, 以萬物爲瀺灂, 以自然之經爲文木之屛? 而反觀于吾言, 將無乃犂然而契於心耶! 蓋吾嘗聞之, 經者待言而成者也. 言待於意, 意待於心, 心待於道. 故道之所在, 卽經之所在也. 道之爲物也, 紛乎其無不爲也, 密乎其無不寄也. 在於瓦甓, 在於屎溺, 而況乎硏几鼎彝之屬邪? 子又求諸硏几鼎彝, 則將有不待記而知者. 是其名也謂之自然之記."(『金華知非集』 卷5)

金祖淳

韓顚傳 214쪽

玉壺之隣, 有韓姓而顚者. 吾嘗聞其聲, 疾呼而詈罵, 如拒人相逼者, 又凜凜如逐捕人者. 問諸隣人, 蓋嘗晝寢城南林中, 得是疾云. 顚雖病, 事父母, 不違其意, 不妄言, 言卽好道忠義. 家貧無業, 日至綵帛市, 爲人引買, 取其雇以供親, 一毫不以欺, 市人亦不以其顚而疑之也. 在市覺疾作, 輒忍而趨, 歸家乃發, 不於市與途也. 疾發無他, 卽疾呼詈罵而已. 人有問者, 輒曰: "有鬼來逼, 故叱逐之耳." 余爲元戎也, 顚從容懇門下人, 曰: "從相公, 乞借精砲十數人." 其人問所用, 答曰: "欲砲殺逼吾鬼也." 噫! 眞顚者也.

雖然, 狂者, 心之病也. 余之見病者, 亦多矣. 其步忙忙, 其視其言, 無倫無脊, 其知不辨五常, 言行與平人異, 故謂之狂也. 今顚不然, 奉親孝, 發言忠, 與人交以信, 顧可以病心者待之歟? 人之病於心者, 固謂之狂. 若夫未嘗病心而其言與行, 反常如狂者, 又何稱焉? 然則顚之病, 氣之病也, 非心之病也. 人之如狂者, 乃眞病於心也, 非病於氣也. 孟子曰: "志壹則動氣, 氣壹則動志." 然志壹而氣動者常多, 氣壹而心動者常尠, 此其顚之特殊於他人之病者歟?

嗚呼! 天地之生久矣, 故人道晦, 人道晦, 故以子而慢其親, 以臣而欺其君, 以人而瞞天讕人者, 亦滔滔於世. 若是類者, 雖自以爲人, 而顚之視之, 皆鬼也. 今之日, 此類亦多矣. 其疾呼詈罵而逐之, 安知顚之非是類而托之鬼歟? 然則顚, 非眞病者也.(『楓皐集』 卷15)

李生傳 217쪽

李生者, 不知何許人也. 卞興平之時, 多善棊人, 然自搢紳士大夫, 至閭巷間, 無有敵興平者. 興平以國手名噪京師, 殆三十年. 一日棊徒集銅街大藥肆, 分曹賭, 興平亦往焉. 及午, 一書生年可五十許, 敝袍麻屨僂僂然而入, 見棊方酣, 亦袖手坐局外.

已而, 乙之棊爲甲所截圍, 沒則將大輸, 潰而出則可大勝. 然甲之圍堅厚不可動, 乙諦視無救方, 旁觀者亦諦視無救方. 甲反替乙諦視亦然, 甲喜甚, 揎袖大聲曰: "此局已決矣, 盍爭新局." 乙心知已輸, 猶重其賭, 瞠而不肯下子, 甲連督之. 中一人曰: "請使卞公看, 云死改局, 云生復察." 咸曰: "善!" 卞方別坐, 起至局, 諦視良久曰: "無救方." 甲大喜躍, 傍觀者盡嘩. 乙將收子, 書生忽從卞背略窺之, 咄曰: "生矣." 甲怒曰: "卞公云死, 何謂生也." 卞國手名三十年, 自負無敵, 聞生言, 顧笑之, 傍人亦群哂之. 生曰: "定生, 顧不察耳." 卞忿曰: "客似乎能棊, 請替救之, 吾當替應之." 乙乃向生曰: "救此, 當以所嬴相奉." 甲亦曰: "救此, 當倍輸之." 於是, 乙與甲爲旁觀, 卞與客當局矣.

客略無停思, 忽漫布子, 卞常奔應不給, 至三十六子, 乙之棊潰一角出, 甲反大輸, 客不復着, 拱而坐. 乙復大喜躍, 甲與傍觀者, 相視大驚, 以爲神助. 於是, 卞推枰斂襟曰: "噫! 技至此乎? 吾對局三十年, 始有此衂. 敢問客爲誰, 何幹而至?"

生始曰: "某姓李, 家西城外, 親有病, 醫言當服蔘, 貧無以得. 徧諸肆, 卒無所遇, 轉至此耳." 卞卽顧主人曰: "速取一兩羅蔘來!" 羅蔘者, 國中之珍産也. 奉以贈生曰: "歸以拱劑, 某日當造門請敎." 生感激稱謝而去.

及期, 卞訪至李生家, 生已治酒食相待矣. 見卞至, 倒屐迎入, 謝其救恤之恩. 酒半, 卞請曰: "某擅碁名久矣, 常恨無敵手, 幸逢公, 請對局." 生與之着三勝, 卞曰: "公之碁, 某實不及, 請嬴數子." 生不可曰: "法則當嬴. 雖然, 君以國手見重於時, 若今日被某嬴子, 明日必見輕於人, 吾奈何壞君三十年聲價爲." 竟不肯嬴子. 卞亦大感歎, 遂爲刎頸之交云.

閭人曰, 碁之爲技也, 至理具焉, 愚可使知, 庸可使能. 故世稱唐堯刱之, 以敎丹朱, 良以此也. 雖然, 世固有善碁而愚者, 智而不善碁者, 而工者愈工, 不工者愈不工, 何哉? 殆爲是技者知喩乎道而不知進乎道者歟! 余觀卞李兩人之交, 其惜才重名之意, 有古俠士風, 何其偉也! 嗚呼! 世之忮忌猜疾之士, 與夫矜己自多者, 視此兩人, 當如何也? 卞固長者也, 而李生所處爲尤難. 碁家言宗裔德源令素善碁, 入智異山遇隱者, 得奇訣二十八法, 出而潛究, 殆聖於碁. 其訣流傳, 深遠深失, 至卞猶識其半. 卞死無傳之者云. 嗚呼! 世之無賢士大夫久矣, 碁奚獨然.(『古香屋小史』)

金魯敬

與長子書 甲子 224쪽

近間課讀能專一否? 第讀老子云. 道德五千言, 雖是至理所寓, 比之六經之文, 已是差毫謬千, 則況以初學之士, 易作先入之言, 雖聖人之書, 沈濃厭飫, 本源之地, 根基未固, 則必有見獵心動之憂. 況汝之病根專在於浮薄詞華之習, 務奇尙新之弊, 捨他經籍, 忽讀此書, 專由於此病. 古人之自以爲高明者, 文章才氣, 非不燁燁可觀, 若不以吾儒事業, 範其馳驅, 都是喪厥本心之人, 千百年後, 不能逃識者之眼. 況今人之學問力量, 萬萬不及, 以直欲橫走遠騖者, 何異秦漢之君慾念塡胷, 妄求仙人? 古今天下, 必無可致之理, 寧不大可笑乎?

"文章一小技, 於道未爲尊", 誠千古不易之論, 而若復鹵莽蔑裂, 不知爲載道之器, 則亦是牛襟馬裾, 不可不求古人作文之法, 以期於辭達之域, 而所謂文者, 卽六經是已. 外此則皆吾道之楊墨也, 道家之旁門也, 佛氏之小乘也. 設有蟲背之綠·魚鱗之白, 安敢與夜光明月之珍, 比而論之乎? 況此老莊之書, 尤爲彌近理而大亂眞矣. 火燃泉達之時, 尤不宜認爲正脈. 喪吾心術, 不但此也, 晉人之淸談, 尤爲前鑑, 曷不戒之也? 大抵文之奇, 莫奇於韓·柳, 其答李翊書與論師道書, 莫不本之六經醇如也. 如欲爲文, 舍韓·柳而何求也? 明淸之際, 文之弊極矣, 馴致於夷狄亂華, 衣冠陸沈, 則如卓吾·鍾·覃之流, 不得辭其責矣. 吾之平日期汝兄弟者, 豈在於辭章之末乎?

汝輩則不識吾之本心, 必以爲夫子未出於正, 此則有不然者. 吾則早而失學, 近雖悔悟, 志氣神精已有衰退之歎, 而年來在家則抱蓼莪之痛, 於世則歷風波之場, 至哀薰心, 畏道偪仄, 中夜摽擗, 忽忽如狂, 汝等何以盡知也? 以是之故, 雜取南華·楞嚴, 要遣此滿腔輪囷, 而至於太上之忘情而已, 豈敢離經反道, 自陷於墨穴中耶? 可哀, 不足學也.

汝輩今當發軔之時, 決不可捨此周行, 別尋曲逕, 向黃茅白葦中, 討箇安身處也. 自見汝書, 吾之隱憂, 尤添一倍, 曷其不念乃父苦心也? 須急就六經, 熟講詳味, 使吾本源之地, 卓有所立, 然後諸子之書, 方可閱覽, 旁推交通, 會極歸極於六經之中, 然後方可免吾道之反卒矣. 近見所謂薄有才藝之人, 甘心於蜉蝣之衣裳, 不識有虞庭黼黻之章, 遂至於作心而害事, 喪身而敗名者多, 實不願汝曹

有此行也.(『西堂遺稿』 卷6)

金鑢

牛海異魚譜序 229쪽

牛海者, 鎭海之別名也. 余之竄于鎭, 已二週歲矣. 薄處島陬, 門臨大海, 與艄夫漁漢相爾汝, 鱗彙介族相友愛. 僦居主人家, 有小漁艇, 童子年纔十一二, 頗識幾字. 每朝荷短笭箵, 持一釣竿, 令童子奉烟茶爐具, 掉艇而出, 常往來於鯨波鰐浪之間, 近或三五七里, 遠或數十百里, 信宿而返, 四時皆然. 不以得魚爲念, 只喜日聞其所不聞, 日見其所不見.

夫魚之詭奇靈恠可驚可愕者, 不可殫數, 始知海之所包, 廣於陸之所包, 而海蟲之多, 過於陸蟲也. 遂於暇日, 漫筆布寫, 其形色性味之可記者, 並加採錄. 若夫鯪·鯉·鱨·鯊·魴·鱮·鮦·鯛, 人所共知者, 與海馬·海牛·海狗·猪羊之與魚族不干者, 及其細瑣鄙猥不可名狀, 且雖有方名而無意義可解·侏儷難曉者, 皆闕而不書.

書凡一卷, 玆加歆寫, 名曰牛海異魚譜. 以爲他日若蒙恩生還, 當與農夫·樵叟, 談絶域風物於灌畦藕田之暇, 聊博晩暮一粲, 非敢有裨乎博雅之萬一云.

癸亥季秋小晦, 寒皐纍子書于僦舍之雨篠軒.(『藫庭遺藁』 卷8)

題重興游記卷後 232쪽

歲在癸丑, 余在孟園之霏紅涵翠亭, 與李鈺其相·徐有鎭太嶽及舍仲犀園玉衡, 乘月夜會, 飮酒賦詩, 遂成遊山之約, 以北漢爲定. 及期, 太嶽有故不至, 閔師膺元模, 以約外來赴. 放觀三日而歸, 誠勝事也. 余及其相, 皆有日錄, 合作一部, 名曰重興遊記, 藏于余家. 未幾, 余北竄, 書帙盡亡於緹騎之變. 獨其相本草在其胤子友泰所, 故仍加敪寫, 存其舊名, 別爲一弓云爾.

己卯四月己巳浴佛日, 藫叟書于三淸之五嶽圖齋.(『藫庭遺藁』 卷10)

李勉伯

碑誌說 235쪽

古人不可見也, 然吾嘗讀書, 而有時乎得其爲人. 所以得之者, 固不在於檢柙尺度之間也. 其肺肝心曲, 或悠然呈露於一事片言之中. 雖若尋常不足爲殊絶奇特者, 亦足以見其志尙之所寄, 怳乎覿面接談於千載下. 故雖稱爲凡夫細人狂踈褊窄者, 苟得其志尙, 却有可取者. 雖有名君子, 不得其志尙之所在, 或有不足取者. 乃在於不尋常,* 足謂殊絶奇特者. 故古之傳讚人者, 必於其人之平生志尙, 尤致力焉, 要有光色, 若禮法則畧之. 禮法所同也, 志尙所獨也. 獨者, 其人所以爲其人也. 非其人之所獨, 可假而爲假, 未必不好, 然與其人異, 吾何從得其人也!

人亦有言, 碑誌以記實, 爲得實者何? 有於我者也. 然則無於我者非實. 故禮法之於人大矣, 無禮法, 不足爲人. 然亦有其人, 所以爲其人者, 亦當求其所獨有之實而已. 劉伶·阮籍, 古之無禮法者也, 其所獨有者, 飮酒放曠而已. 然則飮酒放曠, 劉伶·阮籍之實也. 碑劉伶而誌阮籍者, 若以飮酒放曠不足爲人, 乃飾

* 구 앞에 可取者(가취자)가 탈락한 것으로 추정되어 그렇게 번역했다.

劉伶以道學, 文阮籍以禮法, 則非劉與阮之碑若誌. 吾不知碑之誌之者, 竟碑誌得何人也.

自夫理學之名, 爲世所慕, 而執筆銘人者, 必欲理學其人, 子孫之爲父祖謁銘者, 惟恐銘者之不理學其父祖也. 必言孝生哀死, 明禮通經, 善言心性理氣, 喜讀易·通書·太極圖說, 凡理學者之所爲, 無不略略分排, 次次臚列, 自有定例, 而銘於是止, 其所獨有之實, 或不擧也. 故後世銘人之文, 大都相似, 但世系生卒不同耳. 夫理學未嘗不善, 然我實不爲理學者也, 乃於死後却被子孫與銘我者, 理學我而悉去我所以爲我者, 是尙謂之銘我乎?

松鄕有村夫子崔翁者, 初不知理學之爲何學, 而其善固不可勝銘. 乃其子孫請銘於時貴人, 銘得, 不知何許理學之人而善不可勝銘之村夫子崔翁者, 竟不得銘焉, 吾甚爲翁悲惋. 若吾所聞者, 翁所獨有之實, 故吾得其爲人也.

翁富家也, 常寄蓄其客, 家無名錢數十萬, 以應所識之吉凶窮乏, 前後所濟甚多. 久且竭, 常不樂曰: "知人之急而不能周, 不若死無知也." 或曰: "翁家中尙多錢, 何患不能周?" 翁愀然曰: "家中錢, 有出入之數, 兒孫皆知之. 其心將曰: '是爲吾曹計也.' 惟吾心亦然, 忽損以周人, 得無傷吾兒孫意乎? 故不忍也." 養僕夫六七, 廐馬常四五, 蓋爲親戚朋友之借也. 雖大寒, 必偕僕晨興, 助其飼秣, 且多與酒錢而送至門, 溫言申托之曰: "愼無偃蹇於見借人." 子孫憂其冒寒早起, 且言不當過禮於僕. 翁曰: "吾爲吾所親而不能身之, 使僕實往, 忍凍曉出, 而吾却重衾溫臥, 心所不安也." 好讀孟子, 至老終不通曉其義, 每逢文士, 必以問, 言貌和拙, 出氣若恐觝觸人.(『岱淵遺藁』 卷2)

柳本學

金光澤傳 241쪽

金光澤者, 漢京人, 父體乾, 斥弛之士也. 肅廟朝, 益修鍊訓局武藝, 以刀法莫如島夷, 使軍卒肄習, 而倭之所秘, 不可以學也. 體乾自願得其法, 遂潛入倭館, 作雇奴. 倭有神劍術, 尤秘之, 隣國人不得見. 體乾瞰其相較, 輒匿於地窖中竊倣, 至數年, 遂盡倭之技, 無復可學也.

常試於御前, 眩幻驚人, 莫知其端. 又布灰於地, 跣足用兩拇履灰, 而舞劍如飛, 舞竟, 灰無足跡, 其體輕如此. 上奇之, 除訓局敎鍊之官. 今諸營兵之用倭刀, 自體乾始.

光澤生有異質, 從金神仙字無可者, 學服食輕身之術. 楓岳去京師四百里, 金神仙以一痲鞋, 三往而鞋不壞, 光澤亦以一痲鞋 再往而不壞. 能胎息, 冬月單衣. 七八歲, 體乾日携往空廨, 以筆蘸水, 寫板廳上 學大字, 故又善書, 遒麗可愛. 舞劍入神, 作滿地落花勢, 藏身不見云. 年八十, 顏如童子, 死之日, 人以爲屍解也. 官至僉使. 東方多緇徒, 而少道流, 以修鍊得名, 惟有金神仙一人, 世皆稱之, 而猶不知有光澤也. 體乾能得劍技, 忠於國事, 若用當其才, 則是必立功邊徼之士. 光澤又能傳其父之奇術, 不亦異哉! 又卽劍仙之類乎!

尙判官得容, 好奇士也, 與光澤相識, 嘗言其事, 故錄之. 夫委巷人有奇才異節, 而泯沒無傳者, 又何限? 豈獨體乾光澤也哉! 重爲之嗟惜焉.(『問菴文藁』)

堂叔竹里池亭記 244쪽

余堂叔上舍公, 卜宅於京城之南里, 而臨康莊之道·市聲之擾, 稍闢其舍東之地,鑿方池, 築亭其上, 以爲燕居之所. 以筧引北牆下古井, 注於池, 種芙蕖, 又多栽名花佳果於亭之前後. 凡坐於斯亭者, 日夜淙琤如琴筑之比音, 或揚或沈, 盈耳不絶者, 水聲也. 含英鬪姸, 紛紛郁郁, 紅白相間, 蜂蝶悠揚者, 花香也. 至若秋潦初收, 池光如鏡, 高華倚風, 傘蓋互傾, 濯濯秀容可挹者, 芙蕖之正爲當亭賞玩也. 於是乎, 公有客, 則出外舍迎之, 客去, 則携圖史, 坐於亭中, 暇則幅巾袷衣, 逍遙於樹間, 有溝壑之趣而不聞市聲之擾也.

余進言曰: "京師之名亭可勝, 旣乎率爲達官所有, 而顧其奔走於榮利之途, 雖有之而不能處. 公今發解南省, 飛聲士林而澹於宦達, 營一區之園而偃仰終歲, 眞得亭臺之勝矣. 且其亭不在於浦漵召絶之墟, 則在於郊樊荒僻之地, 出游者恒聯鑣理屐, 窮日而未盡意, 亦勞矣. 斯亭則處於闤闠之內, 闢於圖書之所, 開門而良辰之景, 可輸於几席之下, 閉門而淸流之聲, 長存乎耳目之間. 後之論者, 其必以置家辟疆園稱之, 不亦美乎! 嗟夫! 公少甚貧, 昔居南里茅屋, 不蔽風雨, 缾罌屢罄, 淋潦滿庭, 苔蘚上堂. 今旣少有矣, 倘記往事於亭楣, 以不忘困約之時耶! 當其時, 猶不憂戚於心, 宜其今日有此, 而亦無欣悅也夫." 謹記.(『問庵文藁』 乾卷)

賜書樓記 247쪽

賜書樓者, 我先君奉藏正宗大王御賜書籍之所也. 杜古芸之巷, 樓三楹而結構精素, 前有小圃, 傍植玫瑰櫻桃五六株, 先君公退, 常燕居於斯焉. 嗚呼! 余柳氏世尙文學, 曾王考鬐西公, 以篤學雅操見推士林, 而深自謙抑, 不衒於世, 謙謙君子爾. 王考蔡園公負俊才, 富文辭, 旁通他藝, 而家素淸貧, 居城南弊廬, 不庇風雨, 廚烟屢絶, 而陪曾王考, 常講論春秋三傳焉. 後王考持大夫人喪, 過毁成疾, 至歲壬申早世.

先君甫五歲, 孤露善病, 見者危之. 或曰: "家門喪禍多蔓延, 可出避以免." 王母保抱先君, 歸依唐城外家, 鞠養惟冀長成, 不復勸督學文. 先君聰明過人, 幼時遊鄕塾, 從傍記誦群兒所授口讀, 鄕先生奇之, 始授以史書, 日月將就, 若泉達火燃. 旣弱冠, 文章已蔚然, 聞於當世矣.

正宗丙申建奎章閣, 閣學士奏選文華之士爲屬官, 先君與朴貞蕤次修·李雅亭懋官首膺是選. 朴公詩筆敏妙絶倫, 李公以贍博著. 先君旣入內院, 恩寵踰常, 歷仕內外, 竟以文學起家. 而供職二十餘年來, 御賜書自國朝史策謨訓及經書東國文集刪錄雜撰累百卷, 紙本晶明, 字體整齊, 櫛然滿架, 觸手琳瑯. 先君爲之營樓尊閣, 以著曠絶之榮, 且圖悠久者也.

易之謙彖曰: '謙亨, 君子有終.' 解曰: '有終, 謂先屈而後伸也.' 窃惟念曾王考謙謙之德, 尙矣至矣, 而王考負俊才早世, 家事中替, 宜若有感於天地之大, 其於有終何有, 而至於先君, 荷聖主收錄之恩, 以輝映之寶藏, 誇曜世人. 遺傳子孫, 柳氏尙文學之風, 於是大闡, 克昌厥後者何, 斯所以屈之又屈, 其伸也極大, 乃至有終, 而推以見王考早世不食之報, 豈非天意歟?

孔子曰: "立身行道, 揚名於後世. 以顯父母, 孝之終也." 夫顯父母者, 亦顯祖先也. 以小子不肖, 雖不能立身行道以終孝, 而能守是書, 讀是書, 不墜世業, 亦無散失渝壞, 是亦顯父母祖先之一事, 敢不勉乎? 不肖兄弟, 繼仕內院, 前後賜書, 亦以累十計, 恩榮逾極, 而實由先君遺蔭也. 謹並儲藏, 爲文以識. 其目次具載於先君所著古芸堂筆記, 不復贅錄焉.(『問庵文藁』乾卷)

李學逵

與某人 252쪽

此中有四般苦况, 不比他苦, 不可不令吾兄知之.

此中日夜所望者, 惟是一見家書. 而臨見家書時, 便如待勘重囚, 將見上司判詞, 胷中先自跳動, 如聞靁靁有聲, 殆難按下, 傍人亦謂我面色紅白不定. 纔見書了, 知老親如夙昔, 妻子粗過活, 卽便望明日, 又見如此家書. 正如病渴人, 纔飮過一盂凉水, 又思飮一盂凉水. 愈飮愈渴, 了無歇時, 此一苦也.

不飮酒則不惟喉渴, 便覺心渴, 胷中格格如有硬物窒礙. 此中安有錢鈔耶? 傍人有織芒屨, 每朝得四五鈔, 從而假貸, 盡付當壚家. 織屨人何處得許多錢鈔, 旣以自供, 復以給人耶? 時時念到, 惟自仰空而已, 此二苦也.

此鄕之人, 每遇鄰里喪死, 不論樵翁牧豎餠師酒婆, 動費一張紙本, 東西奔馳, 乞爲輓詩. 其有衣冠舊族, 城府良家, 不惟乞爲輓詩, 仍復乞爲祭文. 三家邨中稍解訓蒙者何限, 而都是胡叫杜撰, 動謂應擧時文, 或請點改, 或乞評語. 至如問喪慰疏, 求婚訊簡, 擧謂京華人定識體面. 點簿按實, 具牒紀詳, 亦謂文翰家必有見聞, 鱗集蟻附, 牢不可拒. 不謂渠所切須, 動稱爲我消遣. 假使此輩, 爲我損卻一毛, 勞卻一指, 定是掉頭亟走, 惟自秏我精光, 速我衰朽耳, 此三苦也.

僕平生惡見虵虺, 偶一經眼, 竟日體粟. 居南以後, 房廊戶庭, 動遇此物. 每曛黑之際, 偶見枯枝朽索, 無不失聲反走. 蚊蚋之先咬死虵腥穢者, 一嘬皮膚, 動如瘡癤, 痛癢經旬. 此鄕之人, 見殺虵虺, 如觸大厲, 謂是獰毒人定受惡報. 我何可撓於報應, 而第嫌獰毒之目耳, 此四苦也.

嗟乎! 生居安樂者, 一刺剚爪, 猶以爲苦, 一蠅嘬肌, 亦以爲苦. 我獨何人哉,偏受此苦, 而救苦無人, 離苦無地. 今日雖使吾兄盡知此苦, 於僕固無損益, 而環顧今世, 此情此狀, 亦無處告知, 今故言之, 不嫌絮煩耳.(『洛下生集·因樹屋集』)

答某人 256쪽

足下謂覰得文章境界, 常如隔一重紗者, 眞名言也. 文章眞有此境, 纔涉一重, 又隔一重, 如剝蔥頭, 愈剝愈在, 此正自家自欲處, 實亦自家大將進處. 不爾, 杜工部何以能晩年漸於詩律細, 王元美何以有弔歸震川文一篇耶?

文章直一小技耳. 夫子大聖也, 猶謂假我數年, 卒以學易, 可以無大過. 此是夫子自欲處, 實亦夫子做大聖人處, 非如後世禪宗觀心面壁, 自謂一朝頓悟者也. 足下於此等境界, 常欲透此一重則可, 如欲終無此一重則非.

惟吾道無此等境界, 正是足下自畵而不將進也. 且夫爲文章有如煖湯, 煖過而向冷者湯也, 冷過而向煖者湯也. 但向冷者, 愈往愈冷, 向煖者, 愈往愈煖, 此又漸進漸退之別也.(『洛下生集·因樹屋集』)

韓霽元墓誌銘 258쪽

健陵癸丑歲, 蓟林金醒維過余瓶花齋中. 手白紗凉箑, 上題七言詩二聯, 詑余曰: "今世朴在先·柳惠風以外, 而有能道此者乎! 今而後知珠玉在前之媿爾." 急問其爲誰, 故持久, 乃言曰: "松京人韓在濂, 字霽元, 定交財十數日, 商論經禮及古今詩若文已兩度矣." 余惟問其所止舍, 心識之, 朝日往叩門, 有妙年丰姿, 明矑善視瞻, 意若人必非能作曩詩者. 而及叙年甲, 述肄業, 果霽元也. 自是以後八九年間, 非甚風雨寒暑遠行, 則有所未見異書, 不待求而遞寄示之, 所著詩文, 得意則披示, 吟唱誇詡, 否則匿之, 必遞相攘竊而披露之, 以爲詼笑.

辛酉冬, 余投嶺南, 嗣聞霽元先是投湖南矣. 默自屈指, 計相去廛五六百*程, 生死不相聞知. 已五七年, 嗣又聞旋蒙恩宥, 復還鄉里矣. 戊寅夏, 有松京人爲貿遷者, 具言霽元間掇科名, 中進士試第, 家益落, 學益進, 持束脩橫經問難者甚衆, 不意其以今年三月去世. 有一子晩植, 尙克持厥家矣. 甲申夏, 余亦蒙恩宥, 歸省先壟, 至漢師, 適與晩植遇, 晩植涕泣道霽元晩年事甚詳.

謹按霽元之先出上黨, 始祖太尉諱蘭, 佐麗祖開國, 圖形壁上. 其後有諱脩, 謚文敬, 號柳巷. 是生諱尙質, 謚文烈, 典國朝文衡. 傳至諱貴宗, 寔爲霽元五世祖考. 有二男, 長諱秀命, 贈亞卿. 生諱應樞, 同知中樞府事. 次諱秀亮, 生諱渭澄. 是生諱大勳, 司憲府監察, 出後秀命. 諱錫祜**, 成均進士, 號蕙畹, 配臨江李氏, 士人昌彦女, 以元陵乙未正月九日生霽元. 生而秀異, 眉目暎發, 性識絶悟. 甫三歲, 蕙畹公登上庠, 霽元在傍遊戲, 輒琅然誦試券, 竟數句不錯一字. 監察公嘗從使价入燕, 每遇信遞, 則手成細書立寄之. 丙午歲, 監察公挈家移寓于漢師盤松坊里第, 貯書數万卷, 命霽元朝夕其中. 蕙畹公招延通闊賢士, 資其講習, 酒食之具無虛日, 帑藏粟布, 徧諸窮乏, 皆曲從霽元志也. 十五歲, 遭監察公喪. 時喪事甚遽, 諸宗族皆自鄉未赴, 霽元躬幹喪紀, 附身附棺, 一依朱文公禮, 俾克勿悔也. 爲應擧業, 不蹈襲爛熟, 不爲餖飣, 當健陵右文之世, 十數年間, 凡六發解, 兩爲解元, 名徹上聽, 眷注特隆. 後於場屋中, 上屢目之, 顧語侍臣曰: "此非曩日登筵人乎!" 上方掄選奎章名臣, 撰定諸書, 每與選者語曰: "使韓某而任是役者, 當另有取舍也."

辛酉歲, 爲娼嫉者搆誣, 禍且不測, 吏收及門, 擧家無人色, 霽元動止不少撓, 及簿對, 詞理明辨, 不可緇涅, 顧爲始誣者所持, 歲終, 編配湖南順天府. 居四五

---

* 문맥으로 보아 日(일)의 오사(誤寫)로 판단된다.

** 저본에는 錫祜(석우)로 되어 있으나 바로잡았다. 김택영의 「한재렴전(韓在濂傳)」에 따르면 한석우(韓錫祐)는 한석호(韓錫祜)의 형이다.

年, 學徒坌集, 成就者甚多. 嘗擬古樂府, 作昇平曲一篇. 昇平, 順天府古號也. 邑人載之樂府, 被之管絃. 又有谿亭十絶句, 迨洪侯起燮作宰, 命工剞劂, 揭之喚仙亭楣. 今上乙丑, 蒙恩宥, 還拜蕙畹公, 怡愉就養, 若未嘗經歷險巇, 澹然若忘之矣. 戊辰, 蕙畹公寢疾, 一日猝歿, 霽元斮指進血, 獲延數日. 旣遭憂, 哀毁幾滅性, 廬墓以終制. 壬申, 遭伯氏上舍喪, 覩其家業散而不攝, 幾不可支, 一再振刷, 施措悉當, 撫導孤兒, 逾於己出, 爲孤女擇婿, 館穀敎育之. 癸酉, 爲楓嶽遊, 二旬而返, 爲遊記如渭南之紀入蜀也. 乙亥, 作海西遊, 趙侯鍾永爲地主, 有唱和詩若干篇. 晩歲卜居于兵橋之上, 築書室, 堂曰 '松半', 樓曰 '西霞'. 生徒之自遠近至者甚衆, 日夕敎授, 正其音讀, 辨其旨義, 孜孜不已, 諸所點化, 識解大進. 居處必靜淨, 書籍硏几, 位置秩然, 雜戲玩好, 未嘗近手, 待人溫厚, 不爲畦畛. 然所不可者, 亦未嘗苟合也.

盖霽元之學, 貫穿經史, 博而克精, 儀章制度, 字學源流, 以至虫魚草木之微, 靡不究心疏解, 於詩則由蘇遡杜, 至其情性之超詣, 卽之邈然, 若無可梯接, 又非他人所及也. 嘗採摭麗史, 著古都徵十四篇, 攷据服御古制, 著抱經堂存藁四篇, 皆著述方是而禍故疢疾, 不克究志. 其在昇平也, 嘗遺書於季君淨元, 曰: "士不可以不讀大學·中庸. 凡日用云爲, 必以正心誠意爲主, 乃入德之門. 春夏之間, 可讀此兩書於福興丙舍*, 以爲異地相望也." 霽元之不自以文人韻士處, 有若是也. 所與遊, 上自薦紳, 以至方外葦布, 皆一時之選, 或有山鄕海陬, 未接顔色, 而誦名姓甚熟, 知其爲異代聞人也. 霽元之始與余遇, 自號澹生, 晩年復稱心遠堂云. 舊患痰嗽, 晩年尤甚, 或勸之醫藥, 則笑謝曰: "庸醫徒費人, 只有春和湯一貼耳." 盖謂春和自可良以也. 霽元竟以是疾終, 葬于松京妙芝洞子坐之原. 配熊川金氏, 佐郞就行之女, 擧一男一女, 男則晩植, 娶南陽洪氏景賢女. 生二男,

---

* 저본에는 內舍(내사)로 되어 있으나 오사로 생각되어 바로잡았다.

長元喜, 次元慶.

銘曰: “明哲之知, 我則信之. 橫逆之來, 我則順之. 竈吹殷天, 終歸于燼. 君自南歸, 令名日聞. 嗚呼! 非君之悲, 悲夫也之徒血其吻而就殣也.”(『洛下生集·卻是齋集』)

匏花屋記 266쪽

洛下生之屋, 高不及一仞, 廣不及九咫, 揖讓則妨帽, 寢處則跼膝, 盛夏之日, 斜光所注, 窗戶爀然. 乃於環阫之下, 種匏十餘本, 蔓莚芘屋, 藉其陰翳. 更蝨蜹棲其暗, 蛇虺蔭其凉, 昏夜屢興, 持鐙燭, 巡戶庭, 定靜則疲於搔痒, 振迅則惧此辛螫, 憂瘁日甚, 發爲疢疾, 爲消中, 爲消中. 見人客則具言其狀, 客有從冽上來者, 聞言而愍之.

已又述其前日身自歷遭者而告之曰, 某少也貧, 爲貿遷之事, 凡嶺以南津亭驛舍窮村小店, 足迹無不至焉. 若値盛夏之月, 行旅會同, 則其爲令宰使价者, 先據邃閤以招凉, 所有風廊露牀, 又爲其傔從伍伯所占便. 惟其燠㸌煖牀, 鑿壁以燎松明, 刻篁以攘鼈蝨者, 爲不爭之地, 而吾曹之所信宿者也.

夜深則人氣熏蒸, 若鬻鬲之饙餾焉. 亦有狐臭者, 矢氣者, 鼾雷者, 齘戛者, 疥而爬者, 囈而詬者, 聲態百出, 不可殫述. 其有毹毾不耐者, 褰衣袴, 夾薦藉, 徧覓廚棧碓屋牛宮馬皁, 而已四五遷矣. 每見爲逆旅之傭奴者, 垢首膩面, 侁侁爲牛馬走, 朝暮仰餔于行人之餘, 放飯流歠, 無不甘之, 旣醉且飽, 偃仰卽寐. 吾曹之向所不耐者, 彼卽安之如凄滄之辰·爽塏之宮, 觀其態色, 則雖襤褸百結之中, 而肌理充實, 無菑無害, 以永其天年.

是無他, 彼以其所處爲逆旅, 以爲命分之固有焉, 無懭忮憂思之勞其情, 而呻吟嚱噫之閼其氣. 故能無菑無害, 永其天年者也. 且夫今世者, 斯吾養生送死之逆旅, 而逆旅者, 又其一宿再信之逆旅也. 今吾子旣寓形于斯逆旅之內, 而又流離窘束, 竄身窮谷, 是又見居于逆旅之逆旅者也. 彼傭奴者, 不識不知, 徒以逆旅爲逆旅, 而健飮食, 佚寢興, 寒暑不能害, 疾病不爲菑. 而吾子守道順命, 知素履而行者也, 猶且居逆旅之逆旅, 而不以爲逆旅, 而自煎熬其眞火, 椓害其元氣, 疾病旣興, 危死立至. 吾子所願學者, 昔之聖哲, 而顧不能如逆旅之爲傭奴者乎!

乃次第其言而書之壁, 以爲匏花屋記.(『洛下生集·匏花屋集(壬申)』)

哭允母文 270쪽

允母晉陽姜氏, 以道光元季辛巳十一月四日, 因産娩受風, 淹延九日而殞. 越九日己未, 權厝于府北十里山幕谷戌坐之原. 又越九日丁卯, 其夫平原李學逵, 具酒一壺, 奠胾一柈, 乃自釂自嚼若平日之勸酬, 然後口告其所嘗(當)寢處之所曰:

嗚呼我生, 命實不濟. 自我居南, 越十五載, 孺人丁氏, 歿于舊第, 生離未終, 死別以繼. 猶臆有格, 不淚不涕, 時自咄咄, 心語手計, 不謂我命, 若是大盭.

城南之屋, 草長泥淤, 有數童子, 勉自課書. 五日一盥, 十日一梳, 居停送食, 蔬生糲犅, 席斷見經, 襪弊露跗, 然不自且, 安眠飽餔, 人亦訝我, 鬢髮皙膚.

歲丁丑冬, 値鄰媼語, 謂其近閭, 有女孑處, 其少也貧, 力作自樹, 亦無衆兄, 亦無親父, 有睢盱者, 女悉力拒. 兩窮相遭, 亦禦外侮, 子盍言諸, 言必聽許.

自我遘汝, 五年于玆, 歲己卯夏, 先妣割慈, 天地溻墜, 生死罔涯. 結我經帶, 注我粥糜, 謂終孝者, 持衰祭朞, 毋敢毁滅, 髮膚體骸. 言或有理, 情亦可哀.

亦有尊賓, 訶騶輿蓋, 何有何無, 淸酒聶膾. 迨賓出歸, 顧我一胃(謂). 自不能官, 官者來拜, 我哀夫子; 屬命不泰, 毋念我單, 毋恤我勩, 但速蒙恩, 歸歟故第.

今年孟冬, 衾裯弊渝, 明燈在牖, 手掉紡車. 呼我曰起, 爲助治纑, 房廊之隙,種一區蔬, 經理櫛櫛, 葱菘芥葫.

時腹有娠, 盡力疴瘻, 投鉏而喙, 顧我色殊, 其眶有淚, 俛首就隅, 詢厥泣故, 謂産娩虞.

適我幽憂, 僑于僧宇, 信宿而歸, 闃其庭戶, 不飯不漿, 日曝罇俎, 視我入來, 懽然色紓.

於其翌晨, 坐草得女, 旣娩而委, 氣喘首楚. 或言風邪, 或言惡露, 襟痒臆塞, 喎脣戰股, 藥不能靈, 醫無可語.

迨汝死日, 舌澀聲嘶, 猶摻我手, 若有所懷, 將吐未吐, 張目遲遲, 然不敢哭, 恐我增悲. 顧視襁褓, 僶勉一提, 提卽就乳, 哀傷慘悽, 疇謂一訣, 竟至於斯.

嗚呼! 痛可忍言哉! 人孰無情, 人孰不死, 人死而哀, 人人若是. 然我之情, 汝則知矣. 焞焞隻身, 謂汝可恃, 配體則耦, 執役爲婢. 無晨無晝, 油鹽漿酏, 推甘歠苦, 祝我倪齒.

昔汝語我, 生未一朞, 魃病絶乳, 又多箠笞. 今於壯歲, 顚薄如孩, 尤忌黑夜, 怖怯疑猜, 或我夜出, 湛于酒杯, 張燈而竢, 狀須可哀. 九原之下, 深黑如煤, 無燈可燭, 無人可陪.

緣或未盡, 再見泉臺, 情或未斷, 數入夢來. 嘵嘵弱嬰, 尙汝轂哺, 我抱而飼, 我提而步. 亦有薄田, 室廬場圃, 亦有遺衣, 帔袿襦袴, 竢長成日, 計數交付.

苟我蒙恩, 歸謁先墓, 當不舍汝, 挈櫬就路, 上巳中秋, 芟草種樹, 猶勝塗殍, 委骼纍露. 但汝知此, 莫戀莫顧.

昔我謂汝, 汝若有兒, 當名曰允, 汝乃允孁. 汝不識字, 不以文爲, 但呼允母, 曰我在斯. 靈若逝矣, 無可來期, 如其未爾, 尙聞知之. 嗚呼哀哉, 尙聞知之.(『洛下生集』16冊『秋樹根齋集』)

朴允默

松石園記 278쪽

松石園在玉洞北. 有松葱鬱蟠結, 緣崖環列, 其深若不可測. 而又有石屹然壁立, 其高幾丈許, 使人望之, 尤可愛也. 千翁君善氏廬於其間, 自號曰松石, 岸幘而撫松, 解衣而枕石, 日與文人才子; 吟哦婆娑, 若將終老, 是可謂好之之篤也.

凡園中可悅之物, 如桃之夭也, 杏之艷也, 蘭之芳馨也, 菊之幽淡也, 非不美且繁也, 此特一時而止焉. 至於松也石也, 則貫四時而長靑, 閱千歲而不泐, 落落而淩雲, 巖巖而出類. 側耳其韵可聽, 擧目其容可掬, 以之發其志趣, 勵其節操, 無往非有觸而有助焉, 則此豈可與一時之草木, 同日而語哉!

翁今老白首, 其姿如松, 其骨如石, 其貞心苦節, 在於松石之間, 雖老而益壯, 雖貧而益勵, 其於簞瓢之屢空, 亦處之晏如也. 山之北, 無問賢與不肖, 稱以松石, 則可知以爲翁, 翁亦盛矣哉!

園久是堆沙荒草, 虫蛇之所寄伏, 鼬狸之所出沒, 而自翁之居之也, 松如益高, 石如益奇, 似有待乎今日, 而溪朋社友相與接踵於門, 日不暇焉, 亦豈非翁之故也歟! 翁以保晩之契, 非但託物而寓興, 以自怡其性情而已, 又好與朋儕共之, 余於是乎樂爲之書.(『存齋集』 卷23)

遊水聲洞記 281쪽

洞多水, 以水聲名, 迺西山之口也. 庚午夏, 大雨數十日, 川渠漲溢, 平地水深三尺. 余朝起跣足着屐, 衣雨衣, 携一壺酒, 與數三同志者入洞. 至石橋邊, 上下一望, 應接殆不能暇, 溪澗之勝 · 泉瀑之壯, 怳與舊日觀大有異焉.

凡西山之水, 或橫流, 或倒流, 或折而復流, 或掛匹練, 或噴亂珠, 或飛於絶壁之上, 或灑於松翠之間, 百谷千流, 不一其狀. 皆到水聲之洞, 然後始成一大流, 裂山倒壑, 衝崖轉石, 如万馬之爭騰. 如疾雷之暴發, 其勢不可遏也, 其深不可測也. 其中霏霏如也, 蕩蕩如也, 時飛沫濺衣, 凉意逼骨; 魂淸神爽, 情逸意蕩, 浩然如與造物者, 遊於物之外也. 遂大醉樂極, 散髮長歌.

歌曰, 西山之上雨床床兮, 西山之下水湯湯兮. 惟此水是吾鄕兮, 徜徉不忍去. 物與我而俱相忘兮, 歌闋相顧而起. 天忽開霽, 西日已在山.(『存齋集』 卷23)

徐耕輔

養硯山房記 285쪽

今江都留守紫霞申公, 以詩文書畫爲世所推重, 晩而受知于朝, 恩遇甚隆. 惟書尤工, 禁中大小諸扁, 公之書爲多.

公居第在南山下, 世傳以爲沈一松故址. 屋東有小園子, 縱橫可數十武, 公拓而新之. 面南而亭, 亭對紫閣之峯, 亭凡四阿八楹, 堂左樓右, 室於中央. 蓋將貯書籍, 庤筆硯, 歸而頤養於斯也.

亭新成, 紫衣者捧睿翰而至, 公再拜盥水而後發之, 橫幅一, 其上有四大字, 曰養硯山房. 公又再拜而受賜, 亭於是乎名.

嗚呼! 有名斯有義, 養硯之義, 可得而言也. 公之爲斯亭, 豈非爲書畫室乎? 書畫惟公所好也. 爲書畫者, 硯爲之用, 不有素養, 何以待用? 或曰: “養硯者, 以紋綾盖之.” 此博物家之能事, 非吾所謂養也. 養之爲言, 猶畜養之謂也. 將使公入此室而養此硯. 以其所養, 用於其所好, 斯可以不負亭之名也歟!

雖然, 徒養非所以求益也. 要用適足以役心也, 公豈爲是哉! 今夫硯, 其體方, 其質堅, 泓深象淵, 靜鎭如山, 外柔而內剛, 中虛而能受. 其德之可稱者非一, 而人日用而不之知耳. 今公之有是硯也, 能取於物以爲善, 以養硯者自養焉, 則將見物與我交修, 而向所云可稱之德, 皆可得而自有也. 以之發爲書畵, 是亦有道而進乎藝者也, 不亦善乎!

文房之寶四, 惟硯能壽, 苟有善養, 可使百千歲而常存. 公旣德於硯矣, 又能壽與之齊, 則此皆睿恩所以成就之也. 縱復爲公而善頌, 何以加焉? 嗚呼! 世之以書畵名者多矣, 能見之於上如公者幾人, 金泥紗籠, 額睿翰於私第, 爲人所艶稱如公者, 又幾人哉! 子履之室, 賜書之所藏也, 而猶能榮光, 起而觸天. 況乎天章寶墨爲龍爲光, 如日月之照臨, 如雲漢之昭回. 朝瞻而暮仰, 常若天香不違人咫尺. 是奚一時之榮觀而已! 且使後之聞公之風者, 尙知公遭遇之盛, 而亦其受知之深, 不亶在於詩文書畵而已也.(『卯翁集』 第8)

徐淇修

遊白頭山記
—自甲山抵雲寵堡記 290쪽

白頭山在於窮髮之北, 而爲我國衆山之鼻祖, 如中州之崑崙也. 以其隷于荒服, 洛下士大夫之足跡, 罕及於此. 唯逐臣·遷客時或至焉, 而亦指不多屈焉. 環山南而邑者, 曰洪北, 利端, 三甲諸州, 而距甲山府治最近, 爲三百四十里.

自余爲僇人, 居是州, 每瞻雲嶂, 引領興嗟者雅矣. 去丁卯夏, 以特旨蒙歸田之恩, 以白簡未轍, 不得還, 濡滯至于三載, 邊城戍笛, 自不禁去國之愁.

一日有客言于余曰: "自古公卿大人之見放於玆土者, 盖多往遊白頭. 以子之雅意林壑, 何不上絶頂, 俯大澤, 以作子長之壯遊乎? 且來此而不見白頭, 則不幾近於過泗水而不入孔子廟者耶?" 余蹶然而起曰: "子言誠起余矣."

迺於己巳五月十一日發行, 甲人白光緯·塾生盧命駿從焉. 是日庚午, 晴. 蓐食, 出北門, 風日暄姸, 原野寥曠, 此心已飄然在白頭之巓矣. 舊同仁社四十里秣馬. 正廟戊午移鎭於劍川岐, 只餘破堞殘譙.

申後踰毘間嶺, 抵雲寵堡四十里, 宿. 英廟丙戌設望山祭堂於堡北, 春秋香祝, 自京師至, 用擧柴望之典, 此禮經所云"先河後海之義"歟!

萬戶申君處文出接賓館, 仍具夕飯以饋. 其子在成有同遊之志, 而行李未辦爲辭. 余曰: "一杖一鞋足矣, 何用行李爲哉!" 約以平明相會于烏時川, 仍指白烟一縷爲信.

—渡烏時川抵新同仁堡記 293쪽

辛未晴. 昧爽發行, 渡烏時川, 少歇土人金國才家. 惠山僉使李秉天携酒而至, 謂余曰: "今入深山, 行具不可踈虞. 弊鎭砲手李尙敬, 卽多年行獵都山者, 而人亦忠勤可仗, 以此人作鄕導官可乎!" 余諾而不辭, 仍對酌敍懷. 平明發, 渡前川, 向柏德嶺, 長谷谽谺, 林木蔽天, 嶺之表裏, 幾爲二十里. 亢峻卽比毘間嶺加之, 嶺木多栢, 故以是名焉. 申生果如期踵至, 嶺上白烟猶未散盡, 聯轡而行. 日晡到新同仁堡四十里. 堡在萬山之中, 申大新水經其前, 卽鴨綠上流, 而距彼地, 只隔莽蒼, 蔘胡種種越境云. 可謂防守重地, 而累石爲城, 牛羊踰越, 亦無重門之戒嚴. 若當秦鞭之斷流, 其爲寒心當如何. 權管鄭善毅, 卽嶠南人, 而故評事文孚之後裔也. 昔在壬辰島酋之入寇吉州也, 文孚有靖難功. 是時余六代祖故忠肅公, 以號召使, 從事至鏡城. 起兵授評事, 克奏大捷. 此事載我家乘國史. 今與其後孫相會於關北, 良非偶然, 人亦多質少文, 有古家風. 杯酒敍舊, 仍料理行具, 斧斤鼎鐺, 亦皆挈去. 日已晩, 留宿鎭軒.

—踰惠水嶺抵自浦水記 296쪽

壬申陰. 平明發, 由惠水嶺, 此是入山初程. 嶺勢之陡急, 較栢德又加焉, 其木多楓檜楡樻. 及到嶺脊, 則地勢夷衍, 自此連從平地上行. 未數里, 杉木彌亘, 不見天日. 或火損自枯, 上竦無枝, 如燈竿之森立, 或木根倒臥, 龍挐虯攫, 自作木假峰巒, 亦一奇觀. 行六七里, 到觀山峰, 漸聞鴨綠江聲, 從樹間瀄瀄而鳴, 芟履昏倦之餘, 令人神氣頓醒. 到昆長坪三十里, 地漸平闊, 林木稍開. 一行皆班荊而坐, 酌水和瞿麥屑療飢, 仍午飯, 列鼎而炊, 放馬而吃. 行色依然有出塞從軍想.

飯訖發, 路漸艱, 連行泥淖中, 且風落木橫截路傍如掛椽. 然不得直造, 每逶迤而避地, 如欲作五里行, 輒回互作十里役. 行未十里, 雨大作, 泥濘深沒人脚, 或漲過馬腹, 甚於海西之黃崗赤泥, 路益崎嶇. 踰梨兒峙, 亦一峻嶺也. 杉栢夾路, 劣容一人身, 而東西牽刺, 衣裳盡碎, 低首以避木茫, 明目以審馬蹄, 左手持鞭持鞚, 右手把笠子, 又把扇以逐蚊蝱, 當其用手時, 輒左右易之. 繼以叱馭不絶于口, 心亦兢兢乎, 如臨淵谷. 頭目手口心役役, 無片時暇. 噫! 其危也, 亦已甚矣! 不得已舍馬而徒, 水浮濁流, 陸汨黃泥, 踉蹌草莽, 十顚九사,* 不知此去有何壯觀, 而目下艱楚, 而令行者倦厭也.

到自浦水三十里, 宿自官設幕, 厚覆木皮, 俾避風露也. 是日行六十里, 而跨馬不過數十里, 仍對火燎衣, 煖酒禦濕, 而蚊聲如雷, 一陣撲人, 雖以扇障面, 爇草生烟, 不能禁. 雨勢終夜不止, 翻盆注瓦, 怳然若艤舟急瀨, 默籌前程, 愁殺莫甚.

---

* 본래 '十顚九死'로 쓰여 있어야 하는데, 한국학중앙연구원본과 규장각본 모두 이렇게 死가 한글로 표기되어 있다.

—自自浦水抵虛項嶺記 299쪽

癸酉陰. 黎明冒雨作行, 由九浦水, 惡湍丈泥, 在在險塹, 使從者籌其揭厲處, 卽自自浦水至林魚水四十里內, 位六十八處, 甲人所謂九十二浦者, 誠不虛也. 到小自浦水, 望見寶多山諸峰, 露出雲際, 山勢峭拔, 無幽朔間意. 未時到赤水浦三十里, 午炊. 遇砲手回糧軍, 得鹿脯十脡, 亦堪佐酒. 西望一峰, 如橫枕形, 其名曰枕峰, 乃虛項嶺之上項也. 其項低凹, 東偏空虛, 嶺或以是名之耶? 遠望西北間, 一山露出半面, 雄渾磅礴, 山巓迥白, 如微雪之初下, 使人凜然起敬, 不問可知爲白頭山也. 此何異庾江州席上識孟從事者耶? 到林魚水, 始有霽色, 雲霧漸散, 白日揚輝, 一行咸大快. 自此林薄, 始稍稍開, 漸有空曠意. 日未晡, 到虛項嶺二十里. 嶺上設宿站, 每擇水草處止舍. 從者禱于叢祠, 數十人皆合掌頂禮, 以冀山行之利涉, 亦堪一笑. 嶺勢平衍, 坦乎如砥, 嶺上杉木之火燒, 不知爲幾百株, 數十年前, 遇山火自焚云, 景色愁沮.

小白頭山始卓出雲表, 縹緲可翫, 使人僊僊有霞擧想, 自覺靈境之漸邇. 此嶺東通茂山界, 爲二百十里, 過此, 路甚坦, 寶多山之在東者, 屬之茂山, 在西北者, 屬之甲山云. 其山上亦有一小澤, 而徑甚犖确, 漫山都是荊棘, 人不得陟, 或有獵戶往來者云. 使砲手李尙敬放三砲, 山谷皆應, 亦可謂山中一奇事也. 是夜一天無雲, 霽月如晝, 軒爽幽闃, 意與境會, 回想昨日雨中光景, 不啻出墨池而登雪嶺也. 余有詩曰: "吃草馬嘶星影下, 爇松人宿水聲中." 是卽景語也. 令人骨清神冷, 不能就寐.

—觀三池抵臙脂峰記 303쪽

甲戌朝陰. 昧爽促飯發, 微雨忽至, 琳琅有聲, 冒雨踰嶺, 嶺底有天坪, 一望數十里, 皆畇畇平坂, 如畦塍之新發耟者然, 坪名良有以也. 北至茂山界, 不知爲幾百里廣坪云.

行五里到三池. 上中下三池, 其間各不過數馬場許, 列如品字. 上池從可三里, 衡裁半之, 水勢甚恬穩. 中池從可五里, 衡可七里, 卽鉅藪也. 三池中中池最大, 池心有小島, 突起如穹龜之伏, 其上杉檜羊躅, 蔚然葱蒨. 昔則水淺可涉, 今則水深過丈, 不可通人. 島名地樞, 卽從祖叔父文靖公謫甲山時, 白頭歷路, 命名曰地樞云. 盖自枕峰至白頭六十餘里爲樞於東北山河, 猶北極之經六度爲樞於渾天也. 池底皆白沙素礫, 水甚淸澈, 可鑑鬚髮, 錦鳧繡鶩, 演漾於文漪之間, 使人澹然忘歸. 大抵池水渟滀, 每患混濁, 而此池則鏡波澄漣, 一塵不染, 眞可謂神仙窟宅, 而尤與中秋觀月爲宜. 噫! 以玆景之勝, 致之灃鎬鄠杜之間, 則亭臺帆檣, 必有好事者之極意鋪置, 棄之空谷, 可不惜哉! 又有一小池, 卽中池餘派之爲匯瀦者, 而下池比上池稍小, 廣袤亦如之. 行甚忙, 不得留衍, 自不覺步步回首矣.

自虛項嶺向泉水, 而過數十里, 而人尙在天坪之內, 去去是平楚杉場. 纔過一坪, 忽麋興於前馬上, 諦視之, 卽雌雄後先而行, 前者頭戴大角, 如戟枝之岈然, 其大如犢, 毛色甚赤. 聞馬蹄人跡, 驚逸岡坂, 蹩蹩如飛. 盖山土多鹹鹵, 鹿性嗜此, 故每當春夏之交, 自中山越來云.

日午到泉水三十五里, 雨快霽, 有都山砲手之結幕, 此羆獵出來時都聚處也. 幕中有熊耳社砲手二人, 椴笠皮服, 言語甚詭, 眞朔方獵胡也.

攤飯訖, 發行向臙脂峰, 行數里, 到栗石浦, 一浦上下皆是水泡石, 其色瑩然皓白, 袞袞不絶, 間有紫水泡石, 亦可異也. 有鼋頂巖, 靑石彌延上下, 盤陀可坐, 巖形層累, 自成階級, 穹然如鼋頂之上覆, 故仍以名之, 而名甚不雅. 巖溜點滴如簷霤, 使從者持瓢而受之, 滿一瓢吸之, 味甚爽冽. 沿浦行五里餘, 又有一小巖, 稱上鼋頂巖, 比初見差小, 而奇峭亦減之, 但恨乾涸無水, 若得天公副急雨,則可令一行叫奇.

自此至臙脂峰, 連從浦中行, 廣可百餘武, 而皆練沙白石, 如瑞雪鋪地, 明玉積圃, 照映人眼. 旣無黃泥之沒足, 又朔風淅淅吹髮, 使人颯爽生氣. 馬亦顧影驕嘶, 不鞭而自疾, 左右峰巒, 皆映帶明媚, 雲興霞蔚. 昔王子猷之山陰道上應接不暇者, 未知較此何如也.

始望見白頭眞面, 蜿蟺鬱積, 體勢博大, 崛嵂秀色, 卓乎接天, 仰彌高, 鑽彌堅, 嵬嵬然不可名狀. 山之一脈, 南走如馬尾, 隱隱融融, 不知其幾百里, 此堪輿家所謂鋪氈龍勢, 而淸淑之氣, 湊于靑邱. 東爲虛項嶺, 起寶多諸山邐迤. 北走爲長白山, 歷茂山界, 入于六鎭. 南爲輦巖·馬登·嶄斗·黃土·天秀諸嶺, 仍起厚峙嶺, 歷北淸界, 入于南關, 爲鼻白山, 達于嶺·畿厚峙, 卽正幹, 而爲我東諸山之中祖云. 西望小白頭諸山, 鬱繆蒼蒼, 環拱趍揖, 如岱宗之梁父云.

亭日未夕, 到臙脂峰四十里, 土色凝紫, 如丹砂點水, 故峯以是名之. 捨浦而迤于東, 有臙脂小東*巖, 泉頗幽敻, 有一草幕, 茂謫尹台復初氏客秋過此云, 仍留宿. 距白頭上角爲三十里, 而自此地益高, 山益峻, 徑路登登, 有上而無下矣. 行者例留此處, 以待風恬日朗, 始得上山. 而自古入山者, 或遇雷雨風雹, 魂迷魄褫, 不得進一步而虛還者, 蓋多有之. 此何異舟近三山, 爲風所引去, 不得遇仙而歸者哉!

是夕忽有一聲噌吰如雷, 殷震山谷, 從者大恐, 諦聽之, 卽上角大澤之鳴也, 天將雨則輒有是徵云. 余亦驚訝, 卽見寶多山東, 電光燁燁, 陰雲潑墨, 雨意正濃, 明日之遊, 自此左矣. 且聞山中遇霖雨, 則道不得通, 進退維谷, 或至經月淹滯云. 方寸煩懊, 按住不得. 是夜余乃沐浴濯潔, 齊明顒若, 命從者精淅粢盛, 仍搆禱神文四言, 鷄初鳴時辰, 率一行, 尙饗躬禱于白頭之神.

---

* 臙脂小洞(연지소동)의 잘못으로 보인다.

其文曰: "天作高山, 係北直隷. 名嶽有八, 三在荒裔. 若極經六, 樞于渾天. 崛嵂磅礴, 毓靈箕躔. 左瀛羣宗, 列如兒孫. 春秋望柴, 河海後先. 嗟余大僇, 編管于甲. 北望傑瑰, 界天秀色. 如望九華, 識孟從事. 若米老顚, 納石丈拜. 理我靑鞋, 露宿草茇. 橇樏胼胝, 敢云飢渴. 夙昔賞心, 大澤冥觀. 白晝雷雹, 鬼秘天慳. 齊明露禱, 牽牛正中. 夸我巫祈, 奔走效靈. 有唐昌黎, 默祈衡神. 不解世網, 能開岳雲. 儻我人窮, 非天之阸. 神之聽之, 有孚顒若."

此效韓昌黎衡岳故事也. 禱罷, 促食將發, 見天際雲翳忽收, 月聖明槪, 默有神理之孚感.

—自臙脂洞陟白頭山上角記 310쪽

乙亥晴. 夜五更, 仍上山, 行十里, 見日出瑟海, 彤雲盪漾, 但衆山障碍, 恨不得窮扶桑也. 路上見白躑躅盛開, 以風勢之惡, 枝蔓搏地, 不能峻茂. 又見沙石爲風所驅, 因其匯聚, 自成水田樣, 井井方方, 溝洫分明, 在在皆然. 長淵金沙素稱異觀, 而恐不能如此. 行五里, 到地境浦, 冬雪未消, 仍舍馬踏氷而渡. 自臙脂小洞至上角, 小白頭及臙脂峰, 每挾其左而行, 盡日與之相終.

始到分水嶺, 見定界碑, 碑文曰: "烏喇摠管穆克登奉旨査邊, 審視至此. 西爲鴨綠, 東爲土門, 故於分水嶺上勒石爲記"云云. 此是康熙壬辰五月所竪也. 土門卽今荳滿江, 而源流滲入泡石中, 便成山陸, 至四十餘里, 始乃湧出. 嘗攷淸人方象瑛「封長白山記」曰: "康熙以其發祥之地, 下禮部議封爲長白山神享祀如五岳焉." 盖淸之肇基王跡, 始於天女之降於澤中云. 白頭一名卽長白也. 浦邊有木柵石墩, 卽同年八月因朝令設築, 以分南北者. 洪相致中以北評事董其役. 定界時我國則要其竪碑於白頭之報恩水, 山南屬我, 山北屬彼, 而奈其無厭之欲, 必於地境浦上, 勒分鴻溝之界. 因此, 我東疆土之蹙, 不知爲幾百里. 且見碑末記蹟,則定界時, 朝廷之差遣, 不過象胥背數人而已, 一任克登之恣意所欲. 經界卽王政之大者, 而朝堂之踈於邊謨如此, 良可慨惋.

自定界碑行二十里, 山徑所鋪, 亦皆水泡石, 而無一莖草, 眞不毛之地也. 乃登白頭之下角, 兩眼忽明, 始俯大澤之滉瀁, 神懺魂悸, 殆不自定. 繼登中角, 眼界與下角同, 而澤勢漸闊. 始登上角, 卽兵使峯也. 乃見大澤全面, 廣可三十里, 長可四十里, 而四山周迴, 則爲八十里云. 然坐山脊而俯瞰其廣袤, 略約如此. 若計以平陸之縱橫, 則其幅員又當如何. 淼淼汪汪, 一望無垠, 殊令人目眩而心醉. 雖廣陵觀濤·浙江乘潮, 惟其意想之所不到, 未至若此之奇也. 東有一峯曰蛙喝峯, 其形如鉅人之蹲坐, 睨視澤中者然, 亦一奇賞.

盖白山外體卽重厚土山, 而內體卽石峰鑱刻, 接之以藁績, 四面如削堵, 包以大澤東西南, 無空缺處, 只北缺一罅, 水由其中洩, 注下絶壁, 名曰天上水, 仍北流爲黑龍江也. 此是寧古塔近地, 按淸一統志曰: “澤畔巨石環列, 其中一石尤嵬然, 卽石獅子仰天吼, 有雄視四海之象”云.

池光冉冉, 堆如萬頃玻璨, 而諸峰倒影, 隨波宛轉, 丹碧淪漪, 卽一活畫也. 又見一道雲氣自澤中起, 若烟非烟, 空濛不散, 頃刻萬變. 壁色五采煥燁, 而大率赤色勝, 酷似丹陽之舍人巖, 而無形不具, 有態皆成. 裂如掀裙, 累如浮圖, 有方者·圓者·突者·平者, 離而相遇者, 合而相分者, 或猛獸·奇鬼, 森然欲搏, 或猛獸·奇鬼, 挺然競秀. 又一峰突入澤中, 褰若高竿, 超然獨立, 與兵使峯相對. 稍迤而北, 有一峯, 石勢四圍, 嶙峋簇列, 如金剛之衆香城, 綽約可愛.

時或微風鼓浪, 則波聲沸騰, 坎窾鏜鎝, 如奏景鍾泗磬, 衆山皆響. 水色黝碧, 奫然不見其底, 其下必有神物之攸伏, 殊靑天白日, 陰森寒烈, 不能久坐. 盖其奇崛卓犖, 拔乎厚坤, 不知爲幾千仞, 則絶巘之頂, 雖有涔蹄之涓滴, 尙可拊掌叫奇. 况此巨浸之大陂, 洋洋峻極于天, 造物者之費精流峙, 亦覺神巧百變, 而以坎井跼蛙之見, 安得無茫然自失乎? 曾聞耽羅漢拏之上, 亦有白鹿潭, 而於此有望洋之羨云.

山顚全是水泡石, 遠望白鑿如雪, 故所以有白頭之名, 而雖五六月之盛署, 雪未盡消, 初秋新雪又降, 新舊相繼, 以此推之, 尙有太始之雪也. 余掬水而飮之, 爽肺如汲沆瀣. 北望胡山, 出沒雲間, 衡然角列勢如波浪. 若有眼力, 則可以北窮燕碣, 南窮荊楚. 西見小白頭, 如橫几案, 而山上有一石斗起, 名曰籠巖. 臙脂·寶多列如兒孫, 荳滿·鴨綠橫以襟帶. 茂山之甑峯·端川之圓山曁六鎭諸山, 若坯螻邱垤, 皆在脚膝之底.

是日也天氣淸晶, 無點風微靄, 縈青繞白, 軒豁呈露. 同遊中亦有屢上白頭者, 以玆遊爲最勝云. 嶽神之餉我, 亦孔之厚矣. 放杖披襟, 飄飄乎御列子之風, 而游羣仙之圃. 試看今日域中魚魚衆生, 如吾輩之閒趣者爲幾人. 隨意徜徉, 不知日之將昳. 但恨地是荒服, 騷人墨客不能到此, 白頭諸峰, 見漏於汝南之評. 所謂兵使峰者名甚俗, 昔北兵使尹光莘登此峰, 酒後拔劍起舞, 故因以名之, 土人只今傳說. 今若一一品題, 肇錫嘉名, 則豈非零陵山水被子厚而擅勝者耶? 此則惟俟後世之君子矣.

一觀大澤重抵三池還甲山府治記 316쪽

申時還臙脂洞三十里, 午炊, 泉水四十里宿.

丙子晴. 昧爽發, 歷三池, 站到中池, 下馬少歇. 見水中一怪石嵌空有上下穴, 形甚奇, 仍載之而行. 斫池邊杉木白, 而書余及申生姓名與年月日. 林水魚* 四十五里, 午炊. 行五里, 遇大雨, 薄暮抵自浦水四十五里宿, 從者釣川魚以進, 形如銀口魚, 味甚佳.

---

* 林水魚(임수어)는 林魚水(임어수)의 오기로 추정한다.

丁丑雨, 黎明冒雨行深浦十五里, 午炊. 未時踰惠水嶺, 雨未晴, 到浦多川三十五里, 暫憩崔姓人家. 山行六七日, 連涉無人之境, 今日始見村落茅茨, 人情歡喜, 若返田里, 此豈非視并州如故鄕者耶? 社人金慶祿設酒餠而餉之, 一行皆飽. 日晡到新同仁堡宿.

戊寅晴. 惠山鎭四十里, 午炊. 登掛弓亭納凉, 仍留宿鎭軒.

己卯雨. 黎明發, 踰罷間嶺舊同仁祀六十里, 秣馬. 黃昏還府治寓舍.

是行也, 露宿爲五日, 往返爲十日程, 都合七百四十里. 噫! 余自少雅好山水, 畿甸名嶽, 匹驢蠟屐之跡, 幾乎殆遍. 又東至于金剛, 西至于阿斯達, 南至于俗離·四郡. 名山巨瀆·潭壁泉洞, 無不搜奇剔幽, 而至於傑魁之勝·詭異之觀, 皆遜於白頭. 徜非恩譴之特畀玆土, 何以諧夙昔尋眞之願耶? 無往非聖主賜, 而蘇長公所謂“九死南荒吾不恨, 玆遊奇絶冠平生”者, 余於此亦云.(『篠齋集』 卷3)

自表 319쪽

古人有自誌其墓者, 盖以後人之溢美爲耻. 翁之自識, 亦此志也. 翁姓徐, 名淇修, 字斐然, 號篠齋, 達城人. 曾祖諱文裕, 文科, 禮曹判書, 謚貞簡公, 祖諱宗璧, 考諱命敏, 兩世以蔭途進, 幷官黃州牧使. 以不肖爵, 依國典, 貤贈吏曹參判. 參議. 妣贈貞夫人溫陽鄭氏, 郡守贈吏曹判書諱昌兪之女.

翁以英宗辛卯五月二十日生, 正宗壬子中進士試, 今上御極初元辛酉, 擢增廣甲科第三人, 選入翰苑, 兼綰起居注. 未幾, 中蜚語, 竄甲山府, 地距京師千有餘里. 春不毛, 秋無稻, 寒無綿, 病無藥, 翁處之如家, 題其所居室曰 ‘木石居’, 讀書以自娛. 後五年, 上燭其枉, 以特旨還宥. 臨歸, 上白頭山, 瞰大澤, 有揮斥八荒之意.

翁賦性率直, 平生不隨人俯仰, 踽踽然與世寡諧, 然亦不求苟合也. 中歲以後浮沈仕宦, 而常有丘壑間想, 雖踐歷淸顯, 非翁志之也. 於物無所嗜好, 獨好著詩, 古詩好謝康樂, 近體詩好孟襄陽·杜少陵. 又好古文辭, 上摹秦漢博士家言, 晩年喟然曰: '陶淵明作自挽, 恨其在世飮酒不得足, 吾以未透破古文精奧爲恨也.'

妻海平尹氏, 贈吏曹參判晳東之女, 生己丑, 沒壬申, 從翁爵, 追封貞夫人, 葬于長湍府松南面金陵里辛坐之原, 從先兆也. 虛其左, 爲翁之壽藏. 翁有四男云云.

嗚呼! 翁今年運而往矣, 不幾何而埋於斯. 不有以自表, 後人曷由知翁之爲翁也. 遂書此, 授有喬等曰: "吾死後, 以此刻揭于隧道足矣, 愼勿請世所稱太史氏之文也. 諛墓之辭, 古人耻之, 吾亦耻之, 其官職資歷·卆葬年月, 不用宋儒程伯淳缺字之例者, 而有喬等當有追識也.

銘曰: '爾性旣陒, 何爲見黜於淸朝? 爾身旣達, 何爲紆想乎林邱? 直道不容, 在古猶然. 身達而詘於用, 將誰尤矣? 嗚呼! 迹與心違, 命與時仇. 此志士之所同悲, 庶幾後人知爾之心·論爾之時.'(『篠齋遺藁』 卷4)

柳僖

諺文志序 324쪽

鄭丈〔東愈〕工格物, 嘗語不佞. "子知諺文妙乎? 夫以字音傳字音, 此變彼隨變, 古叶今韻, 屢舛宜也. 若註以諺文, 傳之久遠, 寧失眞爲慮? 况文章必尙簡奧, 以簡奧通情, 莫禁誤看. 諺文往復, 萬無一疑. 子無以婦女學忽之." 又嘆曰: "奇偶之分〔謂ㅏㅓ及ㅑㅕ〕, 在廣韻前〔謂西域字母初來時〕. 淸濁之混〔謂廢雙形初聲〕, 在通釋後〔謂朴性源時〕, 吾安能與後通釋之人, 論及先廣韻之字哉!"

乃不佞與講辨, 旣數月, 歸著一書, 名諺文志. 先於初中終聲, 列前書沿革, 繼以論斷, 末列全字, 立成萬有二百五十, 縱橫爲行, 使人一閱盡得之. 以示後進, 理會者寡, 遂投巾衍十五六年, 因失之. 獨自悵恨, 又五六年. 及今借得四聲通解, 更繹舊記, 間易新見, 復以成一本, 至其立成字圖, 苦太遲遲, 刊落之.

時甲申中夏上旬, 南岳雨中書.(『諺文志』)

送朴伯溫遊嶺南序 326쪽

昔有病狐腋者, 一室之人不堪其臭, 臭者亦不自安. 顧村鄕又不可投, 乃嬴糧而遍遊山川. 一日遇路人, 與之同行, 路人數以酒食待之, 未嘗須臾離也. 久之問曰: "我有醜臭, 一室一鄕之所不堪也, 而子獨不棄至是, 豈心之所愛, 醜亦有所忘耶?" 路人笑曰: "所以愛子者, 嗜其臭也, 子若無臭, 何取之有?" 余聞此事, 莫究其人之所以嗜也. 甕盎大癭說齊威公, 威公悅之, 而視全人, 其脰肩肩. 余又未究其悅公者何辭也.

嗟夫! 余之醜甚矣, 逆人目臭, 豈特大癭與狐臭而已? 近自親戚, 廣至一世, 莫不以醜而棄之. 朴伯溫方且愛之如芝蘭, 不忍離而遠也. 子之爲情, 亦固難究, 而余之所以見悅者, 何殊彼兩人哉? 子曰: "同聲相應, 同氣相求." 是以牛馬犬豕, 各誘其牝牡, 而不知有西子之美也. 然則子之情, 亦已大哀矣.

我國之稱山水者, 必曰關東, 稱風物者, 必曰嶺南, 嶺南一國之大觀也. 其城池樓臺, 吹彈歌舞, 固有以異於他道. 伯溫惟是之喜, 方將東泛鼎巖, 登矗石樓, 長吟浩唱, 吊三士之遺迹, 南望閑山大海, 想覩李忠武破賊之日, 以增其胸中磊磊之氣, 近發而見余.

余未曾到嶺南, 只聞嶺南之俗者也. 舊多先賢, 邑里絃誦揖遜, 至今有恂恂之風, 往往讀書君子存焉. 以子之賢久留日月, 必得一二人士, 都下之所未見者, 幸叩之曰: "吾鄉有柳某者, 病人也, 爲世所棄, 甚於大癭與腋臭, 是將用何藥而可?" 斯余之重托於子也. 噫! 余旣以言爲戒, 獨以子之愛我而不之醜, 故有是說. 歲戊午孟秋中旬, 觀靑農夫.(『文通』)

한국 산문선 전체 목록

천하를 여행한 선비에게(送張雲龍國琛西歸序)
우리 동방의 문학(東人文序)
넓은 세상으로 나가는 후배에게(送奉使李中父還朝序)
예산은자의 일생(猊山隱者傳)

이제현(李齊賢)
우리 임금을 돌려주소서(上伯住丞相書)
선비는 배와 같다(送辛員外北上序)
천하를 주유한 승려(送大禪師瑚公之定慧社詩序)
구름과 비단처럼 아름다운 집(雲錦樓記)
승려들의 힘으로 지은 절(重修開國律寺記)
천 리를 가는 사람을 위해(白華禪院政堂樓記)

이곡(李穀)
홍수와 가뭄의 원인(原水旱)
말을 빌리다(借馬說)
인간 시장(市肆說)
스승의 도리(師說)
임금을 모시러 가는 벗에게(臣說送李府令歸國)
공녀의 비극(代言官請罷取童女書)
형제를 위한 계(義財記)
의심을 푸는 법(釋疑)

백문보(白文寶)
밤나무 곁에 집을 지은 뜻(栗亭說)

이달충(李達衷)
사랑과 미움(愛惡箴)

이색(李穡)
황금 보기를 돌같이 하라(判三司事崔公畫像贊)
나의 목자 석가모니(息牧叟讚)
평생 누리는 즐거움(寄贈柳思菴詩卷序)
백성의 밥과 옷을 위한 책(農桑輯要後序)
천하를 누빈 익재 선생(益齋先生亂藁序)
숨어도 숨지 않은 사람(南谷記)
세상의 동쪽 끝에서(流沙亭記)

아버지의 바둑돌(記碁)

정추(鄭樞)
둥글게 사는 집(圓齋銘)

정몽주(鄭夢周)
두려워할 줄 알라(惕若齋銘)
김득배의 죽음을 애도하며(祭金得培文)

이존오(李存吾)
신돈의 죄를 논합니다(論辛旽疏)

식영암(息影庵)
천하제일의 검(劍說)
대나무를 좋아하는 이유(月燈寺竹樓竹記)

이첨(李詹)
인을 베푸는 집(弘仁院記)
응방을 폐지한 닭(鷹鷄說)
임금을 따라 죽은 꿀벌(蜜蜂說)

이숭인(李崇仁)
좌천된 벗에게(送李侍史知南原序)
머지않아 돌아오는 서재(復齋記)
가을에 아름다운 집(秋興亭記)
꿈에서 본 소나무(星州夢松樓記)

정이오(鄭以吾)
눈치 빠른 갈매기(謝白鷗文)

길재(吉再)
산속에 사는 뜻(山家序)

2권 — 오래된 개울 · **권근 외**
조선 초기에서 중종 연간

정도전(鄭道傳)
농부와의 대화(答田夫)
충성스러운 아전 정침(鄭沈傳)
문장은 도를 싣는 그릇(京山李子安陶隱文集序)
세금을 내는 이유(賦稅)
윤회는 없다(佛氏輪廻之辨)

권근(權近)
오래된 개울(古澗記)
천지자연의 문장(恩門牧隱先生文集序)
뱃사공 이야기(舟翁說)
소를 타는 즐거움(騎牛說)
대머리라는 별명(童頭說)

변계량(卞季良)
금속 활자를 만든 뜻(鑄字跋)

김돈(金墩)
물시계의 집 흠경각(欽敬閣記)

유방선(柳方善)
세 물건을 벗으로 삼은 뜻(西坡三友說)

정인지(鄭麟趾)
『훈민정음』 서문(訓民正音序)

김수온(金守溫)
선비와 승려(贈敏大選序)
넘침을 경계하는 집(戒溢亭記)

양성지(梁誠之)
홍문관을 세우소서(請建弘文館)

신숙주(申叔舟)
일본은 어떤 나라인가(海東諸國記序)

강희안(姜希顔)
꽃을 키우는 이유(養花解)

서거정(徐居正)
고양이를 오해하였네(烏圓子賦)
우리 동방의 문장(東文選序)
먼 길을 떠나는 벗에게(送李書狀詩序)
직분을 지킨다는 것(守職)

이승소(李承召)
산 중의 왕 금강산(送法冏上人遊金剛山詩序)

강희맹(姜希孟)
나무 타는 이야기(升木說)
산에 오른 세 아들(登山說)
세 마리 꿩(三雉說)
오줌통 이야기(溺桶說)
부모를 뵈러 가는 벗에게(弘文館博士曹太虛榮親序)

김종직(金宗直)
당신의 인생은 끝나지 않았다(答南秋江書)
경학과 문학은 하나다(尹先生祥詩集序)
가리온을 팔다(鬻駱說)

김시습(金時習)
항상 생각하라(無思)
재화를 늘리는 법(生財說)
백성을 사랑하는 뜻(愛民義)

성현(成俔)
장악원의 역사(掌樂院題名記)
덕 있는 사람의 시(富林君詩集序)
게으른 농부(惰農說)
백성과 이익을 다투지 말라(浮休子談論)

유호인(兪好仁)
스승을 찾아서(贈曺太虛詩序)

채수(蔡壽)
폭포가 있는 석가산(石假山瀑沛記)
꽃을 키우는 집(養花軒記)

홍유손(洪裕孫)
국화에서 배우다(贈金上舍書)

남효온(南孝溫)
물을 거울로 삼는 집(鑑亭記)
낚시터에서(釣臺記)

조위(曺偉)
독서당을 세운 뜻(讀書堂記)

최충성(崔忠成)
약을 먹어야 병이 낫는다(藥戒)

김일손(金馹孫)
미친한 아이의 글씨(題士浩跋朴訥書後)

신용개(申用漑)
법이 있어야 하는 이유(後續錄序)
어미 개를 구한 강아지(予見犬雛救咬母咬之犬)

이주(李胄)
진도의 금골산(金骨山錄)

남곤(南袞)
백사정에서 노닐다(遊白沙汀記)

김세필(金世弼)
세 가지 어려운 일(答客問贈魚子游別序)

이행(李荇)
소요유의 공간(逍遙洞記)

김안국(金安國)
모나게 산다(稜岩亭記)
이름 없는 집(草菴記)

박은(朴誾)
아내의 일생(亡室高靈申氏行狀)

이자(李耔)
세상을 떠난 벗을 추억하며(答趙秀才)

신광한(申光漢)
내가 바라는 것(企齋記)

김정국(金正國)
여덟 가지 남는 것(八餘居士自序)
여섯 가지 힘쓸 일(六務堂記)

서경덕(徐敬德)
멈추어야 할 곳(送沈教授序)

기준(奇遵)
유배지에서 키운 노루(畜獐說)
물고기를 위로하는 글(養魚說)

주세붕(周世鵬)
죽은 병사의 백골을 묻어 줍시다(勸埋征南亡卒白骨文)

성운(成運)
허수아비(虛父贊)

3권 — 위험한 백성 · **조식 외**

명종과 선조 연간

이황(李滉)

군주의 마음공부(進聖學十圖箚)

부부의 불화는 누구의 책임인가(與李平叔)

내 자식 살리려고 남의 자식을 죽이겠는가(答安道孫)

학문의 맛을 깨닫는 법(朱子書節要序)

우리말 노래를 짓다(陶山十二曲跋)

도산에 사는 이유(陶山雜詠幷記)

조식(曺植)

위험한 백성(民巖賦)

자전은 과부이며 전하는 고아입니다(乙卯辭職疏)

퇴계에게(答退溪書)

최연(崔演)

노비 기러기(雁奴說)

쥐 잡는 고양이(猫捕鼠說)

홍섬(洪暹)

궁궐 그림을 그리다(漢陽宮闕圖記)

김인후(金麟厚)

백성을 다스리는 법(上李太守書)

이정(李楨)

턱이라는 이름의 집(頤庵記)

박전(朴全)

제 팔을 부러뜨린 사람(折臂者說)

정탁(鄭琢)

이순신을 위하여(李舜臣獄事議)

기대승(奇大升)

퇴계의 생애(退溪先生墓碣銘)

언제나 봄(藏春亭記)

고경명(高敬命)

조선의 출사표(檄諸道書)

성혼(成渾)

아들과 손자들에게 남기는 유언(示子文濬及三孫兒)

스승은 필요 없다(書示邊生)

격언을 써 주지 못하는 까닭(書委而進帖)

정인홍(鄭仁弘)

술을 마시는 법(孚飮亭記)

윤감의 때늦은 공부(尹堪傳)

이제신(李濟臣)

철쭉을 통한 공부(倭躑躅說)

어리석음으로 돌아오는 집(歸愚堂記)

이이(李珥)

김시습의 일생(金時習傳)

숨을수록 드러난다(上退溪先生)

학문의 수준(答成浩原)

일상의 학문(擊蒙要訣序)

명목 없는 세금을 없애는 방법(送趙汝式說)

소리를 내는 것은 무엇인가(贈崔立之序)

세 가지 벗(送尹子固朝天序)

정철(鄭澈)

나는 술을 끊겠다(戒酒文)

싸우는 형제에게(江原監司時諭送題辭)

홍성민(洪聖民)

돌싸움 이야기(石戰說)

잊을 망(忘), 한 글자의 비결(忘說)

말을 소로 바꾸다(馬換牛說)

소금을 바꾸어 곡식을 사다(貿鹽販粟說)

백광훈(白光勳)

과거를 준비하는 아들에게(寄亨南書)

윤근수(尹根壽)

함께 근무하는 동료들에게(金吾契會序)

이산해(李山海)

구름보다 자유로운 마음(雲住寺記)

가만히 있어야 할 때(正明村記)

대나무 집(竹棚記)

성내지 않는 사람(安堂長傳)

최립(崔岦)

그림으로 노니는 산수(山水屛序)

성숙을 바라는 이에게(書金秀才靜厚願學錄後序)

한배에 탄 적(送林佐郞舟師統制使從事官序)

고산의 아홉 구비(高山九曲潭記)

유성룡(柳成龍)

옥처럼 깨끗하고 못처럼 맑게(玉淵書堂記)

죽어도 죽지 않는 사람(圃隱集跋)

먼 훗날을 위한 공부(寄諸兒)

조헌(趙憲)

혼자서 싸운다(淸州破賊後狀啓別紙)

임제(林悌)

꿈에서 만난 사육신(元生夢遊錄)

김덕겸(金德謙)

열 명의 손님(聽籟十客軒序)

오억령(吳億齡)

옥은 다듬어야 보배가 된다(贈端姪勸學說)

한백겸(韓百謙)

나무를 접붙이며(接木說)

오랫동안 머물 집(勿移村久菴記)

고상안(高尙顔)

농사짓는 백성을 위해(農家月令序)

이호민(李好閔)

한가로움에 대하여(閑閑亭記)

장현광(張顯光)

우리는 모두 늙는다(老人事業)

하수일(河受一)

농사와 학문(稼說贈鄭子循)

이득윤(李得胤)

사람을 살리는 것이 중요하다(醫局重設序)

차천로(車天輅)

시는 사람을 곤궁하게 만드는가(詩能窮人辯)

이항복(李恒福)

시인과 광대와 풀벌레(惺所雜稿序)

윤광계(尹光啓)

어디에서나 알맞게(宜齋記)

아들을 잃은 벗에게(逆旅說)

허초희(許楚姬)

하늘나라에 지은 집(廣寒殿白玉樓上樑文)

4권 — 맺은 자가 풀어라 · **유몽인 외**

선조와 인조 연간

유몽인(柳夢寅)

맺은 자가 풀어라(解辨)

담배 귀신 이야기(膽破鬼說)

서점 박고서사(博古書肆序)

너와 나는 하나다(贈李聖徵廷龜令公赴京序)

코 묻은 떡을 다투지는 않겠소(奉月沙書)

후세를 기다릴까?(送申佐郎光立赴京序)

내 죽음이 또한 영화로우리(贈表訓寺僧慧默序)

금강산 정령들과의 하룻밤 노닒(楓嶽奇遇記)

이수광(李睟光)

집은 비만 가리면 된다(東園庇雨堂記)

고양이와 개 기르기(畜貓狗說)

수도 이전에 대한 반론(玉堂箚子)

노비 연풍의 일생(年豐傳)

당시를 배워야 하는 이유(詩說)

17세기 전쟁 포로의 베트남 견문기(趙完璧傳)

벗과 스승의 의미를 묻는다(東園師友對押韻之文)

이정귀(李廷龜)

천산 유람기(遊千山記)

평양에서 출토된 옛 거울(箕城古鏡說)

동방 일백여 년에 없었던 글(象村集序)

훌륭한 시는 온전한 몰두 속에 있다(習齋集序)

한가로움을 사랑하다(愛閑亭記)

섭세현에게 부친 편지(寄葉署丞世賢 庚申朝天時)

일본에 사신 보내는 일을 논함(遣使日本議)

신흠(申欽)

백성이 함께 즐기는 집(樂民樓記)

백성을 탓하는 관리(民心篇)

딴마음을 품는 신하(書蕭何傳後)

왜적은 또 쳐들어온다(備倭說)

부쳐 사는 인생(寄齋記)

우물 파기에서 배울 점(穿井記)

나를 말한다(玄翁自敍)

권필(權韠)

아비를 죽인 양택의 죄악(請誅賊子梁澤疏)

창고 옆 백성 이야기(倉氓說)

종정도 이야기(從政圖說)

대나무와 오동나무가 서 있는 집(竹梧堂記)

술집 주인의 나무람(酒肆丈人傳)

처음 먹은 마음을 바꾸지 않겠소(答寒泉手簡)

허균(許筠)

시에는 별취(別趣)와 별재(別材)가 있다(石洲小稿序)

어떤 글이 좋은 글인가?(文說)

금강산으로 돌아가는 이나옹을 전송하며(送李懶翁還枳柤山序)

한때의 이익과 만대의 명성(遊原州法泉寺記)

백성 두려운 줄 알아라(豪民論)

상원군의 왕총에 대하여(祥原郡王冢記)

김종직을 논한다(金宗直論)

금강산 유람길에서(與石洲書)

겁먹지 말고 오게(與李汝仁)

김상헌(金尙憲)

세상에 드문 보물(谿谷集序)

지금이 상 줄 때인가(南漢扈從賞加辭免疏 丁丑五月)

인장의 품격(群玉所記)

조찬한(趙纘韓)

죽은 매를 조문함(哀鷹文)

공교로움과 졸렬함은 하나다(用拙堂記)

시처럼 하는 정치(贈崔燕岐序)

울 수도 없는 울음(祭亡室文)

세상의 모든 불우한 자를 애도하며(宋生傳)

복숭아씨로 쌓은 산(嵬崙核記)

6권 — 말 없음에 대하여 · **이천보 외**
영조 연간

신정하(申靖夏)
나라를 망하게 한 신하, 범증(增不去項羽不亡論科作)
술 한잔 먹세(與車起夫)
이백온을 위로하며(與李伯溫)
유송년의 「상림도」(論劉松年上林圖)
배움의 짝, 가난(送鄭生來僑讀書牛峽序)

이익(李瀷)
빈소 선생 조충남(顰笑先生傳)
노비도 사람이다(祭奴文)
지구의 중심(地毬)
울릉도와 독도는 우리 땅(鬱陵島)
콩죽과 콩나물(三豆會詩序)
주자도 의심하라(孟子疾書序)

정내교(鄭來僑)
관직에 취하면(雜說)
거문고 명인 김성기(金聖基傳)

남극관(南克寬)
나는 미쳤다(狂伯贊)

오광운(吳光運)
글로 지난 삶을 돌아보다(藥山漫稿引)
시를 배우는 법(詩指)
여항인의 시집(昭代風謠序)
역대 문장에서 배울 점(文指)

조구명(趙龜命)
분 파는 할미와 옥랑의 열행(賣粉嫗玉娘傳)
거울을 보며(臨鏡贊)
내가 병에 대해 느긋한 이유(病解 二)
고양이의 일생(烏圓子傳)
무설헌기(無說軒記)
도와 문은 일치하지 않는다(復答趙盛叔書)

남유용(南有容)
미친 화가 김명국(金鳴國傳)
서호 유람의 흥취(遊西湖記)
원대한 글쓰기(酌古編序)
선택하고 집중하라(與兪生盛基序)
고양이와 쥐에 대한 단상(猫說)

이천보(李天輔)
시는 천기다(浣巖稿序)
시인 윤여정(玄圃集序)
말 없음에 대하여(題默窩詩卷後)
너 자신을 알라(自知菴記)
그림을 배우는 법(鄭元伯畵帖跋)

오원(吳瑗)
월곡으로 가는 길(衿陽遊記)
무심한 나의 시(題詩稿後)
말은 마음의 소리다(無言齋記 丁未)
아버지와 『소학』(讀小學 戊戌)

황경원(黃景源)
순천군의 아름다운 풍속(淸遠樓記)
육경의 글을 써라(與李元靈麟祥書)
여보, 미안하오(又祭亡室貞敬夫人沈氏文)
조선과 명나라의 공존(明陪臣傳序)

신경준(申景濬)
『강계지』 서문(疆界誌序 本誌逸)
『훈민정음운해』 서문(韻解序)
『동국여지도』 발문(東國輿地圖跋)
일본으로 사신 가는 이에게(送使之日本序)
와관에 대하여(瓦棺說)

신광수(申光洙)
검승전(劒僧傳)
마 기사 이야기(書馬騎士事)

홍낙인(洪樂仁)
삼청동 읍청정의 놀이(挹淸亭小集序)

곽씨 부인(郭氏夫人)
남편 김철근 묘지명(成均生員金公墓誌銘)

황윤석(黃胤錫)
덕행만큼 뛰어난 곽씨 부인의 문장(跋淸窓郭夫人藁略)

이종휘(李種徽)
위원루에 부치다(威遠樓記)
동래 부사를 배웅하며(送東萊府伯序)
대제학의 계보(文衡錄序)

홍대용(洪大容)
『대동풍요』 서문(大東風謠序)
보령의 기이한 소년(保寧少年事)

성대중(成大中)
유춘오 음악회(記留春塢樂會)
오랑캐의 월경을 막은 영웅들(江界防胡記)
운악산의 매사냥(雲岳遊獵記)
침실에 붙인 짧은 글(寢居小記)
창해 일사의 화첩(書滄海逸士畵帖後)

유한준(兪漢雋)
『석농화원』 발문(石農畵苑跋)

심익운(沈翼雲)
물정에 어두운 화가 심사정(玄齋居士墓志)

서직수(徐直修)
북악산 기슭의 대은암(大隱巖記)
내 벗이 몇이냐 하니(十友軒記)

박지원(朴趾源)
『녹천관집』 서문(綠天館集序)
예덕선생전(穢德先生傳)
『능양시집』 서문(菱洋詩集序)
큰누님을 떠나보내고(伯姊贈貞夫人朴氏墓誌銘)
홍덕보 묘지명(洪德保墓誌銘)
울기 좋은 땅(好哭場)
코끼리 보고서(象記)
밤에 고북구를 나서다(夜出古北口記)
민속을 기록하다(旬稗序)

이영익(李令翊)
소를 타고 우계를 찾아가는 송강을 그린 그림(題騎牛訪牛溪圖)

강흔(姜俒)
부안 격포의 행궁(格浦行宮記)
서설을 반기는 누각(賀雪樓記)
김순만의 이런 삶(金舜蔓傳)

이언진(李彦瑱)
그리운 아우에게 1(寄弟殷美 一)
그리운 아우에게 2(寄弟殷美 二)

유경종(柳慶種)
마음속의 원림(意園誌)

이덕무(李德懋)
바둑론(奕棋論)
『맹자』를 팔아 밥을 해 먹고(與李洛瑞書九書 四)
문학은 어린애처럼 처녀처럼(嬰處稿自序)
겨울과 책(耳目口心書 二則)

이가환(李家煥)
효자 홍차기의 사연(孝子豊山洪此奇碑碣)
하늘의 빛깔을 닮은 화원(綺園記)

정동유(鄭東愈)
천하의 위대한 문헌 『훈민정음』(訓民正音)

이희경(李喜經)
중국어 공용론(漢語)

김재찬(金載瓚)
방아 찧는 시인 이명배(舂客李命培傳)

유득공(柳得恭)
발해사 저술의 의의(渤海考序)
일본학의 수립(蜻蛉國志序)
평화 시대의 호걸(送洪僉使遊北關序)

박제가(朴齊家)
재부론(財賦論)
나의 짧은 인생(小傳)
백탑에서의 맑은 인연(白塔淸緣集序)

이명오(李明五)
향(香) 자로 시집을 엮고(香字八十首序)

이안중(李安中)
인장 전문가(金甥吾與石典序)

이만수(李晩秀)
책 둥지(書巢記)

정조(正祖)
모든 강물에 비친 달과 같은 존재(萬川明月主人翁自序)
문체는 시대에 따라 바뀌는가(文體)

이서구(李書九)
바둑의 명인 정운창(棊客小傳)

정약전(丁若銓)
소나무 육성책(松政私議)

8권 — 책과 자연 · 서유구 외
순조 연간

권상신(權常愼)
나귀와 소(驢牛說)
봄나들이 규약(南皐春約)
정릉 유기(貞陵遊錄)
대은암의 꽃놀이(隱巖雅集圖贊)

서영보(徐榮輔)
물결무늬를 그리는 집(文漪堂記)
자하동 유기(遊紫霞洞記)
통제사가 해야 할 일(送人序)

장혼(張混)
고슴도치와 까마귀(寓言)

심내영(沈來永)
되찾은 그림(蜀棧圖卷記)

남공철(南公轍)
광기의 화가 최북(崔七七傳)
둔촌 별서의 승경(遁村諸勝記)

성해응(成海應)
안향 선생 집터에서 나온 고려청자(安文成瓷尊記)
백동수 이야기(書白永叔事)

신작(申綽)
자서전(自敍傳)
태교의 논리(胎敎新記序)

이옥(李鈺)
소리꾼 송귀뚜라미(歌者宋蟋蟀傳)
밤, 그 일곱 가지 모습(夜七)
걱정을 잊기 위한 글쓰기(鳳城文餘小敍)
북한산 유기(重興遊記)

윤행임(尹行恁)

소동파 숭배자에게(與黃逑翁鍾五)

숭정 황제의 현금(崇禎琴記)

심노숭(沈魯崇)

연애시 창작의 조건(香樓譴詞敍)

내 인생 내가 정리한다(自著紀年序)

정약용(丁若鏞)

통치자는 누구를 위해 존재하나?(原牧)

카메라 오브스쿠라(漆室觀畫說)

토지의 균등한 분배(田論 一)

살인 사건의 처리(欽欽新書序)

직접 쓴 묘지명(自撰墓誌銘 壙中本)

몽수 이헌길(蒙叟傳)

홍역을 치료하는 책(痲科會通序)

수종사 유기(游水鍾寺記)

조선의 무기(軍器論 二)

조수삼(趙秀三)

소나무 분재 장수(賣盆松者說)

경원 선생의 일생(經畹先生自傳)

서유구(徐有榘)

「세검정아집도」 뒤에 쓰다(題洗劒亭雅集圖)

농업에 힘쓰는 이유(杏圃志序)

의서 편찬의 논리(仁濟志引)

나무 심는 사람의 묘지명(柳君墓銘)

부용강의 명승(芙蓉江集勝詩序)

빙허각 이씨 묘지명(嫂氏端人李氏墓誌銘)

연못가에 앉은 시인(池北題詩圖記)

불멸의 초상화, 불멸의 문장(與沈穉教乞題小照書)

책과 자연(自然經室記)

김조순(金祖淳)

미치광이 한 씨(韓顚傳)

이생전(李生傳)

김노경(金魯敬)

맏아들 정희에게(與長子書 甲子)

김려(金鑢)

진해의 기이한 물고기들(牛海異魚譜序)

「북한산 유기」 뒤에 쓰다(題重興游記卷後)

이면백(李勉伯)

비지 문장을 짓는 법(碑誌說)

유본학(柳本學)

검객 김광택(金光澤傳)

도심 속 연못과 정자(堂叔竹里池亭記)

사서루기(賜書樓記)

이학규(李學逵)

유배지의 네 가지 괴로움(與某人)

문장의 경계(答某人)

한제원 묘지명(韓霽元墓誌銘)

박꽃이 피어난 집(匏花屋記)

윤이 엄마 제문(哭允母文)

박윤묵(朴允默)

송석원(松石園記)

수성동 유기(遊水聲洞記)

서경보(徐耕輔)

벼루를 기르는 산방(養硯山房記)

서기수(徐淇修)

백두산 등반기(遊白頭山記)

스스로 쓴 묘표(自表)

유희(柳僖)

『언문지』 서문(諺文志序)

제 눈에 안경 같은 친구(送朴伯溫遊嶺南序)

9권 — 신선들의 도서관 · **홍길주 외**

조선 말기

홍석주(洪奭周)

마음, 도, 문장(答金平仲論文書)

약의 복용(藥戒)

어머니 서영수합 묘표(先妣貞敬夫人大邱徐氏墓表)

『계원필경』을 간행하는 서유구 관찰사께(答徐觀察準平書)

김매순(金邁淳)

『삼한의열녀전』 서문(三韓義烈女傳序)

바람의 집(風棲記)

파릉의 놀이(巴陵詩序)

홍직필(洪直弼)

여성 도학자 정일헌 묘지명(孺人晉州姜氏墓誌銘 幷序)

유본예(柳本藝)

바둑 두는 인생(棋說)

필사의 이유(書鈔說)

이문원의 노송나무(摛文院老樅記)

정우용(鄭友容)

『훈민정음』을 찾아서(與族弟左史善之書)

읍청루 유기(遊挹淸樓記)

장서합기(藏書閤記)

조인영(趙寅永)

활래정기(活來亭記)

김정희(金正喜)

난 치는 법(與石坡 二)

「세한도」에 쓰다(與李藕船)

홍길주(洪吉周)

내가 사는 집(卜居識)

신선들의 도서관(海書)

꿈속에서 문장의 세계를 보다(釋夢)

용수원 병원 설립안(用壽院記)

작가의 서실 표롱각(縹礱閣記)

이시원(李是遠)

개를 묻으며(瘞狗說)

조희룡(趙熙龍)

국수 김종귀(金鍾貴傳)

이만용(李晩用)

잠자는 인생의 즐거움(寐辨)

조두순(趙斗淳)

천재 시인 정수동(鄭壽銅傳)

바둑 이야기, 남병철에게 주다(碁說, 贈南原明)

홍한주(洪翰周)

솔고개의 가성각(嘉聲閣)

책, 도서관, 장서가(藏書家)

유신환(兪莘煥)

충무공의 쌍검명(李忠武公雙釖銘)

사직단 근처 마을에서 책을 교정하다(稷下校書記)

김영작(金永爵)

삼정의 개혁 방안(三政議)

고매산관기(古梅山館記)

이상적(李尙迪)

고려 석탑에서 발견된 용단승설(記龍團勝雪)

정벽산 선생 묘지명(鄭碧山先生墓誌銘)

삽을 든 장님(書鍤瞎)

조면호(趙冕鎬)

자기가 잘 모른다는 것을 잘 아는 선생(自知自不知先生傳)

심대윤(沈大允)
소반을 만들며(治木盤記)

박규수(朴珪壽)
그림은 대상을 충실히 재현해야 한다(錄顧亭林先生日知錄論書跋)

신석희(申錫禧)
『담연재시고』 서문(覃揅齋詩藁序)

효명 세자(孝明世子)
시는 꽃과 같으니(鶴石集序)

신헌(申櫶)
민보 제도(民堡輯說序)

이대우(李大愚)
장모님의 시집(幽閒集序(恭人洪氏詩集序))

남병철(南秉哲)
바둑 이야기(奕說)

김윤식(金允植)
집고루기(集古樓記)
당진의 명산 유기(登兩山記)
현재의 시무(時務說送陸生鍾倫遊天津)

김택영(金澤榮)
『신자하시집』 서문(申紫霞詩集序)
양잠법의 교육(重刊養蠶鑑序)
대정묘 중수기(大井廟重修記)
김홍연전(金弘淵傳)
매천 황현 초상 찬(黃梅泉像贊)
여기가 참으로 창강의 집(是眞滄江室記)
안중근전(安重根傳)

이건창(李建昌)
당쟁의 원인(原論)
사슴의 충고(鹿言)
보물 송사(寶訟)
글쓰기의 비법(答友人論作文書)
정일헌의 시집(貞一軒詩藁序)

유길준(兪吉濬)
『서유견문』 서문(西遊見聞序)

이건승(李建昇)
『명이대방록』을 읽고(書明夷待訪錄後)

박은식(朴殷植)
역사를 잃지 않으면 나라를 되찾는다(韓國痛史緖言)
자주와 자강(與孫聞山貞鉉書)

이건방(李建芳)
안효제 묘지명(安校理墓誌銘)

정인보(鄭寅普)
길주 목사 윤 공 묘표(吉州牧使尹公墓表)
첫사랑(抒思)

한국 산문선 8

책과 자연

1판 1쇄 펴냄 2017년 11월 24일
1판 3쇄 펴냄 2021년 9월 3일

지은이 서유구 외
옮긴이 안대회, 이현일
발행인 박근섭, 박상준
펴낸곳 (주)민음사

출판등록 1966. 5. 19. (제16-490호)
주소 서울시 강남구 도산대로1길 62
강남출판문화센터 5층 (06027)
대표전화 02-515-2000—팩시밀리 02-515-2007
홈페이지 www.minumsa.com

ISBN 978-89-374-1574-6 (04810)
978-89-374-1576-0 (세트)

* 잘못 만들어진 책은 구입처에서 교환해 드립니다.